字頭子

瓦歷斯・諾幹——編著

【上】

INK
印刻出版

獻給 *Lidur・Walis*

／目　錄／

上冊

序　兩支生花妙筆——從瓦歷斯．諾幹的創作說到新著《字頭子》　**曾永義**　*006*

序　源遠流長的文字　**徐富昌**　*010*

輯一　生物百態

一、人類馴養的動物：牛 豕 彐 犬 羊 馬　*014*

二、野性未馴：虫 鼠 豸 虍 鹿　*040*

三、獸盡其用：彡 爪 内 角 釆　*059*

四、暢游在河海：乙 黽 貝 魚 龜　*078*

五、天空的舞者：鳥 隹 羽 非 飛 龍 風　*097*

六、大自然的寵物：屮 艸 氏 支 木 生 竹 麻 齊　*125*

七、飲食植物：米 禾 黍 瓜 韭　*159*

輯二　人體與兩性

一、五官面目：口 牙 齒 目 自 鼻 舌 耳 而 髟 毛 面 首 頁　*178*

二、手舞足蹈：又 手 寸 足 止 夂 夊 疋 走 麥 癶 舛 隶　*231*

三、直面人身：人 大 立 欠 子 儿 勹 比 鬥 長 尢 疒 歹　*281*

四、心神合一：心 肉 血 骨 食 甘 香 艮 見 尸 鬼　*326*

五、兩性關係：父 老 士 臣 女 毋 身 方 黃 匕　*371*

下冊

輯三　天地與人文

一、自然天成：一 山 巛 土 石 水 谷 穴 414
二、日月精華：日 月 夕 雨 气 仌 二 445
三、天造地設：火 厂 凵 冂 阜 470
四、教育事業：文 攴 曰 言 音 聿 龠 十 489
五、禮儀制度：示 卩 卜 廾 爻 色 鼓 518
六、五顏六色：白 黑 赤 青 玄 541
七、八方事物：丨 丿 亠 小 旡 至 襾 匚 八 562

輯四　生民與戰爭

一、食器時代：臼 斗 皿 鼎 缶 酉 鬯 鬲 鹵 豆 594
二、衣冠禮樂：衣 巾 冖 糸 幺 黹 630
三、住者有其屋：宀 广 几 戶 爿 片 瓦 門 里 囗 邑 韋 高 654
四、大道之行：廴 彳 辵 行 舟 車 701
五、工善其事，先利其器：工 玉 金 匸 弋 丶 亅 皮 革 726
六、耕者有其田：田 力 己 耒 用 斤 厶 网 辰 759
七、止戈為武：刀 辛 戈 矛 干 弓 矢 殳 入 792

語文點心檢索 826
注釋檢索（釋字） 828
注釋檢索（常識） 830
參考書目 832

後記　飛翔的記憶與輕盈的想像 834

〔序〕兩支生花妙筆——從瓦歷斯．諾幹的創作說到新著《字頭子》

曾永義

泰雅族人瓦歷斯．諾幹是我的長女婿，我以他為榮，也很佩服他、器重他。我之所以以他為榮、佩服他、器重他，不止因為他在文壇上的成就和聲名，更因為他對創作、文化、文字詞語研究鍥而不舍的努力。

對於瓦歷斯創作上的特色和成就，論者已多：有的說他「犀利、孤峭的筆鋒，清晰、明確的邏輯思維，散發銳不可擋的論辯及批判能量。」「在一九九〇年代的十年之間，瓦歷斯．諾幹的詩、散文和小說幾乎獲得台灣所有的重要文學獎，並受到一致好評。回到出生地的瓦歷斯．諾幹，不只是為泰雅族部落和台灣原住民族發言，更以泰雅族開展的胸襟，懷抱整個台灣島嶼和人民，是台灣中生代最重要的作家之一。他重要的散文著作有《戴墨鏡的飛鼠》、《番人之眼》、《山是一所學校》等。」

向陽更以〈來自部落的呼喚〉為題，評論瓦歷斯的詩集《伊能再探查》，認為「這本詩集確然有著不可輕忽的重量」，他分析這重量來自三方面：其一如詩人吳晟所云瓦歷斯的書寫多取材自部落的生活所見所思所感，因而意象十分真實而鮮明，自然的展現教人如親眼目睹的原住民族圖像。其次來自瓦歷斯的書寫隱然有著為台灣原住族群撰寫史詩的企圖。他的詩作，不沉溺於情緒的抒發，而是以冷靜的凝視，面對原住民族的歷史命運和現實處境，勾描烙印的腳步，點繪深陷的黥顏，發抒他們埋藏於內心深處的憤怒，表現他們「在風中掩面疾哭」之後勇健前行的面容。其三來自詩作的藝術風格。瓦歷斯擅長使用原住民的神話、傳說，經營漢人詩作所欠缺的魔幻想像，又能善用原住民歌謠的重沓悠遠唱腔，轉為詩作中的韻律處理。使得他的詩既有吸引人的奇詭意象，也有讀來悅耳、令人繞樑不絕的旋律。

而我要進一步說的是，瓦歷斯不止詩、散文、小說那樣的跨界書寫，他更一再的創發「新體」，使他教導的國小三年級生能寫出「和尚蟹是一位和尚嗎？好想叫他念佛經」那樣的「二行詩」，而他也有《當世界留下二行詩》（二〇一一年）的專著；他為了糾正近來「極短篇」像詩或座右銘的偏鋒現象，倡導三百五十字的「微小說」，認為既名之為「小說」，就離不開故事、人物、情節的書寫元素。

而若論瓦歷斯創作的動力和內涵，實來自部落的呼喚。他毅然決然的捨平地教職，投入部落的國小教育。發現部落的場景是如此的豐富而獨特，也體悟到族人的遭遇是如此的弱勢而艱難。於是他投入原住民文化運動，主編《獵人文化》、主持「台灣原住民人文研究中心」，追隨著日人伊能嘉矩的足跡，翻山越嶺，從事田野調查，由紅頭嶼、台東到北海岸的三貂角和淡水，用他的筆來傳達原住民部落和族人的生活、思維、心事，從而形成他「驃悍雄渾」別具一格的文學風貌。

而一般人可能不知道，瓦歷斯除了聚精會神、鍥而不舍的努力創作外，也同樣心專意注、堅持不輟的努力於文字詞語的研究。他其實有兩支筆，一支用於創作，一支用於研究。這兩支筆堪稱「花開並蒂」。

二〇〇八年，他寫的一本書《字字珠璣》要我推薦出版，我翻閱之餘，大為驚嘆，原來這本書的寫作動機是作為小學國文課的補充教材，希望學生能精準的運用每個字和詞語；後來卻發現小學生、大學生乃至報章雜誌所使用的錯別字詞語如出一轍，乃撰著本書，用幽默的淺近文字，剖析容易混淆的字詞語間的正誤，包括經常被誤用的形音相近的字、多義字的辨析，易於使人迷亂的詞語，以及疊字、量詞、顛倒詞的使用。諸如：「我蔑視經常汙衊司法的人」，「一本手札、扎實」，「彌天大謊、消弭、敉平」，「齜牙咧嘴、身敗名裂」，「七拼八湊、拚生拚死」，「彈劾無私、綜核名實、刻骨銘心」，「大徹大悟、清澈見底、撤銷」，「市儈商賈、膾炙人口」，「雄赳赳氣昂昂、糾纏不清」，「切切私語、竊鉤竊國」，「視如草芥、草菅人命」。《國語日報》董事長黃啟方教授為本書作序，謂「精準使用文字，自然字字珠璣」，於是我也才明白，瓦歷斯就是在這樣的修為之下去從事詩、散文、小說創作，一絲不苟的使用文字語詞，所以其作品裡，令人覺得「琳瑯滿目，字字珠璣」。

而更令我出乎意料之外的是，近日印刻出版社寄來兩包厚重的校印稿要我寫序，原來是瓦歷斯繼《字字珠璣》之後，以七年時間埋首部落山林的斗室，以部首字為單元，一個部首接著一個部首，逐一的去探索文字語詞的奧祕，從而使這奧祕煥發華彩，產生許多趣味。可以「看圖說故事」，部首也會自己說出話來，包括由此衍生的許多字詞，同時也沒有忘記為讀者端出一道可口的「點心」來，讓讀者藉與此部首相關的典故，多認識一些語文常識。具體的說，瓦歷斯使文字語詞趣味化的方法是：每個部首字都從甲骨文、金文、小篆、楷書並舉入手，說其形音義，以探根溯源；並指出由此而孳生的部首字和楷書化後的變形；然後舉出由本義和引伸義所產生的詞語；以及分類說明以此為部首所造成的字詞；並將「語文點心」穿插其間。如此就將文字詞語系統化起來，可以使讀者提綱挈領般的去認識了解錯綜繁複的中國文字詞語，而且可以從中觸類旁通，一隅三反。不止可以獲得豐富的語文知識，也可以從此精準的運用文字詞語，不會再有誤用的情形發生。

瓦歷斯就這樣勉力的書寫了二百一十四個部首字，將它們分作「生物百態」、「人體與兩性」、「天地與人文」、「生民與戰爭」四大類，每大類再分若干小類。譬如「生物百態」再分「人類馴養的動物」、「野性未馴」、「獸盡其用」、「暢游在河海」、「天空的舞者」、「大自然的寵物」、「飲食植物」七小類，每一小類之下再繫上相關部首。可見瓦歷斯這部五十萬言的鉅著《字頭子》是透過精心的學術分類研究，再用詩人的筆觸傳達出來的。所以他希望讀者從本書中可以獲得「飛翔的記憶與輕盈的想像」。

西元八、九〇年代，我曾大力主張「學術通俗化反哺社會」，呼籲學者走出象牙塔，將學術成果轉化為群眾可以汲取的滋養，來提升國民生活品質和社會文化氣質。自己也投入傳統與鄉土藝術的維護發揚，親率劇團出國，「以民族藝術作文化輸出」，也將野台歌仔戲推入國家戲劇院；現在還將戲曲研究心得呈現於戲曲劇本的撰著，演出於舞台。而今非常高興的看到我的長女婿，著名的詩、散文、小說作家瓦歷斯．諾幹也能以同樣的理念，在以生花妙筆創作之餘，更能勤勉鑽研，將使人生畏、望之怯步的中國文字詞語，用心的以另一支學術通俗化的生花妙筆，去挖掘它們引人入勝的魅力，透過輕靈的珠璣妙語，使之個個散發著向讀者招徠的溫柔眼神。而我知道，瓦歷斯只有一個心願，那就是凡我國民都能有豐富的語文知識，都能精準的運用每一個文字詞語。

二〇一三年九月十七日晨於台大長興街宿舍

（本文作者為世新大學講座教授、台灣大學中文系名譽教授）

〔序〕 源遠流長的文字

徐富昌

漢字是世界文字史上最古老的文字之一，也是當今世界上還在流傳和使用的最古老文字。在地球上，像漢字一樣古老的，還有埃及的「聖書字」和兩河流域的「楔形文字」。但這兩種古老的文字都已滅絕，早在公元前後已經被埋在滾滾黃沙和斷垣殘壁之下了，是近代的考古學家的考古發掘才使它們重見天日的。它們都是歷史博物館裡的文字，是文字的化石。而漢字則從產生至今，綿延不斷，仍是通行使用的文字。漢字可說是世界文字史中，「源」最遠，「流」最長的一種文字了。

漢字是中華文化的載體，每個字的產生與演變，都和社會歷史、文化制度、文化形態及思維模式有關。由於漢字經過漫長的演化變革，許多字在源流和字理方面，都起了一些變化。但從文字的形體和結構來看，古今文字中仍然有著千絲萬縷的連結，仍然可以清晰地看到其繼承和演進的關係。因此，在教學上，只要能掌握住漢字的源流知識，瞭解漢字的來龍去脈，並從文字的書面形態中所蘊藏的文化意涵，就可以從根本上提高運用文字的能力和水平。

有關漢字教學，大致有三方面的教師從事這類的教學：一是大學中文系講授文字學的教授；二是華語中心（對外漢語中心）的中文教師；三是小學的國語和中學的國文教師。其中，文字學教授是從學理去教學和探討文字問題，從事這方面教的較多，也有一定的方法和路徑；華語中心（對外漢語中心）的中文教師是教外國人學華語，既要教外國人學語言，也要教他們認寫漢字，對外國人而言，漢字難教難學是一般的認知；至於中小學，漢字教學則是學習國語文的基礎，但過去由於很少見到有關漢字源流和相關知識的淺近易學的工具書，所以在教學上也存在一些困難。

一般來說，要學好漢字，就必須掌握漢字的源流，亦即對漢字的起源、造字方法及形體演變等理論知識需有所了解。若能明白漢字的初文，就能掌握漢字的「源」；若能明白漢字偏旁的流變和變析，就能了解漢字的「流」。瓦歷斯・諾幹的《字頭子》一書，從現行字典的二百一十四個部首出發，分別從生物百態、人體與兩性、天地與人文、生民與戰爭等漢字的初文或準初文中，去分析其源流，以方便教師知道怎麼去「教」與學生知道怎麼去「學」。全書利用「看圖說故事」、「語文點心」、「部首要說話」、「注意部首字詞」四大架構來說解部首及其相關字族。首先，書中利用「看圖說故事」的方式，將漢字的知識，融進歷史、文化和文學的故事中，讓讀者能清楚地繫聯到該部首的相關知識。其次，透過「語文點心」提供大量的語文和文化史的知識，如甲骨文、金文、小篆、說文解字、象形、形聲、錯別字、五音、隱喻、十二生肖、史記、左傳、莊子、詩經、管子、王維、茅盾等材料 。其三，透過「部首要說話」分析字的形構，將字的本義及引申義等加以解說及詮釋。其四，以「注意部首字詞」來分析相關字族和詞語，同時也將詞義變化加以申說。透過本書的四大架構，吾人可以很清楚地掌握部首字的本形、本義及其文化意蘊。

從整體來看，本書取材豐富，詮說中肯。在四大架構外，另有六大特點：一、利用圖說和故事，使讀者親切地掌握字例；二、透過部首中之初文，去分析漢字的字源；三、按甲骨文、金文、小篆、楷書的順序排列，列出古今文字字形，方便讀者掌握字形演變；四、利用字形演變去分析文字構造，以探求該字之構意（即本義）；五、利用字義的發展，去細說文字的形義變化；六、利用漢字的符號與信息系統，展示漢字的文化意義。由此六大特點，吾人認為本書不僅清楚地解釋了與部首相關的字形源流和文化制度，同時也為漢字教學提供了一個簡明、實用的工具書。讓教師和學生在教學中，可以很方便地找到部首所繫聯的各種類型的字例；可以很容易地掌握這些字例所表達的字源、字義，進而幫助教師和學生了解蘊藏在文字背後的文化意涵。

漢字教學一向是個難點，既難教也難學，瓦歷斯・諾幹在長年的教學中，透過自己的認識與實踐，編寫了《字頭子》一書，既深入淺出，又剖析分明，既適合中小學的語文教學，更適合一般人對漢字的深層認識。總之，希望本書之出版，能從漢字理論、方法和教學素材上，對漢字教學提供實質的幫助。是為序。

（本文作者為台大中國文學系教授兼語文中心主任兼文學院副院長）

輯一
生物百態

一、人類馴養的動物

中國人的造字，最初時，大都以身邊的形象加以描繪，擷取事物的特徵構圖，充分表達出人類在繪畫（藝術）上的先天本能。《說文解字・敘》曰：「黃帝之史倉頡，見鳥獸蹄迒之跡，知分理可相別異也，初造書契。」雖然這段話具有一定的神話傳說色彩，卻也反映了中國古人造字的原則：即以他們所能認識的事物起，仿照事物自身的特點創立文字。

特別是動物，這大概是人類以外最為易見、易知、易感的生物，於是描而摹之、繪而認之，以其外形特徵，生動活潑的創造出「文字」的原形。

目前部首[1]收有動物字計二十八個部首字，大約占整個部首字的百分之十五，這反映了在與人類生活較為接近的動物，人類有可能對牠們進行細微而全面的觀察，特別是經過馴化後的家畜、動物，人類在豢養、使用、交換、凝視的過程中，不僅敏感的看到其外在的差異，並且對牠們內在秉性上的特點了解得更為清晰透徹，可見其與人類的關係密切。

動物部首中，經過人類馴化的部首字依筆劃排序有以下六字：彐、牛、犬、羊、豕、馬。

看圖說故事

「庖丁解牛」這則寓言典出〈莊子・養生主〉，用以比喻技術高超，或指能掌握事物規則，做事便能得心應手。這個「牛」是個具有繪畫神采的文字。

①甲骨文是動物正面簡化的形象，兩側向上彎的部分是角，角下向斜上方伸出的是一雙耳朵，強調牛角、牛耳的特徵。②金文也大致和甲骨文相似，只不過將耳朵拉平了。③小篆延續金文的寫法，④楷書寫成「牛」字。

「牛」，ㄋㄧㄡˊ，四劃，象形字，作為部首的稱呼為牛部，牛字旁。

「牛」，作為部首偏旁[2]時寫成「牜」，下橫斜挑，而且豎筆不鉤，如：「物」、「牲」；位在字的上方時寫成「⺧」，稱作牛字頭，如：「告」、「靠」。

｜語文點心｜甲骨文

甲骨文是中國目前發現最古老的文字（出土於殷墟[3]，及河南安陽城西北五里處，洹河邊一個名叫小屯的村落），是殷商時代人們刻在龜甲和獸骨上的文字，甲骨文也被稱作「卜辭」[4]，有時還被稱作「甲骨卜辭」，是因為這些文字的內容都是屬於向神靈詢問「占卜」有關的紀錄。要注意的是，甲骨文上的「甲」（龜甲），實際上用於占卜（用來刻字——守兆）的是龜腹

1. 部首：部首就是一些漢字所共同擁有的一個表義相同的部件，這個表義相同的部件，就是這些字的部首。一般的字書辭書，使用〝部首檢字法〞就是根據字形編排查找漢字的一種方法。
2. 偏旁：根據學者統計，現代漢字偏旁存在著三種空間關係：一是相離，如〝川〞〝八〞〝淼〞。二是相接，如〝下〞〝呆〞〝人〞。三是相交，如〝十〞〝中〞〝夷〞。
3. 殷墟：學者羅振玉得知甲骨來自河南安陽的小屯村之後，多次派人去那裡收購甲骨，並對甲骨上的文字做了考釋，認為小屯村就是文獻上所記載的殷墟，指出卜辭是殷王室遺物。其後，王國維對這些甲骨文材料進行了考證，進一步證實這裡就是盤庚遷殷後的都城。
4. 卜辭：商朝人用龜甲、獸骨占卜後把占卜時間、占卜者的名字、所占卜的事情用刀刻在卜兆的旁邊，有的還把過了若干日後的吉凶應驗也刻上去。學者稱這種紀錄為〝卜辭〞。

部的甲，而不是龜背上的甲。

近百年來，蒐集到的甲骨有十五萬片之多，卜辭使用的單字有四千六百字左右，經過研究考證，能辨識的約有一千多字。從甲骨文中可以看出象形、指事、會意、形聲等多種造字方法，從字形觀之，當時的刻字技術已相當成熟，已是一種能滿足紀錄當時語言之需要、是個初具完備的文字體系。

部首要說話

「牛」，甲骨文象正面看的牛頭形。〈說文解字．牛部〉：「牛，大牲也。象角頭三、封、尾之形。」大意是，牛，大的牲畜。象兩角和頭三樣東西，象肩胛隆起的地方和尾巴的形狀。本義就是六畜之一的牛，哺乳類，反芻偶蹄類。體型龐大，有一對牛角，草食性，可以協助人類耕種、拉車。如：牛乳、牛車。〈孟子．梁惠王上〉：「見牛未見羊也。」這是說，只見到了牛而沒有見到羊。

「牛」，之所以發「牛」的字音，可說是源於牛的叫聲，這就是所謂的「擬聲語」。牛沉重、濁厚的鳴音聲如「哞——哞——」，這正與牛的古音相近。

古時立春，民間有「鞭打土牛」（又稱「春牛」，泥塑的牛）的習俗，地方官或者鄉村長者要鞭打土牛三下，以示迎春和動耕，邊打要邊說唱著：「一打風調雨順，二打土肥地喧，三打三陽開泰……」

儘管牛的性情溫馴，但犯起脾氣來會變得非常執拗，因此常用來比喻一個人性格固執、倔強、高傲。例如：牛脾氣。從高傲義，又引申出吹噓、說大話的意思。最常用到的詞就是「吹牛」。

「牛」，是古代星宿名之一，即牽牛宿。「牛郎星」就是傳說中與天帝的女兒織女結為夫妻，織女因疏於工作，天帝忿怒，將兩人分隔在銀河兩側，每年農曆七月七日才能相會，所以這一天也是中國的情人節。潘岳〈西征賦〉有詩句：「儀景星于天漢，列牛女以雙峙。」（女：織女星。）

作為星宿名的「牛」，也是十二生肖之一，子鼠丑牛，排行第二。作為舊時記曆，「牛」指的是陽曆正月初五。正月一日為雞，二日為狗，三日為豬，四日為羊，五日為牛。

「牛」，也是姓氏之一，如：牛先生。

「牛」，如今可單用，也作偏旁使用。凡從牛取義的字，都與牛或動物等義有關。

注意部首字詞

「牛」，是個簡單的字，卻具有深遂的涵義。〈詩經・王風・君子于役〉：「日之夕矣，牛羊下來。」這首借景抒情（諷刺平王）的詩是說，天色已經昏暗，牛羊下坡回到圈裡。這種放牧歸來的恬靜情景，讓我們想到老子哲學思想中，清淨無為與柔弱似水的生命情調，老子騎牛緩行的歷史形象就有了深遂的想像與象徵意味。

「牛刀」，就是宰牛的刀，語出〈論語・陽貨〉：「子之武城，聞弦歌之聲，夫子莞爾而笑曰：割雞焉用牛刀？」殺雞當然不必勞動牛刀，這豈不是大材小用，後引申為具大材之人。

「牛耳」，簡單的意義就是牛的耳朵。牛耳奇大，在牛的形象具有象徵意義，古代諸侯會盟時，盟主割牛耳取血，分與諸侯宣誓，以表守信。〈左傳・哀公十七年〉：「諸侯盟，誰執牛耳？」也就是說，「執[5]牛耳」代指諸侯盟主，後泛指人在某方面居領導地位都可以說是「執牛耳」。

---

5. 執，會意兼表聲字，甲骨文作[illegible]，從丮（跪人）從幸（手銬），會捕捉罪人之義，幸也兼表聲，本義為逮捕（罪人），引申為拿著、握著。由於〝執〞為引申義所專用，拘捕之義便另加義符糸寫作〝縶〞來表示。

〈戰國策・齊六〉：「乃賜（田）單牛酒，嘉其行。」這裡的「牛酒」非指牛的名稱，「牛酒」就是牛和酒，是古代用牛和酒作賞賜、慰勞或餽贈的物品。

「牛馬走」，難道是牛和馬在奔走？「牛馬走」語出〈文選・漢・司馬子長（遷）・報任少卿書〉：「太史公，牛馬走。」（走：猶僕也。）這是說，司馬遷是這樣一個在皇帝之前猶如牛馬供奔走的人。換言之，「牛馬走」是作為自謙之詞。

「牝」，ㄆㄧㄣˋ，是個會意兼形聲字，甲骨文作左邊是牛，右邊是個雌性符號，本義就是鳥獸的雌性。〈尚書・牧誓〉：「牝雞無晨，牝雞之晨，惟家之索。」這是說，母雞沒有打鳴報告天明的責任，如是雌代雄鳴則家盡。這是用來喻指婦奪夫政則國亡。今有「牝雞司晨」，比喻婦人專權。

「半」，ㄅㄢˋ，今從「十」部，這其實是個會意字，金文下部是牛字，上部是個「八」，「八」就是分的意思，兩相會意就是將宰殺的牛一分為半的意思。「半」的分剖義，則由後起的轉注字「判」來承擔。

「告」，ㄍㄠˋ，今從「口」部，會意字，甲骨文作，上牛下口，會用牛羊祭祀禱告神靈求福之意。〈說文解字・口部〉：「牛觸人……所以告人也。」大意是，用口告訴人說：這牛是要牴人的！因此「告」的本義就是向神靈祈禱，引申為告訴、報告、告發。〈國語・魯語上〉：「國有饑饉，卿出告糴。」（ ㄉㄧˊ：同「糴」，買入穀物。）大意是，國家發生饑饉的災難，你就要請求買入糧食。所以「告」引申為請求義，今有「告假」，為請求准假；「告饒」，為請求饒恕。

「牢」，是個非常具象的字，甲骨文作 ，一隻牛（或羊）給關在欄圈裡，加「牛、羊」是為了表明它的用途，本義是關牛、羊的柵欄。關在欄裡的牛是準備作祭品用的，據〈禮記・王制〉的記載，祭祀時牛、羊、豬三樣祭品齊全就叫做「太牢」，只用羊、豬就叫做「少牢」。後來「牢」字的辭義，發展為關禁犯人的地方，如：「地牢」。成語「亡羊補牢」，用的是牢的本義。

從部首「牛」所組成的字裡，有些字要注意讀音與用法。

「牯」，ㄍㄨˇ，形聲字，即母牛，俗稱為閹割過的公牛。已故台灣電影導演楊德昌攝有電影影片《牯嶺街少年殺人事件》。

「牸」，ㄗˋ，形聲字，從牛字聲，比義是母牛。〈韓非子・解老〉：「戎馬乏則牸馬出。」大意是，只要戰馬一缺乏，快生小駒的母馬就需要出征。引申為畜類的雌性。

「犖」，ㄌㄨㄛˋ，形聲字，從牛勞省聲，本義為雜色牛，引申為色彩斑駁的意思，〈史記・司馬相如列傳〉：「赤瑕駁犖，雜臿其間。」（臿：夾雜。）大意是，赤玉紋采交錯，相互雜插其間。

「犨」，ㄔㄡ，形聲兼會意字，從牛雔聲，雔兼表相對之意，本義是牛的喘息聲，也指牛鳴叫聲，牛鳴則伸頸，故引申出突出義，〈呂氏春秋・召類〉：「南家之牆，犨於前而不直。」（直：正視。）這是說，（子罕）南邊鄰居的牆突出來，擋住了他宅前正視的視野。

① ② ③ ④ 豕

｜看圖說故事｜

《三字經》：「馬牛羊，雞犬豕，此六畜，人所飼。」可見，「豕」自古就屬六畜之一，而且是個重要的家畜。①甲骨文的形體，長嘴短腳、肚腹肥圓、尾巴下垂，簡單的幾劃，表現出樸拙可愛的形狀。②金文的上部就是一顆大的豬頭，頭的兩側是左右張開的大耳朵，下部是腿和短小的尾巴，整體的意

6. 奔，會意字，甲骨文作，上從夭（雙臂擺動而跑的人形）下從三止，人跑得飛快，好像腳不只兩趾似的，本義為疾走、快跑。後來三止訛變（篆變）為卉。

象均屬象徵。③小篆的形體，為了符合方塊字的書寫，字形已經看不出是豬的模樣了。④楷書寫成「豕」。

「豕」，ㄕˇ，七劃，象形字，作為部首的稱呼是豕部、豕字部。

「豸」（ㄓˋ）與「豕」長得很像，「豸」是一種貓類的動物，豕就是豬，兩字不要弄混了。

書寫「豕」字時，如作左、上、內偏旁時，末筆的一捺要改為頓點。如：「豬」、「逐」、「圂」。

｜語文點心｜**金文**

中國歷史上商周時期，人們鑄刻在青銅器上的文字，古人稱銅為金，所以叫「金文」或「吉金文」；青銅器中，樂器以鐘為最多，禮器以鼎為最多，一般用鐘鼎代表古代青銅器，因而金文又稱「鐘鼎文」或「鐘鼎款識」7。又因金文是刻鑄而成，古人將這種工藝叫「銘」（銘者刻也），所以金文又叫做「銘文」。

目前，已知的金文大約共有六千餘字，其中半數左右已經能夠解讀，而金文獲得一定程度的解讀主要是借助於清代考證學的發展。金文記載的內容非常豐富，包含奴隸主貴族祭祀、征伐、冊命、訓誥、賞賜、盟誓、立契，以及表彰仁德、頌揚戰功等生活跡象，均滲透到金文的字裡行間。

｜部首要說話｜

「豕」，甲骨文象豎起的大豬形。〈說文解字・豕部〉：「豕，彘也。竭其尾，故謂之豕。象頭、四足而後有尾。」這是說，豕，就是豬。豬發怒時，豎起牠的尾巴，所以叫做豕。象頭、四隻腳、身後有尾巴的樣子。所以「豕」

的本義就是豬類的總稱。《三字經》：「馬牛羊，雞犬豕，此六畜，人所飼。」這是說，馬牛羊雞犬豕這六種牲畜，被人類所飼養。豬不同於馬、牛、羊之類的牲畜，不能作遠距放牧，但是豬具有雜食、繁殖能力強的特點（承自野豬的特性。從新石器時代遺址出土的家畜骨骼來看，中國人飼養豬的歷史可以上溯到距今八千年到一萬年的新石器時代前期。）對於從事農業、定居生活的華夏民族而言，發達的農業為豬提供穩定的飼料，豬則為人們提供肉食來源，糞肥也增加地肥的能力，也成祭祀牲禮的重要祭品。

〈管子・大匡〉:「豕人立而啼，公懼，墜於車下，傷足亡屨。」（公：魯桓公。人立：像人一樣站著。）這是說，豬像人一樣站立著，魯桓公一時懼怕，竟然從車上墜下，傷到了腳失去了鞋子。其實，這是古人所認為的「豕禍」。「豕禍」有豕入居室、豕對語、豕生八足、人頭豕身、豕生兩頭、一頭兩身、豕人立而啼等等多種表現，均被認為是不祥之兆。

由於豕後來做了偏旁，其義又另加聲符「者」寫作「豬」來表示。今部首「豕」既可單用，也作偏旁使用，凡從豕取義的字，大都與豬類動物等義有關。如：豝（ㄅㄚ），母豬。豣（ㄐㄧㄢ），是指大豬。豪，是指豪豬，長有長而硬的刺。豭（ㄐㄧㄚ），指公豬。豲（ㄏㄨㄢˊ），是野豬。豵（ㄗㄨㄥ），是一歲的豬。

今「豕」可單用，也作偏旁使用。凡從豕取義的字，都與豬類動物有關。

｜注意部首字詞｜

「豕」、「彘」、「豬」、「豚」，都是指豬，只不過一為象形字（豕與彘），一為會意字（豬與豚），也有方言的差異。「豬……關東西或謂之彘，或謂之豕。」（《方言》[8]卷八）在先秦[9]，豕與彘是指大豬，豬與豚其實是指

7. 鐘鼎款識：青銅器上的文字，其凹入器面者稱為〝款〞，其凸出器面者稱為〝識〞。

小豬，兩漢之後才泛指豬，而彘，最早指的是野豬。

一般認為豬貪食，故以「豕心」比喻貪婪之心。「豕牢」可不是豬的監牢，〈國語・晉語四〉：「大任娠文王不變，少溲於豕牢，而得[10]文王，不加病焉。」大意是，太任（周文王母親）是夢見與巨大的豬人在廁所後，生下文王姬昌，他得到豬神的庇護，從小都不患病。「豕牢」是指廁所，另一義就是指養豬的地方。

「圂」，ㄏㄨㄣˋ，今從「囗」部，會意字，甲骨文作，象兩隻豬被圍在豬圈裡，本義是豬圈，由於古代的豬圈常與廁所連在一起，人們又讓豬吃屎，所以「圂」又引申稱廁所，後來這個詞義給了「溷」字，指汙穢糞便。

「家」，會意字，今從「宀」部。甲骨文作，家屋裡有隻公豬，金文作，突出了這隻公豬的生殖器，這到底是怎麼一回事呢？上古先民在養豕（豬）時就發現豭（野公豬）經常光臨豬圈，使母豬懷孕，這些不請自來的公豬就像上古時期母系社會的男人一樣，晚上光臨女家，到了黎明悄悄離去。野公豬與男人行徑驚人的相似處，也在日後的口語話「豬哥」一詞洩漏了祕密。秦始皇統一中國後，認為這種現象（在一妻一夫制度下）實屬「淫佚」，於是巡狩會稽時，刻石明令：「禁止淫佚，男女潔誠；夫為寄豭，殺之無罪。」這就是「家」字會有頭公豬的緣由。

「豪」，ㄏㄠˊ，形聲兼會意字，古文從㣇（一ˋ，野豬）高聲，高也兼表長，會長毛豪豬之意。篆文後異體改作從豕。本義為豪豬，也叫箭豬，是一種身上有長而硬刺的毛一類的豬。豪豬凶猛，故引申為卓越的人物，如豪傑。又引申為豪邁、豪放，這樣個性的人，一般都不從流俗，也常視法紀為無物，於是「豪」又指橫暴、強橫，陶潛〈詠[11]荊軻〉：「豪主正怔營。」（豪主：強橫之君，指秦王。怔營：惶恐不安的樣子。）事物花用如果也是豪放、強橫，就是指奢侈的意思了。

「豪」、「傑」、「英」、「俊」，都有表示一個人具有超凡的才智、品德的意義，但是「傑」、「英」、「俊」三字一直用於褒義，而「豪」字有時用於貶義，如：巧取豪奪、土豪劣紳。

「豫」，ㄩˋ，也從「豕」部，本義是安逸、安樂。〈尚書・金縢ㄊㄥˊ〉：「王有疾，弗豫。」是說，王有疾病，不得安樂。「豫」從本義引申為出遊，又做預備、預先講，又當「猶豫」的「豫」。今有同音的「預」字，本為「豫」的異體字，後來在遊樂的意義上，一般用「豫」；在預先的意義上，則使用「預」字。

「豨」，ㄒㄧ，形聲字，篆文從豕希聲，本義為豬奔跑戲鬧的樣子，引申泛指大豬。〈墨子・耕柱〉：「狗豨猶有鬥，惡有士而無鬥矣？」這是說，狗豬尚且有爭鬥，哪有士人沒有爭鬥的呢？

「豳」，ㄅㄧㄣ，形聲兼會意字，篆文從山豩（ㄅㄧㄣ）聲，豩也兼表駁雜之意，隸變後楷書分別寫作豳與邠。本義為豳山，又用作古都邑名。這是古地名，在今陝西省旬邑縣西，周的先祖公劉即在此立國，〈詩經・大雅・公劉〉：「篤公劉，於豳斯館。」（館：用作動詞，建房舍。）這句詩的意思是，忠厚啊公劉，他在豳地建造房屋。

8　《方言》：《方言》一書的全稱是《輶軒使者絕代語釋別國方言》，作者揚雄（西元前53—西元18年），字子雲，西漢蜀郡成都（今四川成都）人。他是文學家、哲學家，也是著名語言學家。《方言》不僅是中國語言學史上第一部對方言詞彙進行比較研究的專著，在世界語言學史上也是一部開闢語言研究的新領域，獨創個人實際調查的語言研究的新方法的經典性著作。在《方言》尚未完全成書之時，與揚雄相識的張伯松（西漢張敞之孫）就盛讚它是〝懸諸日月不刊之書〞。意思是說，你的書是可與日月爭輝、不容刪減一字的大作！（〈揚雄答劉歆書〉）

9. 先秦：即對秦朝以前夏、商、周三個朝代的統稱（也稱為〝三代〞），時間為公元前21世紀到公元前222年，主要是指商周時代。

10. 得：從又持貝（古時貨幣），會有所得，會意字。後加彳旁，表示得於路上。

11. 形聲字形旁換：詠與咏。形聲字形旁換用中，最多的情形是形旁意義雖不相同，但比較接近的。1.口旁與言旁相通：歌詠—歌咏，吟詠—吟咏，喧嘩—諠譁。2.口旁與欠旁相通：嘆息—歎息，呼嘯—呼歗。3.欠旁與言旁相通：歌唱—謌唱。4.言旁與心旁相通：悖論—誖論。5.禾旁與米旁相通：稉米—粳米，穤米—糯米，米穅—米糠，稗子—粺子。6.辵旁與足旁相通：逾越—踰越，痕迹—痕跡。7.辵旁與彳旁相通：曲徑通幽—曲逕通幽，普徧—普遍。8.魚旁與黽旁相通：鱉—鼈，大鱉—大鼈。9.犬旁與豸旁相通：小猫—小貓。其他：刺蝟—刺猬，焚書坑儒—焚書阬儒，溪邊—谿邊，韁繩—繮繩，耀目—燿目，火焰—火燄。

③ 彑 ④ 彐

| 看圖說故事 |

甲骨文和金文都沒有收這個字，在③小篆上，這形狀是上頭尖銳、面部碩大的樣子。④楷書寫成了「彐」。

「彐」，ㄐㄧˋ，三劃，象形字，作為部首的稱呼是彐字頭、彐字部。

「彐」字作上偏旁時，一般寫作「彑」。

| 語文點心 | 小篆

這是中國秦代通用的八種書體之一，又稱秦篆，秦篆有圓筆與方筆之別，圓筆以秦刻石為代表，方筆以秦詔版文為代表，為秦篆之俗體。後由李斯、趙高、胡母敬等人簡化大篆而成，字形大小統一，筆劃平均，見於秦代的石刻上。

秦始皇12完成統一大業發生在即位第26年（公元前221年），這一年，頒布了天下統一宣言詔，作為統一的文字，便以皇帝使用的書體——篆書為準，而臣下所使用的書體被稱作「隸書」13。皇帝所使用的這種標準書體被稱為「小篆」，這是為了區分上的方便，把在此之前的書體稱之為「大篆」，但大篆的傳世極少。

從文字學的角度觀之，小篆是古文字14階段的最後一種字體，是上聯古文字、下通今文字的橋梁。

｜部首要說話｜

「彐」，甲骨文象宰殺後懸掛的牲體形，上頭尖銳、面部碩大，這種形象最常見的是什麼動物呢？就是「豬頭」啊！在民間祭拜的大型祭物，擺上案桌的豬頭，不就是上頭（鼻部）尖尖，露出整張肥厚的臉部！《說文解字》上寫著：「彑，豕之頭，象其銳其上見也，讀若罽。」

從「彘」（甲骨文，箭射中豕身，可見是野豬）、「彝」（甲骨文，雙手捧著一隻雙翅被捆上的雞，雞嘴邊有米粒，是祭祀用的福物。後來「彝」作為一切祭器的代稱）等字來看，「彐」，可視為是獸（如野豬）、禽（如雞）的頭部的象形。

一般說來，彐（彑）不單獨成為一個字，而是當部首偏旁來使用，凡是由部首「彐」所組成的字，大都與豬的形象、動作有關。如：「彖」，是豬在走路、「彘」，就是豬的別名（一作野豬）。

---

12. 書同文字：從文字發展的巨觀視野來看，商周時期，漢字為王與朝廷壟斷，在占卜、祭祀、記史諸事，掌握與使用文字是政治的特權。平王東遷，周室衰微，四方諸侯各行其是，形成漢字發展上的〝文字異形化〞（百家爭鳴）的文字混亂局面，秦始皇〝書同文字〞政治運動的結果，確立了小篆作為官方認定的標準文字，也正式終結〝文字異形化〞的遠颺。
13. 隸書：隸書是漢字發展的重要階段，被學界普遍認為是古今漢字的分水嶺。從書體上看，隸書簡化了小篆的形體，把小篆圓轉彎曲的筆劃改為平直的寫法，使漢字擺脫了象形性的束縛，實現了漢字的筆劃化、符號化。隸書的源起，僅流傳於傳說，「按隸書者，秦下邽人程邈所作也。」（唐．張懷瓘《書斷》），但文字的發展絕非一人之力可為，隨著秦簡和漢簡的出土，興起另一個隸書源起的說法，即：隸書出於徒聿（獄吏）之手。晉代衛桓《四體書勢》說：「秦既用篆，奏事繁多，篆字難成，即令聿人佐書，曰聿字。」
14. 古今文字：漢字的發展經歷了古文字、今文字兩大發展階段。所謂的〝古、今〞是相對於漢代而言，漢代通用的字體是隸書，現代多數文字學者把早於隸書的漢字的各種不同形體統稱為〝古文字〞，古文字包括甲骨文、金文、篆書（又可細分為大篆、小篆）等；把晚於隸書（包括隸書）的漢字的各種形體統稱為〝今文字〞，今文字包括隸書、楷書、草書、行書。

「彗」，ㄏㄨㄟˋ，象形字，雖然今從「彐」部，卻是個訛變的字。甲骨文作[oracle-bone form]，上部作「羽」形，下部的小圓圈表示是彗星15的核，整個形象是彗星在夜空中的象形，小篆作[seal form]，上部訛變為雙「生」，下部訛變為「彐」（手），成了手持掃帚。《說文解字》當「彗」同掃帚義，其實「彗星」俗稱掃帚星，因其接近太陽時周圍有雲霧狀光輝，並拖有長長的光尾，就像是掃帚平放之形。因此，「彗」，本義既是掃帚，也特指彗星，〈呂氏春秋．明理〉：「其星有熒惑，有彗星，有天棓……」（天棓ㄈㄨˊ：星名。）這是說，天上的妖星有熒惑，有彗星，有天棓。

「彗汎畫塗」，語出《漢書》，是形容以帚掃氾灑之地，以刀畫泥中，表示非常容易的意思。

「彘」，ㄓˋ，會意字，甲骨文作[oracle-bone form]，是箭射中野豬形，會獵獲一豕之意，本義是獵獲野豬，這也是豬的另一個別名，特別又用於野豬。野豬力大凶猛，脾氣暴躁易怒，成語「狼奔彘突」，就是形容橫衝直撞的意思。《孟子．梁惠王上》有：「雞豚狗彘之畜，無失其時，七十者可以食肉矣。」這就是說，雞鴨豬狗不失時節地畜養，年滿七十的人就能吃上肉了。

「彙」，ㄏㄨㄟˋ，形聲字，篆文從[seal form]（野豬）胃省聲，本義是刺猬，這是種多刺毛的動物。〈山海經．北山經〉：「其獸多居暨，其狀如彙而赤毛。」（居暨：傳說中獸名。）大意是，山中的野獸大多是居暨，這種獸樣子像刺蝟，卻長有紅毛，發出的聲音像小豬。「彙」由多毛的動物引申為同類、聚集義。今多用「彙」的引申義，如彙刊、彙集、彙報、彙編。

「彝」，ㄧˊ，是個會意字，甲骨文作[oracle-bone form]，下部是左右兩手，上部是隻禽鳥被割斷脖子後血液一滴滴地落下，表示這是以鳥血獻祭。金文加上「糸」，有了對先祖業績的追溯之意。因此，「彝」本義是以鳥血獻祭，因為殷商16時代出現了各[17]種鳥形青銅器具，「彝」進而成為青銅祭器的總名，後也作為盛酒器。在林林總總的青銅器中，彝器可說是祭祀的主體，所謂彝器就是宗廟裡祭祀的常器，因為彝是宗廟常器，後引申出常理、法度的意義，如「彝教」，就是合於法度的教化。〈詩經・大雅・烝民〉：「民之秉彝，好是懿德。」大意是，人的本性，就是愛好美德。今有「彝族」，為中國少數民族之一，分布在雲、貴、川之山地。

① ② ③ ④ 犬

｜看圖說故事｜

「烹犬藏弓」，是比喻功臣在事成之後，反而遭冷落或被殺害。這個人類忠實的朋友「犬」字，①甲骨文寫成站立的樣子，頭朝上、尾朝下，腿朝左邊。②金文的樣子就更像隻忠犬，左右兩側是耳朵，下部的尾巴向右捲起，就像是見到主人歸來的模樣。③篆文反而不太像隻犬。④楷書寫成「犬」。

「犬」，ㄑㄩㄢˇ，四劃，象形字。當作偏旁的時候寫成「犭」，又叫做犬字旁，一般都寫在字的左邊。如：犯、狗、狄。

---

15. 彗星：《春秋》記載：「魯文公十四年，秋七月，有星孛入於北斗。」〝星孛〞就是彗星，這個紀錄在公元前613年，經現代天文學家的考證，這是世界上最早一次哈雷彗星的紀錄。
16. 殷商：殷商是中國歷史上第二個朝代（第一個朝代是夏），時間約為公元前17世紀至前11世紀，歷時六百餘年。第一個王即〝湯〞，建都于亳，國號曰商。至第十九代王盤庚時遷都於殷（今河南安陽小屯村一帶），直到紂滅。商代後期稱作殷代，或概稱殷商。甲骨文大都全是殷代的遺物。
17. 各：會意字，甲骨文作，從夂（倒止，迎面來的腳趾）從□（古人穴居的洞口），會來到的意思，本義為到來。古籍中多借〝格〞字表示到來。

「犬」比「大」多右上一點，不要寫錯了，這一點移到下方，又成了「太」字，而「大」、「太」與「犬」一點關係都沒有。

「豸」（ㄓㄟ）和「犭」有些相似；「豸」是指一種貓類的動物。兩字要注意分辨。

｜語文點心｜楷書

楷書是中國漢字書體的一種，形體方正、結構平穩、筆鋒藏而不露，作為楷模的標準書體。這是由漢隸轉化而成[18]，創始於東漢。大約在公元600年左右，就朝代而言大約在隋朝，現在所謂的「楷書」書體就已經完全成形了。

從使用的材料來看，「隸書」是為了把文字寫在木簡上而出現的，「楷書」則是為了把文字寫在紙[19]上才應運而生的。因為原來書寫木簡時使用的鹿毫筆，不適合把文字寫在柔軟的新材料（紙）上，漸漸地就開始嘗試使用柔軟的材料製造筆，最終採用了兔毫竹管筆，用這種筆書寫在紙上的書體就稱為「楷書體」。

｜**部首要説話**｜

「犬」，甲骨文象大狗形。《說文解字》：「犬，狗之有懸蹄者也。象形。孔子曰：『視犬之字如畫狗也。』」這是說，犬，狗中蹄趾懸空不著地的一類。孔子說：「看犬字好像看到畫狗的樣子。」可見，「犬」的本義就是狗。在古時候，大狗叫做犬，小狗叫做狗，現在，「犬」和「狗」兩字相通。

〈韓非子．內儲說下〉：「狡兔盡則良犬烹。」這句話來自於一個故事，西漢初年，幫助漢高祖劉邦打天下、立下汗馬功勞的大將軍韓信，因被懷疑圖謀造反，被迫服毒自殺。臨死之際，他說了一句傳世名言：「狡兔死，走狗烹。」意思是說，追捕狡猾的兔子時，善跑的獵狗一定會被重用，一旦捕完了兔子，狗不再受到重用，就會被煮來吃掉。後世用以比喻功臣在事成之後，反而遭冷落或被殺害。

我們在看古書的時候，古人經常使用「犬」的比喻義，用於謙詞或蔑稱，例如：「犬子」是表示對自己小孩的愛稱。〈春秋繁露·郊事對〉：「臣犬馬齒衰。」這是說，謙稱自己年華老去，體衰力薄。

「犬馬」一詞，也往往是封建時代臣下對君上的自喻，以表示忠誠、甘心任勞任怨，如李密〈陳情表〉：「臣不勝犬馬怖懼之情，謹拜表以聞。」（拜表：上表。古時人臣的章表，必須先拜而後上，故云。）這句話是說，臣滿懷犬馬惶恐的心情，恭敬地上表奏報。這裡的「犬馬」，就是自喻如犬馬一般效勞於主人。

從「犬馬」義，又引申出對人的蔑稱。例如，雲長勃然大怒曰：「無虎女安肯嫁犬子乎！」

今「犬」既可單用，又可作偏旁使用。凡從部首「犬」取義的字，大都與狗與動物的行為等義有關。

---

18. 漢隸：隸書原是為了適應在竹木簡上的書寫而成扁平狀（儘可能在狹長的竹木簡上容納最多的字），紙的出現，消除了以往各種書寫材料對文字書寫活動造成的種種障礙，於是被壓扁的隸書也就沒有必要再扁下去了，經過又一輪日常草化書寫的衝擊，漢字又由強調左右波勢的隸書，轉變成橫平豎直的楷書了。
19. 灞橋紙：在蔡倫造紙之前的西漢時期，一種紙已經進入了當時人們的社會中。1957年，從流經西安郊外的灞橋橋畔的漢代古墓中，出土了〝灞橋紙〞（推測產於漢武帝時代），這種紙紙質較厚，主要成分是麻，原料都是舊麻布衣服和舊麻繩之類，〝灞橋紙〞未著一字，它是用於包裹銅鏡的。作為書寫使用的紙，要到蔡倫總結人們的造紙經驗，研製出了以樹皮、麻頭、破布、魚網為原料的、既輕便又潔白的紙。

注意部首字詞

「犬牙」，原指狗的牙齒上下參差不齊，後來多用於比喻地形、地勢交錯。今有成語「犬牙相制」，形容錯綜參差，相互牽制。「犬牙相錯」，是指地界交接，形勢如同狗牙，雖參差而相互牽制。也用來泛指各種因素互相牽連，錯綜複雜的局勢。

古籍中見有「犬馬戀」，這可不是狗和馬相戀，曹植《文選》上〈責躬應詔詩表〉：「踊躍之懷，瞻望反側，不勝犬馬戀主之情。」這是用來比喻臣僕對君主的懷戀。

「獸」，ㄕㄡˋ，甲骨文作 [illegible]，右邊是一隻犬，左邊是個單（即杈）。上古先民在獵獸時，先是讓狗迅速趕到並滯留獸，直到手持單和獵網的獵人趕到。這個「獸」字正是古代狩獵活動的真實寫照，因此「獸」的本義即表示狩獵這種行為，也表示狩「獸」。因此，早期的「獸」字既可作名詞的「獸」，也可作動詞的「狩」，直到專有專義之後，才分化出「獸」、「狩」二字。

三犬為「猋」（ㄅㄧㄠ），會意字，表示群犬奔跑的樣子，引申為迅疾的樣子。暴風、旋風，風的速度很快也叫做「猋」，《漢書．刑法志》：「猋起雲合。」

「獄」，ㄩˋ，會意字，像兩隻犬相對狺吠的樣子，本義是爭訟，引申為治罪，當名詞解就是監獄。「獄」字從言，表示有所爭訟，為了防守因訟而被拘者，才有了獄的空間屬性。從漢代開始，監獄始稱為「獄」，一直使用到元朝。到了明朝時，始稱獄為「監」，取其監察之意，清代以後才合稱為「監獄」，成了一個固定的名詞。

由部首「犬」所造的字有許多是種族的名稱，這大致是漢族中心主義作祟，喜歡把異族視為動物，古人把狄族稱為「犬狄」，壯族叫「獞」，另有「獫狁」（ㄒㄧㄢˇ ㄩㄣˇ）是古代北方少數民族名，「獠」（ㄌㄠˇ）是南方少數民族名。

另有幾個部首「犬」所造的字要注意讀音與用法。

「犴」，ㄢ丶，形聲字，篆文從豸，干聲，隸變後異體作「犴」，同「豻」，本義是古時北方的一種野狗，似狐，黑嘴，身長七尺，有威力。由於犬是用來守門戶的，牢獄的門看守最嚴，遂用於代指古代鄉亭的拘留所，所以後世又以「犴」泛稱監獄。〈詩經・小雅・小苑〉：「哀我填寡，宜犴宜獄。」（填ㄉㄧㄢ丶：通「瘨」，病。）詩的大意是，可憐我又病又窮，難道還要遭起訴入獄嗎？

「狃」，ㄋㄧㄡˇ，會意兼形聲字，古文和篆文從犬從丑（扭住），丑也兼表聲，會犬習以為常之意，本義是習慣，因習以為常而輕忽的意思。〈詩經・鄭風・大叔于田〉：「將叔無狃，戒其傷女。」（女：汝。）大意是，願他不要習以為常而大意，當心老虎傷著。「狃」，又當貪圖與充任義，《國語・晉語七》：「日君乏使，使臣狃中君之司馬[20]。」大意是，當初君上身邊無人，今臣擔任中君之司馬職。

「狙」，ㄐㄩ，形聲字，篆文從犬且聲，本義是指古書上的一種獼猴，獼猴給人有狡猾的感覺，於是引申為狡詐；獼猴又多藏在樹林中伺機而動，所以又當窺伺講，〈史記・留侯世家〉：「秦皇帝東游，良與客狙擊秦皇帝博浪沙中，誤中副車。」這句話是說，秦始皇到東方巡遊，張良與大力士在博浪沙這個地方襲擊秦始皇，卻誤中了副車。

---

20. 司馬：司馬，最早是作為古代官名，後來以官為姓，成為姓氏之一。在西周時期，司馬、司徒、司空並稱〝三有司〞，司馬為朝廷重臣，掌管軍政與軍賦。春秋時期，各諸侯國官制中都有司馬一職。戰國時期，軍將或軍師常被稱為司馬，軍隊的將帥之下另設有很多司馬之職，分別承擔不同的任務。隨後歷代各有司馬官制，其後以官為名，司馬相如、司馬遷、司馬光等歷史上有名的文學家、史學家，其〝司馬〞已是姓，而非官名。

① ② ③ ④羊

｜看圖說故事｜

〈詩經・大雅・生民〉：「誕寘之隘巷，牛羊腓字之。」（寘ㄓ丶：同「置」，棄置。腓：避。字：哺乳。）詩的意思是，他把后稷拋棄在小巷，牛羊來庇護，餵食他奶水。詩中的「羊」字，①甲骨文裡乍看以為是株植物的形狀，其實這是某種動物正面的頭形，上部是一對左右下彎的角，像箭頭一樣的部分是嘴巴，讓人一看就知道這是隻羊，因為突出了彎捲的羊角。②金文就更像羊了，一對大角向下彎曲，這就是羊頭的形狀啊！③小篆是由金文變化而來的。④楷書寫成「羊」。

「羊」，ㄧㄤˊ，六劃，象形字。一般稱為羊字頭，位在字的上部，也寫成——「⺷」。當「羊」在左半邊時，中間的一豎常寫成一撇——⺶。

由部首「羊」組成的字大都與羊類動物與美好有關。

｜部首要說話｜

「羊」，甲骨文象從正面觀察的羊頭形。〈說文解字・羊部〉：「羊，祥也。從𦫳象頭角足尾之形。孔子曰：『牛羊之字，以形舉也。』」大意是，羊，吉祥。從𦫳，就像羊的頭、角、足、尾的形狀。孔子說：「『牛』字、『羊』字，是根據牠們的形體描繪出來的。」所以「羊」的本義就是羊，哺乳動物，反芻偶蹄類，可分為綿羊與山羊兩種。

羊，可說是最早被中國先民馴化的野生動物之一，羊的性格溫馴，食草而不與人爭食，幾乎不傷害人類。當社會從漁獵生產過渡到農牧生產時，人們逐漸定居，羊成了被飼養最多的家畜，而羊對人的貢獻多矣，肉可食、毛皮可製衣，簡直就是「美好」的畜養動物。

《春秋繁露》中寫著：「羔飲之其母必跪，類之禮者。」這是說：小羊在母羊身邊吃奶時必定是跪著的，好像懂得禮義一樣。人們於是把羊視為子女孝順父母的象徵，並且納入到十二生肖之中。

上古時候的人過著游牧生活，羊活得好、繁殖得多，是一件很吉祥的事情，所以「羊」就有美好、吉祥的意思。而「羊」就是「祥」的古字，在這個意義上，「羊」讀作ㄒㄧㄤˊ。

由於羊肉鮮美，是古代生活、祭祀用的珍品，占有重要的地位，故借用來表示吉利的意思。

羊，可單用，也作偏旁使用。凡從羊取義的字，都與羊、美善、吉祥等義有關。

｜語文點心｜**十二生肖**

十二生肖最早見於中國第一部詩歌總集，相傳以十二種動物取代十二地支，來代表十二個月令，是漢朝東方朔的想法。也有人認為，十二生肖首先出現於記時。一晝夜是二十四小時，古代天文學家將晝夜分為十二時辰。同時，在觀天象時，依照十二種動物的生活習慣和活動的時辰，確定十二生肖。一天的時辰和動物搭配就排列了下來：子鼠、丑牛、寅虎、卯兔、辰龍、巳蛇、午馬、未羊、申猴、酉雞、戌狗、亥豬。後來人們把這種記時法用於紀年，就出現了十二生肖。

---

21. 后：中國大陸在漢字簡化中，將〝後〞〝后〞簡化為〝后〞，但兩字的本源是不同的。后，會意字，甲骨文作，從女從倒子，或旁加小點為羊水，會母生子之意，是〝毓〞（育）的本字，本義是婦女產子。母系氏族時代，族長是一族之始祖母，以其生育子孫之功，尊之為〝后〞，爾後用作名詞，春秋戰國以後專用以指帝王的正妻。

注意部首字詞

「羊」，單字的意義不難理解，但由「羊」聯繫起來的詞，未必有「羊」的本義與引申義，如《莊子．逍遙遊》：「有鳥焉，其名為鵬，背若泰山，翼若垂天之雲，搏扶搖羊角而上者九萬里。」（搏ㄊㄨㄢˊ：憑藉。）末一句難道是說看到了羊角被大風吹上九萬里高？這裡的「羊角」是指彎曲而上升的旋風。這句話的意思是，（在北邊的大海）有一隻鳥，牠的名字叫做鵬，背脊像泰山一般，翅膀像天邊的雲彩，牠拍擊著旋風一直向上飛了九萬里。

「羊酒」一詞猶如「牛酒」，是指餽贈的禮物，也作祭品來使用。

「羊車」，是一種古時用於宮廷或供小孩乘坐的用羊拉的小車。

「美」，是個大家都喜歡的字眼。象形兼會意字，下從人，上向有羊形頭飾形，會形貌好看義，一般作「羊大」為美，會意字，或看作「人大健壯如羊」為美，這都是美好的意思。今有學者左民安認為，[甲骨文字形]甲骨文作下部為人，人字上方是戴著羽毛之類的裝飾物，兩相會意為「美」的形象。不論如何，「美」是美好的意思，後來也稱容貌美好的女子為「美人」。不過，也有「美人」非指女子的，如蘇軾〈前赤壁賦〉：「望美人兮天一方。」這「美人」指的卻是「虹」，虹垂掛天上顯示出七彩的顏色，是天之「美人」。

「美」與「麗」，在美麗、華麗的意義上是同義詞，它們的區別在於，「麗」多用於容貌、服飾、顏色等方面，而「美」的意義卻寬廣得多，既可用於具體事物，又可用於抽象事物。

「羞」，ㄒㄧㄡ，會意兼形聲字，甲骨文作[甲骨文字形]，左羊右手，表示手持羊要進獻的意思。小篆從羊從丑（小篆羞字「羊」與「又」兩部分交叉，後來成為「丑」字），丑亦表聲，本義是進獻。〈左傳．隱公三年〉：「可薦於鬼神，可羞於王公。」大意是，（只要出於誠心）這些東西都可以祀奉鬼神，可以獻給王公大人們。祭祀進獻的食物都是有滋有味的，於是引申為「美食」，但這個意義後來由「饈」字承擔。今「羞」大都當「羞恥」講，這是因為「羞」與「丑」古音相近之故，後來以「羞」通「丑」講，因而引申為羞慚、恥辱義，如司馬遷〈報任安書〉：「不亦輕朝廷、羞當世之士邪！」大意是，難道這不是輕視朝廷、使當今士人羞恥嗎！

「羞」、「恥」、「辱」三字都有羞慚、羞愧義，但是「羞」比「恥」、「辱」的用義比較輕。「恥」與「辱」雖為同義詞，但作為動詞時，「恥」常作「意動」，即意為「對……感到恥辱」；而「辱」則表示受辱或侮辱。另外，「辱」有「辱沒」這樣的意義作為謙詞，這是「恥」所不具備的意義。

由部首「羊」所組成的字，有很多字指的是各種的羊，「羔」，小羊。「羖」（ㄍㄨˇ），黑色公羊。「牂」（ㄗㄤ），母山羊。「羝」（ㄉㄧ），公羊。「羜」（ㄓㄨˋ），幼羊。「羠」（ㄧˊ），閹割過的公羊。「羬」（ㄑㄧㄢˊ），大羊。「羱」（ㄩㄢˊ），大角野羊。

① ② ③ ④馬

| 看圖說故事 |

辛棄疾是南宋大詞家，〈破陣子〉有詞填為：「馬作的盧飛快，弓如霹靂弦驚。」（的盧：是古代良馬。）詞句中的「馬」字，①甲骨文裡是隻頭朝上、背朝右、尾朝下的形體，這是一張側視圖，有明顯的大而扁的眼睛，直立向上飄揚的鬃毛，對動物形象準確的描繪，可說是入木三分。②金文的形體也大致與甲骨文一般[22]，雖然筆劃簡化了，但是頸上的鬃毛依然可見。③小篆的

22. 漢字構形：漢字的構形，歷來取縱勢而形成長方形，主要為漢字的造字本以描摹客觀事物為原則，而客觀事物絕大部分都是直立的。字形呈長方形，在甲骨文、金文中已成為常規，受這種常規的影響，有一些描摹橫臥事物的文字，也將描摹的事物豎立了起來，如虎、象、馬、魚等。

寫法已經看不太出來是一匹馬了。④楷書寫成「馬」。

「馬」，ㄇㄚˇ，十劃，象形字，作為部首的稱呼叫馬部或是馬字旁。

｜語文點心｜入木三分

王羲之是我國古代一位傑出的書法家，在歷史上享有很高的評價，被後人稱為「書聖」。

王羲之的楷書師法鍾繇，草書學張芝，亦學李斯23、蔡邕等，博採眾長。王羲之的書法作品，以行書〈蘭亭集序〉最為知名。〈蘭亭集序〉寫於東晉永和九年（公元353年），集敘事、寫景、書情於一爐的優美散文，字體遒媚勁健，原文共324個字，其中凡相同的字，寫法各不一樣。筆法、結構多方變化，但又不離奇古怪，筆墨橫飛、氣象萬千，自唐以來，為歷代書家所推崇，被譽為「天下第一行書」。

據說曾有一天，他把字寫在木板上，拿給刻字的人照著雕刻。這個人先用刀削木板，卻發現筆跡竟然透進木板裡有三分深度，這件事情可是轟動了整個京城。用毛筆寫字在木板上，而筆跡還能透進三分的深度，除了身懷絕技的人還有誰會有這種能力呢？於是，後來的人便根據這段故事的情節，直接把「入木三分」，用來形容人們寫文章，或者是說話的內容非常深刻。

｜部首要說話｜

「馬」，甲骨文象馬形。〈說文解字・馬部〉：「馬，怒也，武也。象馬頭髦尾四足之形。」這是說，馬，昂首怒目，是勇武的動物。象馬的頭、鬃毛、尾巴、四隻腳的樣子。「馬」的本義即強武有力的大型家畜——馬。馬，被稱為六畜之首，但人們養馬既不是作為肉食或祭品，也不做廣泛的用於農耕與運輸。馬，在古代成為人們重要的交通工具（特別是傳遞信息），也是建立功業的戰具（用於戰場上）。於是關於馬所流傳下來的成語多與怒、武的形象相扣合。

「馬」，是種哺乳動物，面部特長，有句諺語是「馬不知臉長」，這就是取馬臉部的特性，用來比喻一個人不知道自己的缺點。馬的頸部長而靈活，有鬃，四肢輕捷，視覺、聽覺、嗅覺都很靈敏，所以在很早的時候，人類就懂得馴馬成為運輸、交通、作戰的助手了。如〈詩經・周南・卷耳〉：「陟彼高岡，我馬玄黃。」（玄黃：有病的樣子。）大意是，登上高高的山梁，我的馬兒毛色都已經病黃了。

馬的形象殊異，飛奔時頸上鬃毛獵獵，於是引申形狀像馬的，如：海馬。又引申為像馬一樣奔跑不定的，今有成語「心猿意馬」，形容眾生的心，不能安住，喜攀緣外境。

古時候計算所用的器具就叫做「籌馬」，現在寫作「籌碼」。如〈禮記・投壺〉：「正爵既行，請為勝者立馬。」這個「馬」指的是「籌馬」，「立馬」就是司射（競賽遊戲）的計分工具。這句話是說，罰酒飲過之後，為勝利的一方安置籌馬。

「馬」，也是百家姓之一，如：馬英九。

今「馬」可單用，也作偏旁使用。凡從馬取義的字，都與強武有力的馬、軍事等義有關。

｜注意部首字詞｜

「馬」，本無角，馬若有角，恐怕就是生物的變異現象，所以「馬生

23. 李斯：秦相李斯（公元前208年），可稱得上是中國書法史上第一個有記載的書法家，〈泰山刻石〉上小篆的書寫，線條圓潤舒暢，疏密勻停，給人以端莊穩重的感覺。唐代張懷瓘稱頌李斯的小篆是〝畫如鐵石，自若飛動〞，〝骨氣丰勻，方圓妙絕〞。

角」，在古時是被視為不祥之兆。這種微乎其微的「馬生角」，也就喻為是不可能的事情。〈史記．刺客列傳．論〉：「世言荊軻，其稱太子丹之命，『天雨粟，馬生角』也，太過。」這是說，天上落下粟雨、馬長了角，這都是指不可能的事情。

「馬首是瞻」，「瞻」是回頭看的意思，這句解為「回頭就看到馬的頭部」就要笑話了。古時作戰，以主將騎24乘馬頭所向以統一進退。所以這是用以比喻毫無主見，服從指揮或跟隨他人進退，不敢稍加違背。

「洗馬」，說的並非是洗刷馬匹，而是指在馬前馳驅之意，後來作為古代官名。〈漢書．百官公卿表〉記載太子太傅、太子少傅的屬官有「先馬」，對此，張晏說「先馬」定員有十六人，品秩與謁者相同。《後漢書．百官志》記載太子洗馬的品秩為比六百石，如果太子還沒有立，就不設置太子洗馬的職位。《後漢書．輿服志》記載，「謁者，古代又叫作洗馬。」「太子洗馬」就是指太子的隨從官員，最早設立於漢朝。洗，通假於「先」，洗馬也就是先馬，意思是在馬前做先導，讀作洗（ㄒㄧㄢˇ）馬。

「馭」，ㄩˋ，會意字，從馬從手（㕚），表示駕馭馬車的意思。引申為控制、統治的意思，如〈荀子．君道〉：「欲治國馭民，調壹上下，將內以固城，外以拒難。」大意是，打算治理國家，駕馭人民，調一上下級別，就應該對內來堅固城廓，對外來抵禦禍難。

「馭」與「御」，都有駕馭的意思，兩字相通嗎？其實，在駕馭馬車、馭手、控制的意義上，兩者通用，此外，「馭」就沒有其他意義了，而「御」的意義卻廣泛得多，如：抵禦、侍奉……等。

「驕」，ㄐㄧㄠ，會意兼形聲字，篆文從馬從喬，喬也兼表聲，會雄壯的高頭大馬之義，本義是馬高大健壯，這類的馬常受主人的喜愛，於是引申為「寵愛」。受到寵愛者，就會產生某種程度的傲氣，因此又引申為高傲、傲慢義，〈商君書．戰法〉：「王者之兵，勝而不驕，敗而不怨。」現今將「驕傲」連用，兩字其實有所差異：「驕」是自滿，是一種心理狀態，庶幾高人一等那樣的滿足感；「傲」是傲慢，沒禮貌，是一種行為表現。

「驫」[25]，ㄅㄧㄠ，會意字，從三馬，會眾馬奔馳之意，本義是眾馬奔騰的樣子。

從「馬」部所構造的字也多有關於各種馬的類型。「馯」（ㄏㄢˋ），馬凶悍。「馵」（ㄓㄨˋ），左足白色的馬。「駮」，馬毛色不純。「駃」（ㄐㄩㄝˊ），公馬母驢所生之畜。「駓」（ㄆㄧ），毛色黃白相雜的馬。「駑」，劣[26] 馬。「駒」，少壯的馬。「駔」（ㄗㄤˇ），壯馬。「駣」（ㄊㄠˊ），三歲的馬。「駬」，良馬。「駹」（ㄇㄤˊ），青色馬。「騂」（ㄒㄧㄥ），赤色馬。「騭」（ㄓˋ），公馬。

24. 騎：形聲兼會意字，從馬奇聲，奇也兼表一腿抬起之意。本義為騎馬。〝騎〞，是後起字，因為古代的馬並不用來單騎的，〈莊子・達生〉：「桓公田于澤，管仲御。」。意思是齊桓公打獵，管仲替他駕車。也就是說，馬是用來做交通工具的馬車（人乘於車上），怎麼知道呢？上古時代的〝馬（車）路〞是按一定的行車規範修建的：容納三輛車並駛的叫〝路〞，能容納兩輛車並駛的叫〝道〞，僅容一輛車行駛的叫〝塗〞。因此，馬用來單騎則〝異〞，異類就是奇怪的事情，人騎上馬是單人、是奇數，也是〝奇〞的兼表意。〝騎馬〞，大致是始於戰國以後了。

25. 驫羌青銅鐘：長城，一般熟悉的是孟姜女傳說中的秦長城，事實上，在戰國早期，有一套〝驫羌青銅鐘〞上有銘文就記錄了一段齊國長城。這套鐘共14件，現分藏於日本京都泉屋博古館和加拿大多倫多皇家安大略博物館。銘文的大意是：周威烈王二十二年（公元前404年），驫羌整頓軍隊，由它的國君韓宗親任主帥，征討秦國和齊國，攻入了長城，在平陽與齊國的軍隊交鋒。驫羌的軍隊英勇頑強，很快的奪取了齊國一個叫做楚京的地方。驫羌由於其戰功得到了韓宗和晉公的賞賜，並得到周王的接見，於是鑄了這套編鐘，並銘刻上這件事，期盼文治武功永遠輝煌，永世不忘。

26. 劣：以義會意字，從少力，義為弱、力小。

二、野性未馴

古人對事物的認識，一般是從個別的形象再推展到普遍化，從具體的形象再發展出抽象的概念。

以動物來說，古人對馴化的動物就發展出具有親和力的概念，對於野性未馴的動物，就發展出驚異恐怖的特質，這大致是從「人」的觀點出發，愈是能夠被人們所接受的事物，愈能表現出人的本質，相反的，就成了非我族類的象徵。

正因為當人類還不十分了解動物，保衛自己的能力又遠低於猛禽兇獸，這些動物曾帶給人們可怕又恐怖的災難，這樣的認知又轉而出現某種美好願望的期待，即是人們對動物的崇拜、神化了動物，並將某些動物作為初民社會原始部落的圖騰，頂禮膜拜並祈求動物靈力護佑部族。

部首收有野性未馴的動物，依筆劃有以下六字：虫、虍、豸、鹿、鼠、龜。

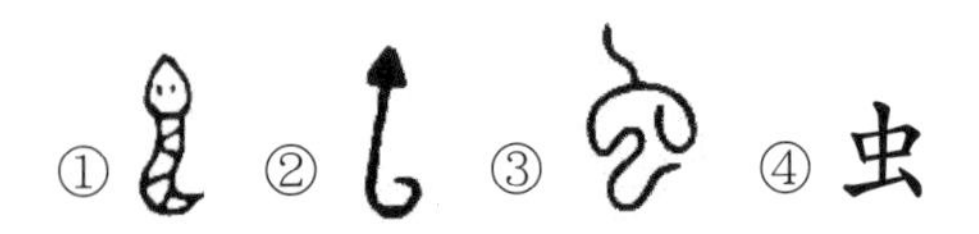

| **看圖說故事** |

〈山海經・南山經〉：「無草木，多腹虫。」這是說，沒有花草樹木，毒蛇卻很多。句中的「腹虫」指的是毒蛇。這個「虫」字是象形字。①甲骨文的上部是頭部，略呈三角稜形，下部是彎彎曲曲的身子，模樣非常像是從土裡探出頭的小蚯蚓。②金文將甲骨文的形狀實像化，顯得更加精悍有力，上部依然

是三角形的頭部，身子與彎曲的尾部清晰可見。③小篆的形體就比較複雜了，看來就像是有三條蟲的樣子。其實這種重形字，是古人表示「眾多」的意思。④楷書寫成「虫」。

「虫」，ㄏㄨㄟˇ，六劃，象形字，作為部首的稱呼叫做虫部、虫字旁。

書寫「虫」字時，末二筆寫作橫斜挑，不作橫筆，這筆要注意，獨用或作偏旁時都作橫斜挑。如：虫、虱、虹。

部首要說話

「虫」，甲骨文象一條長蛇形，本義即毒蛇。許多學者認為，「虫」即「虺」的古字。「虫」，也是「蟲」的本字，但是「虫」的意義比「蟲」要來的廣。

「虫」是個喜歡成堆叢聚一起的種類，小篆寫作「蟲」，也表示眾多的意思，漢字有許多這類的重形字，如：品、晶、森、淼……等，都有「多」的意思。據生物學家統計，地球上已定名的蟲有一百多萬種，未定名的還有許多倍，可見「虫」的種類繁多。

「虫」，引申指的是昆蟲，可是到了後世，詞義擴大了。〈大戴禮．易本命〉：「有羽蟲三百六十，而鳳凰為之長；有毛蟲三百六十，而麒麟為之長；有甲蟲三百六十，而神龜為之長；有鱗之蟲三百六十，而蛟龍為之長；有倮（裸）之蟲三百六十，而聖人為之長。」這意思是說，有羽毛的虫，最高級的是鳳凰；甲殼之虫，最高級的是烏龜；鱗片之虫，最高級的是龍。有甲殼的蟲，最高級的是神龜。……而裸露軀體的蟲，最高級的就是人類了。可見，古人把鳳27、麒麟、龜、龍、人等都稱為虫，另外，禽稱作羽蟲，獸為毛蟲，龜為介蟲，魚為鱗蟲，蛇為長蟲，虎為大蟲。

「虫」，原本特指蛇或是蚯蚓，後來擴張為昆蟲，進而又成為整個動物相類似的物種概念。〈山海經．南山經〉：「羽山，其下多水，其上多雨，無草木，多腹虫。」大意是，羽山，山下有許多水，山上常下雨，沒有草木，卻有很多爬蛇一類的怪物。用腹部爬行的「虫」就是蛇類，這個意義的「虫」要讀作ㄏㄨㄟˇ，後來「毒蛇」義的「虫」另加聲符「兀」寫作「虺」來表示毒蛇的義義。

「虫」可單用，也作偏旁使用。凡從「虫」取義的字，都與蛇、昆蟲、爬蟲等義有關。

｜語文點心｜**大戴禮記**

中國西漢時代指定六部儒家經典著作稱為六經，即《詩》、《書》、《禮》、《樂》、《易》、《春秋》。《禮》有三禮：周禮、儀禮、禮記。《大戴禮記》就是《禮記》的三種別本之一。相傳是由孔子門人書寫而流傳下來的紀錄。

｜**注意部首字詞**｜

「它」，ㄊㄚ，象形字，今作宀部，當第三人稱講。小篆作，蛇的形體狀，「它」其實就是「蛇」的本字，蛇與上古先民關係菲淺，神話傳說中以五色石補天的女媧，就是人首蛇身。《帝王世紀》也記載著：「庖犧氏蛇身人首。」庖犧氏就是中國人類始祖伏羲。

「蚩」，ㄔ，會意兼形聲字，甲骨文作，上部是腳趾（之，之也兼表聲），下部是一條蛇（虫），表示腳趾頭被蛇咬噬而腫大。本義為毛毛蟲蠢動擾攘的樣子。我們所知道的蚩尤正是苗裔的戰神（長江北岸），蚩尤與中國古代北方氏族（黃河[28]流域）領袖黃帝的戰爭傳說，也為我們留下了中原地區的漢族視溼熱的東南方民族呼以「蛇種」的中心主義，如「閩」，《說文解字》釋為：「東南越，蛇種。」又稱南方民族為「蠻」，《說文解字》釋為：「南蠻，蛇種。」有意思的是，因為傳說蚩尤與黃帝作戰時，天地曾興起大霧，後因以蚩尤代稱霧，如杜甫〈自京赴奉先縣詠懷五百字〉：「蚩尤塞寒空。」這裡的「蚩尤」說的是大霧，可不是南方戰神蚩尤！

從「蚩」的本義引申泛指無知、癡愚，一般來說，癡愚之人總是讓人想到面目之醜惡，所以「蚩」從本義引申為醜陋，但是這個意義後來寫作「媸」。「蚩」通「嗤」時，是當嘲笑講，如〈後漢書・卓茂傳〉：「鄰城聞者皆蚩其不能。」這是說，鄰城聽說的人也都譏笑他沒有才能。

「禹」，ㄩˇ。〈左傳・襄公四年〉：「茫茫禹跡，畫為九州，經啟九道。」大義是，遼遠的夏禹遺跡，分為九州，開通了許多大道。「禹跡」原指大禹治水的足跡，後來借為指中國的疆域。這個「禹」是個會意字，金文作[金文字形]，箭頭形的蛇狀，橫筆是帶杈的木棍，表示用木棍打蛇的意思，後來本義消失不用，以引申義「能打蛇的勇士稱作禹」來使用，於是「禹」又成了勇士的美稱。

由部首「虫」字所組成的字大都與蛇、昆蟲、爬蟲有關。如：「虭」，是蟬的一種；「虯」，古代傳說中的一種龍；「虺ㄏㄨㄟˇ」，蝮蛇一類的毒蛇；「蚌」，就是淡水中一種軟體動物，可產珍珠；「蜹ㄖㄨㄟˋ」，蚊類昆

---

27. 鳳與龍：鳳，甲骨文作[甲骨文字形]；龍，甲骨文作[甲骨文字形]。字形上部都有[字形]，後世研究者認為這是〝辛〞，用來彰明以顯示事物的美好，鳳、龍上部（頭上）有〝辛〞，是表示鳳、龍在古人心目中崇高的地位。
28. 黃河：專有名詞。在上古時代，〝河〞專指黃河，即使到後代，除非用於雙音的河名（如〝交河〞），或〝河山〞〝山河〞連用，否則一般仍指黃河。杜甫〈春望〉：「國破山河在。」〝河〞，指黃河。

蟲；「蚤」，就是跳蚤。這些都是可見到的字，但有些從「虫」部的字卻與蛇、昆蟲、爬蟲等無關，這些大抵以形聲、會意來構字。

「虹」，ㄏㄨㄥˊ，象形兼形聲字，甲骨文作 ，象天上的長虹形。初民把「虹」這種天象是為一種伸頭到地上來飲水的神異的巨大兩頭動物，也可視為是龍文化的反映。本義為彩虹。因虹的形狀像一座橋，故又用以比喻橋。

「蛘」，ㄧㄤˊ，形聲字，篆文從虫羊聲，本義為搔癢，及皮膚受到輕微刺激而產生抓擾的感覺，即「癢」的本字。

「蜀」，ㄕㄨˇ，象形字，甲骨文作 ，象突出了頭部的蠶蠢蠢蠕動形，本義是柞蠶。中國古代有一個民族居住在今四川西部，首領叫「蠶叢」，後自稱蜀王。公元前316年被秦國吞滅之後，秦在四川設了蜀郡，所以後世一直以「蜀」代稱四川，而「蜀」的本義「柞蠶」就不用了。

「蜑」，ㄉㄢˋ，形聲字，篆文從虫延聲，稱中國古代南方少數民族名，蜑蠻。

「蜡」，ㄓㄚˋ，形聲字，篆文從虫昔聲，本義是蒼蠅的幼蟲。借用作「䄍」，是古代年終時舉行的祭祀名。讀作ㄑㄩˋ時，有「蜡氏」一詞，是周代官名，掌清除道路不潔及掩埋路屍之事。又作「蠟」的簡化字

「蜿」，ㄨㄢ，會意兼形聲字，從虫從宛（屈曲）會意，宛也兼表聲，本義為像龍蛇一樣盤曲，引申泛指屈曲行走的樣子，以蛇彎曲狀會意。

「融」，ㄖㄨㄥˊ，會意兼形聲字，甲骨文下從土，上從蟲，會冰雪消融，春氣升騰，蟄蟲蠢動之意，本義指冰雪消融、地氣蒸騰，泛指融化、消融。

「螴」，ㄔㄣˊ，形聲字，從虫陳聲，不安的樣子。

「蠡」，ㄌㄧˇ，形聲字，篆文從䖵（ㄎㄨㄣ）彖聲，本義是蛀蟲，引申指器物磨損將斷的樣子，〈孟子．盡心下〉：「高子曰：『禹之聲尚文王之聲。』孟子曰：『何以言之？』曰：『以追蠡。』」這句話的大意是，高子說：「夏禹的雅樂勝過周文王的雅樂。」孟子說：「為什麼這樣說呢？」高子

說：「因為鐘鈕快磨斷了。」「蠡」，又讀作ㄌㄧˊ，是指匏瓢，〈漢書．東方朔傳〉：「語曰：『以管窺天，以蠡測海』。」今有成語「管窺蠡測」，用以比喻所見狹小。

「蠲」，ㄐㄩㄢ，形聲兼會意字，篆文從蜀（蠶類）益聲，蜀也表是蠶樣的蟲子之義，本義為馬蠲，即馬陸。引申作顯明，顯示意，《左傳．襄公十四年》：「惠公蠲其大德。」大意是，晉惠公顯示了他的大德。「蠲」，又當免除、減免的意思，另有〈呂氏春秋．尊師〉：「臨飲食，必蠲絜。」（臨：備辦。）這是說，要為師長備辦飲食，務必清潔乾淨。要注意這裡的「蠲」是潔淨的意思。

看圖説故事

〈詩經．召南．行露〉：「誰謂鼠無牙，何以穿我墉？」（墉：土牆。）詩的意思是，誰說老鼠沒有牙？怎能穿破我的牆呢？這個能夠咬嚙土牆致破的動物，就是我們熟知的老鼠。這個「鼠」字，①甲骨文就是一隻小動物的側視圖，有頭有腳、尾巴朝下，頭上的三點像什麼呢？這就是吃東西時所留下的碎屑。②金文突出了老鼠張口露齒的頭部，嚙齒類動物的特點整個表現了出來。③小篆的形象大致與金文相似，尾巴表現了老鼠可愛的一面。④楷書寫成「鼠」。

「鼠」，ㄕㄨˇ，十三劃，象形字，作為部首的稱呼是鼠部。

部首字「鼠」，如作左偏旁時，末鉤筆拖長托著上部的字，如：鼬、鼢、鼴。

部首要說話

「鼠」，小篆像蹲踞的老鼠，上象頭牙，下象足尾。〈說文解字・鼠部〉：「鼠穴蟲之總名也。」「鼠」，就是出入洞穴動物的總稱，這就是指「老鼠」，在中國北方又稱做「耗子」。鼠的種類很多，有田鼠、地鼠、水鼠、山鼠、飛鼠（蝙蝠）……等，而鼠性好穴。難怪俚語也留下這麼一句：老鼠的兒子會打洞。

十二生肖將鼠排至第一位，足見人鼠之間的關係匪淺，〈詩經・鄘風・相鼠〉：「相鼠有皮，人而無儀？人而無儀，不死何為！」大意是，老鼠都還有一張皮，有人卻不要禮節，做人不講禮節，不死是為什麼呢？這是說明無禮者是連鼠都不如的。〈詩經・魏風・碩鼠〉：「碩鼠碩鼠，無食我黍！三歲貫女，莫我肯顧。」（三歲：猶言時間很長。貫：通「宦」，侍奉。）這大意是，大老鼠、大老鼠，不要來吃我種的黍，侍你三年了，卻不肯給我一點照顧。這首詩直接將統治者比附為貪殘的大老鼠，將貪得無饜、巧取豪奪的嘴臉描繪得入木三分、活靈活現。

老鼠這種小動物身小尾長，門齒特別發達，有很強的適應力，繁殖力極強，嗅覺靈敏，喜歡在夜間行動，又會傳播疾病，所以不討人喜歡，因以「鼠」通「癙」，這是個病名，可見一斑。〈淮南子・說山〉：「貍頭愈鼠。」（貍頭：即貍。）這是指，鼠病用貍治癒。

今有計算機的輸入設備，手掌般大小，用來操作和控制顯示器螢幕上的光標，以其像老鼠拖著長尾巴形，稱為「滑鼠」。

凡是由部首「鼠」組成的字，大都與老鼠有關，也大都有貶意。現代人養寵物，黃金鼠卻討人喜愛，這是以前的人所想像不到的事。

注意部首字詞

人鼠關係密切，以鼠喻人的詞句於是頻出。〈東觀漢記卷七・城陽恭王祉〉：「祉父敞怒斥太守曰：『鼠子何敢爾？』。」這是說，祉的父親敞怒罵太守：你這種鼠輩小人膽敢怎樣？「鼠子」猶言鼠輩、小人。

「鼠目」，是形容一個人眼光短淺。

「鼠獄」，典出〈史記・張湯傳〉，張湯年輕的時候，當長安丞[29]的父親公出，張湯留在家裡。等到父親回來，卻發現有老鼠把肉給偷走了，於是鞭笞張湯。張湯憤而掘鼠洞，抓到那隻盜鼠以及僅存的失肉，張湯為自己的名譽寫了告罪盜鼠與失肉的罪狀，還將牠們一同關入大牢。張湯的父親看到那狀子，驚為老獄吏使用的文辭。後世就以「鼠獄」來形容一個精於治律的人。

李白在〈遠別離〉一詩中寫著：「君失臣兮龍為魚，權歸臣兮鼠變虎。」這個「鼠變虎」，指的是小人得勢。

以「鼠」連成的字詞用來形容人鮮少褒義，由部首「鼠」所構建的字大都是各種鼠類，它們所結成的成語也多是貶義。

「鼫ㄕˊ鼠五技」出自〈荀子・勸學篇〉：「目不能兩視而明，耳不能兩聽而聰，螣蛇無足而飛，鼫鼠五技而窮。」大意是，眼睛不能同時看兩處，就看得分明；耳朵不能同時聽兩處，就聽得清晰；螣蛇沒有腳，可是能夠飛上天。這是用來比喻人的技能雖多卻不專精。也作「鼯鼠五技」，「鼯鼠」就是俗稱的飛鼠。

「鼴鼠飲河」出自〈莊子・逍遙遊〉：「鼴鼠飲河，不過滿腹。」這是說，鼴鼠只喝一些河水，喝飽肚子就夠了。比喻所求不多。

---

29. 丞：會意字，甲骨文作 ，從廾（竦手）從卩（跪人）從凵（陷坑），會雙手從坑中救人之意，本義為拯救，引申為輔佐之意。〝丞〞後專用作引申義，本義另加意符手寫作〝拯〞來表示。

鼠的種類很多，漢字中也大致收入「鼠」部。

「鼢」，ㄈㄣˊ，鼢鼠即鼴鼠。

「鼧」，ㄊㄨㄛˊ，「鼧鼥ㄅㄚˊ」指的是土撥鼠。

「鼨」，ㄓㄨㄥ，這是一種豹紋鼠。

「鼪」，ㄕㄥ，即鼬，就是一般所稱的黃鼠狼。

「鼷」，ㄒㄧ，這是種小鼠。

｜**看圖說故事**｜

〈漢書・五行志中之上〉：「蟲豸之類謂之孽。」（蟲，是指有腳的蟲子。）這個「豸」字，在①甲骨文裡，上部是頭，下部有腳有尾巴，脊背修長，就像是長脊獸（貓科食肉動物）之類的動物。②金文的上部還是個頭型，但很明顯的看到了張口露出利齒，頭的右側還有個圓耳，下部有腿和尾巴。③小篆簡化了金文的形狀，成為較易書寫的方塊字。④楷書寫成「豸」。

「豸」，ㄓˋ，七劃，象形字。作為部首的稱呼是豸部、豸部旁。

「豕」與「豸」的字形相似，但「豕」指的是豬，千萬不要搞混了。

｜**部首要說話**｜

「豸」，甲骨文象團頭、長脊、修尾的貓形。《說文解字》釋「豸」寫著：「豸，獸長脊，行豸豸然，欲有所司殺形。」意思是說，豸這種野獸背脊修長，讓人看了感覺很有殺氣的樣子。豸，就像是貓科肉食性這一類的動物。

人們看到豸，「欲有所司殺形」就會卻步停止，於是將「豸」假借為「制止」的意思。〈左傳・宣公十七年〉：「余將老，使郤子逞其志，庶有豸乎？」（郤ㄒ一ㄝ子：郤克，人名。逞：施展。）大意是，我就要老死了，這樣就可以讓郤子施展志向，或許可以止亂？這裡的「豸」是「制止」的意思，能止亂，也就是解除這個亂象。

「獬豸」[30]，是傳說中一種能辨別曲直的神獸（獨角獸），所以古代執法官所戴的帽子就叫「獬豸冠」，用來象徵能辨別曲直。據說遠在黃帝時期，有位神人給黃帝送去獬豸，為的是幫助他處理一些疑難案件。到了堯舜時期，有些訴訟案件一時難判，當時的大法官皋陶在審判時就用獬豸來解決。獬豸這種神獸，能夠對犯罪嫌疑人明確判斷是非曲直，只要嫌疑人有罪，它就用頭上的獨角去牴觸。《論衡》中就記載著：「獬豸者，一角之羊也。性知有罪，皋陶制獄，其罪疑，乃令羊觸之。」唐岑參〈送韋侍御先歸京〉：「聞欲朝龍闕，應須拂豸冠。」（龍闕：指朝廷。）詩中的「豸冠」就是「獬豸冠」的省稱。

由於「豸」作了偏旁，貓之義便另加聲符「苗」寫作「貓」來表示。

「豸」既可單用也作偏旁，凡從部首「豸」取義字，大都與四足行走、身軀矯健、皮毛華麗的獸類等義有關。

｜語文點心｜說文解字

《說文解字》，是中國最早一部按部首編排有系統的字書，分部收字的理念也是作者許慎[31]所創始的。公元100年，東漢許慎撰寫《說文解字》，對9353個篆字字頭（重文1163個篆字）一一解說，目的是為了闡述文字的構

30. 法：會意字，小篆作，從水從廌從去，水靜止時得以看出水平，從廌從去則是〝廌所以觸不直者去之〞（《說文解字》），〝廌〞是甚麼呢？就是古代傳說中的一種神獸，在古籍中被描繪成〝一角之羊〞，其功用就是可以識別善與惡、罪與非罪。〝廌〞就是〝獬豸〞。所以〝法〞從水從廌從去，會規範、法律之意。

造與演變，也說明篆字這種書體即便是在當時（東漢），已經顯現出脫離實用功能的痕跡，接下來，就是要進入隸書的時代了。

這部字書是以中國文字構造與運用的六項法則（六書32——象形、指事、會意、形聲、轉注、假借），有理論、有系統的解釋字形與字義的書。

《說文解字》把漢字按部首進行了分類，分類依據為小篆，書名《說文解字》，「文」指獨體字，「字」指合體字。全書15篇，前14篇為正文，第15篇是敘文，每篇又分上下，因此實際是30卷，計收部首540部，是最基本的漢字，可以說所有的漢字都是從這540字部繁衍而成，能了解這些部首字，對漢字的演變與構成就有了基本而初步的認識，對後世字典辭書的編寫起到奠基性的作用。

注意部首字詞

「貉」，ㄏㄜˊ，形聲字，各音表聲、豸形表義，本義是狗獾這種動物，是一種重要的皮毛獸。成語「一丘之貉」，是指同一山丘上的貉，用來比喻彼此同樣低劣，並無差異。中國東北部有一支少數民族叫「ㄇㄛˋ」族，後來加上「豸」成了對這支民族的辱稱——貊族，後來也作「貉族」，此時的「貉」讀作ㄇㄛˋ。

「貌」，象形字，象束髮人面形，〈說文解字・皃部〉：「頌儀也。從人，白面象人面形。凡皃之屬皆從皃。額，皃或從頁，豹省聲。」本義是容貌、相貌，引申為外表、表面。作為動詞時是描繪的意思，如杜甫〈丹青33引〉：「屢貌尋常行路人。」容貌是一個人面向外人的第一印象，所以「貌」引申為人際關係的「禮貌」，如〈論語・鄉黨〉：「見冕者與瞽者，雖褻，必以貌。」（冕：作動詞，戴禮帽。瞽：瞎眼。褻：親近。）這是說，看見戴禮帽的人和盲人，雖然是一般性的見面，也一定要禮貌相待。

今常見「容貌」詞，其實「貌」側重指外貌，所以引申出外表、表面的意思；「容」側重指儀容，是內在的氣質。這樣看來，現今的「美容師」應該較接近「美貌師」才是。

由部首「豸」所組成的字大都與四足行走、身軀矯健、皮毛華麗的獸類有關。相對的，成語中也不乏獸類與皮毛的用詞。

「瘦骨如豺」，形容非常消瘦的樣子。

「管中窺豹」，比喻所見狹小，未得全貌。

「貂皮大衣」，指貂的毛皮。可用來製作帽子、圍巾，大衣等，非常溫暖而名貴。

「以貍致鼠」，用貓為餌來誘捕老鼠。比喻毫無用處，難成其事。

「三腳貓」，是比喻技藝不精、不中用的人。

由部首「豸」所組成的字，有些罕見字，要注意讀音與用法。

「貆」，ㄏㄨㄢˊ，獸名，即貛。

「貒」，ㄊㄨㄢ，即豬貛。

「貔」，ㄆㄧˊ，獸名，有「貔貅」，指的是繪有貔貅之形的旌旗，後用以比喻勇猛的軍隊。

「貜」，ㄐㄩㄝˊ，同「玃」，這是指大獮猴。

---

31. 許慎：許慎（約公元58—147年）是東漢人，其生平事蹟，〈後漢書・儒林傳〉有簡短記述如下：「許慎，字叔重，汝南召陵人也。性純篤，博學經籍，馬融常推敬之，時人為之語曰：『五經無雙許叔重。』為郡功曹，舉孝廉，在遷除洨長。卒于家。初，慎以五經傳說臧否不同，於是撰為《五經異議》，又作《說文解字》十四篇，皆傳於世。」

32. 六書：文字學上講的〝六書〞，一般理解為〝四體二用〞，即象形、指事、會意、形聲四種造字法與轉注、假借兩種用字法。四種造字法裡面，象形字的表意性最為明顯，如：山、水、艸、木、魚、鳥。一些不太容易描繪的動物或自然景物，也能費盡心思的造出栩栩如生的象形字，如：鹿、龜、雨、川、冊。

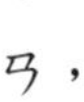

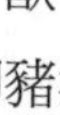

33. 丹青：中國古代繪畫通常是以朱砂和青色為主色調，故稱〝丹青〞。早在漢魏時期，史書便有了丹青的記載。丹青不僅僅指繪畫，在其後的使用過程中又逐漸引申為畫工等。因為朱砂色和青色不易變色，因而也常用來比喻堅貞，如〝丹青不渝〞。

① ② ③ ④虍

|看圖說故事|

「苛政猛於虎」語出〈禮記・檀弓〉，孔子對弟子說，要好好記著，繁急的賦稅和徭役是比老虎還要凶啊！這個「虎」字的上部「虍」，在①甲骨文是個頭朝上、尾朝下，腿朝左的一隻虎形，身上可以看到美麗斑紋的構圖。②金文省略了腹部，還是看得出虎形，這是簡化的一隻豎立的老虎側影。③小篆簡化成「虍」，去掉了「儿」形。④楷書寫成「虍」。

「虍」，ㄏㄨ，六劃，象形字。作為部首的稱呼是虍部。

書寫部首「虍」字時，下部作「七」，末筆不鉤。如：「虎」、「處」、「號」。

|語文點心|象形

象形即六書之一。它是根據物體的形象描繪而成文字的造字方法。如「日」為一個圓太陽（ ），「月」為上弦月（ ）。漢許慎《說文解字》序：「象形者，畫成其物，隨體詰詘，日月是也。」這句話是說，象形就是忠實地摹畫出所要表現事物的形狀，形體如果是屈曲不平的，則文字也應當用相應的曲線來表示。「日」、「月」二字就是象形字。

這種模仿物體形狀所造的文字，在中國的部分文字與埃及的文字裡均含有象形文字，又稱為「表形文字」。殷代青銅器所鑄銘文，可以區分為極接近寫實的圖畫[34]、抽象的繪畫、通過進一步的抽象化而進化為文字等若干發展階段，可以發現隨著抽象化程度的加深，繪畫最終演變成文字的過程。反過來說，文字的遠祖應該就是象形符號。

部首要說話

「虍」，在甲骨文與金文中與「虎」是同一個字，皆像老虎形。《說文解字》解釋為：「虍，虎文也。象形。」也就是指老虎身上的花紋。但是，最近的解釋是認為「虍」是「虎」的省體，從「虍」文字的發展來看，強調的是這頭老虎的「頭部」，所以本義應該是「虎頭」。

「虍」，現在一般只作為部首字，成為構字造件，如：虐、虜、虧等。

「虍」作為「虎」的省體，那麼虎的形象是表現出威猛的，所以引申為威武勇猛。如：虎威。〈詩經・大雅・常武〉：「進厥虎臣，闞如虓虎。」（闞ㄏㄢˇ：虎怒貌。虓ㄒㄧㄠ：虎吼。）這句詩大意是，勇猛揮進的將領，他們的怒吼像是咆哮的老虎。前一個「虎」當勇猛講，後一個「虎」就是老虎。

正因為「虎」具有威武勇猛的性質，虎在中國傳統的形象不僅僅是傷害的，還有安全和保障的意味，這就成為了女性的其中一個象徵，因此古時還留下了虎（母虎）從邪惡勢力中救出人類、用奶水餵養棄嬰的故事。

在漢字中，由「虎」或簡省後的「虍」字所組成的字，大都與老虎有關。「彪」就是由虎和虎身上的斑紋（彡）組成；「號」是由号與虎組成，表示猛虎的咆哮聲。

今「虍」不單用，只作偏旁使用。凡從虍取義的字，皆與虎類動物等義有關。

---

34. 繪畫：原始繪畫和岩畫對文字起源產生著重要的影響，但早期繪畫要〝進化〞為文字，一般認為這中間必須經歷一個過渡時期，即圖畫文字階段，第一步是〝文字畫〞，強調它還是〝畫〞。第二步才是〝圖畫字〞，往往還是連環畫式的。從漢字的發展來看，原始繪畫是主要的源頭，而契刻、結繩、指事性的陶符等，可能對漢字的形成產生過某種程度的影響。

「虎子」，就是乳虎，也比喻兒女之雄建。漢代劉歆〈西京雜記四〉：「漢朝以玉為虎子以為便器，使侍中執之，行幸以從。」也就是說，「虎子」是溲溺之器的代稱，只不過這種便器可是昂貴得多了。

「虎石」說的並不是一種形如虎的石頭，這詞典出〈漢書．李廣傳〉：「廣出獵，見草中石，以為虎而射之，中石沒矢，視之，石也。」大意是，李廣到野外打獵，看到草中藏有石頭，誤認為是老虎，於是拉弓射出，箭矢深深的射入石頭中，一看，竟然是顆大石頭。後因以「虎石」形容弓勁善射。

「虎拜」一詞出於〈詩經．大雅．江漢〉：「虎拜稽首，對揚王休。」（對揚：臣受君賜時答謝頌揚。）大意是，召穆公（虎）跪拜磕頭，答謝並頌揚天子的美意。召穆公名虎，征伐35淮夷有功，宣王賞予土地禮器，召穆公稽首拜謝。後因稱大將拜君為「虎拜」。

「虐」，會意字，甲骨文作 [illegible]，右虎形，左邊是個人，表示了虎抓人欲噬的形狀，本義是殘暴、侵害。成語「助紂為虐」典出中國上古時代商代最後一位統治者紂，是人民為玩物，不但戲耍人民，更是魚肉人民，這成語是用來比喻協助壞人做壞事。

「虛」，會意字，金文作 [illegible]，上部是個變形的虎頭，下部是個「丘」字，表示貌似高大、由土所構成的大土山。引申為有人住過、後來卻荒廢的高地，後來這個意義寫作「墟」，而「虛」的本義延伸出空虛、虛假、徒然、虛弱等多義。

「虜」，ㄌㄨˇ，會意兼形聲字，小篆作 [illegible]，從毌從力，毌為穿物持之之形，表示用強力劫掠東西；虍聲，虍也兼表暴如虎之意，本義即強力獲取，引申指俘獲，古代俘虜多用作奴僕，故又引申指奴僕。從奴僕義，又用作對敵方的蔑稱，又特指南方人對北方人的蔑稱，即匈奴敵寇。「虜」，一字多義的發展，表示了以夷[36]蠻戰俘為奴僕，這在古代社會是常有之事了。

「號」，ㄏㄠˊ，會意字，篆文從口從丂（拐棍兒），會被打得大聲哭叫的意思，本義為大聲痛哭，引申泛指哀號。〈詩經・魏風・碩鼠〉：「樂郊樂郊，誰之永號？」大意是，這幸福的樂郊，樂郊啊，任誰去了那邊誰還會哀嘆長號呢？又讀ㄏㄠˋ，當宣揚、號令、稱號與記號講。雖說「號」與「哭」、「泣」、「啼」都有表示哭的意義，卻有細微的差異。一般說來，「哭」是有聲有淚，「泣」是有淚無聲，「號」是哭而且言，「啼」則是痛哭。

「虤」，是個罕見字，ㄧㄢˊ，會意字，甲骨文、金文都做兩虎爭鬥義。孟郊〈懊惱〉：「求閑未得閑，眾誚瞋虤虤。」（誚ㄑㄧㄠˋ：責備。瞋ㄔㄣ：發怒時睜大眼睛。）「虤虤」，是形容虎發怒的樣子。

① ② ③ ④鹿

｜看圖説故事｜

〈詩經・小雅・鹿鳴〉，這是一首描述天子宴請群[37]臣之詩。詩中有句「呦呦鹿鳴，食野之苹。」（呦呦ㄧㄡ：鹿鳴聲。）意思是，鹿兒呦呦地歡

---

35. 征、伐、侵、襲的異同：在古代漢語中，〝伐〞是個中性詞，指出師有名、公開宣布、大張撻伐的戰爭。〝征〞是褒義詞，特指有道進攻無道，上進攻下。後來〝征伐〞連用，也就相混不分了。〝侵〞指金鼓不鳴，直接進行軍事進犯。〝襲〞指不宣而戰，進行突然襲擊。

36. 夷：象形字，甲骨文作 ，與尸同，象蹲踞的人形。殷商人以跽坐為禮，東方的少數民族喜蹲踞，以〝尸〞形來稱呼，含有鄙視其不知禮儀之意。金文借弟（ ，帶繩的箭）的變體表示，本義即古代對東部各民族的統稱。

37. 群：形聲字，從羊君聲，本義為羊群，引申泛指聚集在一起的動物。群的字體結構中，羊作為表義符號，表明了造字者對羊的合群性的認同。更重要的，〝群〞這種〝羊〞（對上位者言可指士大夫）是〝群而不黨〞的。

叫，吃那野地的苹草（藾蕭）。這句詩中的「鹿」字，①甲骨文是頭朝左、尾朝右，頭頂上有一對巨大而美麗的角的四肢動物。那美麗的角，正是鹿的典型特徵。②金文的形體是個正視圖，但頭上的角還是很明顯，下部是懸趾的兩條腿，是典型的「鹿」形。③小篆的形體變化很大，差不多看不出是一頭鹿的樣子了。④楷書寫成「鹿」。

「鹿」，ㄌㄨˋ，十一劃，象形字，作為部首的稱呼是鹿字部。

書寫「鹿」字時，首筆點要與橫筆相接，下作「比」，如：「鹿」、「麀」。

「鹿」字作為左邊旁時，末筆豎鉤改為豎挑，如：麒、麟。

部首要說話

「鹿」，甲骨文像頭上長有樹枝狀角的雄鹿形。〈說文解字・鹿部〉：「鹿，獸也。象頭角四足之形。鳥鹿足相似。」這是說，鹿，獸名。像頭、角和四隻腳的樣子。鳥與鹿的角相像。本義就是指鹿科動物。「鹿」字的形象源自梅花鹿有著美麗雙角的公鹿，因此用來泛指鹿科動物。鹿是哺乳動物，種類很多，體型修長，通常雄鹿頭頂有一對角，腿長，善奔跑，生性溫馴，機警、敏捷。

在每一年的交配期，公鹿為爭奪交配權，會在此時彼此爭得你死我活，因此在中國人眼裡，鹿又是一種性慾旺盛的動物，一般認為鹿茸可對男性強身壯陽，母鹿的胎盤對婦女病有特別的療效。成語「逐鹿中原」，就是比喻對國土政權或權力的爭奪，出自〈史記・淮陰侯列傳〉：「秦失其鹿，天下共逐之。」大意是，秦國失去了國家，引得天下豪傑爭雄。這裡的「鹿」，指就是政權。

〈呂氏春秋・貴生〉：「顏闔守閭，鹿布之衣，而自飯牛。」（飯：動詞，餵食。）「鹿布之衣」並非說穿著鹿皮所製的衣服，「鹿」當粗劣講，這是說，顏闔在家中，穿著粗劣的衣服，親自餵食牛隻。在古代，用衣服遮蔽身體，「鹿裘」是指用獸皮縫製的簡陋的衣服。

在古代，圓形的糧倉[38]叫做「囷」（ㄐㄩㄣ），方型的糧倉就叫做「鹿」。

「鹿」今可單用，也作偏旁使用。凡從「鹿」取義的字，都與鹿科動物等義有關。

注意部首字詞

「鹿角」，一般指牡鹿之角，這其實是個多義詞。古時陣地營寨，把帶枝的樹木削尖，半埋入土，用以阻截敵人闖入，這種防衛的工事就叫做「鹿角」。宋歐陽修有詩〈奉答聖俞達頭魚之作〉：「毛魚與鹿角，一龠數十百。」（一龠ㄩˋ：容量單位，一千二百黍為一龠。）這裡的「鹿角」可不是一般所稱的牡鹿之角，這裡指的是小魚的名稱，整句詩的大意是，毛魚和鹿角魚，數十百條可裝成一龠。另外，「鹿角」就是猴葵的別稱，這是一種菜，色赤，生石上，〈本草綱目二八・菜四〉稱「鹿角菜」。

〈左傳・文公十七年〉：「古人有言曰：『畏死畏尾，身其餘幾』又曰：『鹿死不擇音』。」（音：諧「蔭」，古字聲同相假借，即庇蔭處所的意思。）這個「鹿死不擇音」指的是，鹿將死，無暇選擇庇蔭的地方。比喻情況危急，無法慎重考慮安身之道。

由部首字「鹿」所組成的字大都與鹿科動物有關，如，「麀ㄧㄡ」，是母鹿；「麚ㄐㄧㄚ」，是雄鹿；「麋」，是麋鹿；「麑ㄋㄧˊ」，是幼鹿；「麖」，是水鹿；「麛ㄇㄧˊ」，是幼鹿；「麢ㄌㄧㄥˊ」，是羚羊。但有些

38. 倉、庫、府：倉，甲骨文象糧倉形，本義是儲存糧食的建築物。今將〝倉庫〞指為儲藏物品的地方，〝府〞也有倉庫的意思，在古籍中，〝倉、庫、府〞雖然都有儲存物品場所之意，但是儲存的物品有別。〝倉〞，表示糧食倉庫；〝庫〞，表示兵器倉庫。〝府〞，表示文書倉庫。

由「鹿」所構件的字卻只做形容詞，要注意它們的使用。

「麌ㄩˇ」，形聲字，從鹿吳聲，本義是雄獐。〈詩經・小雅・吉日〉：「獸之所同，麀鹿麌麌。」大意是，野獸被驅馳[39]聚集在一起，公鹿母鹿非常的多。「麌麌」是獸群聚集的樣子。

「麗」，會意字，甲骨文作 ，鹿頭上有一對裝飾漂亮的角，本義為裝飾美麗的鹿角，引申為一般意義上的美麗。鹿角是一對的，所以也用來表示一對、成雙，這個意義後來寫作「儷」，今有「伉儷」一詞。現在一般使用「美麗」作形容詞，其實「美」、「麗」雖在美麗、華麗的意義上是同義，但是「麗」多用於容貌、服飾、顏色等；而「美」的意義要較「麗」更寬更豐富，不但可用來形容具體事物，也可用於抽象事物。

由「鹿」字所組成的字，大都表示與鹿科動物有關。

「麂」，ㄐㄧˇ，形聲字，篆文從鹿旨聲，隸變後異體作麂，改為几聲，本義為麂子，形似鹿而小，雄的有長牙和短角，腳細而有力，善跳躍，毛黃黑色。〈山海經・中山經〉：「（女几之山）其獸多豹虎，多閭麋、麖、麂。」

「麃」，ㄆㄠˊ，形聲兼會意字，金文從鹿票（火騰飛）省聲，票也兼表鹿強壯有力之意，獸名，屬鹿，本義是一種強壯的大鹿。「麃麃」一詞指威武的樣子，又作盛大的樣子。另外在〈詩經・周頌・載芟〉：「厭厭其苗，綿綿其麃。」這個「麃」是指耘田，這句詩是說，那禾苗生長繁茂，仔細除去田間的雜草。

「麇」，ㄐㄩㄣ，形聲字，甲骨文從鹿囷（ㄐㄩㄣ）省聲，這是一種獐子，通「稛ㄎㄨㄣˇ」時，即捆綁的意思。

「麉」，ㄐㄧㄢ，形聲字，從鹿幵（ㄐㄧㄢ）聲，這是力量極大的鹿。

「麖」，ㄐㄧㄥ，形聲字，從鹿京聲，水鹿。

「麛」，ㄇㄧˊ，形聲字，從鹿弭聲，幼鹿。

---

39. 驅、馳：二者原是同義詞，都有馬快跑和趕馬快跑的意思。到後來，〝馳〞的引申義沿著〝快跑〞的意思發展，引申出〝疾行〞、〝流布〞（如〝名馳宇宙〞）等意義。〝驅〞的引申義著重〝使……快跑〞的意思發展，引申出〝驅使〞、〝驅逐〞、〝驅除〞等用法。至此，驅、馳二字開始有了明顯的區別。

三、獸盡其用

人類自始在河岸定居以來，初期以捕魚為主，接著將腳印深入陸地，於是狩獵成為賴以維生的手段，一直要經過很長的一段時間，農業的定耕文化才成為存活的內容。也就是在這樣一段漫長的時間之河，人類熟識並加以理解動物，有馴化而成為家禽家畜，無法馴化的動物也能從中謀取日常生活所用，舉凡天上飛的、地上跑的、河裡游的，都成為人類衣食住行所用，可以說是「獸盡其用」。

以動物為構件的合體字大量產生，反映了中國先民對動物認識的加深，也表現出馴服動物、豢養和使用動物的生活事實。正因為動物偏旁反映了古人認識事物的角度和特點，有一些民族稱謂（狄、羌、蠻、貉……等）具有動物偏旁，其原因並不如我們想像中的單純，有的是由於這些民族曾以某種動物作為圖騰，有的是先民對遊牧民族的寫照，當然，也不排除民族之間的衝突和民族情緒的反射。應該說的是，先民在構造文字時，就已經將古老文化心靈的特質刻鑄在古老文字的深處了。

中國先民所留下的豐富的漢字文化，讓我們看到了人類作為高等動物有別於其他動物之處，這正是人類的心靈圖像，也是智慧之窗。

現今部首字索引共列出了「獸盡其用」的五個字，依筆劃順序為：彡、爪、禸、角、釆等五字。

①　③　④

| 看圖說故事 |

〈後漢書八七・西羌傳〉有個人名叫「彡姐」，這個「彡」字，①甲骨文斜劃出七條線，也有的畫出長短不一的四筆、五筆、六筆，看起來就像是用毛筆刷劃出的花紋。③小篆簡化作三筆，筆劃還是斜斜畫出，形象依然沿襲甲骨文形式。④楷書寫成了「彡」字。

「彡」，ㄕㄢ，三劃，獨體象形字，作為部首的稱呼是彡字部。

「彡」作為偏旁使用時，一般都作右偏旁，如：形、彫、彰。作下偏旁使用的僅有「彥」字。

「彡」如出現在字的左邊，「彡」不當部首字，如：「須」，頁部。

| 部首要說話 |

「彡」，甲骨文象三撇（有的象五撇或四撇），在《說文解字》的解釋是：「彡，毛飾畫文也。」有人認為「毛」是指毛筆，但毛筆是文字發明以後才有的物件，所以「毛」應該是指「彡」這個形狀有如毛形的線條。因此，「毛飾畫文」的意思是，將如毛形的線條，刻畫在器物上，作為裝飾用的花紋。而這種「毛形的線條」，恐怕也就是後來發展成以獸毛紮成的畫筆。

「彡」，本義真的是毛形的線條嗎？有學者指出，這個符號是擊鼓而祭，是鼓聲的象徵，因為「彡」古用為「肜」（ㄖㄨㄥˊ），表示擊鼓而祭，這是用以表示鼓聲的象徵符號。後來，人們才給「彡」字擴大了「花紋」意義。

「彡」是「毛形刷畫成的花紋」，這種花紋的方向一致，所以就有連續、延續的意思，如「彭」從「彡」，表示鼓聲的連續。「影」從「彡」，表示景象延續的意思。後來引申為「用帶毛的皮作為裝飾」。

另外，「彡」，又讀做ㄒㄧㄢˇ，這是引申「用帶毛的皮作為裝飾」的意思，這也是中國古代羌族的複姓——彡姐。

「彡」，古今均屬罕用，如今不單用，一般只作偏旁使用。凡從彡取義的字，都與鼓聲、毛飾畫文等義有關。

｜注意部首字詞｜

從部首「彡」所組成的字並不多，大都與彡毛有關。

「形」，ㄒㄧㄥˊ，形聲字，漢碑從彡（飾紋）井聲，小篆作𢒈，變為开聲，本義是形體，後指稱形狀、形式。〈孫子．虛實〉：「水無常形。」這是說，水沒有固定形狀。形狀指的是物，屬於事件的形狀就是形勢，如〈孫子．勢〉：「勇怯，勢也；強弱，形也。」大意是，兵士的勇敢或者怯懦、強或弱，這都是形勢使然。「形」由本義引申為形成、顯露，今有成語「喜形於色」。值得注意的引申義為「對照、對比」義，如《老子》第二章：「長短相形。」這是講，長短相互對照的意思。今有成語也是作「對比」的意思，如「相形見絀ㄔㄨˋ」，表示兩相比較之下顯得不如對方。

「彧」，ㄩˋ，形聲字，篆文從川或聲，表示水流有波紋的樣子，一般不作單字講，〈詩經．小雅．信南山〉：「疆埸翼翼，黍稷彧彧。」（埸ㄧˋ：田之小界。翼翼：整齊。）大意是，田界多麼整齊，黍稷多麼壯盛。「彧彧」是茂盛的樣子。用來形容文學作品，就是多文采的樣子。

「彫」，ㄉㄧㄠ，會意兼形聲字，本字為「雕」，分化為「彫」與「琱」，「彫」字從彡從周，周也兼表聲，會彩畫裝飾之意，本義是繪飾，引申為雕刻，如〈論語．公冶長〉：「朽木不可彫也，糞土之牆不可汙也，于予與何誅？」大意是，他像朽木一樣無法雕琢，像糞牆一樣無法粉刷，我能拿他怎樣？「彫」通「凋」時也作凋殘、凋零講，如〈漢書．循吏傳〉：「民用彫敝。」這是說，人民的生活所需簡陋短少。

從ㄉㄧㄠ音的字有「彫」、「凋」、「雕」、「琱」、「鵰」等，「鵰」是猛禽，也是「雕」的異體字[40]；「彫」是繪飾、刻畫；「琱」是加工玉石、雕刻；「凋」是草木零落。在衰落、衰敗的意義上，「凋」與「彫」相通。在雕刻的意義上，「雕」、「琱」、「彫」相通。

「影」，ㄧㄥˇ，會意兼形聲字，篆文從彡從景會意，景也兼表聲。「影」是「景」的加旁分化字，〈玉篇・彡部〉：「影，形影。」即光綫照到人或物體上被擋住後現出的暗影，本義是影子、陰影。朱熹〈觀書有感〉：「半畝方塘一鑑開，天光雲影共徘徊。」這首朱熹詩歌的代表作，描寫著這半畝的方塘猶如開了一面明鏡，天光和雲影在明鏡中共徘徊。以光照物就有影，所以「影」又引申出影像、圖像義。

「影」，古字本作「景」，漢碑中始有「影」字，王維〈鹿柴〉詩中即有「返景入深林，復照青苔上。」這個「景」就是「影」，讀作ㄐㄧㄥˇ。「彲」，ㄔ，同「螭」，即傳說中一種無角蛟龍。〈史記・齊太公世家〉有：「所獲非龍非彲，非虎非羆；所獲霸王之輔。」大意是，所得獵物非龍非螭，非虎非熊；所得乃是成就霸王之業的輔臣。

「彭」，ㄆㄥˊ，會意字，一般作姓氏、地名講，如〈詩經・鄭風・清人〉：「清人在彭。」這個「彭」字，甲骨文作 ，左邊是一面鼓，右邊的三斜點表示擊鼓時不斷發出的聲音，會擊鼓所發出的聲音之意，所以本義是鼓聲，也用來形容其他物品發出的聲音，如甲骨卜辭中便有「彭龍」一詞，用來形容鳴聲如擊鼓的鱷魚。

「彭」，用作連詞「彭彭」時，讀作ㄅㄤ，是個多義詞。⑴眾多的樣子。〈詩經・齊風・載驅〉：「汶水湯湯，行人彭彭。」（湯湯ㄕㄤ：水勢盛大的樣子）詩句的大意是，汶水滔滔不絕，路上行人來來往往。⑵強壯有力的樣子，〈詩經・大雅・大明〉：「檀車煌煌，駟騵彭彭。」這是說，檀木兵車多麼鮮亮，四匹白肚大紅馬多麼強壯。⑶行進的樣子，〈詩經・小雅・北山〉：

「四牡彭彭，王事傍傍。」（傍傍ㄆㄥˊ：不止。）這句詩的大意是，四匹公馬奔走忙碌，官差一樁接一樁。

「彭湃」，是指波浪互相沖擊，讀作ㄆㄥ，〈漢書．司馬相如傳上〉有：「洶湧彭湃。」

①②③④

｜看圖說故事｜

古詩十九首〈上山採蘼蕪〉：「顏色相類似，手爪不相如。」（顏色：容貌。）詩的大意是說，姿色容貌差不多，手工作活卻不及你靈巧。這就是個「爪」字，①甲骨文就像是一隻指尖朝右的「爪」形。②金文的形體至少有這兩種形象，左邊的字形在指端添上了彎曲的形狀，表示手指是會合攏的。右邊的形象，清楚地看到手指向下，好像正要抓取東西的樣子，指甲的勾狀明顯易辨。③小篆的形體是由甲骨文演變來的，它將手指伸長，也更適合方塊字的書寫。④楷書寫成「爪」。

「爪」，ㄓㄠˇ，四劃，象形字，作為部首的稱呼是爪部、爪字部。

部首「爪」字與「瓜」形似，「瓜」字多了豎筆下的一鉤一點，「瓜」是瓜類的總稱，兩字不要弄混了。

書寫部首「爪」時，如在字的上方，通常寫成「爫」，如：「爭」、

---

40. 異體字：所謂〝異體字〞是指兩個（或兩個以上的）字的意義完全相同，在任何情況下都可以互相替代。在古代，同一個詞造出兩個或更多的字來代表，是難免的。一般而言，異體字有幾種情形：1.會意字與形聲字之差，如〝泪〞是會意字，〝淚〞是形聲字。2.改換意義相近的意符，如從攴束聲的〝敕〞，變成了從力束聲的〝勅〞。

「爰」、「爵」。

部首要說話

「爪」，甲骨文象覆手有所抓撓形，是「抓」的本字。金文突出了指甲，以突出抓撓之義。本義就是鳥獸的腳趾，如虎爪、鳥爪、鷹爪、鴻爪。〈韓非子．解老〉：「虎無所錯其爪，兵無所容其刃。」大意是，猛虎沒有地方施展它的堅爪，兵器沒有地方用它的鋒刃。「爪」後來也當做手腳指甲或形似如爪的通稱，如鴻爪、鐵爪。如〈癸辛雜識續集上．海蛆〉：「鐵錨四爪皆折。」

名詞的「爪」引申為動詞，就成為「抓」的意思。後來這個抓的意義就給了後起字的「抓」，所以「抓」的本字就是「爪」。明謝肇淛〈五雜組．物部一〉：「熊人立而爪樵者。」這是說，有個形似熊一般高大的人抓住了樵夫。

「爪」的動作是五指拳攏後向外伸展，如，手爪、爪子，「張牙舞爪」看來就帶有貶義，至於「爪牙」本來是指動物用來攻擊、防衛的爪子和牙齒，詞意擴大後，多用來比喻壞人的親信和黨羽。

「爪」，又讀做ㄓㄨㄚˇ，用以指某些動物的腳趾，如：雞爪、貓爪子。又引申指某些器物下端像爪的部分，如：小鍋有三個爪兒。

「爪」字今可單用，也作偏旁使用。凡從部首「爪」取義的字，大都與手或手的動作等義有關。

語文點心｜後起字

相對於初文來說，這是文字學上指同一個字的後起寫法，一般以合體字居多。如「趾」和「網」分別是「止」和「网」的後起字。

注意部首字詞

「爪牙」一詞是個多義詞，⑴爪和牙，是鳥獸用以攻擊和防衛之用。⑵引申為武臣，〈詩經・小雅・祈父〉：「祈父！予，王之爪牙。」（祈父：官名，即司馬，掌邊境保衛之事。）這句詩是說，司馬，我是大王的衛士。⑶是指得力的助手，親信、黨羽。〈史記・王溫舒傳〉：「擇郡中豪敢任吏十餘人，以為爪牙。」⑷供驅使的人。

「爭」，ㄓㄥ，會意字，甲骨文作，上下兩隻手在搶奪一件物品的形狀，本義是搶奪、爭奪，如〈史記・蕭相國世家〉：「群臣爭功。」今有成語「爭權奪利」。言語上的爭奪，就是「辯論、爭論」，如〈戰國策・趙策三〉：「鄂侯爭之急，辨之疾，故脯鄂侯。」（辨：通「辯」，爭辯。）大意是說，鄂侯為這件事和紂王爭辯的很激烈，所以紂王就將鄂侯殺了製成肉乾。因為爭奪的結果就會有所得與有所失，於是引申為「相差」義，如杜荀鶴〈自遣〉：「百年身後一丘土，貧富高低爭幾多。」大意是，人死百年之後也不過就只剩一坏土，貧富的高低有什麼差別呢！

「爭」，讀作ㄓㄥˋ時，是當直言規勸講，這個意義後來寫作「諍」，如〈呂氏春秋・功名〉：「關龍逢、王子比干能以要領之死，爭其上之過。」大意是，雖有關龍逢、王子比干那樣的忠臣，以死相諫，指出君王的過錯。

「爰」，ㄩㄢˊ，會意字，甲骨文作，上下是兩隻手，中間的一條直線是玉環（瑗）的側視圖，這就是「援」的古字，本義為牽引的意思，後來被假借為虛詞使用之後，「爰」就增加玉部寫作「瑗」當牽引講，增手部寫作「援」當援引講。「爰」，假借為虛詞，主要用作副詞，相當於就、於是講，當代詞作這裡、哪裡講，〈詩經・魏風・碩鼠〉：「樂土樂土，爰得我所。」意思是，樂土啊樂土，在這裡才能得到我安身的處所。

「爵」，象形字，甲骨文作，酒器狀，本義就是一種禮儀祭祀用的飲酒器，相當於今日喝白酒使用的小酒盅。〈左傳・莊公二十一年〉：「王與之爵。」這是說，王給了他一件飲酒器。「爵」，從本義引申為爵位，〈禮記・王制〉：「王者之制祿爵，公、侯、伯、子、男，凡五等。」另外，在〈孟子・離婁上〉：「為叢驅爵者，鸇也。」（鸇ㄓㄢ：猛禽的一種。）這裡的「爵」可不是什麼酒杯，而是指鳥雀，「爵」通「雀」。

「爵室」，這不是指房室，這是有關船的專詞，指的是大船上的瞭望台。〈釋名・釋船〉：「其上重室曰飛廬，在上，故曰飛也。又在上曰爵室，於中候望之，如鳥雀之警示也。」可見，「爵室」就是「雀」室。

① ② 禸

｜看圖說故事｜

〈史記・項羽本紀〉：「王翳取其頭，餘騎相蹂踐爭項王，相殺者數十人。」這是說，王翳拿下項王的頭顱，其他騎兵互相踐踏爭搶項王的軀體，由於相爭而被殺死的有幾十人。這個「蹂」的古字就是「禸」，「禸」在甲骨文、金文都沒有收入。③小篆的形象是一個很大的「九」字，這原來是古代的「虫」，中間像勾子的 圖形，這其實是獸類留在地面上腳印的形狀。④楷書寫成「禸」。

「禸」，ㄖㄡˊ，五劃，形聲字，九聲。作為部首的稱呼是禸字部。

書寫「禸」字時，首二筆（豎和橫折鉤）相交出頭，內作一豎、一挑、一點，不可寫作「 禸 」。

「禸」，不單獨成為一個字，只當作部首字，成為構字組件。

｜語文點心｜形聲

「形聲」，即六書之一。由音符與意符組合而成，意符表形，音符表聲。

《說文解字》：「形聲者，以事取名，取譬相成，江河是也。」意思是，形聲就是找一個表示意類的字作意符，再找一個表示讀音的字作聲符，合起來組成一個字。「江」、「河」就是形聲字。如江、河二字，從水取義，以工、可分別標注其聲。

形聲字的排列組合一般不出以下六種方式：

㈠上形下聲：竿、花、病。

㈡下形上聲：盆、妄、盲。

㈢左形右聲：江、村、狗。

㈣右形左聲：救、創、鴨。

㈤外形內聲：園、國、匣。

㈥內形外聲：聞、悶、辯。

形聲字表意構件的表意特徵雖然一般不如象形字、會意字那麼形象和具體，但是他仍然有效的提示了字義指向的方向。「栽」字就與植物（木）有關，「載」字與車有關，「裁」字就與衣服有關，這就是形旁表意作用的體現。甲骨文時期，形聲字所占的比例並不高，愈到後來，形聲字在總字量中占的比例愈大。

在《說文解字》9353字中，形聲字將近8000字，我們國語文中，絕大多數的字也都是形聲字。

東漢許慎《說文解字》敘：「形聲者，以事為名，取譬相成。」這就是說，以事類為主，再取其聲組合而成。「形聲」又稱為「諧聲」、「象聲」。

部首要說話

小篆的「禸」是「九」（虫，泛指動物）的身尾不住地在地上翻滾，突出了足尾蹂地的意義，所以「禸」的本義是獸足踩踏地上所留下的痕跡。篆文根據「禸」改為從足、九聲改為柔聲，就變成了後來的「蹂」字。〈爾雅41．釋獸〉：「貍、狐、貒ㄊㄨㄢ、貈ㄏㄜˊ醜，其足蹯，其跡禸。」這表示獸趾頭著地處稱作「禸」。

現今，「禸」字只做部首字，成為他字構件，「禸」的本義也由「蹂」字承擔。凡是取義於部首「禸」所組成的字，大都與動物、獸足有關。

注意部首字詞

「禺」，原本是個多音多義字，金文作，似人面的獸類，⑴讀作ㄩˋ，獸名，屬猴，似獼猴而大，赤目長尾，見〈山海經．南山經〉。⑵讀作ㄩˊ，指區域，每里作一禺，這個意義後來由「隅」取代。⑶當日近午講，〈淮南子．天文〉：「（日）至于衡陽，是謂禺中。」⑷當寄託講，這個意義後來由「寓」取代。⑸讀作ㄩㄥˊ，司馬相如〈上林賦〉：「禺禺鱋魶。」（鱋ㄑㄩˋ魶ㄋㄚˋ：魚名。）「禺禺」也是魚名。⑹讀作ㄡˇ，〈後漢書．劉表傳論〉：「其猶木禺之於人也。」這個「禺」即偶像的意思，這個意義通「偶」。

「禹」，ㄩˇ，夏後氏部落領袖，夏代第一個君王。〈孟子．滕文公上〉：「禹疏九河，瀹濟漯而注諸海。」這是說，由夏禹疏浚九河，治理濟水、漯水，引注入海。

「禹步」，這是指跛行，因為相傳大禹治水辛勞，以致肢體偏枯，行走不便，故稱。

「禽」，ㄑㄧㄣˊ，會意字，金文作，下部是「畢」（長柄捕網），上部是「亼」（男性生殖器），在此表示捕捉到一隻羽毛斑斕的雄鳥，本義就是獵捕鳥獸，〈左傳・宣公十二年〉：「以歲之非時，獻禽之未至，敢膳諸從者。」這是說，由於今年還不到時令，應當奉獻的禽獸沒有來，謹把它奉獻給您的隨從作為膳食。「禽」，後泛指鳥獸。用作動詞就是捕捉、捉住的意思，這個意義後來寫作「擒」。又引申為被捕獲的人，俘囚，〈左傳・襄公十四年〉：「吾令實過，悔之何及，多遺秦禽。」（遺ㄨㄟˋ：送。）大意是，我的命令確實有錯誤，後悔哪裡來得及，這樣多的人馬只能送給秦國當俘虜。

「萬」，原本是個象形字，後作假借表義字，甲骨文作，有個大螯曲尾的蠍子，本義是蠍子。蠍，是種群居的動物，特別是在交尾期間，成千上萬的堆疊一起，於是假借「萬」作計數單位，另造個「蠆ㄔㄞˋ」字專指蠍子。「萬」從假借義，引申出「多」的意思，〈荀子・富國〉：「古有萬國。」表示古代有很多國家的意思。又可以引申為「甚」、「非常」的意思，到今天我們還使用「萬不得已」，表示非常不得已的意思。另外，「萬」是古代一種舞名，包括文舞（手執鳥羽和樂器）和武舞（手持兵器），如〈公羊傳・宣公八年〉：「萬者何？干舞也。」（干舞：手持盾牌而舞。）另有〈左傳・隱公五年〉：「九月，考仲子之宮，將萬焉。」這裡的「萬」是指跳萬舞，整句話的大意是，九月，祭仲子廟，又準備在廟裡獻演萬舞。

41.《爾雅》：中國最早的一部解釋詞義的書，是中國古代的詞典。《爾雅》也是儒家的經典之一，列入十三經之中。其中「爾」是「近」的意思；「雅」本意為「正」，引申為官方規定的規範語言，即「雅言」。「爾雅」就是「近正」，使語言接近於官方規定的語言。《爾雅》是後代考證古代詞語的一部著作。一般來說，漢字都具備形、音、義三個要素，漢語字書辭書大都根據字形和字音來作編排是常規做法，《爾雅》、《方言》是少數根據字義來編排的字書辭書。

| 看圖說故事 |

〈墨子．經說下〉：「用牛有角馬無角，是類不同也。」（用：以，因為。）這大意是，因為牛有角而馬無角，所以牠們是不同類的。這就是個「角」字，①甲骨文和②金文就像是割下來的一隻牛角或是羊角，尾端尖尖的，中間的橫線就是角上清晰的紋路。③小篆已經看不太出來角的樣子，因為牛角已經用來作為號角來使用了。④楷書寫成「角」。

「角」，ㄐㄧㄠˇ，七劃，象形字，作為部首的稱呼是「角」部。

「角」的上部為「𠂊」，不作鉤，下部的豎筆不出頭。

「甬」與「角」形似，「甬」是用部，兩字要分清楚。

| 語文點心 | 《墨子》

《墨子》一書，為墨翟及其弟子、後學所著，是墨家學派的著作總匯，漢時有71篇，現存53篇。

《墨子》一書的文字樸實淺顯，過於強調說理的嚴謹和邏輯的清晰，重質輕文、重理輕事，所謂「言之無文，形而不遠」，這大概也是《墨子》失傳的一個重要原因。

墨子思想共有十項主張：兼愛、非攻、尚賢、尚同、節用、節葬、非樂、天志、明鬼、非命，其中以兼愛為核心，以節用、尚賢為基本點。

部首要說話

「角」，甲骨文象帶紋路的獸角形。〈說文解字・角部〉：「角，獸角也。象形。」所以「角」的本義就指的是「牛角」與「羊角」，後來才擴大為「鹿角」、「犀角」等。後廣泛指像角的東西，〈詩經・衛風・氓〉：「總角之宴，言笑晏晏。」（總角：小孩的頭髮紮成像角一樣的抓髻。宴：快樂。晏晏：和柔的樣子。）大意是，孩提時的歡樂，說說笑笑多和悅。

牛羊長角在額上，所以引申為額骨、額角，〈尚書・泰誓上〉：「百姓懍懍，若崩厥角。」這是說，百姓危懼不安，他們向我們叩頭[42]求助，額角響得就像山崩一樣呀！

牛羊之類的角[43]，是作為保護身體的一種武器，許多有角的動物都以犄角相鬥，所以引申為「比武」，這就叫做「角力」。此時的「角」讀作ㄐㄩㄝˊ。

古時候的人，會將割下來的牛角盛物使用，後來也做為酒器的名字。從殷墟出土的原始形狀（觥）看，牛角是作橫置形，可見牛角是古人最早的飲酒器，所以酒器多從「角」。

「角」既然可以盛酒，就有了計量的功能，所以角也是一種量器，角由量器也可以引申為「衡量」的意思。〈呂氏春秋・仲春〉：「角斗桶，正權概。」（概：平斗斛的木板。）大意是，（在春分這一天）要普遍地劃一和校正各種度量衡的器具和單位。

---

42. 叩：叩有三義，一作詢問，二作敲，三作牽（馬）、拉住（馬的轡繩）。叩的第二、三義可以寫作〝扣〞，惟〝叩頭〞不可寫作〝扣頭〞。

43. 角：在上古人的心目中是權力的象徵，這源於古人對動物角的力量的崇拜，獸角有力、尖銳、威猛，於是神話中的人物被人們賦於有神力的角。守衛幽都的土伯有〝主觸害人〞的角，英雄蚩尤〝頭有角，與軒轅鬥，以角抵人，人不能向〞。角既有神力，角作為藥品，自然就有〝辟惡鬼虎狼，止驚懼〞的療效。〝冕〞，上形獸角，正是由古代氏族首領頭上的獸角發展出來的。

由獸角之形又引申為幾何學上的角。明人徐光啟《勾股義》寫著：「勾股，即三邊直角形也。」勾股定理，西方稱為「畢達哥拉斯定理」，中國三國時期的數學家趙爽最早證明了這一定理。

「角」，裁截之後可吹奏，是古代樂器名，多用於軍中，如李賀〈雁門太守行〉：「角聲滿天秋色裡，塞上燕脂凝夜紫。」（「燕脂」，同「臙脂」，《古今注》：「秦築長城，土色皆紫，故曰紫塞。」這裡「燕脂」、「夜紫」均暗指戰場血跡。）這是通過聽覺和視覺描寫戰場上肅殺的氣氛。角聲滿天，可見戰鬥的激烈。「燕脂」和「夜紫」暗示了雙方都有傷亡。

另外，「角」也是古代五音之一，五音為「宮、商、角、徵ㄓˇ、羽」，此時「角」要唸為ㄐㄩㄝˊ。

作為人名，有角里先生，「角」讀作ㄌㄨˋ。角里先生為秦末漢初商山四皓之一，避世隱居於商雒ㄌㄨㄛˋ山中。角里先生亦作甪里先生。

韓愈〈此二日足可惜贈張籍〉：「百里不逢人，角角雄雉鳴。」這是說，百里之內未遇人煙，只聽得雄雉咕咕咕的鳴叫聲。「角角」在這裡作象聲詞，讀作ㄍㄨˇ ㄍㄨˇ。

今「角」可單用，也作偏旁使用。凡由「角」字所組成的字大都與角類或量器有關。

注意部首字詞

「觔斗」，原是唐朝散樂的一種。後作跟頭，指懸空翻轉身體的動作。今有「翻觔斗」一詞。

從部首「角」字所組成的字，有不少是相通字或是古字，如「觕ㄘㄨ」，通「粗」；「觖ㄐㄩㄝˊ」，通「抉」，挑剔；「觝ㄉㄧˇ」，通「抵」、「牴」，抵抗；「觚ㄍㄨ」，通「孤」；「觜ㄗㄨㄟˇ」，通「嘴」；「觭ㄐㄧ」，通「奇」，單、隻；「觳ㄏㄨˊ」，通「斛」，量器單位；「觵ㄍㄨㄥ」，是

「觥」的本字。

「觥籌獄」，非指牢獄之刑，這是比喻以酒困人。

「解」，ㄐㄧㄝˇ，會意字，是由「角」、「刀」、「牛」合成，表示將牛從牛頭上割除的意思。本義就是分割，如：「庖丁解牛」。「解」，從本義引申為融化，〈呂氏春秋．孟春〉：「東方解凍。蟄蟲始振。」大意是，東風和暢吹拂，大地融化了冰凍，冬眠的動物正要開始甦[44]醒而活動。「解」，又隱身為排解、排除，如作事件或語言的排除，又引申為解釋[45]、解說，韓愈〈師說〉：「師者，傳道受業解惑也。」（受[46]：授。）

「解」，作為動詞時，讀作ㄐㄧㄝˋ，發送、解送的意思，「解子」，就是指押送犯人的差役。又讀ㄒㄧㄝˋ，是懈怠的意思，這個意義後來寫作「懈」，一般也作州名、地名、山名，如解縉。

「觱」，ㄅㄧˋ，形聲字，篆文從角𤇾（ㄅㄟˋ）聲，〈說文解字．角部〉：「觱，羌人所吹角屠觱，以驚馬也。」本義是屠觱，羌人所吹獸角號名，是古代一種能發聲的吹角，用獸角作成，用以驚馬。〈詩經．豳風．七月〉：「一之日觱發，二之日栗烈。」大意是，十一月寒風啪啪響，十二月寒風凜冽。「觱發」，是指北風寒冷。

「觳觫」，ㄏㄨˊ ㄙㄨˋ，恐懼的樣子。引申指牛，如宋黃庭堅〈題竹石牧牛〉：「阿童三尺箠，御此老觳觫。」「觳」，讀作ㄑㄩㄝˋ，是貧瘠的意

---

44. 甦：以義會意字，從更生，義為死而復生、復甦。

45. 解、釋、放："解"和"釋"在某些意義有相通處。如都有"解開"、"鬆開"的意思，所以冰塊消融可以說"解凍"，又可說"渙然冰釋"；又都有"分析"、"解析"的意思，所以可以說"注解"，也可以說"注釋"，在其他意義上，二者有各自的習慣用法。"放"不具備上述"解"和"釋"的共有意義。"放"的一個突出意義是"使事物向外擴散"，所以把牛羊趕出去餵養為"放牧"，將人趕到邊遠地方叫"放逐"，不守規矩任意而行叫作"放蕩"，而這個意義，是"解"和"釋"所沒有的。

46. 受：會意兼表聲字，甲骨文作𠬪，上下都是手，中間有一物。象上下兩手相互給予和接受一盤之狀，本義為兩手相授受。"受"、"授"本一字，分化後，"受"用來表示接納之義，給予之義便另加義符手寫作"授"來表示。

思，〈管子・地員〉：「剛而不觳。」這是說，乾燥但不貧瘠。

「觿」，ㄒㄧ，形聲字，從角巂聲，是古代用以解繩結的角錐。〈詩經・衛風・芄蘭〉：「芄蘭之支，童子佩觿。」這是說，芄蘭草的細枝，童子配上了象骨製成解繩結的飾物。後遂以「觿年」借指少年。

① ② ③ ④ 釆

｜看圖說故事｜

〈木蘭詩〉：「雙兔傍地走，不能辨我是雄雌？」這是說，兩隻兔子（雄雌二兔）緊貼著一塊跑，讓人無法分辨我是男是女。這個「辨」的古字就是「釆」。①甲骨文的四周圍有四個點，表示這是獸類的腳趾著地的痕跡，中間的十字表示腳趾之間的分界，也就是說，這個字看起來就是獸蹄留在地面上的痕跡啊！②金文的形狀與甲骨文相似。③小篆在上面多加了一小撇，這就變成了一足五趾的形狀，更像是獸類的腳印了。④楷書寫成「釆」。

「釆」，ㄅㄧㄢˋ，七劃，合體象形字，作為部首的稱呼是釆字部。

要分別清楚「釆」與「采」（ㄘㄞˇ）字，「采」的上部是「爫」（爪），共八劃。兩字非常相似，不要弄混了。

書寫「釆」字時，如作上、左與內偏旁時，末筆一捺要改為長頓或頓點，如：悉、奧、竊。

｜語文點心｜合體象形

合體象形，就是象形文字造字的分類之一。象形字一般可以分作以下幾類：

一、獨體象形：就是將一個具體的物象描摹下來，具有獨立的形、音、義，簡易得不能再加以分析。如：目、虎。

二、合體象形：是由一個獨立的象形字，加上一個或多個不具獨立形音義的實像組構而成。如：桑、巢。

三、變體象形：是由一個獨體的象形字，予以相反、顛倒、改易筆畫而成，如：「匕」是由獨體象形的「人」反轉形體。「交」是由獨體象形的「大」改易筆劃，使「大」的音、義發生改變。

四、省體象形：是由一個獨體的象形字簡省其筆劃而成。如：「片」是由獨體象形的「木」省去左半而成。「了」是由獨體象形的「子」省去象兩臂的一橫而成。

部首要說話

「釆」，在小篆上是是個象形字，是由「十」與「㐅」兩形合成，「十」象獸掌，「㐅」象獸爪，這正表示獸爪印在地上的形狀，因此本義應該是「獸爪」。

《說文解字》解釋為：「釆，辨別也。」表示要知道什麼獸類走過，就要觀察地面上的足跡，這就是「辨別」的意思，但這是「釆」的引申義。這個「辨別」的引申義，後來由後起的形聲字「辨」字來使用，於是「辨」通行而「釆」字就很少獨用了，一般只作為部首字。

由於「釆」作了偏旁，獸蹄之義便另造「番」、「蹯」來表示。

如今「釆」不單用，只作偏旁使用。凡從部首「釆」取義的字，都與獸蹄、辨識等義有關。

注意部首字詞

一般字辭典收部首「釆」所組成的字只有「采」、「釉」、「釋」三字。

「采」，ㄘㄞˇ，會意字，甲骨文作 ，上有手、下有木，表示用手採摘樹葉或果實的意思，本義就是摘取，如〈詩經．周南．關雎〉：「參差荇菜，左右采之。」（參差：長短不齊的樣子。荇ㄒㄧㄥˋ菜：水生植物名。）大意是，長長短短的荇菜，左手右手一起採。另外，在古籍裡讀作ㄘㄞˋ時，是指古代卿大夫的封地，後來這個意義寫作「埰」、「寀」。〈禮記．禮運〉：「大夫有采以處其子孫。」大意是，大夫有采邑以安置其子孫。

「采」字後來分化出採、彩、綵，採摘義的「采」寫作「採」，彩色義的「采」寫作「彩」，彩綢義的「采」寫作「綵」。「采」與「彩」意義相似，但「采」側重於描寫精神狀態，如：神采、風采、無精打采。「文采」雖也指華麗的色彩，但用於文藝方面的才華，一般不用「彩」。「彩」用於跟多種顏色有關的事物，如：色彩、光彩、五彩、掛彩等。「精彩」、「豐富多彩」雖也指姿態，但一般不用「采」。

「釉」，ㄧㄡˋ，「彩釉」，是指器具表面含多種釉色。作法是先將陶瓷製品燒成無釉澀胎，然後上釉入窯複燒，或一火即成或數火乃成一般以低溫燒成居多。

「釋」，ㄕˋ，是個多音多義字，⑴本義是解開、解下，如〈左傳．僖公六年〉：「武王親釋其縛。」這是說，武王親自解開被縛者的繩索。引申為文辭的解說。⑵放下，〈莊子．養生主〉：「庖丁釋刀對曰。」大意是，廚師放下刀回答說。今有成語「愛不釋手」，「釋」就是放下的意思。⑶溶解。⑷排除、解除。⑸〈詩經．大雅．生民〉：「釋之叟叟，烝47之浮浮。」（叟叟：淘米聲。）這個「釋」是淘米的意思，整句詩的意思是，淘米的聲音叟叟，蒸米的熱氣騰騰。⑹僧、尼稱「釋」，也指佛教，而佛教的創始人就是釋迦牟尼。

「釋」讀作一ㄧˋ時，通「懌」，喜悅的意思，如〈莊子．齊物論〉：「若不釋然，何哉？」（若：乃。）大意是，如果還不高興，這又何必呢？

47. 烝、蒸：烝，會意兼形聲字，甲骨文上從禾，下從雙手，中間是豆（食具）中盛米形，會將收穫的穀物獻於神前祭祀之意，篆文小[illegible]改從火從丞（舉起），以突出蒸煮時火器升騰，會將剛蒸好的熱氣騰騰的食物獻於神前之意，本義為火氣或熱氣升騰，引申泛指祭祀，又指用蒸氣加熱，又特指以下淫上。由於〝烝〞為引申義所專用，本義便借〝蒸〞來表示，惟〝蒸〞無〝下淫上〞的意義。

四、暢游在河海

人類在漫長的原始社會中，由於生活資源的匱乏、氣候的無常、疾病的襲擊、野獸的侵擾等等，致使他們長期生活在十分艱苦的境地。原始人面對嚴酷的自然環境，生與死成為他們生存的主題，因而維持和繁衍生命理所當然地被原始人視為價值追求的基本內容。為了生存，人們不能不依賴自然界，於是成為以漁獵、採集為主要生計的狩獵人。

進入新石器時代之後，原始的農耕始出現，但最初並不能向人們提供足夠的食物，習慣性的漁獵與採集活動仍是重要的，因而在此時所創造出來的甲骨文，就提供了我們豐富的史前生活資料。

漁業在原始民族是相當重要的經濟部門，到商代，雖然漁業在社會經濟中的地位已非最重要的生產活動，但人們仍把魚視作美味而加以捕捉，殷墟就曾發現多種魚類的遺骨，鄭州二里岡還出土了商代早期的魚鉤。對於商王來說，捕魚又是一項娛樂活動，卜辭記載商王曾於某年十月去捕魚。

分析這些與魚類相關的文字，也讓我們探測到中國古代的某些文化信息，這些暢遊在河海的動物，在徜徉了千年的字海之後，依然攜帶著古老的智慧，豈不讓我們驚奇萬分。以下部首字依筆劃分別是：乙、貝、黽、魚、龜。

｜看圖說故事｜

〈禮記．內則〉：「魚去乙。」這是說，去掉魚的鰓骨。這個「乙」字，①甲骨文是彎曲的形狀，魚腹裡的腸形也像這個樣子。②金文與③小篆也和甲骨文大同小異，也都是彎彎曲曲的形狀。④楷書寫成「乙」。「乙」真的是指某種動物的腸子嗎？其實有些研究者認為，「乙」應該是上古時候的獵人用來捕禽獸的繩套。

「乙」，一ˇ，一劃，象形字，作為部首的稱呼是乙部，以可單用，也可作為偏旁。

「乙」當偏旁的時候寫成「乚」，「乚」與「亅」（ㄐㄩㄝˊ）字勾的方向一左一右，不要弄混了。

部首要說話

乙（乙），這個甲骨文字歷來受到不同的解釋。

〈爾雅・釋魚〉：「魚枕謂之丁，魚腸謂之乙，魚尾謂之丙，魚鱗謂之甲。」甲乙丙丁四字專屬魚身，可見是漁獵時代文字。但是，由於《爾雅》是孤證，學者多未同意。何況，乙作為「魚腸」義，到了後世卻不太使用，「魚腸」的本義也就不再用了。

「乙」的形體除了像魚腸之外，學者唐蘭認為「乙」也像是天空中飛翔的鳥類，上部左彎的部分是頭部，中間是腹部，底下就是鳥的尾巴，所以古人也把「乙」當作「燕子」講。如宋代穆修〈秋浦會遇〉：「再見來巢乙。」這講的是燕子。

學者俞敏則認為「乙」是履形，學者鄒曉麗引出〈書・湯誓〉孫星衍注：「湯名履。」又曰：「主癸卒，天子乙立，是為成湯。」〈史記・殷本紀48〉也有記載。因為古人的名與字是有關係的，所以「乙」即「履」形。

中國大陸出版的《漢字源流字典》（谷衍奎編），認為「乙」甲骨文字象植物破土而出時的萌芽形，是承續《說文解字・乙部》的講法。

不論「乙」的本義是魚腸、燕飛、履形、植物屈曲萌芽，後世均已不用或罕用。倒是以前古人在讀書的時候，由上往下讀，在停頓的地方（通常是句讀）就會畫個記號，常常就是用「乙」這個符號表示停住的地方；或表示文字有倒、誤，而從旁勾轉、勾補，在這個「乙」的記號，有時也會做出補充或心得之類的小註記。韓愈〈讀鶡冠子〉：「文字脫謬為之正三十有五，乙者三。」這是說，有落字與錯誤的地方共三十五字，顛倒的有三處。

「乙」也作天干的第二位，甲乙丙丁戊己庚辛壬癸，所以「乙」也表示「第二」的意思，表示第一的，當然就是甲囉！〈關尹子・四符〉：「無甲乙之殊。」這是講，沒有最好與次要的分別。「乙」由第二的意思引申為代替並列的第二人，如嵇康〈聲無哀樂論〉：「以甲賢而心愛，以乙愚而情憎。」這是說，難道可以因為我喜愛而稱他為大家喜愛的人，因為我憎恨而稱他為大家憎恨的人。

乙，今可單用，也作偏旁。凡從乙取義的字，都與抽芽屈曲而出等義有關。

｜語文點心｜嵇康

嵇康，即史稱「竹林七賢」之一，有阮籍、嵇康、山濤、向秀、王戎、阮咸、劉伶等七人。他們聚集在山陽（河南省焦作）飲酒作詩、談玄論道，遠離塵囂，忘情於山水之間。

文學史上有所謂「正始文學」（正始元年—240年，到西晉立國—265年），儒學經過沉悶的漢代經學之後，進入了衰微的狀態，於是玄學（以《周易》、《老子》、《莊子》為思想基礎）出，討論的重點是名教與自然的關係，以何晏、王弼為代表的「正始玄學」主張名教與自然的和諧統一，以阮籍、嵇康為代表的「竹林玄學」主張「越名教而任自然」的觀點，也就是說以自然來對抗名教。

「竹林七賢」不僅在文學上富有詩名，個個還是出了名的好酒之徒，劉伶有「醉星」之稱。稽康則又具有音樂的才華聞名，其所創作的〈長清〉、〈短清〉、〈長側〉、〈短側〉四首琴曲被稱作「嵇氏四弄」，與蔡邕[49]的「蔡氏五弄」合稱「九弄」，是中國古代著名的琴曲。

注意部首字詞

「乙乙」，〈文選・陸機・文賦〉：「理翳翳而愈伏，思乙乙其若抽。」「乙乙」是指難出的樣子，讀作一ㄚ丶。

「九」，ㄐ一ㄡˇ，指事字，甲骨文作[illegible]，是在獸類的尾巴根處加一，表示尾巴根處，也表示屁股的位置，當是「尻」的本字。由於九為借義所專用，尾巴之義便由另加意符尸寫作「尻」。一般當基數九，引申為多數的意思，如〈左傳・襄公十一年〉：「八年之中，九合諸侯。」（合：盟會。）這是說，八年裡和許多諸侯召開盟會。

「乾」，ㄍㄢ，形聲字，從乙倝（ㄍㄢ丶）聲，段玉裁《說文解字注》：「從乙。乙，物之達也。釋從乙之恉。物達則上出矣。倝聲。倝者，日始出光倝倝也。然則形聲中有會意焉。」就是乾燥的意思，與「溼」相對。引申為枯

48. 記、紀：在〝記載〞這個意義上，二者相通，但各有一些習慣用法，不可相混。如〝五帝本紀〞不作〝五帝本記〞，〝漢紀〞不作〝漢記〞，而〝史記〞不作〝史紀〞。至於〝記〞作為一種文體（奏記、遊記），則是〝紀〞所沒有的意義。

49. 蔡邕：東漢末年名士，漢憲帝時曾拜作中郎將，故亦稱〝蔡中郎〞。熹平四年（175年），蔡邕等人上奏皇帝請求正定六經文字，得到漢靈帝許可，遂以當時通行的八分隸書，由蔡邕等書寫，刻《周易》、《尚書》、《魯詩》、《儀禮》、《春秋》、《公羊傳》、《論語》等七種經書於石碑上，共刻46座石碑，立於太學門外，作為隸書的規範標準。事實上，漢代的漢字規範是通過兩個途徑進行的，一是通過刊印《說文解字》來規範小篆；二是通過刊刻《熹平石經》來規範隸書。蔡邕在第二個漢字規範途徑上可說居功厥偉，影響後世甚大。

竭的意思，今有成語「外強中乾」。又引申為空、徒然的意思，如韓愈〈感春〉：「乾愁漫解作字累。」讀作ㄑㄧㄢˊ時，指八卦之一，段玉裁《說文解字注》：「上出也。此乾字之本義也。自有文字以後。乃用為卦名。而孔子釋之曰。健也。健之義生於上出。上出為乾。下注則為溼。故乾與溼相對。」故「乾」的本義為上出，後借為卦名，「乾卦」代表天。

「乾」、「干」、「幹」、「榦」四字，現在大陸地區都簡化為「干」，這四字在古代都是不同的字。「干」是盾牌，「乾」指乾燥，「幹」是樹幹，「榦」是築牆時兩邊的夾板。「幹」與「榦」在樹幹的意義上可以通用，在築牆夾板的意義也偶而通用，但是在「才幹」的意義不能通用。「乾」、「干」與「幹」、「榦」沒有通用的地方。

「亂」，ㄌㄨㄢˋ，會意兼形聲字，骨文從乙（牙出土）從𤔔（理絲）會意，𤔔也兼表聲，篆文作 [illegible]，本義是整理紛亂纏結的絲使有條理，引申為①治理。〈尚書・泰誓〉：「余有亂臣十人，同心同德。」這裡的「亂臣」是指善於治理的臣子。反義共存，故又用以形容②無秩序、沒條理。引申為不安定，與「治」相對。也指③禍亂、禍害講，〈呂氏春秋・處方〉：「故凡亂也者，必始乎近而後及遠。」這是說，凡是禍害必定是先從近處開始，然後才慢慢擴及遠處。④作亂、叛亂，〈詩經・大雅・桑柔〉：「民之貪亂，寧為荼毒。」（荼ㄊㄨˊ毒：指惡行。）大意是，百姓貪婪作亂，難道她們心甘情願作壞事嗎？⑤逆流而渡。⑥樂曲的最後一章，如〈論語・泰伯〉：「〈關雎〉之亂，洋洋乎盈耳哉。」這是指〈關雎〉這首詩歌的最後一個章節。後也作辭賦篇末總括全篇要旨的話，如屈原〈離騷〉：「亂曰：已矣哉，國無人兮莫我知兮……」

「乿」，ㄧˋ，形聲字，從乙壹聲，〈揚子・方言〉：「乿，嗇貪也。荊汝江湘之閒，凡貪而不施者謂之乿，或謂之嗇，或謂之吝。」本義為貪婪又吝嗇。古有「乿費」一詞，是彷彿的意思。

①　②　③　④黽

看圖說故事

〈周禮・秋官・蟈氏〉：「蟈氏掌去蛙黽。」（蟈ㄍㄨㄛ氏：官名。掌：清除蛙類動物的官。）這個「黽」字，在①甲骨文是非常具圖像化，有頭部、有身體，還伸出四條腿。這是一種水陸兩棲的動物。②金文裡，牠的頭部訛變成「它」（它，蛇），是因為蛇與蛙的頭型相似的緣故。③小篆在象形化為符號的過程裡逐漸失去了原有的韻味，但以方塊字來說，是更容易書寫了。④楷書寫成「黽」。

「黽」，ㄇㄥˇ，十三劃，象形字，作為部首的稱呼是黽字部。

部首要說話

「黽」，甲骨文象青蛙形，本義即屬蛙類的水陸兩棲動物，很多學者認為，「黽」就是在今日稻田、池塘中常見的金線蛙。不論如何，「黽」的本義就是「蛙」。〈國語・越語下〉：「而蛙黽之與同渚。」（渚ㄓㄨˇ：水中的小塊陸地。）這是說，各種蛙類都聚集在一個小洲上。

「黽」這種動物可說是非常勤奮，每日辛苦地待在水田邊，一心一意捕捉蟲子，可說是農田莊稼的保護神，因此，人們就用「黽勉」一詞來表示勤勉努力。這裡要讀作ㄇㄧㄣˇ，〈詩經・小雅・十月之交〉：「黽勉從事，不敢告勞。」這句詩的大義是，我努力做好工作，卻不敢訴說勞苦。

在古時候的中國河南信陽西南平靖關，有個險要的關口稱作「黽阨」或「黽隘」，這裡要讀作ㄇㄥˊ。另外，「黽」作為古地名，讀作ㄇㄧㄢˇ，在今河南省澠池[50]縣，如〈戰國策・齊策一〉：「趙入朝黽池。」

由於「黽」作了偏旁並為借義所專用，其義後又另造了形聲字「鼃」和「蛙」來表示。

今黽可單用，也作偏旁使用。凡從黽取義的字，都與蛙類動物或像蛙的動物等義有關。

｜語文點心｜**國語**

《國語》，書名。司馬遷〈報任安書〉中說：「左丘失明，厥有《國語》。」認為《國語》和《左傳》出自左丘明之手，不過兩書體例、語言風格差異甚大，後世對這個說法普遍存疑，可以確定的是，《國語》產生於戰國初年。

全書計21卷。分別記載周、魯、齊、晉、鄭、楚、吳、越等八國的事蹟，自周穆王起，至魯悼公止，共歷五百餘年，為一分國紀事之史，或稱為「春秋外傳」。

《國語》的文學成就雖不若《左傳》，但其縝密、生動、精練、真切的筆法，在歷史散文上占有重要地位，並且記錄了春秋時期的經濟、政治、軍事、兵法、外交、教育、法律、婚姻等內容，對研究先秦歷史非常重要。

｜**注意部首字詞**｜

從部首「黽」所構造的字，大都與水中生物有關。

「黿」，ㄩㄢˊ，形聲字，篆文從黽元聲，本義是大鱉，屈原〈九歌·河伯〉有句：「乘白黿兮逐文魚。」（文魚：有花紋的魚。）這是說，乘坐著白色大鱉追逐有花紋的魚。

「鼅」，ㄓ，形聲字，從黽知聲。「鼅鼄ㄓㄨ」即蜘蛛，《漁洋詩話》

有：「鼃黿結網三江口。」

「鼀」，ㄘㄨˋ，形聲字，蟾蜍，也就是癩蝦蟆。

「鼂」，ㄔㄠˊ，會意字，從黽從旦。鼂錯，漢颍川人。景帝時任御史大夫，主張重農輕商，請削諸侯封地，釀成七國之亂，後被斬，以謝諸侯。

「鼆」，ㄇㄥˇ，形聲字，從黽冥聲。「句鼆」一詞是指春秋魯邑名。見〈左傳・文公十五年〉：「一人門於句鼆，一人門於戾丘，皆死。」大意是，（後來，穆伯的兩個兒子）一人在句鼆守門，一人在戾丘守門，都戰死了。

「鼇」，ㄠˊ，形聲字，從黽敖聲，本義為傳說中海中大龜或大魚。科舉時代，進士中狀元後，立於陛[51]階中的浮雕巨鼇頭上迎榜，故稱狀元為「鼇頭」。用以比喻考試、競賽中的第一名。〈淮南子・覽冥〉：「於是女媧煉五色石以補蒼天，斷鼇足以立四極。」（女媧ㄨㄚ：中國傳說中的人類始祖。）這句話的大意是，於是女媧便熔煉五色的石頭來修補青天，砍斷鼇的四條腿來作撐天的柱子。

「鼉」，ㄊㄨㄛˊ，形聲字，甲骨文從黽單聲，本義為鼉龍。揚子鱷，又稱鼉龍、豬婆龍。〈山海經・中山經〉有：「岷山，江水出焉，東北流注於海，其中多良龜，多鼉。」

---

50. 澠池：河南省澠池縣的仰韶村，即仰韶文化（新石器時代，約公元前5000—前3000年）的發源地，其出土陶器上的繪畫，那些具有寫實傾向的彩陶畫極有可能是負載意義的，只不過，它們是通過圖畫來傳達意義的，而不是使用文字。這種具有寫實傾向的圖畫對於早期象形文字，肯定是有所影響的。

51. 陛：ㄅㄧˋ，會意兼形聲字，篆文從阜從坒（台階）會意，坒也兼表聲，本義指台階。陛，有土築、有木構，甚至還有花哨的形式（如，飛陛）。古代，王或諸侯有資格建造台榭作為居所，往後，就特指君主宮殿的台階，這條君王通行的台階由侍衛把守，只有經過君王的允許才可登階升殿，見到君王，〝皇帝陛下〞就是通過陛下（台階）的侍衛向皇帝轉達的意思，表示卑者向尊者進言。後來，〝陛下〞就成為對帝王的敬辭。

① ② ③ ④貝

看圖說故事

司馬相如〈子虛賦〉：「網玳瑁，釣紫貝。」（玳瑁：與龜相似的龜類動物。）這個「貝」字，在①甲骨文就像是被左右張開的兩扇貝殼，取掉了殼裡的肉質，還是可以看到殼間的韌帶。②金文將貝殼的上部連起來，反而認不出是貝殼的樣子了。③小篆就根本不見了貝殼的相貌了。④楷書寫成「貝」。

「貝」，ㄅㄟˋ，七劃，象形字，作為部首的稱呼是貝部、貝字旁。

「貝」與「見」長得很像，「見」字的下部末筆是豎折橫鉤，「見」是看到的意思，兩字要分清楚。

書寫「貝」字時，底下是撇與點，撇要輕觸上橫，點不觸上橫。

部首要說話

「貝」，甲骨文象張開的蛤貝形。〈說文解字・貝部〉：「貝，海介虫也。象形。古者貨貝而寶龜，周而有泉，至秦廢貝行錢。」大意是，貝，海中有甲殼的軟體動物。像貝殼之形。古時候以貝殼為財富，以龜甲為珍寶。周朝出現了泉（錢幣名），到了秦朝，廢貝而通行錢。這說明了，貝在上古時代是流通的貨幣，是個寶貝。

相傳周文王被紂王幽禁，為了營救文王，大臣太顛派人到海邊去收集海中大貝，並將它作為禮物送給了紂王，因而將文王釋放。這個故事可知「貝」在商代就被視為極其珍貴的禮物。其珍貴在於遠離大海的中國內地很難找到貝殼，要靠商人跋山涉水輾轉獲致，古代交通不便，「貝」因而更顯珍奇。

貝的本義就是在水中有貝殼的動物，是一種軟體動物，體表有殼，具有保

護身體的作用，而且多數的貝殼具有美麗的色彩和花紋，非常討人喜歡，甚至也用來形容皎潔的牙齒，如〈莊子‧盜跖ㄓˊ〉：「齒如齊貝。」。

在上古時代，「貝」不但被當作是人體的裝飾品，也當作貨幣來使用，一直要到秦朝，才廢除了貝幣，改用銅錢。〈史記‧平準書〉：「農工商交易之路通，而龜貝金錢刀布之幣興焉……。」龜、貝、金錢、刀布，這都是古代流通的貨幣。從出土來看，貝有海貝、石貝、骨貝（發現於青海），海貝出現在奴隸社會和國家誕生之初——夏代，作為貨幣來使用。

「貝」也是姓氏之一，如：貝先生。

「貝」今可單用，也作偏旁使用。由部首字「貝」所組成的字，大都與錢財或貴重的意思有關，如：財、貫、貨、賀、貿、資、贓……等。

｜語文點心｜**史記**

《史記》，書名，漢朝司馬遷撰。130卷。起自黃帝，迄漢武帝，分為本紀12、表10、書8、世家30、列傳70。為二十四史之一，為我國第一部紀傳體的史書。南朝宋裴駰作集解，唐司馬貞作索隱，張守節作正義。

《史記》，最初並沒有書名，司馬遷將書稿給東方朔過目，書稿由本紀、表、書、世家、列傳、史論等組成，記載了上自黃帝，下至漢武帝時期等近三千年的歷史，不論摹篇、布局，展現了相當傑出的結構之美，令東方朔佩服不已，將它命名為《太史公記》，後世乃稱之為《史記》。

魯迅稱讚《史記》是「史家之絕唱，無韻之離騷」，可以說是對《史記》在史學和文學史上卓越成就的高度評價。

西漢時期尚無用於文字書寫的紙張，史書都是寫在竹簡上的。據出土漢簡的規格推算（寫千餘字的竹簡，約需長30釐米、直徑約10釐米的竹簡一卷），《史記》52萬6500字，約需600多卷的竹簡才可以寫完。堆疊600多卷的竹簡，可以稱得上是一座「書山」了。

注意部首字詞

貝部的字一般與財物的意義有關，可概分三類：

名詞：財、賄、資、貨。

形容詞：貴、賤等。

動詞：買、購、賞、賜、贈等。

「負」，會意字，由「人」、「貝」組合而成，表示人背負著貨幣，⑴本義就是背著、馱著，如〈史記‧廉頗藺相如列傳〉中有「肉袒負荊」，就是背著荊鞭的意思，今有成語「負荊請罪」。從本義引申為擔當、遭受等義。⑵靠著，背靠著，〈禮記‧孔子閒居〉：「負牆而立。」這就是指背靠著牆站立。引申為仗恃、依仗。⑶對不起、辜負。也作違背、背棄的意思。⑷敗，與「勝」相對，如一勝一負。⑸當虧欠講。⑹〈史記‧陳丞相世家〉中有：「戶牖富人有張負。」（戶牖：地名，今為東昏縣，屬陳留。）這是說，戶牖這個地方有個張婦的富人。「負」在這裡通「婦」。

「財」，ㄘㄞˊ，形聲字，從貝才聲，本義是財物、錢財，〈韓非子‧說難〉：「暮而果大亡其財。」（亡：失。）大意是，到了晚上失去了很多錢財。除本義外，古籍中常見「財」通「材」，當材料講；「財」通「才」，指才能或僅僅的意義，如〈漢書‧霍光傳〉：「長財七尺三寸。」這是說，長度僅僅七尺三寸。「財」通「裁」，當裁決義，如〈漢書‧鼂錯傳〉：「唯陛下財察。」

「財」與「貨」、「資」、「賄ㄏㄨㄟˋ」、「賂ㄌㄨˋ」，在財物的意義上，它們是同義詞。在「賄賂」（以財物買通他人）的意義上，「資」、「賄」、「賂」是同義詞，不過這個意義多用「賂」。

「貧」，ㄆㄧㄣˊ，會意兼形聲字，由「分」、「貝」組合而成，用財分會衣食財物缺乏之意，也是「分」形「貝」聲，本義就是缺少衣食錢財，貧困的意思，與「富」相對。〈論語・學而〉：「貧而無諂，富而無驕。」這句話的大意是，人雖貧窮，而無諂求，人雖富有，而不驕傲。今有「貧窮」連詞，兩字其實是有分別的，在古代，缺乏衣食錢財叫做貧，與「富」相對；不能顯貴，行不通叫做「窮」，是與「達」、「通」相對。「困窮」連用時，包括有「貧困」的意思，後來「窮」單用也漸漸能表示「貧」的意思，不過這是晚近的事情了。

「買」，會意字，甲骨文作上网下貝，兩相會意表示以網撈貝，本義就是購買，引申為雇用，如彭端淑〈為學一首示子侄〉：「吾數年來欲買舟而下，由未能也。」這裡的「買舟」是雇條舟船的意思。今有「購買」一詞，兩字原本是不同義，「購」的本義是懸賞徵求，後來引申有了「購買」的意義後，「購」所買的東西往往不是指商品，跟「買」的意義不同。

「賈」，ㄍㄨˇ，會意兼形聲字，篆文從貝襾（ㄧㄚˋ）聲，會將貨物蒙覆存放之義，⑴本義是儲貨坐賣，〈詩經・邶風・谷風〉：「既阻我德，賈用不售。」（用：因此。）這句詩的大意是，拒絕我的善意，如同賣貨不能出售。⑵從本義又作求取。⑶做買賣的人，即商人。今有「商賈」一詞作商人，兩字其實是不同義的，運貨販賣的叫做「商」，而囤積營利的作「賈」，也就是所謂「行商坐賈」。後來兩字才不作區分。

「賓」，ㄅㄧㄣ，會意字，金文作，從宀（房子）從人從貝，會人來到屋裡還帶著禮物，本義是賓客、客人，作為動詞則引申為服從、歸順，如〈墨子・尚同中〉：「政之所加，莫敢不賓。」大意是，政令所到的地方，沒有敢不服從的。「賓」在古籍中也通「儐」，接引賓客的意思。也通「擯」，捨棄的意思。今有「賓客」一詞指客人，其實「賓」的本義是貴客，「客」的本義是寄居，二者雖指客人，但尊貴的程度不同，而「客」的含意又較「賓」寬廣，「客」也可以指門客、食客、客卿等。

看圖說故事

唐張說〈再使蜀道〉：「魚游戀深水，鳥遷戀喬木。」這句詩是說，魚兒留戀深水的池子，可以自由自在的優52游；鳥兒要遷居的話，也喜歡到高大的喬木樹上去。魚在水中游，讓人感受到閒適的趣味，這個「魚」字，①甲骨文一看就知道是一條鮮活的魚隻形狀，上部是頭、下部是尾，腹背各有一鰭。②金文簡直就是一張魚的素描，有嘴巴、有眼睛，甚至還畫上了魚鱗呢！③小篆把魚抽象化了，魚尾部分逐漸訛變成為四個點，但這四個點可不是部首「火」字的下偏旁。④楷書寫成了「魚」。

「魚」，ㄩˊ，十一劃，象形字，作為部首的稱呼是魚部。

書寫「魚」字時，上部作「𠂊」（ㄖㄣˊ），不作「刀」。

部首要說話

「魚」，甲骨文象嘴、鰭、鱗俱全的魚形。〈說文解字・魚部〉：「魚，水虫也。象形。魚尾與燕尾相似。」大意是，魚，水中的動物。象魚的形狀。篆文魚字的尾形與燕字相似。所以「魚」的本義就是魚，屬於水生脊椎動物，種類繁多，體表通常有鰭和鱗，用鰓呼吸，體溫會隨環境而改變。〈孟子・告子上〉：「魚，我所欲也，熊掌亦我所欲也，二者不可得兼，舍魚而取熊掌者也。」這是說，魚是我所想要的，熊掌也是我所想要的，如果兩者不能兼有，就捨棄魚而選取熊掌。

名詞的「魚」當動詞的時候就成了「捕魚」的意思，後來寫作「漁」，捕魚的人就叫做「漁夫」。〈左傳・隱公五年〉：「公將如棠觀魚者。」（棠：

地名。）大意是，魯隱公打算到棠邑去觀賞捕魚的人。

魚，也用來指像魚的水棲動物，例如：鱷魚、鯢魚。

形狀像魚的，也會用「魚」來指稱，例如：木魚、魚雷。

古時有一種書信是製成魚形的，於是有將「魚」用來代稱書信、信函。漢樂府〈飲馬長城窟行〉：「客從遠方來，遺我雙鯉魚，呼兒烹鯉魚，中有尺素書。」大意是，客人從遠方來到，送給我裝有書信的鯉魚形狀的木盒。呼喚童僕打開木盒，裡面有尺把長的用素帛寫的書信。

魚除了是指魚類之外，古時候有一種馬，兩眼的毛是白色的，這種馬特指為「魚」。〈詩經·魯頌·駉ㄐㄩㄥ〉：「有驔有魚，以車祛祛。」（驔：黑色黃脊之馬。祛祛：強健的樣子。）大意是，（這些馬）有的黑色黃脊，有的兩眼有白圈，拉起車來多麼矯健。

中國人也習慣將「魚」作同音的「餘」，與諧音的「裕」聯繫起來，就成了民間的吉祥話，如：年年有魚、吉慶有魚。

今「魚」可單用，也作偏旁使用。凡從魚取義的字，皆與魚類動物有關。

｜語文點心｜《左傳》

書名。春秋魯太史左丘明撰。西漢劉歆始引傳文解釋春秋經義，與《公羊傳》、《穀梁傳》列為春秋三傳，初與春秋分行，晉杜預乃附於經，唐孔穎達作正義。亦稱為「春秋左氏傳」、「左氏春秋」。

《左傳》[53]在史學中的地位被評為繼《尚書》、《春秋》之後，開《史

52. 〝優〞游：優游，即悠閒自得的樣子。優，會意兼形聲字，篆文從人從憂（猿猴類動物形），會像猴子一樣會表演的人之意，本義為古代的樂舞雜戲演員，後從表演的從容、美好引申指勝任有餘力。《論語》中有句孔子對子夏說的話：「仕而優則學，學而優則仕。」這個〝優〞指的是勝任有餘力，而非優秀的意思。今人多挪用稱「演而優則導」、「演而優則歌」……等，通常訛用為〝優秀〞義。

記》、《漢書》之先河的重要典籍。

《左傳》相傳是魯國史官左丘明所著，到了唐朝的趙匡首先提出懷疑，後來許多學者也持懷疑的態度。但不論如何，《左傳》應非一時一人所作，應該是由戰國時的一些學者編纂而成，其中主要部份可能是左丘明所寫。

注意部首字詞

「魚」是個常用且看似簡單的字，但是由於所組成的詞如果單從字面上解往往容易出錯，這些詞要特別小心。

古籍中有所謂「魚子」，這其實是個紙名，這種紙在唐時四川所產，面成霜粒，如魚子，就叫做魚子箋，又稱魚箋。

「魚目」，就是魚的眼珠子，但是在唐李賀〈題歸夢〉有詩句：「勞勞一寸心，燈花照魚目。」（勞勞：惆悵若失，憂傷的樣子。）這句詩大意是，醒來心裡憂傷，惆悵若失，燈光照映著流淚的眼睛。因為淚珠像魚的眼珠子，所以「魚目」用來指「眼淚」。

〈史記．項羽紀〉：「如今人方為刀俎，我為魚肉。」這裡的「魚肉」不是指魚的肉，而是作為動詞用來比喻「殘害」的意思。

「魚水」，一般用來比喻夫妻相得相好，但是這個詞還有另一義，李白〈讀諸葛武侯傳〉：「魚水三顧合，風雲四海生。」這裡的「魚水」指的是君臣相得無間的意思。

「魚尾」也是個多義詞，⑴古時宮殿屋脊上的飾物。漢代時宮殿多火災，於是根據術者之說，為魚尾星之象以禳之。⑵古時腰帶向下揞垂頭之飾，唐曰鉈尾，宋曰魚尾，合呼撻尾。⑶古代書頁中縫有 ▼ 字形象魚尾的標記，用以間隔文字。⑷舊時相士稱人眼角的紋為「魚尾」，今稱「魚尾紋」。

「魚枕」可不是用魚所作出的枕頭，〈爾雅．釋魚〉：「魚枕謂之丁。」

這個「枕」是說，在魚頭骨中，形似篆書丁字，可作印。因此以「魚枕」稱魚骨頭。

這裡的「魚眼」指的是什麼？陸羽的〈茶經．五之煮〉寫出下面一段話：「……其沸如魚目微有聲為一沸。緣邊如湧泉連珠為二沸。騰波鼓浪為三沸，已上水老，不可食也。初沸則水合量，調之以鹽味。……第二沸出水一瓢，以竹夾環激湯心，則量末當中心而下。有頃，勢若奔濤濺沫，以所出水止之，而育其化華也。……」也就是說，「魚眼」即「魚目」，是指湯沸騰的第一階段，此時水面上浮出如魚目般的小泡泡，並發出些微的聲音。從部首「魚」所構件的字大都與水中生物有關，寥寥幾字卻與魚無關。

「魯」，ㄌㄨˇ，會意字，甲骨文從口從魚，會器中盛有烹調好的味道佳美的魚之意，金文在口中加一點成甘，進一步強調味道醇厚可口，本義是魚味醇厚佳美。味道過濃，常令味覺遲鈍，故由本義引申指遲鈍，〈論語．先進〉：「參也魯。」這句話直譯是，曾參魯鈍啊！其實在《論語》中，孔子深一層的意思是，曾參是個看似魯鈍卻是個篤行吾道的人。另外，「魯」是周代諸侯國名。

「鯀」，ㄍㄨㄣˇ，形聲字，金文和篆文皆從魚系聲，本義是古書上說的一種大魚，後來借用作人名，即夏禹的父親。

「鱢」，ㄙㄠ，形聲字，從魚喿（ㄘㄠ）聲，這是指腥味，後來寫作「臊」。

53.《左傳》與文字變革：在《左傳》這部記錄春秋時代歷史的巨著中有關漢字用途的材料有74條（見〝《左傳》中所見漢字早期應用狀況的考察〞，載《中國文字研究》第2輯），大致可分為11個方向：1.記載禮法規範（11條）。2.記載朝政大事（8條）。3.記載功德賞賜（9條）。4.用於發布政令（9條）。5.用於冊封任命（4條）。6.用於上層統治者書信往來（6條）。7.用於記載盟書（12條）。8.祭祀神靈（2條）。9.記載重大經濟活動（5條）。10.用作是非標準（4條）。11.顯示文字非常意義（4條）。不難發現，當時文字的使用主要是服務於統治階層所謂的〝大事〞，而《左傳》以金文表現，等到戰國時期，漢字已經滲透到一般公文書寫，金文已經無法滿足世俗環境的使用，於是，〝篆書〞作為文字變革的階段時代於焉來臨。

① [甲骨文] ② [金文] ③ [小篆] ④ 龜

看圖說故事

〈禮記．禮運〉：「麟、鳳、龜、龍，謂之四靈。」大意是說，麟鳳龜龍，這是毛類羽類介鱗類諸動物的代表者，叫作四種靈物。這個「龜」字，可以說是具象不過了，①甲骨文就是烏龜的側視圖，上部是頭部，兩隻腳朝左，右邊是背脊，整個形體看來樸拙有趣。②金文是由上而下的俯視圖，上部是頭，中間是圓形背，左右兩側是烏龜的四隻腳，最下部還有一條可愛的小尾巴。③小篆是從甲骨文演變的側視圖，既不失象形的韻味，又符合方塊字的運筆架構，有巧思，又有拙趣。④楷書寫成了「龜」字。

「龜」，ㄍㄨㄟ，十六劃，象形字，作為部首的稱呼是龜部、龜字部。

書寫「龜」字時，注意上部不可寫成「刀」，首二筆寫作「⺈」。

部首要說話

「龜」，甲骨文象側視的烏龜形。〈說文解字．龜部〉：「龜，旧（舊）也，外骨內肉者也。從它，龜頭與它頭同。天地之性，廣肩无雄；龜鱉之類，以它為雄。象四足、甲、尾之形。」這說的是，龜，年歲長久。外面是骨頭，裡面是肉的動物。從它（蛇），龜的頭與蛇的頭相同。龜的天性是，寬肩的動物，沒有雄性；烏龜與甲魚之類的動物，用蛇作為雄性。象腳、背甲、尾巴的形狀。本義就是烏龜，屬爬蟲類，背、腹兩面都有硬甲，頭、四肢、尾，都能縮入甲殼中，產於溫帶和熱帶地區。後來也指占卜用的龜甲，〈詩經．大雅．緜〉：「爰始爰謀，爰契我龜。」（契$_{54}$：刻。）這是說，於是開始謀劃，於是鑽刻龜版以占卜。古時，龜甲也作貨幣使用，〈史記．平準書〉：「虞夏之幣……或錢，或布，或刀，或龜貝。」這是指，錢、布、刀、龜貝，是虞夏時期使用的貨幣。

在古代，人們特別崇拜龜，主要是因為龜的壽命長，有的可以活到千年以上，所以人們把烏龜當成長壽的象徵。如：「龜齡」，即指長壽。龜的古音讀作「九」（久），也表示了烏龜是一種活得久的動物。

龜活得久，古人於是認為龜是通靈的神物，稱龜為「靈獸」。殷商民族更是以龜甲來占卜吉凶，在上面刻寫甲骨卜辭，歷千年而不壞，這就是今日仍能從挖掘出來的龜甲上見到甲骨文的原因了。

「龜」其實是個多音多義字，讀作ㄐㄩㄣ時，是指皮膚因寒冷或乾燥而開裂，如：龜裂。李白〈漂陽瀨水貞女碑銘〉詩中有句：「手柔荑而不龜。」（柔荑ㄊㄧˊ：形容女子手纖細白嫩。）「不龜」就是說皮膚不開裂。

在漢代，西域地區有個國名叫「龜茲」，讀作ㄑㄧㄡ ㄘˊ。

今「龜」可單用，也作偏旁使用。凡從龜取義的字，皆與烏龜等義有關。

注意部首字詞

「龜床」，典出〈史記・褚少孫補龜策傳〉：「南方老人用龜支床足。」後因以「龜床」指隱者的臥具。

「龜腸」一詞，並不是指龜的肚腸。古代的人以為龜吸氣而生，不食一物，因以龜腸喻飢腸。

「龜筮」，用龜甲和蓍草來占卜。

宋蘇軾分類東坡詩九〈寄傲軒〉：「得如虎挾乙，失若龜藏六。」（虎

54. 契：刻也。未有文字之前，人們是依賴有聲語言來交換信息、傳遞和存儲的，但語言有其侷限性，隨著氏族和部落的形成與擴大，克服語言侷限的實物便出現了，結繩、契刻之類於是應運而生。契刻，就是在竹、木等材料上刻上各種痕跡、記號（多為鋸齒形），用以記事。典籍中屢屢提及〝書契〞，其中的〝契〞應該就是指這個記事的契刻。

挾乙：虎威如乙字，佩之可以辟邪。）詩中「龜藏六」是說，龜遇危險便將頭尾和四足縮入甲中以避害。後因比喻人的才智不外露或深居簡出，以免招嫉惹禍。「龜藏六」也省作「龜藏」。

「龜毛兔角」，這是比喻有其名而無其實，同「名實不符」。

從部首「龜」的字一般僅收「𪚿」字，ㄖㄢˊ，這是指龜甲的邊。《說文解字》：「天子巨𪚿，尺有二寸，諸侯尺，大夫八寸，士六寸。」

五、天空的舞者

鳥類是天空的舞者，牠們自由自在地飛翔，婉轉的鳴唱、靈活的身影，都讓人們對鳥類起著浪漫的想像。於是捕而豢養之、獵而宰殺之，一方面滿足人類的口腹之慾，一方面也彌補人類無法飛翔的缺憾，鳥類如果懂得書寫，一定會為遭人類滅絕的鳥族投書請命。在這一顆藍色的地球，我們人類是不是應該學習與其他的動物共享共存？

中國的先民也創造了許多與鳥類相關的字，從這些古老的文字裡，也許我們可以學習到如何與萬物共存的經驗與智慧。

這些天空中的舞者，依照筆劃依序是：羽、非、隹、風、飛、鳥、龍。現在，就讓我們慢慢認識牠們吧！

看圖說故事

唐孟浩然〈春曉〉：「春眠不覺曉，處處聞啼鳥。」詩寫春天夜短，又因風雨少睡，故既眠而不覺曉，直到聽聞啼鳥鳴叫才知覺。這首膾炙人口的五言絕句，令人詠嘆再三。詩句裡的「鳥」字，①甲骨文由上而下可以看出是一隻飛禽的頭、眼、身、足、尾俱全，筆劃簡單寫意。②金文更加具體的畫出了羽毛，嘴巴尖尖的，下部是爪子，筆意直追中國國畫的鳥形。③小篆的筆形趨於勻稱，逐漸弱化了象形，頭部朝上，翼尾朝右，依然還是鳥形。④楷書將爪子訛變為四個點，寫成了「鳥」。

「鳥」，ㄋㄧㄠˇ，十一劃，象形字，作為部首的稱呼有鳥部、鳥字旁。

「鳥」字的眼睛處少了一短橫就成了「烏」字，「烏」就是烏鴉，因為烏鴉是黑色的，所以「烏」也指黑色。「鳥」與「烏」非常相像，不要寫錯了。

在書寫的時候，「鳥」字下方的四點，起點偏向左，其餘三點偏向右。

|語文點心|《唐詩三百首》

書名。清蘅塘退士孫洙所編，六卷，三百十一首詩。本書收錄唐詩中比較淺顯明白，以及膾炙人口的作品，適合一般人吟誦閱讀，流行甚廣。俗語說：「熟讀唐詩三百首，不會作詩也會吟。」

唐詩三百首各方面的題材大致都有，以明白易解為主。也是唐代生活小小的縮影，題材內容反映時代。從前讀書人，唯一的出路是出仕，出仕為了行道，自然也為了衣食，一些如出仕前的隱居、干謁、應試或落第等，及出仕後的恩遇、遷謫，乃至憂國憂民、思林棲、思歸田等，甚或個人辭官歸田都是常見之詩的題材，如相思、離別、慈幼、友愛等，讀之可收陶冶性情之益處，亦可修養感動激發人意。

|部首要說話|

「鳥」，甲骨文象昂首勾喙、威嚴蹲踞的大型猛禽形。本義就是鵰類猛禽，後來引申泛指所有的飛禽，如〈莊子・逍遙遊〉：「是鳥也，海運則將徙于南冥。」（是：此。海運：指在大海上運行。南冥：南方的大海。）大意是，這隻鳥，風起海動時就要遷移到南極大海。

在上古時代，由於「鳥」與「隹」為同一字，為了區別的便利，就將屬於長尾巴的鳥叫做「鳥」，屬於短尾巴的鳥就歸為「隹」。這僅是一般通則，值得注意的是，雉雖從「隹」，卻是長尾巴；鶴雖從「鳥」，卻是短尾巴。

〈大戴禮記・夏小正〉：「白鳥者，謂蚊蚋也。……有翼者為鳥。」這是「鳥」的引申義，指有翅的昆蟲，「白鳥」是專指蚊蟲。

另外，「鳥」也作為星宿的名字，古時稱南方朱鳥七宿。〈尚書・堯典〉：「日中星鳥，以殷仲春。」（日中：指日夜之長均等，即春分。殷：正定。）大意是，在春分日黃昏，鳥星正南中天，用以正仲春之氣節。

「鳥」，也作古時姓氏。《姓考》云：「伏羲臣鳥明之後。」

「鳥」，另有一個民俗的讀音，ㄉㄧㄠˇ，通「屌」，這是指人、畜雄性生殖器。明・馮夢龍〈古今譚概・容悅部・洗鳥〉有一則趣譚：「大學士萬安老而陰萎，徽人倪進賢以藥劑湯洗之，得為庶吉士，受御史。時人目為洗鳥御史。」讀罷這則趣譚，後人魯迅在〈故事新編・起死〉有個令人發噱的眉批：「就是你真有這本領，又值什麼鳥？」

由於「鳥」作了鳥類的泛稱，猛禽之義又另加聲符「周」寫作「鵰」來表示。

今「鳥」字可單用，也作偏旁使用。凡從「鳥」取義的字，大都與鳥類等義有關。

注意部首字詞

「鳥瞰（ㄎㄢˋ）」，是從高處俯視地面景物的意思，如「鳥瞰全城」，又引申為對事物的概括，如「世界政局鳥瞰」。

「鳥獸散」，是說如鳥獸般四散而去，猶如烏合之眾之貶詞。「鳥獸行」，則不能說是有如鳥獸般走掉，此語出自〈周禮・夏官・大司馬〉：「外內亂，鳥獸行，則滅之。」這是說，違背人倫內外，則無異於禽獸，這樣的人只好將他誅滅罷了。「鳥獸行」是比喻亂倫的穢行。

「鴇」，ㄅㄠˇ，形聲兼會意字，篆文從鳥午聲，午 也兼表保之意，本義為鴇鳥，鳥名，野雁也。第二義，稱黑白雜色的馬，如〈詩經・鄭風・大叔于田〉：「叔于田，乘乘鴇。」（乘乘：第一個「乘」當動詞，坐、騎。第二個「乘」當量詞，四匹馬駕的車。）大意是，大叔去到田野，駕御四馬毛色花。「鴇」的第三義是指年老的妓女。

「鵰」，ㄉㄧㄠ，同「雕」，是一種兇猛的鳥禽。同音的「凋」、「彫」、「琱」從本義上來理解，就容易區辨。「鵰」，是猛禽，「鵰」是「雕」的異體字，「雕」又有雕刻義。「凋」是草木零落。「彫」，從彡，花紋，本義是繪飾、雕刻。「琱」，從玉，是加工玉石、雕刻。在衰落、衰敗的意義上，「彫」與「凋」相通。在雕刻、繪畫的意義上，「雕」、「彫」、「琱」相通。

以部首「鳥」組成的字，自然有許多鳥禽類。

「鳦」，ㄧˋ，會意兼形聲字，篆文從乙（象燕子形）從鳥會意，乙也兼表聲，本義為燕子。〈詩經・邶風・燕燕〉：「燕燕于飛。」毛亨傳：「燕燕，鳦也。」

「鳧」，ㄈㄨˊ，會意字，金文從鳥從 几（ㄕㄨ，短羽鳥飛的樣子）聲，會野鴨之意，本義即野鴨。〈詩經・大雅・鳧鷖一〉：「鳧鷖在沙。」這是說，野鴨在沙灘上飛翔。

「鳳」，ㄈㄥˋ，象形兼形聲字，甲骨文 象高冠、花翎、長尾的鳳鳥形，有的加聲符凡，篆文改為從鳥凡聲，本義即傳說中神瑞之鳥，雄的叫鳳，雌的叫凰。〈禮記・禮運〉：「麟、鳳、龜、龍，謂之四靈。」

「鳱」，ㄍㄢ，形聲字，從鳥干聲，本義即喜鵲。

「鳲」，ㄕ，形聲字，從鳥尸聲，本義為鳲鳥，「鳲鳩」指的是布穀鳥。〈詩經・曹風・鳲鳩〉：「鳲鳩在桑，其子七兮。」詩的大意是，布穀鳥停息在桑樹上，牠的幼鳥有七隻喲！

「鳶」，ㄩㄢ，會意兼形聲字，從鳥從弋，弋也兼表聲，會鳥飛之意，本義即鷂（ㄧㄠˋ）鷹。〈詩經・大雅・旱麓〉：「鳶飛戾天，魚躍于淵。」大意是，鷂鷹飛到天邊，魚兒跳躍在深水中。今有成語「鳶飛魚躍」，用以比喻萬物任其天性而動，各得其所。

「鴃」，ㄐㄩㄝˊ，形聲字，從鳥夬聲，即伯勞鳥。由於伯勞鳥的鳴聲細碎吵雜，有以「鴃舌」用以形容言語難懂，如〈孟子．滕文公上〉：「今也南蠻鴃舌之人非先王之道，子倍子之師而學之，亦異子曾子矣。」（非：非難。）大意是，如今許行這種話語難懂的南蠻人來非難先王之道，你卻背叛了你的老師向他學習，與曾子真是大相徑庭了。

「鴆」，ㄓㄣˋ，形聲字，篆文從鳥冘聲，本義即毒鳥，雄的叫運日，雌的叫陰諧，羽有劇毒，泡酒可毒死人，今有成語「飲鴆止渴」。「鴆」作為動詞即以毒酒殺人，〈國語．魯語上〉：「溫之會，晉人執衛成公歸之于周，使醫鴆之，不死。」大意是說，諸侯會盟於溫，晉文公逮捕了衛成公，把他送到周天子那裡，請求天子處死他。周襄王不同意，晉文公又派醫衍去下毒，衛成公沒有被毒死。

「鴈」，ㄧㄢˋ，形聲字，從鳥從人厂聲，本義是鵝。又同「雁」，即大雁。「鴈」從鵝雁二指，引申為假的、偽造的（鵝非雁、雁亦非鵝），這個意義後來寫作「贗」。

「鴡」，ㄐㄩ，形聲字，從隹且聲，本義為古書上說的一種鳥，即王雎，也叫雎鳩。〈詩經．周南．關雎〉：「關關雎鳩，在河之洲。」「雎鳩」是水鳥名，俗稱魚鷹。「雎」字左邊是個「且」，寫成「目」部就成了「睢」（ㄙㄨㄟ）字，「睢」是怒視的意思，常以「恣睢」一詞使用。

「鴷」，ㄌㄧㄝˋ，形聲字，從鳥列聲，《異物志》：「此鳥有大有小，有褐有斑，褐者雌，斑者雄。又山中有一種，青黑色，頭上有紅毛，土人呼山斲木，亦名火老鴉。」這指的是啄木鳥。

「鴻」，ㄏㄨㄥˊ，形聲字，篆文從鳥江聲，本義是大雁。但「鴻鵠」指的是天鵝，〈孟子．告子上〉：「一心以為有鴻鵠將至，思援弓繳而射之。」這是說，一心覺得有天鵝就要飛來，想拿起弓箭去射它。「鴻」通「洪」時，大的意思，〈呂氏春秋・愛類〉：「河出孟門，大溢逆流，無有丘陵沃衍平原高阜盡皆滅之，名曰鴻水。」又引申為強盛的意思，〈呂氏春秋・執一〉：「五帝以昭，神農以鴻。」這是說，五帝靠它得到昭彰，神農靠它得到興隆。

「鴽」，ㄖㄨˊ，形聲字，從鳥如聲，即鵪鶉。

「鵠」，ㄏㄨˊ，形聲字，篆文從鳥告聲，本義是天鵝。「鵠」，又讀作ㄍㄨˇ，是指箭靶的中心，〈戰國策・齊策五〉：「今夫鵠的，非咎罪于人也。」大意是，箭靶的中心不是得罪了人。

「鵋」，ㄐㄧˋ，形聲字，從鳥忌聲，本義為貓頭鷹。

「鵩」，ㄈㄨˊ，形聲字，從鳥服聲，《正字通》：「鵩，山鴞，夜為惡聲，不能遠飛，若有彊服然，故名。」本義即山鴞。賈誼有《鵩鳥賦》一文。

「鶩」55，ㄨˋ，形聲字，篆文從鳥敄（ㄨˋ）聲，本義為家鴨。

「鸝」，ㄌㄧˋ，黃鶯。

看圖説故事

《說文解字》：「隹，鳥之短尾總名也。」這就是「隹」字。①甲骨文由上而下是頭部、身子、翅膀和足，末尾一筆的尾巴是短了點。②金文更像是一隻頭朝左的短尾巴鳥。③小篆逐漸將圖形工整化，勉強看得出是鳥的樣子。④楷書寫成了「隹」。

「隹」，ㄓㄨㄟ，八劃，象形字，作為部首的稱呼為隹部。

「佳」與「隹」非常相似，「佳」字的寫法左邊是人字旁，右半邊是兩個「土」，「佳」是好的意思。「隹」字的右邊是一點四橫一豎，兩字要分清楚。

| 部首要說話 |

「隹」，甲骨文象跳躍的鳥雀形。本義就是短尾鳥的總稱。在甲骨文中，「鳥」與「隹」原本就是同一個字，隨著文字的發展分化，「鳥」就用來指稱長尾巴的鳥禽，「隹」是短尾巴鳥禽。雖然一般以長短尾作為「隹」與「鳥」的區別，但此說並不十分精確，其實從字形來看，「隹」與「鳥」的區別反而是有翼無翼，有翼為鳥，無翼為隹。

由於「隹」形小，古時候將柘樹的果實稱作「隹」。崔豹《古今注》：「桑實曰椹，柘實曰隹。」

「隹」在現在的漢字中已經不獨立存在，而是作為偏旁存在於漢字中。一般說來，帶有「隹」的漢字，大都與禽鳥有關，但仔細地觀察，很多帶「隹」的漢字卻都有形態矮胖、集合合攏的意思，這是源自於「隹」類小鳥的群聚性。如：「堆」，是土塊聚集起來。「碓」，是細小的穀物聚集在一起。還有「淮」、「維」等字，都有把細小的東西（水、絲）集合起來的意思。

在古文中，「隹」有另讀，讀作ㄘㄨㄟ，〈莊子・齊物論〉：「山林畏隹。」（畏隹：山勢高峻的樣子。）。「隹」讀作ㄨㄟˊ時，當句首語氣詞。〈墨子・明鬼下〉：「矧隹人面，胡敢異心。」（矧ㄕㄣˇ：況且。人面：是說有面目而為人，非百獸貞蟲飛鳥之比也。）這句話是說，何況是人類，怎麼敢懷有二心？這個「隹」讀作ㄨㄟˊ，後來寫作「惟」。

今「隹」字不單用，只作為偏旁使用。凡從「隹」取義的字皆與鳥類飛禽等義有關。

---

55. 騖、鶩：〝騖〞指馬亂跑，引申為不切實際的追求，如，好高騖遠。〝鶩〞本義為鴨子，如趨之若鶩，比喻許多人爭著追逐名利。

｜語文點心｜本義

本義，是指該詞本來的意義，也就是初造字詞時最原始的意義。

如「日」的本義是太陽；後才漸有引申、假借等義滋生。

｜注意部首字詞｜

「畏隹」，同「嵬崔」，高峻的樣子。〈莊子．齊物論〉：「山林畏隹。」

「隻」，ㄓ，會意字，甲骨文作 ，會手抓住了一隻鳥，本義是鳥一隻，後來引申為相對於「雙」的「一隻」。「隻」，也作量詞來使用。甲骨文作抓住一隻鳥，也表示有所獲，可見「隻」為「獲」的本字，後來將有所獲的意義給了「獲」，「隻」就借為量詞使用。

「隻」與「只」原本是兩個不同義的字，「只」是當僅僅、只有來講，在宋代以前多寫作「祇」、「秖」、「衹」，如杜甫〈示侄佐〉：「只想竹林眠。」現在中國大陸將「隻」簡化寫為「只」。

「雀」，ㄑㄩㄝˋ，從小從隹，會小鳥之意，本義即麻雀，麻雀屬小鳥，所以以「雀」泛指小鳥。群雀在樹，吱吱喳喳，讓人欣喜，於是用以形容非常高興，如「雀躍」，是指像麻雀那樣跳躍著，一付興高采烈的樣子。〈莊子．在宥〉：「鴻蒙方將拊髀雀躍而遊。」（鴻蒙：元氣，假託為人名。髀ㄅㄧˋ：大腿。）鴻蒙正在拍著大腿跳躍著遊玩。

「雀屏」一詞，相傳唐人竇毅選婿，畫二孔雀於屏風上，要求婚者以箭射之，暗中約定射中眼睛者，即是女婿。唐高祖李淵射中，竇遂以女嫁之。今有成語「雀屏中選」，不可誤為「屏雀中選」。

「雒」，ㄌㄨㄛˋ，形聲字，金文作 ，從隹各聲，在古代常作地名、水名，本義其實是一種叫「忌欺」的鳥，即鵋鶀，是一種怪鳥。後又稱一種白鬃黑馬。

「雔」，ㄔㄡˊ，會意字，金文從二隹，會雌雄二鳥相對之意，本義是成對的鳥，兩鳥並俱，就引申為匹配的意思。「讎」，在仇怨義時通「仇」。「讎」比「雔」多了中間的「言」，看來，古人說「言多必失」也並非無的放矢。

兩隻鳥並列是「雔」，那三隻鳥呢？三隻鳥並排就成了「雥」，ㄗㄚˊ，「三」表示多的意思，所以「雥」的本義是群鳥。群鳥棲息在木上就是「雧」，ㄐㄧˊ，今寫作「集」，表示會合、聚集的意思。

「難」，這是個多音多義字。讀作ㄋㄢˊ，形聲字，金文作 ，從隹𦰩聲，本義是鳥名，因其從堇（與𦰩同，火焚人祭雨）取得聲義，故後遂藉以表示做起來費事、不容易，用作動詞，指感到困難、艱難，用以與「易」相對。如《老子》第二章：「故有無相生，難易相成。」

「難」，ㄋㄢˋ，⑴本義當災難、禍患講，如〈孫子・謀攻〉：「三軍既惑且疑，則諸侯之難至矣，是謂亂軍引勝。」這是說，軍隊既迷惑又疑慮，列國諸侯乘機進攻的災難就臨頭了，這就是所謂擾亂自己的軍隊而導致敵人的勝利。後來又特指兵難、反抗或叛亂。⑵怨仇。〈戰國策・秦策一〉：「以與周武為難。」（周武：周武王。）⑶責備、責難的意思。

「難」，ㄋㄨㄛˊ，一指茂盛的樣子，語出〈詩經・小雅・隰ㄒㄧˊ桑〉：「隰桑有阿，其葉有難。」（阿ㄜ：通「婀」，柔美的樣子。）詩的意思是，低田裡的桑樹，它的葉子是多麼柔美。「難」，二指驅逐異鬼，這個意義後來寫作「儺」。

另有「難兄難弟」一詞應加注意。今人大都使用四聲ㄋㄢˋ的「災難」義，當作是共同經歷患難的好友意。〈世說新語・德行篇〉記錄了東漢陳寔兩個孫子爭論彼此父親（元方、季方）德行的高下，由於陳寔兩個兒子在自己言傳身教的影響下，同樣具有很好的德行，於是聽了孫子的爭論後只能笑著說：「元方難為兄，季方難為弟。」意思是說，元方卓爾不群，他人難為其兄；季方也俊傑出眾，他人難為其弟，兩個都不錯，不相上下。這本是「難兄難弟」的本義，「難」，讀作二聲ㄋㄢˊ困難義，今人多用四聲ㄋㄢˋ災難義，指的意義偏向兩人是一樣的壞。

① ② ③ ④ 羽

｜看圖說故事｜

〈詩經・豳風・七月〉：「六月莎雞[56]振羽。」（莎雞：即俗稱的紡織娘。）這是說，六月夏來臨，紡織娘就要抖動著翅膀。詩句中的「羽」字，是個非常具體的象形字。①甲骨文是兩根羽毛的樣子，中間的兩個短橫，可以看作是羽毛在拍動時震動空氣的氣流。②金文將羽毛並著放。③小篆回到甲骨文的形象，為了讓字形美觀，兩根羽毛對稱著。④楷書寫成「羽」。

「羽」，ㄩˇ，六劃，象形字。作為部首的稱呼為羽部。

「羽」，在書寫的時候，上下點挑二筆不可觸及橫折鉤，如：羽、翡、栩。

｜部首要說話｜

「羽」，甲骨文作鳥雙翼形，是「翼」的本字，本義就是禽類翅膀上的長毛，也就是羽毛。〈孟子・梁惠王上〉：「然則一羽之不舉，為不用力焉。」這是說，舉不起一根羽毛是因為沒有花費力氣。

從本義「羽毛」引申為翅膀，「六月莎雞振羽。」（莎ㄙㄨㄛ雞：紡織娘。）鳥類都有翅膀，所以「羽」也代稱鳥類，如〈張充・與王儉書〉：「奇禽異羽。」這個「羽」就是指鳥。

有翅膀的動物並非只有鳥類，於是引申出昆蟲的翅膀。〈詩經・豳風・七月〉：「五月斯螽動股，六月莎雞振羽。」大義是，五月蝗蟲振翅鳴叫，六月夏來臨，紡織娘就要抖動著翅膀。

羽毛長在鳥類的翅膀，所以「羽」也當作計算鳥類的量詞，如：一羽鴿子。

古代的箭，在箭杆上箍有羽毛，這是為了使箭在飛行的時候能夠直行而不搖擺，〈呂氏春秋・精通〉：「養由基射兕中石，矢乃飲沒。」大意是，養由基射犀牛獸，射中了石頭，連箭羽都沒入石縫之中。後來「羽」也當作箭的代稱。

另外，「羽」是五音之一，五音為：宮、商、角（ㄐㄩㄝˊ）、徵（ㄓˇ）、羽。

「羽」，可單用，也作偏旁使用。凡從「羽」取義的字，大都與羽毛、翅膀、鳥類、飛翔等義有關。

｜語文點心｜五音

「五音」，是指中國五聲音階上的五個級，相當於現行簡譜上的1・2・3・5・6。唐代以來叫合、四、乙、尺、工。更古的時候叫宮、商、角、徵、羽。

音韻學家根據字母的發音部位不同，把聲母分為喉音、牙音、舌音、齒

---

56. 形聲字形旁換用：雞與鷄通用。形聲字中，有些字雖然形體有所差別，但所表達的意義並無明顯不同，這時，可能就出現〝形旁換用〞而不致改變意義。茲舉〝隹〞和〝鳥〞的形旁換用為例：雞—鷄，雛鳥—鶵鳥，大雁—大鴈，大雕—大鵰。

音、唇音五類，即「五音」。梁顧野王的《玉篇》卷末附圖《沙門神珙四聲五音九弄反紐圖》以及宋．陳彭年等的《廣韻》卷末附〈辨音五字法〉都是這種分法。前者分為喉、舌、牙、齒、唇，所謂自內向外，後者分為唇、舌、齒、牙、喉，所謂自外向內。

注意部首字詞

江淹〈別賦〉：「負羽從軍。」這難道是說背著羽毛去從軍？當然不是，這個「羽」就是箭，古時稱帶羽的箭為雕翎箭，可見這句話是說，背負著箭（或武器）參軍去。

「羽」、「翅」、「翼」都從「羽」部，三字是指羽毛或是翅膀呢？其實「翅」與「翼」本義相同，都指鳥或是昆蟲的翅膀。「羽」本指鳥翅上的長毛，後代指鳥或昆蟲的翅膀。也就是說，「翅」與「翼」沒有「羽」的「羽毛」本義，「羽」的詞義卻包含「翅」與「翼」，所以「奮翼」可以作「奮羽」，但「羽毛」不可作「翼毛」、「翅毛」。

「翊」，一ㄧˋ，形聲字，甲骨文作 ，金文另加意符立與日，表示日下飛行，本義是飛的樣子，也作蠕動爬行的樣子，引申為恭敬、輔佐。在《漢書．王莽傳上》：「越若翊辛丑，諸生、庶民大和會。」（越：句首語氣詞。）中，這個「翊」是指明天的意思。在這個意義上，通「翌」（一ㄧˋ），〈漢書．武帝紀〉：「翌日親登嵩高。」「翌日」就是明天。

今有「翱翔」作飛翔的意思，「翱」與「翔」雖然都有飛的意思，但是飛的形態是不同的。「翱」是上下拍翅著飛，「翔」是翅翼平直不動的飛。

「翡」與「翠」原本就是一種生活在水邊的鳥類，嘴長而直，吃魚蝦，「翡」與「翠」都是同一種鳥，只不過「翡」為赤羽，「翠」為綠羽，一說「翡」為雄性，「翠」為雌性。「翡翠」連詞一指鳥，又代指一種碧綠色的玉。

「翦徑」，是指攔路搶劫，〈水滸傳四三〉：「李逵見了，大喝一聲，你這廝是什麼鳥人？敢在這裡翦徑！」「翦」，ㄐㄧㄢˇ，本義是羽毛初生整齊的樣子，以其「整齊」貌，引申為「剪斷」的意思。「前」本義就是剪斷，因「前」多作「前後」的「前」，所以用「翦」表示剪斷的意義，而「剪」是個後起字。「前」即「翦」的本字，後才有「剪」字。

「翫」，ㄨㄢˋ，形聲字，篆文從習元聲，本義是因為習慣而不經心、輕忽，〈左傳．僖公五年〉：「晉不可啟，寇不可翫。」大意是，晉國的野心不能讓他打開，引進外國軍隊不能忽視。「翫」，從本義引申為玩弄、戲弄，〈左傳．昭公二十年〉：「水懦弱，民狎而玩之，則多死焉。」這話是說，水性懦弱，百姓輕視並玩弄它，很多人就死在水中。後又引申為欣賞。

① ② ③ ④ 非

｜看圖說故事｜

陶淵明〈歸去來兮辭〉：「實迷途其未遠，覺今是而昨非。」大意是說，幸好迷途還不是太遠，就已經知道今日的正確和從前的錯誤啊！這個「非」字屬省體象形。①甲骨文是兩根羽毛相背著放在一起的樣子。②金文簡化了羽毛的數量，但還是背對著。③小篆將羽毛立體化，有直有彎。④楷書寫成「非」。

「非」，ㄈㄟ，八劃，象形字，作為部首的稱呼是非字部。

「非」字在書寫時，要注意左半直筆是作豎撇——丿。「非」字在下方加上一橫就成了「韭」，韭是一種蔬菜名。

部首要説話

「非」，它的本字本來是「飛」，金文作，這是三隻鳥兒張翅上飛的樣子，減去了最上邊的一隻鳥之後，就成了表示兩隻鳥的 。也就是說，「非」的本義應當是飛，但是「飛」字有了飛翔的意義之後，後人就將「非」的「兩翅相背」的形象賦與了「違背」的意義，這是「非」的引申義。如：非禮勿視。這個「非」是指「違背」。〈韓非子・功名〉：「非天時，雖十堯不能冬生一穗。」這是說，如果違逆天時，即使十個堯也不能讓莊稼在冬天裡結成一個穗子。

「非」從違背義引申為不對、過錯，如〈莊子・盜蹠〉：「強足以拒敵，辨足以飾非。」（強：強悍。辨：辯也，雄辯。）大意是，強悍足以使之對抗，雄辯足以掩飾過錯。今有成語「文過飾非」，是說掩飾過失、錯誤的意思。

〈荀子・修身〉：「故非我而當者，吾師也。」（當：恰當，得當。）這個「非」當責難、批評講，這是說，能夠批評而使我行為適當的人，就是我的老師。

「非」，後來也用作副詞，表示否定，相當於「不」的意思。「今假王驕，不知兵權，不可與計，非誅之，事恐敗。」大意是，現在代理王吳廣驕橫，又不懂用兵權謀，這樣的人無法和他商量議事，不殺了他，我們的計畫恐怕會被搞壞。今有成語「非比尋常」，就是不比尋常的意思。

「非」，在古籍上有時通「誹」，讀作ㄈㄟˇ，是誹謗的意思，〈荀子・解蔽〉：「百姓怨非而不用。」這個「非」通「誹」，誹謗。「怨非」即怨恨、非議的意思。

「非」當「飛」的本義消失之後，從「違背」的意思就引申為「不對的」、「非難」、「不是」等否定的意義。

今有大陸學者鄒曉麗認為，從字形看，「非」字從「手」，似應作「排除」的「排」講，在卜辭中是否定副詞。因此對「非」的本義闕疑待考。這個意見很有意思，值得參考。

今「非」字可單用，也作偏旁使用。凡從非取義的字，都與飛、開、分、背等義有關。

｜語文點心｜引申義

引申義，就是由本義引申發展而產生的意義。

字義引申的方式，一般都是從字詞本義的特徵展延而來，引申往往受到本義的約束而順著一定的方向發展。

例如：「河」字本義是專指黃河，後來引申為一切河流的通稱。又如「向」字本義為向北之窗，而「對著」、「向著」等義，皆從本義引申而出的意義。

｜注意部首字詞｜

從「非」部的字很少，僅「非」、「靠」、「靡」三字。

「非笑」一詞，今作「似笑非笑」的「非笑」解，不笑的意思。在古籍中，如〈顏氏家訓．音辭〉：「遞相非笑。」這是說，互相譏笑的意思，「非笑」是「譏笑」的意思。

「非命」，有二解，「死於非命」是說慘遭橫死的意思。其二出自先秦墨家學說，墨家主張富貴貧賤非命所定，所以反對天命之說。「非命」在此是說反對天命。

「非常」，一當「不同尋常」，如「非常之人」。二指「突如其來的變故」，〈史記・項羽紀〉：「所以遣將守關者，備他盜之出入與非常也。」這是說，（項羽）之所以派部隊把守函谷關，是防備其他盜賊進來和恐怕發生意外事故。至於〈左傳・莊公二十五年〉：「夏六月辛未，朔，日有食之。鼓，用牲於社，非常也。」這件事是說，夏季六月初一日，發生了日食。擊鼓，用犧牲祭祀土地神廟，這是不合於常禮的。這裡的「非常」是說不合常規。

「靠」，ㄎㄠˋ，形聲字，篆文從非（鳥兩翅相對）告聲，本義是互相背反。二物相背則互相倚著，故引申指依靠和靠近的意思，另段裁玉《說文解字注》：「今俗謂相依曰靠，古人曰相背為靠，其義一也。」就是說，「靠」有相違之義，此從「相背為靠」講，也就是背對背的意思。

「靡」，是多音多義詞。ㄇㄧˊ，會意兼形聲字，篆文 從非（分背）從麻（劈麻），會散亂倒下之意，引申當分散、損害、浪費、糜爛解。ㄇㄧˇ，當「倒下」講，今有成語「所向披靡」；當「細膩」講，〈楚辭・招魂〉：「靡顏膩理。」這是形容容貌美麗，皮膚細膩柔滑。

「靡靡」，ㄇㄧˊㄇㄧˊ，今有「靡靡之音」，本作柔弱的音樂，後來形容令人頹廢、喪志的音樂。其實「靡靡」是個多義詞，在〈詩經・王風・黍離〉：「行邁靡靡，中心遙遙。」這裡的「靡靡」是遲緩的意思，大意是，無精打采的走在路上，心中無所適從。

看圖說故事

〈莊子・逍遙遊〉：「怒而飛，其翼若垂天之雲。」這說的是，（鵬鳥）奮起而飛，它的翅膀就像掛縋在天上的雲彩。此句中的「飛」字，是個典型的象形字。②金文就像隻鳥兒在天空飛翔的樣子，下部是鳥的頭部，上方是鳥翼張開的形狀。③小篆是三隻鳥向高處飛起的樣子，下邊是兩隻鳥展翅奮飛的形狀，中間的一條豎線，可以看作是牠們飛行的路線，上部是一隻鳥兒漸飛漸遠的形狀，所以比兩隻鳥的體型要小一點。④楷書寫成「飛」。

「飛」，ㄈㄟ，九劃，象形字，作為部首的稱呼是飛字部。

部首要說話

「飛」，甲骨文象鳥頭、頸、兩翼展開飛動形。〈說文解字・飛部〉：「飛，鳥翥也。象形。」即鳥在空中扇動翅膀活動，本義就是鳥兒高飛而起。盧綸〈塞下曲〉有一句耳熟能詳的詩：「月黑雁飛高，單于夜遁逃。」（單ㄔㄢˊ于：漢時匈奴君長的稱號。）這句詩是說，在一個月黑風高的夜晚，雁群受到驚嚇高高地飛起，原來是單于趁著黑夜悄悄地逃跑了。

一般的動物飛翔或是物體飄飛，也可以說是「飛」，如：飛機、飛雪、柳絮飛揚。杜甫〈茅屋為秋風所破歌〉：「茅飛渡江灑江郊。」屋頂的茅草被秋風吹飛過江。這裡的茅草飄揚也用「飛」來形容。

物體在飛行的時候，一般會有快速的感覺，所以在形容快速的時候，我們也經常使用「飛」字，如：時光飛逝、飛奔而來。李白〈自巴東舟行〉：「飛步凌絕頂。」「飛步」是指腳步迅疾的意思。

〈後漢書・周榮傳〉：「若卒遇飛禍，無得殯斂。」（卒ㄘㄨˋ：突然。）大意是，如果突然遇到意外的災禍，就無從帶回家安葬。這個「飛」，是指意外地、憑空而來的意思。今有成語：「飛來橫禍」、「流言飛（蜚）語」，「飛」當意外、毫無根據講。

在中藥裡，有一種泡製的方法，即研磨藥物為粉末，置水中漂去浮於水面的粗屑，這種製法在中醫稱為「飛」。

馬的奔馳，就像物體飛起來的樣子，所以指奔馳的馬為「飛」。《漢書》

卷四十九〈爰盎鼂錯列傳・爰盎〉：「今陛下騁六飛，馳不測山，有如馬驚車敗，陛下縱自輕，奈高廟、太后何？」大意是，現在陛下放縱駕車的六匹馬，從高坡上奔馳下來，假如有馬匹受驚、車輛毀壞的事，陛下縱然看輕自己，怎麼對得起高祖和太后呢？

今「飛」可單用，也作偏旁使用。凡從「飛」取義的字，大都與飛行或飛行的動作等義有關。

｜語文點心｜唐詩

唐詩，即唐代詩歌的總稱。包括古詩、律詩、絕句等體裁。

唐詩是唐朝文學的代表，和宋詞、元曲並稱於世。可分為初、盛、中、晚四期。初唐的王勃、楊炯；盛唐的李白、杜甫；中唐的元稹、白居易；晚唐的杜牧、李商隱，可做為代表人物。

｜注意部首字詞｜

「飛文」，文章四處亂飛，這是指誣謗他人的匿名文書。

「飛生」，見〈文選・左思・吳都賦〉：「驀六駮，追飛生。」（駮ㄅㄛˊ：傳說中的一種野獸。）這句話是說，突然看見六隻野駮追擊著鼯鼠。「飛生」即鼯鼠，俗稱飛鼠。

「飛兔」，非兔，兔怎能飛天呢？「飛兔」見〈呂氏春秋・離俗〉：「飛兔、要褭（ㄋㄧㄠˇ），古之駿馬也。」這是因為飛兔、要褭可以日行萬里，輕馳飛快有如兔之飛奔。所以「飛兔」指的是可以日行萬里的駿馬名。

「飛奴」，見宋李彌遜《筠溪集》十六〈山居寄友人書〉：「不遣飛奴頻過我，欲將懷抱向誰開？」「飛奴」也不是奴婢的暱稱，這是指傳書鴿，今日講信鴿。

「飛蝱」，不作飛蟲，這是一種箭名。《方言》第九：「箭，其小而長、中穿二孔者，謂之鉀鑪；其三鐮長尺六者，謂之飛蝱。」

「飛黃騰達」，原出「飛黃騰踏」，原本是指神馬飛馳的意思，唐・韓愈《昌黎集》六〈符讀書城南〉：「飛黃騰踏去，不能顧蟾蜍。」（飛黃：傳說中的神馬。騰踏：飛行絕跡。形容神馬飛馳而去，似足不踏地，地面不留蹤跡。兩句大意是，神馬騰空飛起，看不到地上的癩蛤蟆了）這原來是韓愈教導他那不喜讀書的兒子，鼓勵兒子要學神馬飛黃向高遠的志向飛去，勤學則有成（飛黃騰踏去），不學則無成（蟾蜍）。後作「飛黃騰達」，以喻人驟然得志，官位升遷飛速。

「飛熊入夢」，傳說周文王夢飛熊而遇呂尚（太公望），這是比喻帝王得賢臣的徵兆。

「飛蠅垂珠」，群蠅與懸珠在眼前晃動，這是比喻眼前黑花，猶如現代人所患一種眼疾的病症——飛蚊症。

從部首「飛」所組成的字極少，今有「⿱雨飛」（ㄈㄟ），為霏的古字，⿱雨飛⿱雨飛，是雨雪或雲氣茂密的樣子。

「飜」，ㄈㄢ，形聲兼會意字，翻的或體。一作飛義，一作翻覆義。

① ② ③ ④ 龍

看圖說故事

比喻帝王在位的「飛龍在天」，最近也成為電視連續劇的劇名，這個「龍」字是個象形字。①甲骨文上部是頭部，下有尾，左為腹，右邊突起的部分是背部。②金文的頭部表示這動物是有角的，身體彎曲，表現出很有動感的形體。③小篆分成左右相稱的兩部分，顯示出既雄渾又穩重的形體。④楷書寫成「龍」字。

「龍」，ㄌㄨㄥˊ，十六劃，象形字，作為部首的稱呼是龍字部。

「龍」字在書寫的時候，左半邊「立」下的字要寫成「⺼」，不能寫作「月」。

｜語文點心｜龍

龍，是真實的動物嗎？《說文解字》：「龍，鱗蟲之長，能幽能明，能細能巨，能短能長，春分而登天，秋分而潛淵。」這是說，龍是種變化多端的獸，能飛上天也能潛入海水。《廣雅》乾脆就給龍做個分類：「有鱗曰蛟龍，有翼曰應龍，有角曰虯龍，無角曰螭龍，未升天曰蟠龍。」

龍其實是傳說中的神異動物，〈禮記．禮運〉中就把「麟、鳳、龜、龍」當作是四種具有靈性的動物。

｜部首要說話｜

「龍」，〈說文解字．龍部〉：「龍，鱗蟲之長。能幽，能明，能細，能巨，能短，能長；春分而登天，秋分而淵潛。」這是說，龍，有鱗甲的動物的首領。能使天地幽冥57，能使天地光明，能變細，能變大，能變短，能變長；春分登上天空，秋分潛入深淵。「龍」的本義即指古代傳說中一種能呼風喚雨的神奇動物，所以這種動物是存在於人們的想像與信仰中，並且尊「龍」為神物。〈韓非子．難勢〉：「飛龍乘雲。」是說這種神物乃乘雲來去，不可方物。正因為龍為神物，所以封建時代用龍象徵帝王和帝王所用的東西，如：龍顏、龍袍、龍床。

龍是人們想像出來的動物，是由許多不同的動物圖騰揉合而成的綜合體。龍角似鹿、頭如駱駝、眼睛像野兔、身似蛇、肚腹像蠶、鱗甲像鯉魚、爪子如鷹、手掌似虎、耳朵像牛。牠被賦予能夠隨心所欲的變化，冬天時蜷縮在水底休眠，春天來臨一飛沖天，為久渴的大地灑下甘霖，成為萬物生靈之首，傳說中華民族的祖先黃帝是龍的化身，於是中國人也名正言順的成了龍的傳人。

「龍」字，創生於原始先民懼怕又敬畏蟒蛇的潛意識中，來源於古代民眾的現實生活。當「龍」成為一種神物之後，牠就成為一種有別於自然界動物的複合體，牛耳、鹿腳、虎掌、鷹爪、蛇體、魚鱗，是一種虛擬的神物。

〈呂氏春秋．孟春〉：「乘鸞輅，駕蒼龍。」（鸞輅ㄌㄨㄟ：飾有鸞鈴的車。）大意是說，（天子）乘坐飾有青鳳鸞鈴的大車，車前駕著叫蒼龍的青色駿馬。這個「龍」，指的是駿馬。

〈左傳．襄公二八年〉：「深山大澤，實生龍蛇。」這是說，深山大澤之中，確實會出現如龍蛇般的能人。「龍」在此是比喻非常之人。

另外，「龍」也是姓氏之一，龍應台女士就是著名的文化工作者。。

在古籍中，「龍」是個多音多義字，讀如ㄔㄨㄥˇ，就是古「寵」字，榮耀的意思。

「龍」讀作ㄌㄨㄥˇ，通「壟」，壟斷之義，〈孟子．公孫丑下〉：「有賤丈夫焉，必求龍斷而登之。」（丈夫：男子。）這句話是說，有個低賤男子，必定要找個高處登上去。

「龍」讀作ㄇㄤˊ，則通「尨」，〈周禮．考工記．玉人〉：「天子用全，上公用龍。」（公：古代等級制度，天子以下為公、侯、伯、子、男。）這是說，天子使用純色的玉，上公使用的是黑白相間的玉石。這個「龍」是指

---

57. 幽、冥：在〝暗〞的意義上，〝幽〞和〝冥〞是同義詞。但〝幽〞引申為〝幽靜〞、〝幽雅〞等義，則是〝冥〞所不具備的。

黑白雜色。

今龍字可單用，也作偏旁使用。凡從龍取義的字，都與龍或長龍狀之物等義有關。

注意部首字詞

「龍鍾」一詞，一般指衰老、疲憊的樣子，也指潦倒、不得意的樣子。這個詞其實是多義詞，淚流縱橫的樣子也稱「龍鍾」，蔡邕〈琴操下〉：「空山歔欷，涕龍鍾兮。」另外，在蘇頲〈早發方騫驛〉：「傳置遠山蹊，龍鍾蹴澗泥。」（蹴：踐踏。）這裡的「龍鍾」是說躑躅難行的樣子。

「龍」字本身既是多義字，由「龍」引出的詞也常是多義，前有「龍鍾」一詞可證，再來，「龍孫」也是常在詩詞中出現的歧義詞，如李商隱〈過華清內廄門〉：「至今青海有龍孫。」這可不是指龍的孫子，「龍孫」指的是一匹駿馬的名字叫做「龍孫」。辛棄疾〈滿江紅〉一詞有：「春正好，見龍孫穿破。」駿馬怎麼會被穿破呢？這裡的「龍孫」是「竹笋」的別名，「竹笋」就是竹筍。這詞是說，春天正好到，看見新筍破土而出。至於詩仙李白有句詩：「腰下有龍泉。」這龍泉不是指泉水，這是寶劍的名字。

「龍馬」，一指古代傳說中的瑞馬。一指駿馬。其三，漢太僕屬官，有龍馬監長承，掌管宮廷馬匹。唐李郢〈上裴晉公〉有詩云：「四朝憂國鬢如絲，龍馬精神海鷗姿。」後以「龍馬精神」形容精神健旺、充沛。

從部首「龍」的字只收「龐」、「龔」、「龕」、「龏」、「龓」、「龕」。

「龐」，ㄆㄤˊ，會意兼形聲字，甲骨文從厂（山崖似敞屋）從龍會意，龍也兼表聲。⑴本義是高大的房屋，引申為高大。⑵〈淮南子．氾論〉：「古者，人醇，工龐，商樸，女童，是以政教易化，風俗易移也。」（醇：淳厚不虛華。商樸：不偽詐[58]。女童：貞正無邪。）這個「龐」當厚實講，「工龐」，器堅致也。這句話是說，古代的人為人淳厚，工匠厚道老實，商人樸質，女子天真無邪，因此政令、教化容易改變，風俗容易轉化。⑶臉龐。⑷姓氏。

「龑」，ㄧㄢˇ，會意字，從龍從天，《南唐書》：「南漢劉巖改名龑，復改名龑。古無龑，巖取飛龍在天之義創此名。龑音儼。」義為高明的樣子。中國五代時南漢劉巖為自己名字造的字，義為「飛龍在天」。

「龒」，ㄌㄨㄥˊ，古地名，今山東泰安西部。

「龔」，ㄍㄨㄥ，形聲字，從共龍聲，本義為供給，此義後來用「供」來表示，「龔」通「恭」時指恭敬，又做姓氏使用，如：龔自珍。

「龓」，ㄌㄨㄥˊ，形聲字，從有龍聲，本義為馬籠頭，引申指包籠、兼有。

「龕」，ㄎㄢ，形聲兼會意字，金文從龍今聲，今也兼表欽含之意，由於「今」與「合」形近，篆文整齊化後誤為「合」，本義是飲水聲，後指安置佛像或神主的木櫝，也作安定講，如：龕世拯亂。在謝朓〈和伏武昌登孫權故城〉：「西龕收組練。」這是說，向西攻取精銳的部隊。這裡的「龕」當攻取、平定講。

58. 偽、詐：在不誠實的意義上，〝詐〞與〝偽〞是同義詞。但是，〝詐〞常被當作仁義的反面來提，可見〝詐〞的意義較重。在〝說謊〞的意義上，只能用〝詐〞不能用〝偽〞。

｜看圖說故事｜

〈荀子・勸學〉：「積土成山，風雨興焉。」這是說，積聚起土來成為高山，風雨就要在這裡發作起來了。這個「風」字，①甲骨文是由右上的「」和「鳳鳥」組合而成。這就是說，古人士以大鳥翅膀扇動的氣流來表現這個字。②金文上部的「凡」是由 訛變而來，凡字內將鳳鳥簡化為小眼睛。③小篆是下蟲上凡，「凡」就是人體所放出的屁，這表示有成群的飛虫如風而過（氣體流動）的意思。④楷書寫成了「風」字。

「風」，ㄈㄥ，九劃，形聲字，作為部首的稱呼是風部、風字部。

書寫「風」字時，要特別注意「虫」上要寫作短橫，不能誤寫為一撇，如：楓、瘋、颯。

｜部首要說話｜

「風」，甲骨文象高冠、花翎、長尾的鳳鳥形，有的另加聲符「凡」，由「凡」與「虫」二字所構成，古時借「凡」與「鳳」當作風的，是以鳳的拍翅產生的風為義，所以把空氣流動作為「風」。這就是我們一般所說的「風」，風有強有弱，「刮風」、「吹風」也是「風」的意思。事實上，從商代甲骨卜辭中，就以有了四方風名卜辭，東方風名曰劦（ㄒㄧㄝˊ），西方風名曰弔，北方風名曰氐，南方風名曰 㝴。

古時有所謂「八風」，這是指空氣八方流動所產生不同風力與風速，段玉裁注：「立春，調風至。春分，明庶風至。立夏，清明風至。夏至，景風至。立秋，涼風至。秋分，閶闔風至。立冬，不周風至。冬至，廣莫風至。」這些各個季節所吹的「八風」是指大自然周而復始的自然現象。

那麼人類的各種儀式行為也會被學習、傳布，所以由「大自然的風」引申為風俗、風氣。柳宗元〈捕蛇者說〉：「故為之說，以俟夫觀人風者得焉。」（俟：等待。）大意是，所以寫了這篇〈捕蛇者說〉，等待那些觀察民情風俗的人作為參考。

中國最古老的詩歌《詩經》，裡面有許多是採集自地方歌謠，這就叫「國風」，後來我們稱「采風」指的就是收集歌謠的活動。

名詞的「風」當作動詞時，就是「感化」的意思，如成語「風行草偃」，就是比喻在上位的人以仁德教化百姓，收效迅速。「風」從感化義，引申為風度、節操，如〈孟子・萬章下〉：「故聞伯夷之風者，頑夫廉，懦夫有立志。」（頑：貪婪。）所以，聽說伯夷之風範的，貪鄙者廉潔，懦弱者有自立的志向。

古時稱（牛馬等）雌雄相誘而追逐為「風」，〈尚書・費誓〉：「馬牛其風，臣妾逋逃。」（臣妾：男女奴隸。逋ㄅㄨ：逃亡。）大意是，這是說牛馬走失了，男女奴僕逃跑了。今有成語「風馬牛不相及」，語出〈左傳・僖公四年〉：「齊侯以諸侯之師侵蔡，蔡潰，遂伐楚。楚子使與師言：『君處北海，寡人處南海，唯是風馬牛不相及也。不虞君之涉吾地也。』」比喻事物之間毫不相干。

另外，「風」在中醫裡是病因「六淫」（風、寒、暑、溼、熱、燥、火）之一，〈素問・風論〉：「故風者百病之長也。」這是說，風邪（感冒）這種病，（因其發病急驟、變化迅速、易轉化病變）是所有疾病最常見、最厲害者。

「風」，亦讀作ㄈㄥˋ，如〈史記・魏其武安侯列傳〉：「武安侯乃微言太后風上。」這是說，武安侯以委婉的言詞向皇上暗示。這裡的「風」讀作ㄈㄥˋ，用含蓄委婉的話暗示或勸告的意思。

古時「風」（氣流）義難以表現，因以鳳飛眾鳥隨而生風，遂借「鳳」

表示「凬」。為分化字義，古人另造了從「日」、「凡」聲並帶有象徵空氣流動的「凬」（風）字。篆文分化成兩字：一形從虫（古人認為風動虫生），凡聲，表示氣流的「風」字。二形從鳥，凡聲，表示「鳳」。隸變59之後，「風」、「鳳」二字的表義有了明確的分工。

今「風」字可單用，也可作偏旁使用。凡從「風」取義的字，都與空氣流動等義有關。

注意部首字詞

「颯」，ㄙㄚˋ，形聲字，篆文從風立聲，是象聲詞，本義是風聲，另有一解是凋零、衰老的意思，岑參〈陪狄員外早秋登府西樓〉有詩句：「知己猶未報，鬢毛颯已蒼。」大意是說，都還沒報答知己的恩情，自己卻已經鬢毛蒼蒼，年事衰老。

「颱」，ㄊㄞˊ，就是颱風。「颱」，字書60未載，應是外來詞，或是從粵語「大」字的音譯。一般說來，驟發即止為「颶」，連數日夜始息為「颱」，而「颱」之危害尤甚於「颶」。

「颿」，ㄈㄢˊ，會意兼形聲字，篆文從馬從風，會馬馳如風之意，多見古籍，本義是馬疾步。後來也當「帆」，指船帆。如〈左思・吳都賦〉：「樓船舉颿而過肆。」這是說，樓船揚起了船帆划過了市集。

「飄」，ㄆㄧㄠ，會意兼形聲字，篆文從風從票（火飛）會意，票也兼表聲，本義是旋風、暴風，〈詩經・檜風・匪風〉有句詩寫著：「匪風飄兮。」（匪：彼。）大意是，那旋風打著轉啊！「飄」，從本義引申為飄動、飛揚。由於「飄」是個速度疾快的一種風勢，所以也當迅速講，如〈呂氏春秋・觀表〉：「徵雖易，表雖難，聖人則不可飄矣。」（徵雖易：指徵兆易於瞭解。表雖難：指假象難於考察。）這是講聖人者，不為表面現象所迷惑，要能做到透過現象看本質。

「䮾」，ㄒㄧㄡ，驚奔的樣子，〈左思・吳都賦〉：「驫駥䮾矞。」（驫ㄅㄧㄠ：眾馬。駥ㄖㄨㄥˊ：八尺高的馬。矞ㄒㄩˋ：通「獝」，驚恐的樣子。）

｜語文點心｜《呂氏春秋》

《呂氏春秋》，書名。戰國時代秦相呂不韋門客的集體著作。二十六卷，分八覽、六論、十二紀，有漢高誘注。綜合九流百家，暢論天地人物，多主儒術，而參以道家、墨家之言，取材博賅，頗有功於古代史料的保存。亦稱為「呂覽」。

呂不韋，生年不詳，卒於秦始皇十二年（西元前235年）。戰國末期衛國人。作品《呂氏春秋察今》。他原是陽翟（今河南禹縣）的大商人，在經商期間，遇到了流亡趙國的秦公子子楚，當時子楚在趙國的處境很艱難，呂不韋很同情他，於是用金錢資助子楚，並幫助他獲得了繼承王位的資格。西元前253年，子楚繼承王位，是為莊襄王。莊襄王以呂不韋為丞相，並封他為文信侯。莊襄王死後，其子政立，是為秦始皇。秦始皇尊呂不韋為相國，號

---

59. 隸變：指漢字由篆書到隸書的演變，可說是古文字和今文字的分水嶺。小篆雖然是較整齊的長方形結構，由均勻圓轉的線條組成，但是書寫起來相當不方便，且字形繁複，於是在民間很快的出現了新字體，將小篆的端莊工整、圓轉彎曲的線條寫成方折形的，據稱在當時下層官吏（隸人）流行，所以稱為隸書。隸變之後的文字接近於現在所使用的文字，也比古文字更容易辨識。

60. 字書、字典：我們常聽到、看到字典、辭典，但字書與字辭、典有關係嗎？其實字書是中文工具書的一種，是纂輯和解釋文字一類著作的統稱。廣義而言，只彙集文字，不作註解的識字課本（《史籀》、《三倉》）、專講文字意義的著作 （《爾雅》、《方言》）、統釋文字形音義的著作（《說文解字》、《字林》）、講解音韻為主兼及訓詁的著作（《聲類》、《韻集》）、校正和輯錄文字形體的著作（《干祿字書》、《金文編》）等，都是〝字書〞。狹義而言，字書專以統釋單個漢字形音義為主的一類著作，此類著作自清代《康熙字典》行世之後，便一律改稱字典。可以說，字典就是字書的一種，是狹義的字書。

稱仲父。在他執政為相期間，秦國出兵滅東周，攻取韓、趙、魏三國土地，建立三川、太原東郡，為統一中國作出了積極貢獻。秦始皇親理政務後，將他免職，並遷去蜀，後憂懼飲鴆而亡。

呂不韋為相期間，門下食客三千人，家僮萬人。他命門客「人人著所聞」，著書立說，為建立統一的封建中央集權制尋找理論根據，這些著作最終彙編成了《呂氏春秋》。

《呂氏春秋》名列雜家之首，雜家是先秦時代學術思想中的九流十家之一，其名為雜家，乃因雜家不具有原創思想，正因如此，《呂氏春秋》以廣闊的胸襟和非凡的氣魄對朱子百家之學進行取長補短，以求能成一家之言。

六、大自然的寵物

「草色新雨中，松聲晚窗裡。」這是唐朝詩人丘為在描寫自己風塵僕僕的拜訪朋友，才發現朋友的家門深鎖著。在這隱居的山中，雖然未見故人，但是大自然給週遭的環境永遠是無私而多情，只見甘霖滋潤的草兒是如此青綠與靈動，夜晚時分，在燈下靜靜看書，卻從窗外傳來陣陣的松風。

植物的繁華茂盛，帶給這一座由滾燙的岩漿與堅實的地殼組成的藍色地球，披上了一層宇宙星海中少見的綠色奇蹟，藉由植物的生產，動物如人類者才能生生不息。小草卑微，生命力卻是強韌不息，植物為人類淨化呼吸的空氣，植物也為人類提供可貴的生命哲學，所以善待植物正是善待人類，也是善待一顆蔚藍地球的基本法則。

字辭典裡有關植物的部首依筆劃分別是：屮、支、木、生、竹、艸、麻、齊。現在，就讓我們一一探索這些植物帶給我們生命的暗喻吧！

| 看圖說故事 |

①甲骨文就像是一株小草正從泥地上冒出芽的樣子，看來是如此的嬌小可愛。②金文也相似於甲骨文的造型，有豎直的莖與開杈的枝。③小篆寫來對稱而美觀，是為了方塊字的書寫。④楷書寫成「屮」。

「屮」，ㄔㄜˋ，三劃，象形字，作為部首的稱呼是屮部。

從部首字「屮」所組成的字，一般的寫法有兩種，筆法正好相異。(1)

「屰」（ㄋㄧˋ），末筆改為一撇，如：逆、闕、朔。⑵「屯」，末筆改為豎曲鉤，如：頓、盹、純、囤。

部首要說話

「屮」，甲骨文象出生的小草。《說文解字》：「艸木初生也，象丨出形有枝莖也。」大意是，屮這個字就是草木剛生長的樣子，小草的丨（莖）開始茂長，有了莖、有了枝的形象。

這就是說，「屮」的本義就是草木初長。〈漢書・蘇武傳〉：「掘野鼠，去屮實而食之。」（去ㄐㄩˇ：通「弆」，收藏。）大意是，掘取野鼠、收藏草實來吃。

「屮」的本義跟「艸」是一樣的，可見兩字只不過是草的單株與叢生狀態的不同。所以，一般也認為「屮」就是「艸」的古字，也讀作ㄘㄠˇ。如，〈荀子・富國〉：「刺屮殖穀，多糞肥土。」（刺：斷、割。）這是說，劃除雜草，培植五穀，積糞用以施肥。

那麼三株屮是什麼字呢？不就是「卉」（卉）嗎！「卉」就是草的總名。

由於「屮」作了偏旁，後由屮孳乳出「艸」、「卉」等字。

「屮」如今不單用（在《漢書》中還單獨使用過），只作偏旁使用。凡從「屮」取義的字皆與花草、上初等義有關。

注意部首字詞

「屮茅」，即「草茅」，用以比喻在野未作官的人。

「屮蹻ㄑㄧㄠ」，即「草蹻」，〈漢書・卜式傳〉：「式既為郎，布衣屮蹻而牧羊。」（蹻：即今之鞋也。南方謂之蹻。）「屮蹻」就是指草鞋。

「屮」字作為「艸」的古字，本義大都由「艸」字取代，一般已不單獨使用，從部首「屮」所組成的字相對地也變得非常少，一般字辭典僅收「屯」、「屰」二字。

「屯」，ㄊㄨㄣˊ，象形字，甲骨文作 ，象一顆植物種子剛剛發芽生根的樣子，中間的圓圈是種子尚未脫落的籽殼，上邊是生出的芽頂，下邊是根鬚。因此本義就是種子萌生時的扎根，引申為聚集、駐[61]守的意義，如〈屈原・離騷〉：「屯余車其千乘兮，齊玉軑而並馳。」（屯：聚集。乘：原指四匹馬拉的車，這裡是量詞。軑ㄉㄞˋ：車轂端圓管狀的帽蓋。）這賦辭是說，重新聚集以調整千輛隨車，分列排開，對準軸頭並駕齊驅。

草木初生，不論是苗向上長或是根向下扎，都是備極辛苦，因此「屯」又有了艱難之義，但是在這個意義上要讀作ㄓㄨㄣ，如〈易・屯卦〉：「六二，屯如邅如。」（如：詞尾。邅ㄓㄢ：迴旋。）「屯邅」就是處境艱難的意思。另外，「屯留」是個地名，在今中國山東南部，摩訶嶺東北，但要讀作ㄔㄨㄣˊ留。

「屯膏」，〈易・屯卦〉：「屯如膏。」（膏：恩澤。）這是卦象中所指，是說卦象九五既居尊位，本當恢弘博施，惟繫應在二，而所施者褊狹，是屯難其膏。「屯膏」就是吝於施予恩澤之意。

「屰」，ㄋㄧˋ，象形字，甲骨文 象倒人形，本義即倒逆不順，不順的意思，今寫作「逆」。

｜語文點心｜易經

《易經》，書名，是中國最古老的文獻之一，並被儒家尊為「五經」之首。

61.駐、住：〝駐〞和〝住〞雖都有〝停留〞的意義，卻有細微的差別。〝駐〞的〝停留〞義是從車馬和車駕停留引申來的，意義上較莊重。〝住〞則指一般的停留、住宿。所以〝駐馬〞、〝駐車〞不能改作寫〝住〞，而〝住宿〞也不能寫作〝駐宿〞。此外，〝駐〞的一些習慣用法也不能改成作〝住〞，如〝駐顏〞。

由伏羲制卦，文王繫辭，孔子作十翼。共六十四卦、三百八十四爻。

易經的內容最早只是記載大自然、天文和氣象等的變化，古代帝王作為施政之用，百姓用為占卜事象。至孔子作傳，始為哲理的書，是儒家的重要典籍。

《易經》以一套符號系統來描述狀態的變易，表現了中國古典文化的哲學和宇宙觀。它的中心思想，是以陰陽兩種元素的對立統一去描述世間萬物的變化。亦稱為「羲經」、「周易」。

① ② ③ ④ 草

看圖說故事

唐白居易〈賦得古原草送別〉：「離離原上草，一歲一枯榮。野火燒不盡，春風吹又生。」這個「草」字，①甲骨文就像是兩株小草挺立，它們破土而出，茁壯生長，真像是春回大地、百草叢生的樣子。②金文與③小篆也大體像草的樣子。到了④楷書，為了使這個字更好分辨、書寫起來更美觀，於是古人運用了轉注造字法，在「艸」下加上了「早」，成為上形下聲的形聲字——「草」。

「艸」，ㄘㄠˇ，六劃，象形字，作為部首稱做草部，作為上偏旁的時候稱做草頭部。

「艸」，左右為「屮」並列，左屮末筆是一豎撇，右側末筆是一豎。作為上偏旁時寫作「艹」，是兩個「十」並列，不可寫成「廾」。

｜語文點心｜**轉注**

《說文解字》：「轉注者，建類一首，同意相受，『考』、『老』是也」。許慎關於轉注的定義引起了後人很大的爭議，各種各樣的說法很多。根據許慎的定義，所謂「建類一首」，就是指同一個部首；「同意相受」就是指幾個部首相同的同意字可以互相解釋。例如「老」字和「考」字，就是一對轉注字，它們都屬「老部」（所謂建類一首）許慎對「老」字的解釋是「老、考也」（所謂同意相受）。

轉注字有三個條件：兩字同一部首、二字聲音相近、可以互相解釋。

轉注字必須是一對或一組，不能是一個。

文字不是一人一時一地所造的，可是各種文字的功用同樣是記錄語言的，因此，同一意義的語言，甲地造出的字，和乙地造出的字可能不同；起初用的字可能和後來用的字也不同了，這些在不同時間空間造出的「語根相同，語義相同，但字形不同的」文字在某時某地都已經普遍使用，既然很難取消使用，就用轉相注釋的方法來溝通這些文字。

轉注與假借的不同：轉注是「一義數文」，也就是「異字同義」；假借是「一字數用」，也就是「異義同字」。就六書的轉注來說，轉注於「異字同義」之外，還要在聲音方面「同一語根」。

｜**部首要說話**｜

「艸」，甲骨文象兩棵小草形，也就是「草」的古字，〈說文解字．艸部〉：「艸，百卉也。」這是說，艸，百草。也就是草本植物的總稱，也是形形色色小草的通稱。〈詩經．小雅．谷風〉：「無草不死，無木不萎。」大意是，沒有什麼草不死滅，沒有什麼樹不枯萎。

〈韓非子・顯學〉有句：「耕田墾草以厚民產也。」這個「草」不是指草本植物，古代對於未開墾的荒地、長滿野草的荒地就稱作「草」，所以這句話的意思是，耕田開荒使黎民百姓增加收入。

「草」由荒地又引申為粗劣、粗糙的意思，〈戰國策・齊策四〉：「左右以君賤之也，食以草具。」（食ㄙˋ：讓……吃。）這句話的意思是，孟嘗君左右的人以為主人看不起馮諼，所以只給他粗茶淡飯吃。「草具」，是指粗劣的食物。

「草民」是老百姓的自稱，因為鄉野民間的地位比起君王國卿要來的卑賤、粗俗，於是「艸」也指鄉野、民間。

寫文章要在紙上下筆，每一筆就像是筆耕，於是引申為「起草」、「擬草稿」之義。另外，漢字字體的一種就叫做「草書[62]」。

〈三國志・魏書・杜畿傳〉：「漸課民畜牸牛、草馬。」（課：督促。牸ㄗˋ：雌性的。）這句話的大意是說，逐漸地督促老百姓畜養母牛、母馬。句中的「草馬」並非指粗劣的馬，而是指母馬，其實古代稱雌性的叫做「草」，這是今人很少知道的意義。

由於「艸」作了偏旁，其義後來便借「草」（櫟實）來表示，而櫟實的意義則另寫作「皂」來表示。

今「艸」不單用，只作偏旁使用。大凡由「艸」所組成的字大都與草及植物等義有關。

｜語文點心｜三國志

《三國志》，書名。是由陳壽所著，記載三國時代歷史的史書。

陳壽曾任職於蜀漢政權，蜀漢滅亡之後，被徵入洛陽。他在西晉政權中也擔任了著作郎的職務，《三國志》在此之前已有草稿，他依據王沈的《魏書》、魚豢的《魏略》、韋昭的《吳書》三書當基本材料，蜀國無史，故自行採集，僅得十五卷。最終成書六十五卷。

《三國志》記述的歷史從東漢末年的混亂時期開始，直到西晉統一三國為止，魏、蜀、吳三國的歷史，分為魏、蜀、吳三志，為二十四史之一。

後來，羅貫中根據陳壽《三國志》提供的歷史線索和歷史人物，寫成了七十五萬字的《三國演義》，成為中國長篇章回小說的開山之作，流傳與影響都較《三國志》深遠。

注意部首字詞

「芔」，ㄏㄨㄟˋ，會意字，從三屮（小草）會眾草之意，本義是百草的總稱。「芔」與「卉」是同一篆文的不同楷化字，芔同卉。

「芻」，ㄔㄨˊ，會意字，甲骨文作 ，像手持斷草的樣子，會用手割草之意，本義就是「割草」，後引為割草的人。割草用以餵食牲口，〈詩經．小雅．白駒〉：「生芻一束，其人如玉。」這個「芻」是指餵食牲口的草。這句詩的大意是，那而只有餵馬的青草一捆，但那賢人像美玉一般純潔溫潤。

「苦」，ㄎㄨˇ，形聲字，篆文從草古聲，原指苦菜，後來引申為味道苦。苦，在古籍中有另一讀音，ㄍㄨˇ，〈周禮．天官．典婦功〉：「辨其苦良。」苦，粗劣的意思。

「苣」，ㄐㄩˋ，形聲兼會意字，篆文從艸巨聲，巨也兼表舉起之意，一般作「萵苣」（可實用的菊科植物。）使用，其實「苣」的本義是用葦稈紮成的火把，後來這個意義寫作「炬」。

---

62. 草書：草書出現於隸漢之後，《說文解字．敘》：「漢興有草。」草書有章草、今草和狂草之分，把草書藝術推向藝術顛峰的是有〝草聖〞之稱的張旭。

「英」，ㄧㄥ，形聲字，篆文從草央聲，本義是花，〈詩經．鄭風．有女同車〉：「有女同行，顏如舜英。」（舜：樹名，也叫木槿。）「舜英」就是木槿花，全句是說，有個姑娘和我同行，她的臉蛋像木槿花一樣漂亮。後引申為「傑出的」之義。

「英」、「俊」、「豪」、「傑」在表示人具有超凡的才智、品德的意義上，四字是同義詞。只是「傑」、「英」、「俊」一直用於褒義，「豪」有時用於貶義，如「豪強」、「豪取」。

「苑」，ㄩㄢˋ，形聲字，篆文從艸夗（ㄩㄢˋ）聲，是指古代畜養禽獸的囿林。苑，是多音多義字，讀作ㄩˋ，是指茂盛的樹木；讀作ㄩㄣˇ，有鬱結、枯萎二義。在畜養禽獸園林的意義上，「苑」與「囿」是同義的，但是在戰國末期以前，只用「囿」不用「苑」，以後則並用。另外，有圍牆的叫「囿」，沒有圍牆的叫「苑」。

「蒐」，ㄙㄡ，會意字，篆文從艸從鬼，本義是茅蒐，即茜草，後引申為多音多義字，春天打獵叫「蒐」，檢閱曰「蒐」，又作隱藏與尋找之義，「蒐」在尋找、搜集的意義上通「搜」，其他意義不寫作「搜」。

「蔭」，ㄧㄣ，形聲兼會意字，篆文從艸陰聲，音也兼表遮蔽之意，本義為樹蔭，作動詞時讀作ㄧㄣˋ，當遮蓋解。「庇」、「蔽」、「蔭」三字，在遮蔽、庇護的意義上，「庇」與「蔭」是同義詞，只是「庇」多指房屋遮護，「蔭」指樹木遮蓋，而「蔽」的意義要寬廣得多，它可以表示從前後左右上下遮住，所以能引申出蒙蔽、藏匿等意義。

「薙」，ㄊㄧˋ，形聲字，小篆從艸雉聲，本義是除草，〈周禮・夏官・職方志〉：「夏日至而薙之。」意思是夏天的節氣一到，就該除草。用作名詞，指割下的雜草，草渣。薙，通「剃」，薙髮[63]。

「薦」，ㄐㄧㄢˋ，會意兼形聲字，金文作，從廌（ㄐㄧㄢ，犍牛）從茻（ㄇㄤˇ，茂草），會獸畜在草地上邊走邊吃草之意，是個多音多義字，本義是「野獸牲畜所吃的草」，即牧草，又有草席、進獻、推舉、屢次等義，又讀ㄐㄧㄣ丶，「薦紳」是插笏板於衣帶，是古代最高級的裝束。「薦」與「荐」，在牧草、草席、屢次的意義上是相通的，「薦」的其他義則不能寫作「荐」，今有「推薦」寫作「推荐」，這是個誤用的詞。另外，「薦」與「祭」，在「祭祀」的意義上是同義詞，細分為無牲而祭曰「薦」，薦而加牲曰「祭」。

「薨」，ㄏㄨㄥ，形聲兼會意字，篆文從死瞢（ㄇㄥˊ）省聲，瞢也兼表不明之意，本義為古代諸侯死亡。周代稱諸侯死為薨，〈禮記・曲禮下〉：「天子死曰崩，諸侯曰薨，大夫曰卒，庶人曰死。」這是在古代等級制度下，不同的人死亡用不同的詞。另外，「沒（歿）」也有去世義，崩、薨、卒、死、沒，五字都有表示死亡的意思，其中「死」的意義最寬廣，除了表示人死亡之外，還可以表示植物喪失生命。

｜看圖說故事｜

〈左傳・隱公八年〉：「天子建德，因生以賜姓，胙之土而命之氏。」（胙：賜與。）這句話的意思是，天子建立有德之人以做諸侯，根據他的生地而賜姓，分封土地而又賜給他族氏。這個「氏」字，本來是象形字，①甲骨文像不像是一個面朝右側立的人呢！他的手上提著一個陶器之類的器物。②金文中，陶器已經上升到手臂中間了。③小篆的形體有了比較大的改變，手臂

63. 薙髮令：清人入關後即推行〝薙髮令〞，作為大清帝國統一的文化象徵符號，包括〝漢滿不許通婚〞、保持〝國語騎射〞（國語指的是滿語、滿文），作為維護統治制的基本國策。

上的一點已經成為一橫了，而且好像已不大看得出人形來。④是楷書的寫法，「氏」是由小篆直接演變的。

「氏」，ㄕˋ，四劃，假借字。作為部首的稱呼是氏字部。

｜語文點心｜假借

《說文解字》：「假借者，本無其字，依聲托事，『令』、『長』是也。」這是說，本來沒有專門的字去表現某個事物，於是借一個與它同音或近音的字來表示，也就是通過聲音聯繫將本無其字的詞寄託到另一個字中，「令」、「長」二字就是假借字。

也就是說，當某個新事物出現之後，在口語裡已經有了這個詞，但在筆下卻沒有代表它的字，需要借用和它的名稱聲音相同的字來代表（托事），這就是「假借」。如前例所提，「令」64、「長」65（ㄓㄤˇ）二字在漢代都是稱呼縣級行政長官的，而這兩字的本義分別是「令——發令」、「長（ㄔㄤˊ）——久遠」，也就是說作為縣級行政長官的「令」「長」（ㄓㄤˇ）原本是沒有的，只是借用了現成的在別的意義上使用的「令」、「長」（ㄔㄤˊ）。

假借的開始雖然是本無其字，依聲託事，可是到後來，本來已有的字，在紀錄語言時，因為一時想不起來，就找一個同音的字來代替，也叫做假借，這是假借的演變過程。

假借的例子：

公：原義為平分公平的意思，國之三公，必須由公平公正的人擔任，所以借用公平公正的公當作這個官職名。

北：本義是相背，因北方背太陽，所以借來代替北方的北。

西：原義是鳥在巢上棲息，鳥棲息時，日在西方，所以借來當方向的西。

自：本義當鼻子，人自稱時，常以手指著鼻子，所以引申為自己的自。

集：原義為群鳥在木聚集，後來買賣者聚集交易的地方稱市集，會合稱集合。

假借和轉注二者是用字的方法，而不是造字的方法。

假借的功用在於「節文字之孳乳」，也就是節制，讓文字不要不斷的產生下去，只要一字的意思或聲音相似，可以引申比擬就可取用，如此，造字用字才較簡易方便。

部首要說話

「氏」與「氐」同源，甲骨文象種子初萌長出一根一芽形，本義即為根柢。由於「氏」後為引申義所專用，根柢之義便由「氐」來表示。

本義為根柢的「氏」後來假借為代表「氏族」，氏族就是同姓貴族的不同分支，因為古時候有貴族與平民之分，貴族希望保有血緣的記號。〈呂氏春秋．古樂〉：「昔古朱襄氏之治天下也。」這是說，遠古時代，朱襄氏在治理天下的時候。

遠古的部族及其首領，也會稱為「氏」，就如傳說中上古的帝王，開始製作耒耜，教人民種植五穀，振興農業，口嘗百草，是中國傳說中務農、製藥的創始人，就叫做「神農氏」。此外還有伏羲氏、夏后氏等。

古代女子稱姓，男子稱氏，不過女子出嫁之後，也往往在其父姓之後系一「氏」字，〈左傳．隱西元年〉：「莊公寤生，驚姜氏，故名曰寤生，遂惡之。」（寤生：難產，生產時胎兒腳部先出來。）這是說，莊公降生時是腳先

64. 令：甲骨文作 ，上部是倒寫的口，下部是跪著的人，意思是在上者俯首於下者發號施令。縣令也屬於可以發號施令的人，所以這是引申義，與假借無關。

65. 長：甲骨文作 ，是一個頭髮很長的老者形象，年長者受尊重，是家族的領導者。縣官稱長，應該是詞意的引申，與假借無關。

出頭後出的，這是難產，使姜氏很驚訝，因此給他取名叫寤生，並且很討厭他。

舊時在學術上很有造詣的人，也會在姓之後加個「氏」，表示尊敬的意思。例如：左氏（左丘明）、段氏（段玉裁）。

「氏」，還有另一種讀法，這是因為古代中國西北部有一個民族叫做「月氏」，讀作ㄖㄡˋㄓ。〈漢書．張騫傳〉：「騫以郎應募，使月氏。」（使：出使。）大意是，張騫以郎官的資格應募，出使月氏。

現今「氏」可單用，也作偏旁使用。凡從氏取義的字，都與根柢、抵地等義有關。

｜注意部首字詞｜

「氏」與「姓」有何差別呢？「姓」，表明的是血緣；「氏」，反而是「姓」的分支。「姓」，是用來別婚姻的，「氏」，是別貴賤的。戰國之後，二字逐漸合一。

由部首「氏」所組成的字不多，該注意的有以下幾個：

「民」，象形字，這是個有意思的字，金文作 [金文]，象以銳物刺左目形，古代俘獲敵人則刺瞎其左目用為奴，本義是奴隸，遠在〈書經．梓材〉篇就有記載。從「奴隸」引申為被統治的人。在上古，「人」是指統治者，「民」指的是被統治者，想不到吧！到了後世，人與民就沒什麼區別了。

「民天」，語出〈漢書．酈食其傳〉：「王者以民為天，而民以食為天。」（酈食其ㄌㄧˋㄧˋ ㄐㄧ：人名。）是說，人民以糧食為生存的根本，形容民食的重要。「民天」指的是糧食。

「民嵒ㄧㄢˊ」，語出〈尚書．召誥〉：「王不敢後，用顧畏於民嵒。」大意是，王不敢緩建洛邑，對殷民的不同見解常常顧念和畏懼。「民嵒」，指的就是民眾中的不同見解。

「氐」，ㄉㄧˇ，指事字，甲骨文裡象種子萌芽長根形，由於「氏」引申為姓名專用字，根柢之義金文 便於其根處加一橫指明根扎到這裡，本義為根柢，「氐」後來也寫作「柢」，今有成語「根深柢固」。「氐」，又讀ㄉㄧ，中國古時的部族名，氐人。〈詩經・商頌・殷武〉：「昔有成湯，自彼氐羌，莫[66] 敢不來享。」（氐羌：均為部族名。享：進貢。）這是說，從前我們有成湯，連那遠自西北的氐羌，沒有誰敢不來進貢的。「氐」，也做低頭、低垂，後來寫作「低」。《漢書・食貨志下》：「封君皆氐首仰給焉。」這是說，受封邑者（有國邑而無餘財）其朝夕所需皆俯首低頭而取給於富商大賈。

「氓」，會意兼形聲字，篆文 從亡從民，會從別處遷來的人民之意，亡也兼表聲，也有二讀，古讀ㄇㄥˊ，今讀ㄇㄤˊ，指庶民、百姓，〈詩經・魏風・氓〉：「氓之蚩蚩，抱布貿絲。」（蚩蚩：敦厚老實的樣子。抱布貿絲：抱著布幣去買絲，比喻男子為求婚而與女子接近。）詩的大意是，憨厚的小夥子，抱著布帛來換絲。「氓」，又特指外地遷來的百姓，今有「流氓」，指破壞社會秩序或組織幫派的不法分子。

① ③ ④

｜看圖說故事｜

〈詩經・衛風・芄蘭〉：「芄蘭之支，童子配觿。」（芄ㄨㄢˊ蘭：蔓草。觿ㄒㄧ：佩飾。）這句詩是說，芄蘭草的細枝，童子配上了解結的錐飾。

---

66. 莫：會意字，甲骨文作 ，從日，從四木，會日落於林中之意，本義為日落的時候。由於〝莫〞由借義和虛義所專用，日落之義便另加意符日寫作〝暮〞，〝暮〞字中有二日，是比較奇特的造字。

這個「支」字，甲骨文、金文都沒收這個字，但《說文解字》中的①古字是這樣寫的——，也就是手持竹枝或木枝的形狀。③小篆的形體減省了下面的木字，看來是一隻手持著竹枝的樣子。④楷書寫成了「支」。

「支」，ㄓ，四劃，會意字，作為部首的稱呼是支字部。

「支」字上一橫如果不出豎筆就成了「攴」（ㄆㄨ）字，「攴」是擊打的意思，從「攴」組成的字如：敍、敲、斁、斆等字，不可誤寫為「支」。

部首要說話

「支」，古文從又（手）持半竹形，表示用手劈下一個竹枝。《說文解字》解釋為：「支，去竹之支也。從手持半竹。」大意是，「支」這個字是去掉了旁邊的小支條，然後手拿著「竹」（竹小篆）的一半的形狀。也就是說，「支」的本義是劈下的一條竹枝。作為「枝條」義的「支」字後來就寫成了「枝」，也就是說，「支」是「枝」的古字。

「支」，從本義引申指人或動物的四肢，這個意義後來寫成了「肢」。〈周易・坤〉：「正位居體，美在其中，而暢于四支。」大意是，居中得正，處上體之中，內涵美質而貫通於四肢行為。

又引申為分支、支派。〈詩經・大雅・文王〉：「文王孫子，本支百世。」大意是，文王的子孫，嫡系旁支百代相傳。

無枝不成樹，所以「支」也當「支撐」、「支持」來講。後來用金錢來支持就是「支付」的意思，這也是「支」的引申義。〈左傳・定公元年〉：「天之所壞，不可支也。」這是說，當上天要毀壞這個政權（人），人民也就無法再支持。

植物是由根、莖、枝、葉組成的一個整體，枝條與主幹比較起來就相對地不那麼重要，所以「支節」一詞常用來比喻次要的或是無關緊要的事情。

樹的枝、幹相連結，才能成為完整的樹，古人就運用這個形象，把甲乙丙丁……（天干）和子丑寅卯……（地支）等字配合起來，用來記日記月紀年，天干與地支就合稱「干支」。

「支」是部首字，但真正屬於支部的很少，所以「支」字多做形聲字的聲符，如伎、吱、歧、妓、技等。

今「支」字可單用，也作偏旁使用。凡從支取義的字，都與枝條、分支等義有關。

注意部首字詞

「支吾」，⑴同「枝梧」，〈舊五代史・孟知祥傳〉：「知祥慮唐軍驟至，與遂閬兵合則勢不可支吾。」這「支吾」的意思是抵拒。⑵當勉強支撐講。⑶是指言語牽強，有應付搪塞的意思。今有「支支吾吾」，表示應付搪塞。

「支持」，一般當支持，援助講，但在〈元曲選・殺狗勸夫二〉：「他覺來，我自支持他，包你沒事。」這裡的「支持」是對付的意思。

「支離」，這是個多義詞，⑴分散的意思。⑵形體不全，衰弱。《莊子・人世間》：「夫支離其形者，猶足以養其身，終其天年，又況支離其德者乎？」這大意是，像（支離疏）這樣肢體不全的人，他只要自食其力，一樣可以養活自己，安享天年，又何況支離其德的人。這其實是說明了莊子一貫的思想——以無用為大用。⑶當流離失所講。杜甫〈詠懷古跡五首之一〉：「支離西北風塵際，漂泊東南天地間。」⑷值得注意的是在〈左傳・哀公二十五年〉有句話寫著：「公為支離之卒。」句中的「支離」是什麼意思呢？杜預《注》：「支離，陳名。」「陳」就是「陣」。〈竹添光鴻・會箋〉：「支離，分散也，蓋分為數隊以誤敵。」這其實是一種兵陣名，用以誤敵。

「㞑」，ㄍㄨㄟˋ，會意字，從支從力，通「𣪏」，精疲力竭的意思。

「攲」，ㄑㄧ，形聲字，從支奇聲，本義是傾斜。

|語文點心|《莊子》

《莊子》，書名。戰國時莊周撰。漢志著錄52篇，今傳者為晉郭象本，僅33篇，計內篇7篇，外篇15篇，雜篇11篇。唐時改稱《南華經》。古注有晉司馬彪、向秀、郭象等，又有唐朝成玄英疏、清朝王先謙集解、郭慶藩集釋。其書大要與老子相近，文辭汪洋恣肆，旨趣深奧。

《莊子》一書的文學成就，在先秦朱子散文中是最高的，最大的特點在於豐富的想像力與獨特的浪漫主義氣息。另一個特點是，能夠用生動的藝術形象來說明異常抽象的哲學理思。第三，善用神話、寓言來表現抽象的道理，有許多典故亦流傳至今，如「朝三暮四」、「望洋興嘆」、「邯鄲學步」等。

|看圖說故事|

〈詩經．周南．漢廣〉：「南有喬木，不可休息。」（息：思，語助詞。）大意是，南方有高大的樹木，可是卻不能讓我休息。這個「木」字，①甲骨文的字形就是一棵樹的形狀啊！上部分岔的是樹枝，下部是樹根，中間的一豎就是樹的軀幹。②金文的字形同於甲骨文。③小篆只是將直筆寫成彎曲狀，仍然是樹木的樣子。④楷書寫成了「木」，反而看不太出來是樹形了。

「木」，ㄇㄨˋ，四劃，象形字，作為部首的稱呼是木部或木字部。

書寫「木」字部時，有幾個地方要注意。

第一：在左、在上或中間時，「木」字的捺筆要改為點或長頓點，如「松」、「李」、「杳」[67]、「裹」。

第二：作下偏旁時，「木」字的左撇、右點不接橫、豎筆，如「朵」、「案」、「梟」。

第三：包中時，「木」字的捺筆要改為頓點，如「困」、「捆」。

第四：合體時，左撇、右點不接橫、豎筆，如「棄」、「業」。

｜部首要說話｜

「木」，甲骨文象枝葉、莖幹和根一應俱全的一棵樹形，《說文解字》的解釋是說：「木，冒也，冒地而生。東方之行。從中，下象其根。」這是說，木，蒙覆。蒙覆土地而生長。是代表東方的物質（古五行說，東方屬木）。從中，下部就像是它的根部。所以「木」的本義就是樹木，由本義就引申出木材的意義，指木料或木製的器物，如木馬、木偶、木已成舟，以及桌[68]、椅、床等。〈孟子・梁惠王下〉：「為巨室，則必使工師求大木。」（工師：主管各種工匠的官。）這句話的大意是，興建一所大房巨屋，必須讓工匠的主管官員去尋找木料。

〈論語・公冶長〉中孔子曾經訓斥弟子宰予在白天睡大覺，罵著：「朽木不可雕也。」因為木頭的材質敦厚、堅硬，所以也用「木」來表示頭腦或肢體不靈活，如：麻木、木頭人。〈論語・子路〉：「剛毅木訥，近仁。」大意

---

67. 杳：會意字，小篆作，從日在木下，會幽暗之意，本義為幽暗，引申指幽遠。

68. 桌：考〝桌〞字，應從〝卓〞來。桌，會意兼形聲字，《康熙字典・木字部・桌》：「《廣韻》與卓同。註見十部六畫。又《正字通》俗呼几案曰桌。」〝卓〞，本義是高的意思，〝卓〞如何演變為桌椅的〝桌〞？其實，早期在家屋內的居家生活以跪姿為主，家具也都矮小，如：几，這是本是供席地跪坐的古人倚靠的器具或放置物品的矮桌。等到出現了高一些的桌椅，席地而跪自然〝高升〞為坐在椅子上，於是〝卓〞成了〝桌〞，同樣的道理，席地倚靠的〝几〞也升高為坐下來的〝凳〞了。

是，剛強、果斷、樸實、言語謹慎，具有這四種品德的人離仁不遠了。這裡的「木」指的是品行樸實。

「木」，也作五行之一，〈尚書‧洪範〉：「五行：一曰水，一曰火，一曰木，一曰金，一曰土。」

「木」，也作音律的八音之一，八音為：金、石、土、草、絲、木、匏、竹。〈呂氏春秋‧侈樂〉：「為木革之聲則若雷。」這是說，鼓（以木為框，蒙以皮革）這種樂器所發出的聲音有如雷鳴。

「木」，是木本植物的通稱，由部首「木」所組成的字大都與樹木有關。一般的字辭典，木部收的文字大約都在四百字以上，可見木部的字是多麼常見也常用的字。

由於「木」為引申義所專用，樹木之義便借「樹」來表示。

如今「木」可單用，也作偏旁使用。凡從木取義的字，都與樹木等義有關。

｜語文點心｜《論語》

《論語》，書名。孔子應答弟子、時人及弟子相與問答之言，由孔門後學記錄而成的書。原有魯論、齊論、古論三種，齊論、古論很早就已經遺失了，今日的論語就是魯論，凡20篇。宋時以論語合大學、中庸、孟子為四書。

《論語》的思想，融合政治、道德和教育為一體，而中心思想就是做人的道理。這個由孔子所創立的儒學思想，影響後世的思維方式、價值理想、衣食住行，甚至是生活習慣。孔子後來被尊奉為「至聖先師」，每年的九月二十八日我國定為教師節，有至孔廟祭拜的習俗，可見孔子儒家學說的影響是何其深遠。

｜注意部首字詞｜

現在一般都將「樹木」連詞作為樹的總稱，但是在上古，「樹」與「木」其實不同義，「木」指的是樹木，「樹」作動詞義，種植的意思，也不限於種木，也可以種草。〈詩經・小雅・巧言〉：「荏染柔木，君子樹之。」（荏染：柔弱的樣子。）大意是，柔弱的小樹，是君子自己栽種。這是隱喻君子信讒，則小人滋長。

「木丸」，是一種木製球形，但這不是用來玩的，這反而是種可怕的刑具，用以塞入口中，使不能出聲。

「木瓜」，就是木瓜樹的果實，李白有一首詩「望木瓜山」，這是指山名。〈詩經・衛風・木瓜〉：「投我以木瓜，報之以瓊琚。」（瓊琚：美玉名。）詩直譯為，你拋給我一個木瓜，我就以瓊琚回報。後人因用以比喻互相餽贈。

「木奴」，這到底指的是什麼呢？唐元稹〈酬樂天東南行一百韻〉：「綠糉新菱實，金丸小木奴。」（糉ㄗㄨㄥˋ：粽的或體字。）這個「木奴」指的是大如彈丸的巴橘，而巴橘味酸澀。

「木舌」，就是木鐸的鈴舌。鈴舌本身並無法發聲，必待敲擊木鐸，後用以比喻不能或不敢說話。〈後漢書・黃瓊傳上疏〉：「言之者必族，付之者必榮，忠臣懼死而杜口，萬夫怖禍而木舌。」（族：滅族。付：通「附」，附合。）這裡的「木舌」指的就是不敢說話。整句話是用來說明，是這些堵塞陛下耳目之明，使成為聾瞽之主。

「本」，指事字，甲骨文作木下的根部，本義就是樹之根，表示草木的根或主幹，引申為事物的根本，如〈論語・學而〉：「君子務本，本立而道生。」這是說，君子專心致力於根本，根本確立了，「道」自然就會生出來。那麼「木」之上有一橫就是「末」，指示樹梢之所在。「本」、「根」、

「柢」三字都有樹根的意思，細分則「柢」指樹的主根，「根」指樹的旁根，「本」為樹根的通稱。

「朱」，也是個指事字，甲骨文作木的樹幹上一點，表示強調的是樹幹本身，本義就是樹幹。〈說文解字・木部〉：「朱，赤心木，松柏屬。從木，一在其中。」所釋為引申義。又引申泛指大紅，古代稱為正色。「朱門」，乃古代達官貴人用朱紅色塗門戶，因而用為豪門貴族的代稱。今有「朱」、「赤」、「絳」、「丹」、「紅」表示紅色，這其間有程度之別，在古代，「朱」是大紅，「赤」是紅，「絳」是深紅，「丹」是丹砂的顏色，「紅」實是淺紅，後來「赤」和「紅」才沒有區分。另「朱提」，一作漢代縣名。朱提山產銀，所以「朱提」也作銀的別名。讀作ㄓㄨ ㄕˊ。

「棉」，即棉花，元成廷珪〈夜泊青浦村〉：「蘆花紉被暖如棉。」可見，「棉」可作為保暖之用。「棉」其實是後來由國外傳來的植物，在西元6世紀和7世紀，棉花已作為麻類纖維的代用品。元代元貞年間，黃道婆在崖州（海南島）將黎族人民的紡織技術推廣以後，推動了棉花紡織技術和品質的大為提高。14至15世紀時，棉花在長江流域和黃河流域已成為重要的經濟作物。「棉」與「綿」是兩個不同意義的字，「綿」指的是絲綿，是中國古代固有的；「棉」指的是草棉的絮，草棉是很晚才從國外傳來的。古代並沒有「棉」字，而「綿薄」、「微薄」義古代都用「綿」字，近代才偶有用「棉」字。

看圖說故事

〈荀子・勸學〉：「蓬生麻中，不扶而直。」大意是，蓬篙生長在大麻中間，它用不著扶就是挺直的。這是個「生」字，①甲骨文下部的一横表示地平面，從地面上長出了一株小草芽，看來就像是新芽破土時生機勃勃的樣子。②金文的下部還是泥土，新芽中間的一點就像是種子的尚未脫落的殼皮。到了③小篆時，那一點殼皮狀就演化成一橫一撇了。④楷書寫成「生」。

「生」，ㄕㄥ，五劃，合體象形字，作為部首的稱呼是生部。

|語文點心|合體象形

象形是描摹實物形狀的造字法。象形又分為三類：

一類是獨體象形字，即通過描摹事物的輪廓以表示該事物，如日、月、鳥、魚、鹿、羊等字，它們的甲骨文寫法，就像這些物的形狀。

一類是合體象形字，即雖然也畫成事物的輪廓，但還需要借助於主體事物來幫助表義，否則就不知道所象何物。如眉、果、牟、瓜等字所描繪的，因在目上，所以人們才知道是眉；因在木（樹）上，所以人們才知道是果，因在牛頭上，所以人們才知道是牛叫時發出的氣；因吊在藤蔓上，所以人們才知道是瓜。

另一類就是省體象形字，即減省象形字部份筆劃的文字，例如「烏」字為省「鳥」眼睛一短橫，表示這是種全身烏黑、連眼睛都看不見的鳥類——烏鴉。

|**部首要說話**|

「生」，甲骨文象地上（土）生出草木形（屮），〈說文解字・生部〉：「生，進也。象草木生出土上。」本義就是草木滋長，後來引申為生育、出生，如：誕生。〈詩經・大雅・生民〉：「載生載育，時維后稷。」（時：通

「是」。后稷：周的始祖。）大意是，他生下了孩子，這就是后稷。

生物的誕生，也表示一個生命的延續，所以「生」就有「活著」、「生存」的意思，相對於「死」的意義。〈史記·廉頗藺相如列傳〉：「今兩虎共鬥，其勢不俱生。」這是說，現在要是兩虎相鬥，勢必弄得兩敗俱傷。「生」從「活著」義引申為生命、性命，今有成語「捨生取義」即出自〈孟子·告子上〉。其後，也用「生」表示一輩子，如：今生今世。陸游〈訴衷情〉：「此生誰料，心在天山，身老滄州。」（天山：暗用薛仁貴三箭定天山的典故，這裡借指抗敵前線。滄州：水邊，指古時隱者常住的地方。）詞意是說，我的心日日夜夜都在前線，但誰料得到這一輩子，也許會老死在鄉下的湖邊呢！

小草剛剛茂長出來，也可以說還未長成熟，所以「生」也表示是「生的」，是相對於「熟」，所以我們對剛剛進入職場的人會說是「生手」。後來也引申對陌生的、不熟悉的也叫做「生」，如：生面孔。

古人對於所謂未開化的民族，也用「生」來表示恐懼或是嫌惡，如：生番。這個詞帶有對其他民族的貶義，今已罕用。

秦漢以後，對儒者通稱為「生」，〈史記·秦始皇本紀〉：「今諸生不師今而學古，以非當世，惑亂黔首。」（師：學習。）大意是說，這些儒生不學習、不推崇今天的學問和學說，反而學習古代的，並且借古諷今，迷惑老百姓的視聽，惑亂民心。這其實就是給焚書坑儒行動找了一個冠冕堂皇的理由。

「生」，也指本性、性情。〈荀子·勸學〉：「君子生非異也，善假於物也。」（假：憑藉。）這是說，君子的天性和一般人並非兩樣，他只是善於憑藉著物類來幫助自己。

「生」字今可單用，亦作偏旁使用。凡從「生」取義的字，都與出生、生長等義有關。

注意部首字詞

由部首「生」所組成的字並不多，一般字辭典僅收「生」、「甡」、「甦」、「甥」等字。

「生口」，通「牲口」時是指牲畜。另外，在〈三國志・魏・倭人志〉：「獻上男女生口三十人，貢白珠五千，孔青大句珠二枚。」這裡的「生口」指的是俘虜。

「生面」，一般指陌生言，其實「生面」更用來作面目一新，引申為新的境界、格局。今有成語「別開生面」是也。

「甡」，ㄕㄣ，會意兼形聲字，篆文從二生，會眾生並立之意，生也兼表聲，本義為眾生並立，引申泛指眾多的樣子，多作「甡甡」，表示眾多的樣子，如〈詩經・大雅・桑柔〉：「瞻彼中林，甡甡其鹿。」詩句的大意是，看那樹林裡，鹿兒結伴成群。

「產」，ㄔㄢˇ，形聲字，金文 從金彥省聲，表示人或動物產子，本義是出生、生育，〈孟子・滕文公上〉：「陳良，楚產也。」大意是，陳良，是在楚國土生土長的。「產」從本義引申為出產，物資得以出產，即成為財產，所以又引申為產業的意思。〈孟子・梁惠王上〉：「無恆產而有恆心者，惟士能為。」大意是，沒有固定的產業而有安分守己的善心，只有士才能做得到。

「甥」，ㄕㄥ，形聲字，篆文從男生聲，本義就是指姊妹的兒女。古時的人，也用「甥」來指稱女婿。〈孟子・萬章下〉：「舜尚見帝，帝館甥于貳室。」（尚：上。帝：指堯。館：當動詞，住客館。貳室：副宮，招待的官邸。）這句話的大意是，舜拜見帝（堯），帝招待這女婿在副宮中。

「甦」，ㄙㄨ，會意字，從更從生，會假死後再活過來之意，引申指復活、蘇醒的意思。

① ② ③ ④竹

看圖說故事

蘇軾〈於潛僧綠筠軒〉：「無肉令人瘦，無竹令人俗。」這是個「竹」字，①甲骨文多像兩支下垂的竹葉。②金文是兩根直立的竹子。原來竹子的形狀用象形文表示時很難與「艸」區別，但竹有枝，枝上又有小枝，小枝上有葉，於是使用倒立的「艸」，使「竹」、「艸」、「林」有了清楚的分別，可見古人造字的精妙。③小篆的形象沿用金文，④楷書寫成「竹」。

「竹」，ㄓㄨˊ，六劃，象形字，作為部首的稱呼是竹部。

「竹」，作上偏旁時寫作「⺮」，左豎與右豎鉤都改為點，如：笆、筆[69]。

部首要說話

「竹」，甲骨文象竹枝上兩兩對生的竹葉形，〈說文解字・竹部〉：「竹，冬生草也。象形。」這是說，竹，經冬不死的草，象形。「竹」的本義就是竹子。自古以來，竹就為人們所喜愛，但是「竹」非草非木，木有年輪，竹為中空竹節；竹可稱林，草只能稱叢。竹，是一種常綠多年生禾本科植物，種類繁多，特徵是開一次花就會枯死。中國最早的詠竹詩，應數春秋時代的〈數竹歌〉：「斷竹、繼竹，飛土逐宍。」（宍ㄖㄡˋ：古「肉」字，指禽獸。）這首歌出自〈吳越春秋〉，詩歌的大意是，砍伐竹子，製造彈弓，射出彈丸，射中了鳥獸。

「竹」，也是個多義字。古人書寫文章寫在木片上，也寫在竹片上，所以「竹」也用來表示書寫的竹簡[70]。〈呂氏春秋・情欲〉：「故使莊王功跡著乎竹帛，傳乎後世。」這是說，楚莊王之所以能夠在諸侯爭雄中立威定霸，脫穎而出，記載於功績史書，可說是孫叔敖奉職循理、忠心輔佐的結果。

「竹」，也是八音（八種樂器）之一，指「笛」、「簫」、「管」等用竹子作成的樂器。宋歐陽修〈醉翁亭記〉：「宴酣之樂，非絲非竹。」（絲：指弦樂。）大意是，宴會時的快樂，不必是絲竹管絃的音樂興起。

另外，竹也作為姓，漢朝時有人就叫做竹晏。

今「竹」字可單用，也作偏旁使用。凡從「竹」取義的字，都與竹子義有關。

｜語文點心｜蘇東坡愛竹

宋朝大文豪蘇軾（蘇東坡）對竹獨有情鍾，他在〈記嶺南竹〉中寫道：「食者竹筍，庇者竹瓦，載者竹筏，爨者竹薪，衣者竹皮，書者竹紙，履者竹鞋，真可謂不可一日無此君。」這意思是說，竹筍用來填飽肚子，竹瓦可以成為屋頂，竹筏可載人渡江，竹薪可以用來生火，竹皮還可作成衣，竹紙用來製成書頁，竹鞋用來腳穿鞋，可以說一天都不能沒有這位四君子之一的「竹」。

竹，有這麼多實用的功能，難怪北宋的蘇軾要如此讚美它了。

---

69. 筆：中國敦煌學專家在對敦煌文獻的研究中，推翻了以往〝中國古代沒有硬筆書法〞的說法。在已鑑別出的敦煌硬筆寫本（兩萬多頁）研究中，證明了硬筆書寫在中國古代實用領域的存在與流行。特別是在書寫工具的考古發現中，這些〝硬筆〞顯然是以竹、木、骨、角等材料削製而成的。1906年英國人斯坦因在新疆若羌縣米蘭遺址發現蘆葦管筆；1972年中國考古工作者在甘肅武威市張義堡西夏遺址發現竹管筆。令人驚訝的是，這兩種筆的形制，在筆舌正中都有一條縫隙，成雙瓣合尖狀，與今日鋼筆筆舌有異曲同工之妙。

70. 竹簡：戰國至魏晉時代的書寫材料，削製成狹長竹片（也有木片），竹片稱簡，木片稱牘或牘，統稱為簡，現在一般說〝竹簡〞。竹簡最初的發現者多為國外的探險家，1901年，瑞典人斯文．赫定在新疆羅布泊北部地區的一個古遺址裡發現了一批魏晉木簡，這個遺址後來被確定為樓蘭遺址。同年，英籍匈牙利人斯坦因在新疆民豐北部也發現了魏晉簡，揭開了塞外地區竹簡重見天日的序幕。

「竺」，ㄓㄨˊ，形聲字，從二（表示多、厚）竹聲，本義為厚，後用作譯音，指印度的古譯名「天竺」的簡稱，即印度古稱。其實「竺」本讀作ㄉㄨˇ，通「毒」，憎惡之意，〈屈原・天問〉有：「稷維元子，帝何竺之？」（稷：後稷。帝：天帝。）這是說，稷為首生之子，他的降生不同於一般人，天帝為何憎惡稷呢？

「笄」，ㄐㄧ，會意兼形聲字，篆文從竹從幵，幵也兼表聲，本義為簪子，這是女性使用的簪子。因為古時女子十五歲要舉行插笄禮，表示已經成年[71]，因此，〈禮記・內則〉說：「女子十有五年而笄。」「笄」、「釵」、「簪ㄗㄢ」三字中，「笄」和「簪」是同義詞，都是指古人用以固定髮髻或冠的首飾，只不過先秦多用「笄」字，戰國末期才使用「簪」字。至於「釵」，這是簪子類的首飾，但是由兩股合成，而且只用於婦女。

「筵」，ㄧㄢˊ，形聲兼會意字，篆文從竹延聲，延也兼表延展之意，本義是鋪在底下的席子，由於古時人們席地而坐，因此引申為座位。宴請客人需置更多的座位，因此「筵」才有宴席的意義，如王勃〈滕王閣序〉：「盛筵難再。」其實，「筵」與「席」指的都是席子，只不過是位置的不同，坐時鋪在下面的叫「筵」，鋪在筵上供人坐的叫「席」。

「箭」，ㄐㄧㄢˋ，會意兼形聲字，古文從竹歬（「前」本字）聲，篆文改為從竹前聲，本義為製作矢的竹子，引申為⑴一種小竹子，莖可作箭杆，後來指弓弩所發射的武器。⑵古代博戲的器具也稱作「箭」，如〈韓非子・外儲說上〉：「以松柏之心為博，箭長八尺，棋長八寸。」這是說，用松柏的心做成一副棋，銀子長八尺，棋子長八寸。⑶箭，作為一種飛逝而去的物件，就引申為快速的意思。⑷古代漏壺下計時的、刻有刻度的標尺，這就稱作「箭」。〈周禮・夏官・挈壺氏〉：「漏之箭，晝夜共百刻。」這是說，漏壺（水鐘）

的刻度，將白天與黑夜共劃刻一百。

「箭」與「矢」，二字在箭的意義上是相同的，細分則以竹為箭杆的稱「箭」，以木為箭杆的稱「矢」；在時代上則先秦用「矢」而不用「箭」字。

「箱」，ㄒㄧㄤ，形聲字，篆文從竹相聲，本義為車廂，引申指可以盛物的箱子，「篋」（ㄑㄧㄝˋ），也是可以盛物的箱子，只不過，「箱」是指大的箱子，「篋」是小的箱子。以箱子的形狀來看，可以盛物的方形竹器叫做「筐」，圓形竹器叫做「篚」（ㄈㄟˇ）。

② ③ ④麻

｜看圖說故事｜

〈管子・牧[72]民〉：「養桑麻，育六畜，則民富。」這個「麻」字，甲骨文未收。②金文的上部是個「厂」，一般認為是屋簷的形狀，也有人認為這是個翻轉的符號。在「厂」形下是個「𣏟」（ㄆㄧㄣˋ，不是「林」字），從莖幹上剝下皮的意思。③小篆將「厂」形改為「广」形，依然表示這是要在屋簷下或屋室內處理的工作。④楷書寫成「麻」。

「麻」，ㄇㄚˊ，十一劃，會意字，作為部首的稱呼是麻部、麻字部。

書寫「麻」字時，要特別注意下部不作「林」，而應該寫成「𣏟」，如：嬤、痲、摩、魔、靡、麼、磨等字。

---

71. 笄禮：女子十五歲要舉行插笄禮，表示已經成年。〈禮記・曲禮上〉：「女子許嫁，笄而字。」舉行了笄禮，代表女子成年，也有了取〝字〞作為別名的資格，有了名字，就標誌著嫁人的年齡了，此時，女子待嫁，就稱〝待字閨中〞，此〝字〞，指的就是女子舉行笄禮而得來的。

72. 牧：從攴從牛，會人手持棍棒或鞭子之類放牧牛羊，會意字。古籍中有〝牧民〞，意思是治理民眾。成語有「十羊九牧」，反映的是官多民少，百姓不堪重負的不正常現象。

｜語文點心｜《管子》

《管子》，書名。舊題周管仲撰，24卷。但書中有言管仲以後之事，是後人所綴輯。原本86篇，今亡佚10篇。其注舊題房玄齡撰，但據晁氏《郡齋讀書志》所載，則知乃尹知章所作。明朝劉績另撰有《管子補注》。書中除無墨家、名家學說外，關於儒家、道家、法家、兵家、陰陽家、雜家等言論，無所不有。亦作「筦子」。

管仲，春秋初期政治家，名夷吾，字仲。早年經商，公元前685年為齊卿，輔佐桓公，在經濟、政治方面有很多革新，齊國因之富強，桓公成為春秋第一個霸主。

《管子》一書的軍事思想十分豐富，它全面地反映了齊國法家學派對戰爭理論問題的理性認識。在戰爭觀、治軍理論、國防建設、思想作戰、指導思想上，均有精闢的論述。

｜**部首要說話**｜

「麻」，金文從厂（山崖）從𣏟（表示剝下的麻莖皮纖維），會於崖下劈麻曬麻之義，厂（山崖）下的「𣏟」，是指一縷一縷的纖麻，這種麻必須要曬乾才能使用。〈說文解字·麻部〉：「麻，與𣏟同，人所治，在屋下。」大意是，麻，與𣏟（麻莖皮）同義，是人們在敞屋之下加工的。因此，「厂」下製「𣏟」，本義是劈好的麻莖皮纖維。「麻」，是中國古代重要的紡織原料之一，平民百姓穿著麻製的衣服多達二千年之久，直到宋代之後才漸漸由棉布製成的衣服所取代。

麻，不但可製衣，人們也收取雌株麻的種籽榨油，是古代重要的燈油，即「麻油燈」的主要材料。麻油也可以炒菜，麻籽也是重要的糧食之一。〈詩經・豳風・七月〉：「九月叔苴，採荼薪樗，食我農夫。」（叔苴：拾取麻籽。荼ㄊㄨˊ：苦菜。薪樗ㄕㄨ：砍樗為柴。食ㄙˋ：養活。）整句詩的大意是，九月拾麻籽，還要採苦菜、砍臭椿當柴火，好養活我們這些農夫。這可以說是以麻籽為食的文獻記載。

因為麻的質料較粗，所以也用來做麻布喪服。〈禮記・雜記下〉：「麻不加於采。」這是說，弔喪時所穿的麻衣，不得加在玄衣纁裳上。另外，唐宋的時候，用黃、白麻紙書寫詔書，所以也稱詔書為「麻」。

麻的質料粗，摸起來不平滑，感覺上有許多突起物，所以一個人的臉上不平滑、凹洞多，這就叫做「麻子臉」，這可不是一句稱讚的話。

麻是一年生草本植物，由於麻類植株含有毒性，在製麻搓揉的過程中，如果皮膚中毒就會產生麻木感，於是「麻」就引申出「麻醉」、「麻痺」、「麻木」的意思，像「麻木不仁」，就是比喻對事物漠不關心或反應遲鈍。

可見，「麻」可以作出多義的解釋。

由於麻為引申義所專用，大麻之義便又另加義符「艸」寫作「蔴」來表示；麻痺、麻疹之義，則另加義符「疒」寫作「痲」來表示。

今「麻」可單用，也作偏旁使用。凡從麻取義的字，都與麻的纖維、紛亂等義有關。

注意部首字詞

「麼」，ㄇㄛˊ，象形字，甲骨文和金文本作幺，象一把細絲形，本義是細小，〈列子・湯問〉：「江浦之間生麼蟲，其名曰焦螟。」大意是，在江、浦之間有種小蟲，名叫焦螟。後來也作助詞，當這麼、那麼講，讀作ㄇㄛ˙。讀作ㄇㄚˊ時，是當代詞用，何事的意思。

「麾」，ㄏㄨㄟ，形聲字，篆文從手靡聲，隸變後楷書改為從毛，表示以旌旗指揮之意，本義是指揮用的旌旗，作動詞時就是指揮的意思，〈尚書・牧誓〉：「王左杖黃鉞，右秉白旄以麾。」（黃鉞：以黃金為飾的大斧。）大意是，武王左手拿著黃色大斧，右手拿著白色旄牛尾指揮。今有「麾下」一詞，表示在將帥的旌旗之下，借指部下、屬下，如〈史記・李將軍列傳〉：「廣廉，得賞賜，輒分其麾下。」大意是。李廣為官清廉，得到賞賜就分給他的部下。

「黀」，ㄗㄡ，形聲字，從麻取聲，本義為麻稈。東方朔〈七諫・謬諫〉：「菎蕗雜于黀蒸兮。」（菎蕗：香草名。蒸：用竹片製成的火炬。）大意是，將菎蕗香直之草與不用的麥稈放在一起燒而燃之。這其實是隱喻不識於物，取忠直棄之林野，是不識賢能。這個「黀」就是指去皮的麥稈。

「黂」，ㄈㄣˊ，形聲字，從麻賁聲，本義是古書上麻的子實，引申為粗麻。

｜看圖說故事｜

〈莊子・天運〉：「變化齊一，不主故常。」這是說，（彈奏音樂）變化中不離條理，不拘泥老調。這個「齊」字，①甲骨文很像吐穗的禾麥整齊排列的樣子，看來好有精神。②金文延續甲骨文的形象，枝枒拉得更長了些。③小篆突出了中間的小麥向上挺伸的形象，下部多出了兩條橫線，表示這是地平面。④楷書寫成了「齊」。

「齊」，ㄑㄧˊ，十四劃，象形字，作為部首的稱呼是齊字部。

「齊」字，中右部不要寫成「氏」。下部的二橫從部首偏旁時，二橫不可輕觸邊筆，如：齋。

｜部首要說話｜

「齊」，甲骨文象禾麥吐穗整齊一致形，〈說文解字・齊部〉：「齊，禾麥吐穗上平也。象形。」這是說，禾麥吐穗整齊一致的樣子。所以「齊」的本義就是指禾穀秀穗後長的整齊樣子，又用來泛指一般事物的整齊。〈三國志・吳書・吳主傳〉：「曹公望權軍，嘆其齊肅，乃退。」大意是，曹操望見孫權舟船器仗軍伍，嘆服其整齊嚴肅，於是退兵。

「齊」從「整齊」義又引申為「相等」、「同等」、「一致」、「並列」的意思，例如：齊頭並進。張衡〈西京賦〉：「齊栧女，縱棹歌。」（栧ㄧˋ：船槳。棹ㄓㄠˋ歌：船歌，鼓棹而歌。）大意是，鼓栧之女並列，大家一同鼓棹而歌。

很多事情都一致了，所以也引申為「完備」[73]的意思，例如：齊全。〈呂氏春秋・仲冬〉：「乃命大酋，秫稻必齊。」（大酋：酒官之長。秫ㄕㄨˊ：黏高粱，可釀酒。稻：指糯米稻，也可釀酒。）這是說，王室向大酋發出釀酒的指示，準備好品質好的釀酒原料高粱、糯米稻。

事情整齊有序，效果就會快速，因此引申為疾、敏捷義，〈荀子・性惡〉：「齊給便敏而無類。」大意是，嘴尖舌快而語無倫次。

「齊」也指肚臍，後來這個意義寫作「臍」。〈莊子・大宗師〉：「頤隱于齊，肩高於頂。」（頤ㄧˊ：面頰。）大意是，面頰隱藏在肚臍之下，雙肩高出頭頂。

其實「齊」是個多音多義字，讀作ㄐㄧ，是指「升、登」，後寫成

73. 完、備：兩者都含有〝全〞的意思，但兩者的側重點不同。〝備〞著重在數量，是〝什麼都有〞的意思，所以〝全求責備〞不能改作〝全求責完〞。〝完〞著重在完整，所以〝完卵〞、〝完裙〞都不能寫作〝備〞。

「蹐」。〈荀子・禮論〉：「祭，齊大羹而飽庶羞，貴本而親用也。」整句話的大意是「月祭：進沒有鹹酸之味的肉湯，而飽用多種食味，這就是貴重本元，而接近實用。」

「齊」讀作ㄐㄧˋ，是當「調配、調劑」講，後寫成「劑」。古代銘文中的「齊」通「劑」，如《考工記》中青銅的「六齊」，指的是青銅中六種銅錫含量的配方。〈韓非子・定法〉：「夫匠者，手巧也；而醫者，齊藥也。」這是說，工匠是有精巧手藝的，醫生是會配製藥物的。後引申為份量，劑量。

「齊」讀作ㄓㄞ，是祭祀前潔身以示虔敬的意思，後來也寫作「齋」。〈論語・鄉黨〉：「齊必變食。」（變食：改變平常的飲食，指不喝酒、不吃葷、不吃蔥蒜等濃厚氣味的蔬菜。）這句話是說，齋戒的時候，一定要改變平日吃的飲食。

「齊」讀作ㄗ，是指衣的下擺。這個讀音的「齊」通「粢」，是古代用於祭祀的穀物。

今「齊」可單用，也作偏旁使用。凡從齊取義的字，都與整齊、齊平等義有關。

注意部首字詞

「齊刀」並不是刀名。戰國時齊國的貨幣，狀如刀形，按幣面文字可分三字刀、四字刀和六字刀，首字均為「齊」字。所以「齊刀」是貨幣名。

「齊女」指的也並不是齊國的女人，這詞出自一段故事。晉崔豹《古今注下》下〈問答釋義〉：「牛亨問曰：『蟬名齊女者何？』答曰：『齊王后忿而死，尸變為蟬，登庭樹，嘒唳而鳴。王悔恨，故世名蟬為齊女也。』」所以「齊女」是蟬的別名。

「齊ㄓㄞ斧」即「齋斧」，凡師出必齋戒入廟受斧，以求戰事勝利。「齊斧」就是用於征伐之斧，又名黃鉞斧。

「齊眉」一指齊眉棒，此棒長短與眉齊，大小適宜握棒。但是在唐．李白〈竄夜郎於烏江留別宗十六璟〉有句：「我非東床人，令姊[74] 忝齊眉。」（忝：謙詞。）這個「齊眉」指的是夫婦相敬愛。

「齋」，ㄓㄞ，會意兼形聲字，金文從示從齊省會意，齊也兼表聲，本義是祭祀前潔淨身心，以示虔敬。後來也指信佛的人以素食為齋。「齋」，也用來做房舍的代稱，大多指書店、學舍，如〈世說新語．言語〉：「齋前種一株松。」這是說，房前種著一棵松樹。

「齌」，ㄐㄧˋ，形聲字，從火齊聲，以猛火煮飯。引申為疾、盛。《離騷》：「荃不察餘之中情兮，反信讒而齌怒。」（荃：香草名，此指楚懷王。）詩句的大意是，君主啊，你不能體察我的一片衷情，反而聽信讒言，對我大發雷霆。

「齎」，ㄐㄧ，形聲字，從貝齊聲，本義是把東西送給人，引申為懷抱，〈後漢書．馮衍傳〉：「傷誠善之無辜兮，齎此恨而入冥。」這是說，傷害了誠實善良的無辜之人，以致於懷抱著憾恨而死。另外，「齎」通「資」就是錢財、資用的意思。

「齏」，ㄐㄧ，形聲字，本義是切碎的醬菜或肉等。「齏粉」就是細粉，常比喻粉身碎骨，如《梁書》卷一〈武帝本紀上〉：「而一朝齏粉，孩稚無遺。」

---

74. 〝令〞姊：令，甲骨文是從亼（口朝下的木鐸形，即鈴）從卩（跪人），會向人發出命令之意，本義是上級對下級發出指令，引申出政令之意，再由好的政令引申表示美好、善的意義。古人在稱呼上，一般遵循對自己謙虛、對別人尊重的原則，於是有了家、舍、令等加在稱謂前面的詞。令，引申有美好義，所以〝令姊〞是對別人的家人的尊稱。

|語文點心|形聲字的優勢

形聲字，即由音符與意符組合而成，意符表形，音符表聲。表示新字字義的部分叫形旁，也稱形符、義符、意符；表示新字字音的叫聲旁或聲符。

在甲骨文中，形聲字只占30%，到了東漢《說文解字》裡，9353字中，形聲字將近8000字（超過80%），現代漢字[75] 中，絕大多數的字是形聲字，超過90%。這說明，形聲字是個很有活力、很具創造力的構字方法。

形聲字比起象形字、指事字、會意字的優勢在於，形聲字具有其他三法所缺乏的音義俱全，也就是說，從造字的效率與結果來看，形聲造字，只要確定了義類，再找一個合適的意符，然後再找一個同音的字作聲符，一個新的形聲字於焉誕生了。

75. 漢字數量：在上古時代，特別是先秦時代，漢字的數量要比後代要少得多。許慎的《說文解字》只收了9353個字，其中有許多是僻字，常用字實際上祇有三、四千字。《康熙字典》收了47035個字。漢字增多的原因有三：1.適應社會發展的需要而不斷產生新字。2.各個時代逐漸衰亡的字仍然保存在字典中。3.上古漢字〝兼職〞現象多，後代不斷分化。例如一個〝辟〞字就兼有後代的避、闢、僻、嬖、譬等字的意義。

七、飲食植物

古人云：「國以民為天，民以食為天。」俗話說：「開門七件事，柴米油鹽醬醋茶。」由此可見，飲食確實是中國人生活中的重要內容。飲食本是人們生存的基本需求，古代又強調「天人關係」，不僅在祭祀中有所體現，還表現為中國人強調進食與宇宙節律協調同步。「陰陽五行」的思想，使我們把味道分為「五味」，甚至把為數眾多的穀物納入「五穀」。「中」、「和」的思想也成為烹飪的概念。因此說飲食生活體現了傳統文化的特性。

文字作為承載文化的精義，從創字之初，就已經對民生、民俗的點點滴滴作出詳細的描繪與紀錄，反映出生物百態如何進入人們的口腹，並沉澱著某時某刻的文化底蘊。〈禮記・禮運篇〉寫著：「未有火化，食草木之食、鳥獸之肉，飲其血，茹其毛。……後聖有作，然後修火以利。」文化，於是粲然備焉。

飲食植物的文字，也將為我們開啟一層古老的文化面紗，就讓我們細細品味文字底層煥發的馨香。

① ③ ④ 米

看圖說故事

〈左傳・僖公二十九年〉：「公在會，饋之芻米，禮也。」（芻：餵牲畜的草。）大意是說，當時魯僖公正在參加許國翟泉的會見，贈給他草料、糧食等物，這是合於禮的。這個「米」字，是常見的字。①甲骨文上有六個點兒，就像是米的顆粒狀，中間的一橫有時在甲骨文上是沒有的，可以將它看作是一陣風吹過，表示將米粒與穀殼吹分離的樣子。③小篆將中間兩點上下貫通，於是成了十形與一撇一捺。④楷書寫成「米」。

「米」，ㄇㄧˇ，六劃，象形字，作為部首的稱呼為米部或米字部。

「米」字，中作橫、豎相交，上左點、上右撇、下左撇、下右頓點，四筆都不接橫豎筆，單獨用或當偏旁都是如此，書寫的時候要特別注意。

部首要說話

「米」，甲骨文象一段有米粒的穀穗形，中間一長橫是穗中之梗。〈說文解字・米部〉：「米，粟實也。象禾實之形。」大意是，米，米粟的子實，像禾子實的形狀。所以「米」的本義為脫殼的米粒。穀類去掉了皮、殼後的子實都可以稱作「米」，特指稻米，後來對其他植物的去殼果實也叫做「米」，如小米、大米、粟米、玉米等等。有時也稱小粒又像米的食物為米，如菰米、蝦米、花生米等。如《齊民要術》：「蔣，菰也，其米謂之雕胡。」這是說，蔣，就是菰，它的穀粒就叫作雕胡。

像米的東西，也用「米」來表示。如：蝦米、雞頭米。

米和鹽都是顆粒細小的東西，所以「米」也引申為細小之事的意思。如〈呂氏春秋・察微〉：「夫弩機差以米則不發。」大意是，弩上發箭的機栝只要有像一粒米大小的誤差，箭就發射不出去。

古代貴族衣服上會有點狀繡紋，看來就像米的形狀，這也稱作「米」。〈尚書・益稷〉：「宗彝、藻、火、粉、米、黼黻、絺繡，以五采彰施於五色，作76服。」（絺ㄔ：細的葛布。）大意是，用虎、水草、火、白米、黑白相間的斧形花紋、黑青相間的「己」字花紋繡在下裳上，用五種顏料明顯地做成五種色彩不同的衣服。

「米」，也當姓氏，漢西域有城國米國，後人以國為姓。

今「米」可單用，也作偏旁使用。凡從米取義的字，都與五穀、食物等義有關。

注意部首字詞

一般來說，凡由「米」字所組成的字大都與糧食有關。

「米果」是一種可吃的米食，但是「米罕」卻不是米食，元朝關漢卿〈哭存孝一〉有曲曰：「米罕整斤吞，抹鄰不會騎。」（抹鄰：馬。譯自蒙古語）這是說，吃下整斤的羊肉，卻連馬都不會騎。原來「米罕」指的是羊肉。

「米鹽」，不單單是指米和鹽，這是取其細小狀引申其義。〈韓非子・說難〉：「米鹽博辯，則以為多而交之。」大意是，談話瑣碎詳盡，就被認為是囉嗦而冗長。這個「米鹽」，是比喻瑣碎。

「粗」，ㄘㄨ，形聲字，篆文從米且聲，本義是糙米、粗糧，〈左傳・哀公十三年〉：「粱則無矣，粗則有之。」（粱：好的米粟。）大意是，好的米粟是沒有，不過糙米卻是有的。「粗」從本義引申為粗略、大略的意思，如漢代張衡〈東京賦〉：「故粗為賓言其梗概如此。」事件的粗略，引申到物，就是粗大的意思。「粗」用來形容一個人的性情，就是粗野、粗暴，〈北史・劉藻傳〉：「秦人恃險，率多粗暴。」這是說，秦國人仗勢著地理上的天險，性情大多粗野凶暴。

「麤」、「觕」是「粗」的異體字，音同ㄘㄨ，有時混用乃至誤用。其實「粗」的本義是粗米；「觕」的本義是牛角直的樣子。在古籍中，「粗」的所有義項一般都可以寫作「麤」，而粗米的意義則不可寫作「觕」。

「粟」，ㄙㄨˋ，象形字，甲骨文作，像禾穀及穀粒之形，本義即

76. 作、為：〝作〞的本義是〝站起來〞，因此，當〝作〞用於〝做〞的意義的時候，也常常含有〝興起〞、〝創造〞、〝建立〞的意思。至於〝為〞字，一般指表示〝做〞，有時也表示〝治理〞等，所以跟〝作〞是有區別的。

穀子，也指小米，如〈呂氏春秋．審時〉：「是以得時之禾……其粟圓而薄糠。」指種得適時的粟子，粟粒圓綻而糠皮薄。後泛指穀物、糧食。「粟」，從本義引申為形似粟的顆粒狀物，如〈山海經．南山經〉：「西南流注于赤水，其中多白玉，多丹粟。」這是說，（英水）往西南流入赤水，水中有許多白玉，還有許多細丹沙。

「粟」、「穀」、「禾」、「黍」、「稷」等字看來都是莊稼糧食，到底如何分辨呢？「穀」是莊稼或糧食的總稱，「禾」是穀子，「粟」是穀粒或小米。「禾」與「粟」都可泛指穀物或糧食，這樣就與「穀」成為同義詞。而「黍」是黍子，「稷」是穀子，「黍」與「稷」連用則泛指穀物。

「粹」，ㄘㄨㄟˋ，形聲字，篆文從米卒聲，本義是純淨無雜質的米，引申為不雜、純粹的意思，如〈淮南子．原道〉：「不與物殽，粹之至也。」這是說，不和外物相雜，這是純粹的最高境界。後引申為精美、精粹的意思。純粹的東西具排他與內聚，是「不與物散」的結果，所以「粹」就有聚集義，如〈荀子．正名〉：「凡人之取也，所欲未嘗粹而來也。」這說的是，一般人有所求取，所想的未必都能得到，並不可能同時到來。另外，「粹」通「碎」時，即破碎的意思。

今有「純粹」一詞，表示純正不雜。「純」從糸、「粹」從米，本義不同，怎麼會連成一詞？這是因為，它們的泛指義「不雜」、「精純」是相同的，於是就成了同義詞。

「糧食」一詞，兩字本義也原是不同的。「糧」是古代行路所帶的乾糧，「食」是家居所用糧食，後來「糧食」連用則無別。

「粱」，ㄌㄧㄤˊ，形聲字，篆文從米梁省聲，本義為優秀品種的穀子，脫殼後為小米。另一字「梁」，從木，本義是橋。「粱」、「梁」形似，不可誤將「高粱」作「高梁」，或錯把「橋梁」寫作「橋粱」。

｜語文點心｜關漢卿

關漢卿，大約生於金代末年（約公元1229年—1241年），卒於元成宗大德初年（約公元1300年前後），元代雜劇作家。據各種文獻資料記載，關漢卿編有雜劇67部，現存18部。個別作品是否出自關漢卿手筆，學術界尚有分歧。其中《竇娥冤》、《救風塵》、《望江亭》、《拜月亭》、《魯齋郎》、《單刀會》、《調風月》等，是他的代表作。

關漢卿的雜劇內容具有強烈的現實性和瀰漫著昂揚的戰鬥精神，其生活的時代，正值政治黑暗腐敗，社會動盪不安，仕宦貴族與平民的生活貴賤加劇，在這樣的時代背景下，他的劇作深刻地再現社會現實，挑動著濃郁的時代氣息。劇作既有皇親國戚、豪權勢要葛彪、魯齋郎的凶横殘暴，「動不動挑人眼，剔人骨，剝人皮」的血淋淋現實，又有童養媳竇娥、婢女燕燕的悲劇遭遇，反映生活面十分廣闊；既有對官場黑暗的無情揭露，又熱情摧動了平民百姓的反抗意識。慨慷悲歌，樂觀奮爭，構成關漢卿劇作的基調，後人列為元曲四大家之首，並被譽為「曲聖」。

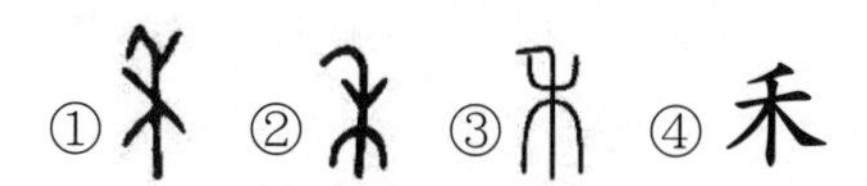

｜看圖說故事｜

唐代李紳〈憫農〉：「鋤禾日當午，汗滴禾下土。誰知盤中飧，粒粒皆辛苦。」這首詩是描寫農事勞動的艱辛，果實得來之不易。詩中的「禾」字，①甲骨文上端是穗子下垂的樣子，中間為葉子，下部是根。②金文就更像是成熟的莊稼了，向左彎垂的穗子看起來是如此沉甸甸的。③小篆也沿用甲骨文、金文的形體。④楷書寫成「禾」。

「禾」，ㄏㄜˊ，五劃，象形字，作為部首稱為禾部或禾字旁。

「禾」字在書寫的時候，中豎筆不起勾，作下偏旁的時候，右點不接中豎，如：秦、稟。

「禾」、「米」、「木」外形接近，要注意分辨。

部首要說話

「禾」，從古文字的造字意圖來看，正是一株完整的穀子形狀，〈說文解字・禾部〉：「禾，嘉谷也。二月始生，八月而熟。得時之中，故謂之禾。」大意是說，禾，美好的穀子。二月開始發芽生長，到八月成熟。得四時中和之氣，所以叫做禾。「禾」，本義就是穀子。〈詩經・豳風・七月〉：「黍稷重穋，禾麻菽麥。」詩的大意是，有黍稷，有早熟晚熟的米糧，還有小米麻籽和豆麥。

「禾」，是史前先民由野生之莠（狗尾草）培育成功的農作物，是中國北方旱作農業區的主要糧食品種，也是殷商時期栽培最廣、產量最大的糧食作物。後來，「禾」也指糧食作物的總稱。杜甫〈兵車行〉：「縱有健婦把鋤犁，禾生隴畝無東西。」大意是，即使有健壯的婦女下田鋤草犁田，田裡莊稼也長不出東西。

在古籍中，有時將「禾」通「和」，表示和同的意思，如〈呂氏春秋・必己〉：「一上一下，以和為量。」（上下：進退。）大意是，時退時進，以順應自然為準則。

在古時候，銘文以禾為年，表示稻禾成熟一輪要一年的時間。

古地名。舊指浙江省嘉興府，即今嘉興縣。宋為嘉禾郡，後升格為嘉興府，簡稱禾。

禾，也是姓氏。例如：宋代有禾實。

由於禾後來用作莊稼的泛稱，穀子之義便另加聲符「𣪊」寫作「穀」來表示。要注意的是，中國大陸將「穀」簡化為「谷」。

禾，今可單用，也作偏旁使用。凡從禾取義的字，多與農作物、穀物等義有關。

注意部首字詞

作為部首，許多與農作物有關的字都從「禾」。

「秉」，ㄅㄧㄥˇ，會意字，甲骨文作，表示手握著一把禾穀，本義是一束禾穀，引申為持、拿著，如〈詩經・鄭風・溱洧〉：「士與女，方秉蕑兮。」（蕑ㄐㄧㄢ：蘭草。）詩的意思是，少男和少女們，手裡正捧著香蘭草啊！「秉」從持著的意義引申為掌管的意思，又引申為保持、堅持的意思，如〈詩經・周誦・清廟〉：「濟濟多士，秉文之德。」這是說，眾多的助祭者多麼整齊，他們秉承著文王的德行。古代容器單位，以十六斛為一秉。另外，「秉」通「柄」時，當權柄講，如〈管子・小匡〉：「治國不失秉。」

「秉鈞」，鈞為衡石，秉鈞猶言持衡，也就是說，國家之輕重皆出其手，誰有那麼大的權柄呢？當然是宰相囉！

「秉」與「持」、「握」、「執」，看來都有「用手握住」的意思，不過，細察之下，仍有差別。

「持」與「握」的本義大致相近，惟「握」是攢著，意義窄，「持」是拿著、握著，意義寬。「秉」是由一束禾穀引申出持、拿著的意義，「執」是由拘捕、捕捉引申出持、拿著的意義，於是才與「秉」、「持」成為同義詞。而在主持、掌握的意義上，四字也相同。

「稼」，本義是禾穀的果實，作為動詞引申為種田、種莊稼，如〈詩經・魏風・伐檀〉：「不稼不穡，胡取禾三百億兮。」（穡ㄙㄜˋ：收割莊稼。）

詩的意思是，你不耕種又不收割，為何要收取三百戶的糧啊！

今有「稼」與「穡」，兩相對舉時，「稼」指種植，「穡」指收割。構成雙音詞「稼穡」時，則泛指農事。

「穫」，ㄏㄨㄛˋ，會意兼形聲字，甲骨文從又（手）持隹（鳥），金文改為從又持萑（貓頭鷹），用意手持鳥或一隻貓頭鷹會捕獲之意，隸變後楷書寫成「穫」，成了從禾從蒦會意，表示收割莊稼，蒦也兼表聲，本義是收割（莊稼）、收穫，〈詩經．豳風．七月〉：「十月穫稻。」這是說，十月收割稻穀。

「穫」與「獲」同音，也都有收割義，使用時易生混亂。其實，「獲」的本義是獵得（禽獸），引申為俘虜敵人。「獲」通「穫」時是指收割（莊稼），如〈荀子．富國〉：「今是土生五穀也，人善治之，則畝數盆，一歲而再獲。」大意是，土地的生長五穀，人們要善於耕種它，一畝就可以收好幾斗，一年就可以收穫兩季。也就是說，「獲」在收割（莊稼）義時通「穫」，而「穫」沒有獵獲、俘獲的意義。今中國大陸將「穫」與「獲」都簡化為「**获**」，使用時要能分辨其義。

「秤」，ㄔㄥˋ，會意兼形聲字，從禾從平會意，平也兼表聲，本義為稱量物體輕重的工具，作為名詞，是指衡量輕重的器具，如秤砣、磅秤。也是古代重量單位，十五斤為一秤。作為動詞，即量輕重，如〈淮南子．泰族〉：「秤薪而爨。」（薪：柴。爨ㄘㄨㄢˋ：燒火煮飯。）比喻只注意小事，不從大處著眼。「秤」從量輕重引申為權衡77，如牛僧孺〈溫佶神道碑〉：「天將秤其德而甘其家。」（甘：用如使動，使……美好。）大意是，上天將權衡他的德行，用來使他的家業美好。

「秤」，讀作ㄆㄧㄥˊ，即「天秤」，是天秤的又稱。

從部首「禾」所組成的字，有些讀音容易念錯，要注意讀法。

「秫」，ㄕㄨˊ，象形字，甲骨文象掐下來的高粱穗形，本義即黏高粱，可以釀酒。〈呂氏春秋．仲冬〉：「乃命大酋，秫稻必齊。」（大酋：酒官之長。稻：糯米稻。齊：純淨。）這意思是，於是命令酒官大酋，釀酒用的黏高粱和糯米要準備純淨、齊全。

「稊」，ㄊㄧˊ，形聲字，從禾弟聲，本義是稗子一類的草，果實像小米。又指楊柳新生的枝葉，如〈周易・大過〉：「九二，枯楊生稊。」這是說，大過卦的第二爻，象徵過盛的陽剛與陰柔結合，就像枯槁的楊樹重生嫩芽。

「稂」，ㄌㄤˊ，形聲字，篆文從艸郎生，異體作稂，從艸從良，本義是一種長穗而不長子實的野禾穀（一說狼尾草），如〈詩經・小雅・大田〉：「既堅且好，不稂不莠。」詩的意思是，已經堅硬、已經成熟，沒有野禾，也沒有狗尾草。「不稂不莠」原指田中沒有野草，後來用以比喻不成材、沒出息。

「稗」，ㄅㄞˋ，形聲兼會意字，篆文從禾卑聲，卑也兼表低次之意，本義即幼禾，即稗子，一種像稻的草，後用以比喻微小的、瑣碎的，如「稗官」，稱負責記載里巷風俗的小官。

｜看圖說故事｜

〈詩經・小雅・楚茨〉：「我黍與與，我稷翼翼。我倉既盈，我庾維

77. 權、衡：權，形聲字，篆文從木雚聲，本義為黃樺木，後借用以表示秤，用以稱物平施，知其輕重。衡，會意兼形聲字，金文從角從大從行會意，表示綁在牛角上以防牛觸人的橫木，後引申為秤物重量的器具。〝權、衡〞二字連詞，最初主要指稱量物體輕重的器具，後來引申喻指權力，更引申為衡量比較義，這個意義為今日〝權衡〞的主要用法。

億。」（與與、翼翼：茂盛貌。庾：露天糧囤。）詩的大意是，我種的黍子茂密，我種的稷子整齊。我的糧食已經堆滿，我的糧囤成億。這個茂盛的「黍」字，①甲骨文的上部是一種植物成熟後穗子分叉斜垂的樣子，中間是莖，左邊的「水」形其實不是水，是表示成熟的穗子脫落之後的穀粒。②金文左邊是脫落的子粒，右邊是「禾」。③小篆將脫落的子粒置於「禾」下。④楷書寫成了「黍」。

「黍」，ㄕㄨˇ，十二劃，象形字，作為部首稱為黍字部。

「黍」字的下部不可寫成「水」，應寫成「氺」。另外，在一字不二捺的原則下，「禾」的末筆要寫成長頓。

部首要說話

「黍」，甲骨文象黍子形，三叉象其散穗下垂如水流。黍與稻形異，所以用散穗表示黍。黍子，去皮殼之後稱為「大黃米」，是商代主要的穀類作物。商代人多飲酒，而「黍」可釀酒，所以在字形上畫散穗之狀時又加上「水」字，表示可以變成「酒」的意思。

「黍」，本義就是「黍米」，是一種黃米。黍米比小米的顆粒略大，其色金黃，成熟之後有一股香味，在西周的時候只有貴族才能常常食用，而平民以小米為飯食——賤者當食稷耳。這種黍米釀成的酒，也是古人常作為祭拜祖先的貢品。〈管子．輕重〉：「黍者，谷之美者也。」（谷：穀。）這是說，黍米，是穀物裡最為美味的食物。

在古籍中，「黍」也是作為「量器」講，「酒器受三升曰黍」，這意思是說，一黍能裝三升的酒。

「黍」也作古代酒器的一種，〈呂氏春秋．權勳〉：「臨戰，司馬子反渴而求飲，豎陽穀操黍酒而進之。」（豎：小使，僮僕。）大意是，戰爭進行中，司馬子反渴了要飲水，僮僕陽穀用斟滿三升酒的酒杯進奉給他。

部首「黍」所組成的字並不多，今「黍」可單用，也作偏旁使用。凡從黍取義的字，都與作物、黏性等義有關。

注意部首字詞

「黍」字易解，但有些連詞要特別注意。

「黍尺」，並不是說用黍子作成的尺。在古代，用黍子一百粒排成一行，取其長度作為一尺的標準，這就叫作「黍尺」。

「黍民」，這是指種黍的人嗎？晉崔豹《古今注》下〈問答釋義〉：「河內人並河而見人馬數千萬，皆如黍米遊動往來，從旦至暮；家人與火燒之，人皆是蚊蚋，馬皆是大蟻。故今人呼蚊蚋曰黍民，名蟻曰玄駒也。」原來「黍民」指的是蚊蚋，「玄駒」就是大螞蟻。

「黍離」，出自〈詩經・王風・黍離〉，詩中描述西周亡後，周大夫過宗廟宮室，已盡為禾黍，徬徨不忍離去。詩云：「彼黍離離，彼稷之實。行邁靡靡，中心如噎。」詩的大意是說，那黍子、那小米的粒兒沉甸甸的，我走起路來腳步邁不開啊，心中苦悶如同哽咽。

「黎」，ㄌㄧˊ，行聲字，篆文從黍（一種黏米）㓞（古利字）省聲，本義為用黏米做的黏鞋子的糨糊，糨糊可沾粘很多東西，借用指⑴眾多的意思，〈詩經・大雅・桑柔〉：「民靡有黎，具禍以燼。」詩的大意是說，百姓已經所剩無幾，全都遭殃成了灰燼。後以「黎民」當百姓講。⑵黑色。〈尚書・禹貢〉：「厥土青黎。」這是指，這土是疏鬆的黑土。⑶「黎明」，指天將亮。〈史記・高祖本紀〉：「黎明，圍宛城三匝。」大意是，黎明時分，把宛城緊緊圍住，圍了好幾圈。

「黏」，形聲字，從黍占聲，本義就是黏合，即黏的東西互相連接或附著在別的物體上，引申為膠性，可以黏合的性質。「黏皮帶骨」指的是什麼呢？明代李東陽《麓堂詩話》：「唐人不言詩法，詩法多出宋，……其高者失之捕風捉影，而卑者坐於黏皮帶骨，至於江西詩派極矣。」原來「黏皮帶骨」是形容詩句拖沓雜亂。

看圖說故事

〈詩經・豳風・七月〉：「七月食瓜，八月斷壺。」這是說，七月吃瓜果，八月摘斷葫蘆。這是個「瓜」字，甲骨文沒有收這個字，②金文就像是一種蔓生的植物長了果實的樣子，中間的大瓜結在蔓上，向左右下方伸展的一筆是瓜鬚的形象。③小篆的果實小了點，但是枝蔓和瓜鬚還是看得清楚。④楷書寫成「瓜」。

「瓜」，ㄍㄨㄚ，五劃，象形字，作為部首的稱呼為瓜字部。

「爪」比「瓜」少了勾點，字形又相似，兩字要分辨清楚。

「瓜」字，中豎勾要寫成一筆，不可寫成兩筆。

部首要說話

「瓜」，金文象藤蔓上結有瓜形。本義就是食用瓜類的總稱，分有蔬瓜與果瓜，蔬瓜是指黃瓜、南瓜、冬瓜等，專作蔬菜食用的瓜。果瓜是指西瓜、甜瓜等。〈禮記・曲禮上〉：「為天子削瓜者，副之，巾以絺。」（副ㄆㄧˋ：古「剖」字，分作四瓣的意思。絺ㄔ：細麻布。）大意是說，為天子削瓜，先削去皮，再切成四瓣，然後覆以細麻巾。

「瓜」，從本義引申為瓜成熟，如〈左傳・莊公八年〉：「齊侯使連稱、管至父戍葵丘。瓜時而往，曰：及瓜而代。」這就是「瓜代」的故事，故事是說，齊侯要管連稱和管至父二人守衛葵丘，等到瓜成熟時就派人接替，這就叫作「及瓜而代」。後因稱任職屆滿，由別人接任為「瓜代」。

「瓜」，也是古時一種武器，長柄，上端是金瓜形的骨朵。《三國演義》一百一十九回：「叱武士將張節亂瓜打死於殿下。」這是說，叱令武士將張節以瓜棒打死在殿前。

瓜，在以前也作地名、州名、鎮名。如，瓜州，古地名，故地在今甘肅省敦煌縣。

瓜，也當姓，在漢代還是個複姓。在《王莽傳》中記有住在臨淮的盜賊，名叫瓜田儀。

如今「瓜」可單用，也作偏旁使用。凡從部首「瓜」取義的字，都與瓜果等義有關。

|語文點心|《三國演義》

中國自古流傳了一句話：「老不讀三國。」這是說老人家不應該讀《三國演義》，因為其中人物善於心計，老人知天命，應該安度晚年，不應每日工於心計。可見《三國演義》深入人心的程度。

元末明初，中國的小說創作進入了一個新的時期，尤其是章回體小說步入日臻完善的階段。第一部流傳最廣、影響最深、成就最高、氣魄最大的章回體古典小說《三國演義》，即《三國志通俗演義》，就是通過生活在這一歷史時期的、傑出的小說大家──羅貫中的椽筆誕生並風行於世的。羅貫中不僅寫下傳世的《三國演義》，他還寫過十七史通俗演義，並曾參與了《水滸傳》的撰寫。

這部古典文學名著，描述了從東漢中平元年（公元18年）的黃巾起義，到西晉武帝司馬炎太康元年（公元280年）統一中國的將近一個世紀中，魏、蜀、吳三國間的政治和軍事鬥爭歷史。他依據陳壽《三國志》提供的歷史線索和歷史人物，博采裴松之對《三國志》補缺、備異、懲妄、論辯，所保存的大量寶貴史料，吸取了西晉至元一千多年來民間傳說的豐富養分，並在此基礎上結合自己參加元末農民起義軍的生活經歷，發揮個人的卓絕藝術才能，縱橫捭闔，巧妙駕馭，形象生動地描述了近一百年中浩瀚繁富的歷史事件，完成了這部75萬字的古典名著。

《三國演義》代表了羅貫中文學上最高的成就，它是中國章回小說的開山作品，也是明清長篇歷史小說中流傳最廣、影響最大、成就最高的一部。

可是，羅貫中本人卻是生不逢時、命運乖舛的文人，尺蠖齋《西晉志傳通俗演義》序文為羅貫中其人其事下了個精準而感傷的註腳：「羅氏生不逢時，才鬱而不得展，始作《水滸傳》以抒其不平之鳴。」

注意部首字詞

由部首「瓜」組成的字大都與瓜果有關。

從「瓜」連成的詞，「瓜分」是比喻像剖瓜一樣分割國土和錢物。用以比喻互相牽連，像瓜蔓和藤葛一般，互相糾纏在一起，無法清理，這就叫做「瓜葛」。

「瓜田李下」，典出古樂府〈君子行〉：「君子防未然，不處嫌疑間。瓜田不納履，李下不正冠。」詩的大意是，人要防患於未然，有嫌疑的地方不要去。就如在瓜田裡不要提著鞋，在李樹下不要整理帽子。於是後世將「瓜李之人」比喻為有嫌疑的人，而「瓜田李下」就是比喻有嫌疑的境地。

「瓜字初分」，語出唐〈李群玉詩集．醉後贈馮姬〉：「桂形淺拂梁家黛，瓜字初分碧玉年。」因為「瓜」字在隸書及南北朝的魏碑體中，可拆成二個八字，二八就是一十六，所以當時人以破瓜表示女子芳齡十六。「瓜字初分」即指十六歲的女子。

「瓞」，ㄉㄧㄝˊ，形聲字，篆文從瓜失聲，本義為小瓜。〈詩經．大雅．緜〉：「緜緜瓜瓞。」大意是，大瓜小瓜綿延不絕。「瓜瓞」即指瓜一代接著一代生長，用來比喻子孫繁衍。

「瓠」，ㄏㄨˋ，形聲字，篆文從瓜夸聲，這是指蔓生植物，葫蘆的一種，〈莊子．逍遙遊〉：「魏王貽我大瓠之種，我樹之成而實五石。」大意是說，魏惠王贈送我一個大葫蘆的種子，我種植它而成長，結出的果實有能容納五石糧食那樣大。「瓠」，在古籍中有時也通「壺」。另有「瓠落」一詞，讀作ㄏㄨㄛˋ，形容大的樣子，〈莊子．逍遙遊〉：「剖之以為瓢，則瓠落無所容。」大意是，把它切開製成瓢，則瓢底大而平淺，不能容納什麼東西。

「瓢」，ㄆㄧㄠˊ，形聲字，篆文 從瓠省，票聲，是剖分葫蘆而成舀水、盛酒的用具，如〈莊子．逍遙遊〉：「剖之以為瓢。」是說，將大葫蘆剖半成為水瓢。

③ ④ 韭

看圖說故事

杜甫〈贈衛八處士〉：「夜雨剪春韭，新炊間黃粱。」詩中寫著，雨夜割來的春韭嫩嫩長長，剛燒好黃粱摻上米飯噴噴香著。這個「韭」字，甲骨文和金文並沒有收入。③小篆底下的一橫表示地面，上部是兩根莖往上叢生的樣子，看起來就像是韭菜類的植物。④楷書寫成「韭」。

「韭」，ㄐㄧㄡˇ，九劃，象形字，作為部首的稱呼是韭字部。

「韭」比「非」多了底下一橫，但「韭」的上部在寫法上不能寫成「非」，

「韭」是兩筆直豎。另外，當作左偏旁的時候，「韭」的末筆要寫成斜挑，如：韱、韯。

部首要說話

「韭」，篆文象地上叢生且細密的韭菜形，本義就是韭菜。韭，石蒜科，是一種多年生草本植物，葉細長，夏季開白色花，可食用。韭菜每割一次，又長一茬，所以《說文解字》說：「一種而久者，故為之韭。」可見「韭」的得名得之於長久之義，因其一年可收三、四次之故。另外，古人把韭、葱、蒜、薑和胡荽並列為「五辛」，也說明這是五種對嗅覺和味覺帶有強烈刺激的蔬菜。

韭，也作某些蔥屬植物的通稱。如：大花韭、多葉韭、卵葉韭、天山韭、矮韭。

詩經裡總共提到四十六種不同的蔬菜，令人驚奇的是，大部分的字並未出現在甲骨文上，只有少數出現在金文，一般認為，在當時存在的成千上萬的卜辭中，這些字的字形還沒有固定下來。也有人認為，上古時這些還是野菜，滿山遍野地長，根本就不需要種植，確實用不著卜卦詢問蒼天（卜是最早的造字行為之一），所以就沒有造這些野菜的字。

〈詩經・豳風・七月〉：「四之日其蚤，獻羔祭韭。」（蚤：通「早」，此指古代一種祭祀儀式。）詩的大意是，二月取冰舉行早祭，獻上羔羊[78]和韭菜。

韭、葱等「五辛」在《說文解字》中說它們是「葷菜」、「臭菜」，這與現今所說的葷（魚、肉）素（蔬菜）的分別是不同的，這是指「五辛」的味道帶有強烈刺激的意思。後來，人們把不用香辛佐料殺腥的菜蔬稱為素菜，需要以佐料掩蓋腥臊之氣的魚、肉稱為葷菜。

由部首「韭」所組成的字不多，但多為罕用字，一般人都較為陌生。今

「韭」字可單用，也可作偏旁使用。凡從韭取義的字，都與細長的韭菜類植物等義有關。

注意部首字詞

由部首「韭」所組成的字不多，但多為罕用字，一般人都較為陌生。

「韰」，ㄒㄧㄝˋ，狹隘的意思。漢代左思〈魏都賦〉：「風俗以韰果為嫿。」（嫿，ㄏㄨㄚˋ，文靜美好。果：通「惈」，勇也。）句中的「韰果」是指心地褊狹而行為果敢。

「韱」，ㄒㄧㄢ，會意兼形聲字，篆文從韭𢦏（ㄐㄧㄢ，表示斬割）聲，𢦏也兼表聲，意謂像纖細可割的韭菜一樣的野生韭菜，就是指山韭，與一般種植的家韭不同的是，山韭根白，葉如燈心苗。通「纖」時，就是指細小、少。

「韲」，ㄐㄧ，本義是切成細末的薑、蒜、韭等，屈原〈九章・惜誦〉：「懲於羹者而吹韲兮，何不變此志也。」（懲：提防。）大意是，一個人一旦被熱菜湯燙過，就應該自知戒慎，以後見了冷韲也要吹一吹，你因直言忠諫而遭遇危難，正應該緘默自保，你為什麼還不改變忠直致禍的志節呢？「韲」，從本義當動詞使用，就是搗碎薑、蒜等的意思。〈世說新語・捷悟〉：「韲臼，受辛也，於字為『辤』。」大意是，「韲臼」是承「受」「辛」辣之物的用具，就字形說是個「辤」字。

78. 羔羊：即小羊。羊在上古時代是美食，也是祭告天神的祭品。除了是飲食的嗜欲，〝羔羊〞一詞也喻指卿大夫品德高潔，而活生生的羔羊又為朝廷官府延聘高士的禮物。羊除了具有〝贄（執）之不鳴，殺之不號，乳必跪而受之〞之類為上位者所歡迎的品質之外，更有一種〝群而不黨〞的品質（見〈詩經・羔羊〉疏）。

輯二

人體與兩性

一、五官面目

〈詩．小雅．何人斯〉：「有靦面目，視人罔極。」這首周之諸侯蘇公諷刺暴公的詩，在結尾處寫下了這樣的一段話：「你有面目可見，給人看到的是邪惡不正。」這真的只是看到了外在的面目嗎？不是的，蘇公看到的是這張面目所顯示出來的邪惡，是心之不正。所以古人說：相由心生。

〈史記．刺客列傳〉寫道：「士為知己者死，女為悅己者容。」五官面目是女性最關心的容貌，男性也莫不以容貌容止的尊賢猥褻為一個人的判準。其實古人造字即從「首」字說明這是胎兒頭顱面對世界新生命之首，從「自」字說明這是面目最為突出的軀體，可見，咀嚼著漢字的「面目」，正是認識自我的開始。

看圖說故事

〈國語．晉語上〉：「防民之口，甚於防川。」這是說，阻止人民進行批評的危害，比堵塞河川引起的水患還要嚴重。說明不讓人民說話，必有大害。這個「口」字，①甲骨文②金文③小篆的形體都差不多，像不像一個人的嘴巴呢？④是楷書的寫法，這就是「口」字，也是「病從口入」的「口」。

「口」，ㄎㄡˇ，三劃，象形字，作為部首的稱呼是口字部。

部首要說話

「口」，甲骨文、金文、小篆大同，皆象張著的人嘴形。〈說文解字．口部〉：「口，人所以言食也。」這是說，口，是人用來說話、飲食的器官。解釋的簡明扼要，甲骨文象張著的人嘴形，本義就是「嘴」，人與動物的嘴巴都叫做「口」，那麼器物的口部呢？〈禮記．投壺〉：「（壺）口徑二寸半。」壺出水的地方不就叫做「壺嘴」！

「口」從「嘴」義引申為人口，表示一個家庭裡有幾張嘴要吃飯，也成為數算人數的計量單位。〈孟子．梁惠王上〉：「百畝之田勿奪其時，數口之家可以無饑矣。」大意是，百畝農田不誤了它的耕作時節，數口之家就能沒有饑荒了。

我們說「禍從口出」，禍不僅從口而出，話語、言談也都從口而出，「口」也作「言論」、「談話」講，〈禮記．表記〉：「口惠而實不至。」大意是，在口頭上許人以好處，卻沒有付諸實踐。那麼話（口才）說的既多又好，就成了「口若懸河」。

「口」，從嘴義又引申出進出的通道，〈史記．淮陰侯列傳〉：「聚兵井陘口。」大意是，聚集兵馬在井陘的出口通道處。

說話和吃東西都是從自己的嘴巴進出，所以在吃和說的方面，「口」就有親口的意思；「口」也可以當做「口頭的」意思，表示和書面文字不同。

很懂得說話，指的就是一個人的「口才」，於是「口」也當口才的意思。

好吃的東西入了口，我們嘗一嘗，如果好吃，就會說這食物很「可口」，所以口味也是「口」的意義之一。

因為「口」是通內外的器官，所以只要是可通內外的事物，也可以用「口」來表示。用來表示容器通外面的部分，就叫作瓶口、缸口。表示進出的通道，就是關口、渡口、門口、洞口。

東西或衣物破裂了，形成了口狀，這表示破裂的地方也可以用「口」來表示。例如：裂口、創口。

通商的碼頭，就像是在岸邊開了一張口，這就叫做港口。

後來的人，也將武器或工具的鋒刃處，形似口的地方也稱作「口」。例如：刀口、剪刀口。

有意思的是，有個中醫術語叫做「寸口」，這是指中醫切脈的部位，大約在手掌後一寸處。

在「九二一大地震」過後，政府對災區民眾緊急發放物資，那些物資又叫做「口糧」，為什麼「糧食」要用「口」這個單位呢？其實吃東西就是用嘴巴，所以家裡有多少人，也叫做「幾口」，「口」也是計算人數的單位。也就是說，「口」可當作量詞。一、計算人數的單位。如：「一家八口」。二、計算牲畜數量的單位。相當於「雙」、「頭」。如：「三口豬」。三、計算器物數量的單位。如：「兩口鍋子」、「一口鋼刀」、「一口枯井」。〈晉書・劉曜載記〉：「獻劍一口。」這是說獻上一把劍，這個「口」當量詞使用，用來計算人、牲畜或具有口徑之器物的單位。

口，也是姓氏之一，明代弘治宣府有個通判名叫口祿。

口，有這麼多解釋，可見得跟我們的關係非常密切，所以從「口」部的字也就非常多。

有個部首字形如口又比口字大——囗，讀作ㄨㄟˊ，這是會意字，表示周圍有界線，口與囗，音義皆不同。

口，如今既可單用也作偏旁使用。凡從口取義的字，皆與口或與口相關的器官等義有關。

｜語文點心｜形聲字形旁的作用

形旁是形聲字的表義部分，一般說來，面對形聲字，如果能夠確定聲旁、形旁（左右結構形聲字以左形右聲為常態），往往就可以對這個字的義意做個大概的理解。

形旁的第一個作用，就是提示字的意義方向、意義類屬。形旁相同的形聲字，字義總是與形旁標示的事物或行為有關。例如從辵的字（小篆寫作辵，由彳與止兩個部件構成），道、途還、送、遇、遁、巡、通、遠，字義與道路、行走有關。例如從宀（房屋）的字，宇、守、宅、安、宣、客、寬、家、寡，字義與房屋、覆蓋有關。

第二個作用是，分清形旁相近的字，則不難區分清楚。例如，「鬧」與「閒」，鬧字從鬥，象兩人大打出手；閒字從門，象月光透進門的縫隙。例如，「示」與「衣」字，其形旁相近（礻、衤），但追溯來源，則不難認清兩字構字的不同。「示」，甲骨文作𠀁，象祭台形，也就是祭台、神主。「衣」，小篆作衣，象帶大襟的上衣形，也就是上衣、衣服。所以「社、祠、祀、祿、祉、祈」等字與祭祀、鬼神、吉凶、禎祥等義有關；「衫、襟、衽、袍、褂、褲」等字就與衣被、穿著等義有關。

｜注意部首字詞｜

口部的字，大致可分為四類：

一、跟口有關的器官：喉、吻（嘴邊）、噣（ㄓㄡˋ，鳥嘴）、喙等。

二、跟口有關的行為：含、嚼、吮、噬、啼、叫等。

三、象聲詞：呱（ㄍㄨ）、啾等。

四、屬於語言方面的事情：命、問、唯（答應）、咨（諮詢）。

從部首「口」組成的字大都一眼就看的出來，但有些字容易被誤為其他的部首字，如：叵、史、右、同、告[79]、命、和、問、咸、咫、哉、唐、員、商、喬、嗇、喪、嗣、嘗、嚮、嚳等字。

「叵」，ㄆㄛˇ，會意字。在甲骨文裡，這是將「可」字反寫，表示與「可」意義相反。今有成語「居心叵測」，是說心存險詐，難以預測。

「司」，ㄙ，會意字，甲骨文從倒匕（匙）從口，會用匙向口中送食之意，本義當是進食，在氏族社會裡，食物共同分配，主持食物分配的人就叫做「司」，故引申指掌管、主持。比喻事情常見叫做「司空見慣」，唐劉禹錫被貶為蘇州刺史，司空李紳設宴款待，命歌妓獻舞勸酒，禹錫感傷即席作詩，有「司空見慣渾閑事，斷盡蘇州刺使腸」的句子。「司空」為古代官職名，不可誤寫為「思空」、「私空」等。

「召」，ㄓㄠˋ，會意兼形聲字，甲骨文作 ，上邊是手持匙表示挹取，下邊為酒樽形，表示召請他人來飲，本義為請來他人（飲酒），即呼喚、招來。後引申特指上對下的呼喚。用作地名或姓氏時，讀作ㄕㄠˋ，如：召南、召先生。另外，用口叫人來為「召」，用手招人來為「招」。〈荀子．勸學篇〉：「登高而招，臂非加長也，而見者遠。」大意是，登到高處招手，胳臂沒有比原來長，可是別人在遠處也能看見。

「吐」，形聲兼會意字，篆文從口土聲，土也兼表土生之意，本義是主動的使東西從嘴裡出來，故引申指具自主能力從口中出物為ㄊㄨˇ，如：吐痰、吐露心聲。非自主能力的從口出物為ㄊㄨˋ，如：吐血、吐出贓款。

「同」與「和」都有和諧一致的意思，但是「和」指通過調節使各方達到真正的、內在的大意是，真正的君子，內心能與人和睦相處，但不盲目苟同，小人則反。

「官」，ㄍㄨㄢ，會意字，甲骨文、金文、篆文皆從宀從𠂤（ㄉㄨㄟ），宀是房屋，𠂤是弓，代表軍隊，意謂駐軍的兵營，本義是臨時駐紮的兵營，引申泛指房舍、館舍[80]，故「官」一般指的是機構和職務，而「吏」指的是人，後世「官員」的意義由「吏」來承擔。秦漢以後，「官」、「吏」都指官吏，區別在於「吏」多指小吏（官），即各級政府機構從事具體工作的辦事人員，有時「吏」也指稱高級官員，但是有條件的，如「封疆大吏」。「官」在後代可以指稱一般官員，但行政職務的意義仍舊沿用，如王安石〈答司馬諫議書〉的「以為侵官、生事」。

「吃」，ㄐㄧˊ，形聲字，篆文從口气聲，本義為說話重複或語句斷續，即說話不流利，結結巴巴，稱「口吃」。讀作ㄑㄧ，「吃吃」，笑聲。「吃」與「喫」（ㄔ）原本是讀音和意義都不同的字，「喫」的本義才是我們現在所說的「吃」。「口吃」、「吃吃」，不應寫作「喫」，而「喫飯」也不寫作「吃飯」。近代以來，「喫」的各義均可寫作「吃」。

「哭」、「啼」、「泣」、「號」（ㄏㄠˊ），都表示哭的意義，但卻有細微差別。「哭」是有聲有淚，「泣」是有淚無聲，「號」是哭而且言，「啼」是痛哭。

「弔唁」一詞，兩字各有所指，「弔」本指哀悼死者，「唁」是慰問生者，界線原本一清二楚，到了後世，「弔」也指慰問生者。

「沽」、「鬻ㄩˋ」、「賣」、「售」四字都有賣的意思，但「沽」除了賣之外還有買的意思。「售」是指東西賣出去，「沽」、「鬻」、「賣」是賣的動作，「售」是賣的結果。

「唯」、「惟」、「維」三字音同但本義不同，「唯」是應答聲，「惟」

79. 告與報、語與誥：告，會意字，金文作，從口從牛，會用牛羊祭祀禱告神靈求福之意，引申泛指說給別人聽。1.〝報〞，一般用於復命，〝告〞，用於告訴。2.在〝告訴〞的意義上，〝告〞與〝語〞是同義詞，但對上就只能用〝告〞，不能用〝語〞。3.〝告〞與〝誥〞同音同義，後來分化了。告上為〝告〞，告下為〝誥〞。

80. 館、舍：〝館〞與〝舍〞是同義詞，都是館驛或客舍。所以〝館舍〞二字可以連用。〈戰國策．趙策二〉：「今奉陽君捐館舍。」（捐：拋棄。捐館舍：婉言指死。）但是，〝舍〞字的其他引申義（停止、廢止、免除、布施）是〝館〞所沒有的。

是思考，「維」是繩子，由於讀音相同，在「只、只有」、「由於、因為」的意義上以及作為語氣詞時，它們是可以通用的。

「問」、「訊」、「詰」三字都有審問的意思，但「問」包含的意義廣，表示一般的詢問，也可以表示審問，如〈詩經．魯頌．泮水〉：「淑問如皋陶，在泮獻囚。」大意是，善於訊問如皋陶，擒送敵囚泮宮前。「訊」多用於審問，「詰」多用於追問。

「喻」、「諭」兩字在古代是通用的，後世逐漸將其分開，「喻」作為比喻的意義，「諭」作為曉諭的意義。

「囊」、「橐」（ㄊㄨㄛˊ）都是盛物的口袋，但是「囊」是有底的口袋，「橐」是無底的口袋，盛物之後兩端束紮起來。二者連用則泛指口袋。

②　③　④牙

看圖說故事

〈韓非子．八說〉：「虎豹必不用其爪牙而與鼷鼠同威。」（鼷鼠：小鼠。）這是說，虎豹如果絕對不用利爪與尖牙，便和小鼠是一樣懦弱的。句中的「牙」字是個象形字，②金文就像上下槽牙互相交錯的樣子。③小篆也是依金文的形體，倒是槽牙咬合得更緊實了。④是楷書的形體。

「牙」，ㄧㄚˊ，四畫，象形字，作為部首的稱呼是牙字部。從部首「牙」組成的字只有一個「掌」字，牙與掌可說是哥倆好。

部首要說話

「牙」，金文象凹凸不平的上下相錯對合的大牙（臼齒）。《說文解字》：「牙，牡齒也。」牡ㄇㄨˇ，有大、壯之義，所以「牙」就是大齒（臼齒）。「牙」的本義就是槽牙，槽牙就是臼齒。〈呂氏春秋・淫辭〉：「問馬齒，圉人曰：『齒十二，牙三十。』」（圉ㄩˇ：養馬的人。齒十二，牙三十：當是「齒十二、牙十八」之誤。）大意是，莊伯問圉人馬的年齡，圉人回答說：「齒十二個，牙有十八個，共三十個。」後來「牙」也泛指牙齒。

「牙」從牙齒義，後來也把象牙以及形狀像牙的稱作「牙」，如南北朝・鮑照〈代淮南王〉：「琉璃作碗牙盤。」這個「牙」指的就是象牙。如唐代杜牧〈阿房宮賦〉：「廊腰縵邊，簷牙高啄。」高高翹起的屋簷看來就像牙齒一般，像要咬啄什麼似地。

形狀像牙齒的東西也可以用「牙」來表示。例如，一、古代鐘架橫木上所刻像牙齒的部分。二、古代雜佩中懸在絲繩上像牙的尖角叫「衝牙」，行走時碰撞佩玉發出清脆的聲音。

牙的功能是以齒牙來咬東西吃，所以引申為「咬」的意思。〈戰國策・秦策三〉：「輕起相牙者，何者？」這是說，那些狗跳起來互相咬，是為什麼呢？

「戈矛若林，牙旗繽紛。」張衡〈文選・東京賦〉這裡的「牙」怎麼在空中飄揚了呢？其實在古代天子或將軍所立於軍營前的大旗，因竿上以象牙為飾，所以稱為「牙旗」。從「牙旗」義，也引申為軍中長官住所稱「牙」，〈晉書・張軌傳〉：「夜有二梟鳴於牙中。」大意是，夜晚時分有兩隻鴟鴞在軍房鳴叫。後來「牙」也指古代官署，日後寫作「衙」81。

草木萌生發芽，這個「芽」即是在「牙」上加「艸」，表示草芽之形如同犬齒之狀，在古籍中即見「牙」通「芽」字，指植物的幼芽。〈齊民要術・種韭〉：「須臾牙生者好。」作為動詞就是發芽，也指事物之萌生，如〈管子·版法〉：「禍乃始牙。」。這是說，災禍從此就要萌生。

古時有種職業是溝通買賣雙方，收取傭金，也就是買賣時居中的介紹人，在今天來講，就是指買賣的經紀人，這種人就叫做「牙」。如：「牙人」、「牙郎」、「牙商」、「牙婆」、「牙行」。

「牙」可單用，也可作偏旁使用。凡從「牙」取義的字皆與牙齒等義有關。

注意部首字詞

從部首「牙」所組成的字非常少，一般僅收「掌」字。但是，「牙」所組成的詞卻非常多，該小心使用。

「問馬齒，圉人曰：『齒十二，牙十八。』」齒跟牙不就是牙齒嗎？怎麼會齒十二顆、牙十八顆？原來「齒」本義是指門牙，「牙」本義指大齒（臼齒），而且「齒」的引申義較「牙」還多。現在，齒跟牙同指牙齒。

古籍中常見「牙郎」一詞，這可不是指牙郎中（牙科大夫），而是指在市場溝通買賣，從買賣兩方居中牟利的人。牙人、牙保、牙儈，均屬此類人物。

「牙床」，一般指齒齦，在古籍中另有所指，元·薩都剌〈薩天錫詩集·題楊妃琇枕〉：「五色相雲隨指轉，牙床端坐楊太真。」詩中的「牙床」是指精美之床。

「牙慧」，典出〈世說新語·文學〉：「殷中軍（浩）云：『康伯未得我牙後慧』。」大意是說，殷浩事後說著：「康伯連我牙縫裡的一點聰明還沒有學到哩！」後人以「拾人牙慧」比喻蹈襲他人的言論或主張。

「掌」，ㄔㄥ，形聲字，篆文本作從木堂聲，隸變後改為從牙尚聲，本義為斜撐著的支柱，斜柱，也作「棖」（ㄔㄥˊ），通「撐」時，當支撐的意思。

① ② ③ ④ 齒

｜看圖說故事｜

〈左傳．僖公五年〉有個故事是說，晉獻公再次向虞國借[82]路進攻虢國。宮之奇勸阻國君不可，並且引用一段比喻：「所謂『輔車相依，脣亡齒寒』者，其虞、虢之謂也。」意思是，俗話說：『面頰和牙床骨是互相依存的；嘴脣缺了，牙齒便受冷寒』，這正是虞國和虢國的關係啊！沒想到虞公不聽，答應了晉國使者借路的要求，晉國滅掉了虢國後，乘機襲擊虞國，並滅亡了它。這就是「脣亡齒寒」的故事。這個「齒」字，①甲骨文像一張張著大口的形象，上下各露出兩顆牙齒，很像布袋戲裡「二齒」的角色，露出了兩顆門牙。②金文將「齒」字複雜化，在其上加個「止」，成了上形下聲的形聲字。③小篆是由金文演變而來的。④楷書寫作「齒」。

「齒」，ㄔˇ，十五劃，形聲字，作為部首的稱呼是齒字部。

｜部首要說話｜

「齒」，甲骨文象口中有門牙形。〈說文解字．齒部〉：「齒，口斷骨也。象口齒之形。」這是說，齒，口中的牙齒。像口中牙齒的形狀。「齒」的本義是門牙，後來泛指牙齒，如〈淮南子．原道〉：「齒堅於舌而先之弊。」

81. 衙門：本作〝牙門〞。在古代，常以猛獸鋒利的牙齒象徵武力，軍營門外常放有猛獸的爪、牙，往後就以木刻的大型獸牙替代，還在營中旗杆頂端裝飾獸牙，懸掛的也是齒形的牙齒。由此，營門就被稱為〝牙門〞了。到了唐代，〝牙門〞漸漸被移到官府，其後也被誤傳為〝衙門〞。宋代之後，〝衙門〞取代了〝牙門〞，成了官府的代稱。

82. 假、借：在上古漢語中表示〝借用〞這個概念的時候，一般只用〝假〞，不用〝借〞。〝假道於虞〞不能說〝借道於虞〞。中古以後，多用〝借〞而少用〝假〞。

大意是，牙齒比起舌頭堅硬，但是最先敗壞的卻是堅硬的牙齒啊！後來又特指象牙。

一個人的成長、年齡，多少與牙齒的生出與數量有關，所以「齒」又可以當年齡來講，〈左傳．文西元年〉：「子上曰：『君之齒未也，而又多愛，黜乃亂也』。」大意是，令尹子上說：「君王的年紀還不算大，而且內寵又多，立了商臣再加以廢黜，就會有禍亂。」

牙齒的生長是按一定的次序長出的，所以「齒」又有「依序排列」的意思。〈左傳．隱公十一年〉：「寡人若朝於薛，不敢與諸任齒。」這是說，寡人如果到薛國朝見，就不敢和任姓諸國並列。

在〈尚書．蔡仲之命〉有段話寫著：「降霍叔於庶人，三年不齒。」，這是什麼意思呢？這其實說的是，把霍叔降為庶人，三年不許錄用。這裡的「齒」是當錄用講。

齒在口中，所以「齒」也可以代表「口」，甚至於代表一個人的言談。有時我們會聽見有人謙虛的答謝會說：「何足掛齒。」這並不是說「何必把腳掛在牙齒上」，這是表示謙虛的用詞，表示不必一直將謝謝兩個字從嘴巴說出來。古籍中常有「齒冷」一詞，原意是牙齒受涼，後來卻作「齒笑」的意思，因為要笑就必須張口，笑的時間久了多了，牙齒就會有「冷」的感覺，後有「令人齒冷」，意思是「令人恥笑」，但是「令人齒冷」不能寫作「令人恥冷」；另有成語「不恥下問」，意思是不以向身分較低微、或是學問較自己淺陋的人求教為羞恥，也不要誤寫成「不齒下問」。

齒形之物也可用「齒」來表示。如：屐齒；梳齒。〈墨子．公孟〉：「孔子博於詩書，察於禮樂，詳於萬物，而曰可以為天子，是數人之齒，而以為富。」大意是，孔子博覽詩書，精於禮樂，對於一切的事理都知道的很詳細。這樣就說他可以做天子，這就像拿了人家的契齒83（債券），就以為自己富有了一般。

名詞的「齒」作為動詞使用，就是嚙、啣的意思。宋代．蘇舜欽〈詣匭疏〉：「自以世受君祿，身齒國命，涵濡惠澤，以長此軀，便欲盡吐肝膽，以封拜奏。」「身齒國命」指的就是身上啣著朝廷命官的職位。

「齒」，今可單用，也作偏旁使用。凡從齒取義的字，都與牙齒等義有關。

注意部首字詞

從部首「齒」所組成的字，大多與牙齒的狀態、年齡有關。如「齒髮」，借指年齡；「齒危髮秀」，是說年高眉秀；「齒豁頭童」，是形容老態；但有「齒劍」一詞，何義？這個詞語出〈漢書卷五十一．枚乘傳．上書重諫吳王〉：「夫舉吳兵以訾於漢，譬猶蠅蚋之附群牛，腐肉之齒利劍，鋒接必無事矣。」這個「齒利劍」是指觸及利劍，後稱被殺或自刎叫作「齒劍」。

「齔」，ㄔㄣˋ，會意字，篆文從齒從匕（ㄏㄨㄚˋ，變化），會牙齒發生變化之意，這是指兒童換牙，引申為年幼的意思。

「齟」，ㄐㄩˇ，形聲字，篆文從齒虘（ㄘㄨㄛˊ）聲，異體省作齟，本義是牙齒不正、不齊。今有「齟齬」一詞，原指牙齒參差，上下不對合。後用以比喻牴觸不合的意思，唐代白居易〈達理詩二首之一〉：「誰能坐自苦？齟齬在其中。」誰會非要與自已為難，在生命裡坎坷跌撞呢？

「齷齪」，ㄨㄛˋ ㄔㄨㄛˋ，一詞原指拘於小節，氣度狹小的意思，後來卻指不乾淨的意思，如宋代陸游〈六月二十五日曉出郊詩〉：「短衣射虎性所樂，不耐齷齪垂車幨。」

83. 契齒：在文字產生之前，古人常常在木頭上刻上記號用以幫助記憶，這種名為〝契刻記事〞的方式有兩種情況：一種是在木頭的邊緣刻上齒痕，即契齒；另一種是在一個平面上刻上各種符號，用來表達一定的意思。〝契刻記事〞後來成了文字產生的來源之一，刻出來的文字（近符號）稱為〝契〞，商代刻在龜甲獸骨上的占卜文字就稱為〝契文〞。

看圖説故事

「目不轉睛」的「目」字是個象形字，是人體上一個很重要的器官，少了它，恐怕就要寸步難行了。①甲骨文看來就是側豎的一隻眼睛，有框、有角，中間是一隻圓形狀的物體，那不就是眼球！②金文就明顯看出是一隻眼睛，橫著的眼睛，真是「一目了然」。③小篆把黑眼球的圓形線拉平，變成了豎目。④楷書就是從小篆上的變化而來的，這是個「目」字。

「目」，ㄇㄨˋ，五畫，象形字。

「目」作為上偏旁時，變形為「罒」，不要寫成「四」，如：罙、眾、睘、睪。

部首要説話

「目」，甲骨文象人的眼睛形，本義就是「人的眼睛」，引申為動詞當「看」、「注視」講。〈左傳・宣公十三年〉：「目於眢井而拯之。」（眢ㄩㄢ井：枯井。）這是說，注意看枯井就可以拯救我。目從本義也引申為動物的眼睛。

「目」，從看的意義，引申為會見，如〈詩經・王風・采葛〉：「一日不見，如三秋兮。」這句耳熟能詳的詩句意思是，一天不見面，就像隔了三年似的。從見面義，又當以眼示意的意思，〈史記・項羽本紀〉：「范增數目項王。」這就是說，范增好幾次用眼神向項羽示意。後又引申為品評、看待的意思。

由於「目」的形象猶如漁網的網眼，所以「網眼」也稱「目」，〈呂氏春秋・用民〉：「壹引其綱，萬目皆張。」（綱：網上的大繩。）大意是說，把漁網的網繩一提，所有的網眼就撐開了，後有成語「綱舉目張」，比喻能執其要領，則細節自能順理而成。

「目」從「網眼」義引申為目錄，後來也當名目、名稱講，〈文心雕龍・章表〉：「章表之目，蓋取諸此也。」這是說，「章」、「表」的名稱，就取之于這種意義。

「目」，也是生物學中分類的階層名稱。如：界、門、綱、目、科、屬、種。

目，今可單用，也作偏旁使用。凡從部首「目」取義的字，都與眼睛或是眼睛的動作等義有關。

｜語文點心｜《文心雕龍》

《文心雕龍》，是古代文學理論著作，劉勰撰。成書於南朝齊和帝中興元、二年（公元501—502）間。它是中國文學理論批評史上第一部有嚴密體系的，可說是「體大而慮周」（章學誠〈文史通義・詩話篇〉）的文學理論專著。魏晉時期，中國的文學理論有了很大的發展，到南北朝，逐漸形成繁榮的局面，文學創作和文學理論批評在其歷史發展中所積累起來的豐富經驗，既為《文心雕龍》的出現準備了條件，也在《文心雕龍》中得到了反映。

《文心雕龍》共10卷，50篇。原分上、下部，各25篇，全書包括四個重要方面。上部，從〈原道〉至〈辨騷〉的5篇，是全書的綱領，其核心則是〈原道〉、〈徵聖〉、〈宗經〉3篇，要求一切要本之於道，稽諸於聖，宗之於經。下部，從〈神思〉到〈物色〉的20篇（〈時序〉不計在內），以「剖情析采」為中心，重點研究有關創作過程中各個方面的問題，是創作論。〈時序〉、〈才略〉、〈知音〉、〈程器〉等4篇，則主要是文學史論和批評鑑賞論，下部的這兩個部分，是全書最主要的精華所在。

綜觀全書，《文心雕龍》可說是中國第一部文學百科全書，國際上也發展出專門研究的學科稱為「文心學」，又稱「龍學」。魯迅認為：「篇章既富，評騭遂生，東則有劉彥和之《文心》，西則有亞里斯多德之《詩學》。解析神質，包舉洪纖，開源發流，為世楷式。」可見《文心雕龍》對文學理論發展史的影響是巨大而深遠的。

｜注意部首字詞｜

在上古的漢語中，「目」字出現的早，大約在文字初創時期就有了。「眼」字晚出。先秦古籍中，「目」用得多；兩漢以後，「眼」字才逐漸多起來。「目」指眼睛，「眼」指眼珠，二者意義有別，後來「眼」的詞意才擴大為眼睛。

〈孟子．公孫丑上〉：「北宮黝之養勇也，不膚橈，不目逃。」（不膚橈ㄋㄠˇ：刺其皮膚也不退卻。）「目逃」是指眼睛受到刺激而轉避。那麼「目笑」並不是說眼睛在笑，而是目視之而輕笑，表示輕視的意思。

至於「目食耳視」，用眼睛吃、用耳朵看，這不就是「顛倒錯亂」了。

凡是由部首「目」所組成的字大都與眼睛或眼睛的動作有關。

「看」，ㄎㄢˋ，會意字，「目」上有手，表示用手遮擋光焰以便看得清楚的樣子，因而本義是遠望。「看」，讀作ㄎㄢ時，是看守的意思。「看」與「視」二字都有「往前看」的意思，但兩字本義稍有不同，「看」引申為一般的看、探視，則與「視」同義了，「視」另有比較、比照的意思，這是「看」所沒有的。另外，「觀」、「望」也都有看的意義，但是差別較明顯。「觀」是仔細看，所以引申出觀察、觀賞的意義；「望」是向遠處看，所以引申出盼望的意義；至於「看」字始見於戰國末期，最初只是探訪的意思。

「觀」與「寺」、「廟」也分有所指，「廟」原指祖廟，「寺」是官署，「觀」是臺榭。兩漢以後，它們的意義有了很大的差別，「廟」是供奉神的一般廟宇，「寺」是供奉佛的佛教建築，而「觀」是供奉仙的道教建築。

「眠」，本義是睡覺，如〈列子．周穆王〉：「其民不食不衣而多眠，五旬一覺。」（覺：睡醒。）大意是說，他的人民不吃不穿而多睡覺，睡了五十天才醒一次。後來特指某些動物在一段時間內像睡眠那樣不食不動，如「冬眠」。

「眠」、「睡」、「寐」、「寢」、「臥」雖然都有睡覺的意思，但在本義上還是有差別的，「寐」是指入睡、睡著；「睡」是指坐著打瞌睡；「眠」只是合著眼睛休息。「寢」指在床上睡覺，或病人躺在床上，「寢」可以是睡著，也可以是沒有睡著。「臥」是靠著几睡覺。

「盰」，ㄍㄢˇ，形聲字，從木干聲，本義為目多露眼白，引申張目之意。梅堯臣〈晚泊觀鬥雞〉：「怒目眥裂盰。」（眥ㄗˋ：眼眶）這是說，（鬥雞）瞪大了眼睛張開了眼眶，「盰」是張開的意思。

「盱」，ㄒㄩ，形聲兼會意字，篆文從目于聲，于也兼表上揚之意，本義就是睜開眼睛看，引申為舉目仰視，「盱衡厲色」，就是橫眉怒目，面色嚴厲。

「省」，ㄒㄧㄥˇ，會意兼形聲字，甲骨文從目從生，會目生陰翳之意，生也兼表聲，本義是視察、察看。又讀ㄕㄥˇ，是減少、儉約的意思。「省」的古字是「眚」（ㄕㄥˇ），「眚」的本義是眼睛上長了膜，引申為「天災」義，在這個意義上，「省」通「眚」，〈公羊傳．莊公二十二年〉：「大省者何？」這是說，大的災難是什麼呢？

「眸」，ㄇㄡˊ，形聲字，篆文從目牟聲，本義是瞳仁、眼珠，不要誤為是眼睛，「眼」與「眸」是有差別的。

部首「目」在上部的字成「罒」，有「眾」ㄓㄨㄥˋ，「睘」ㄑㄩㄥˊ，「睘睘」是孤獨的樣子，通「煢」；「睪」，ㄧˋ，偵查，又讀ㄍㄠ，本義是高的樣子。「瞢」ㄇㄥˊ，是指眼睛看不清楚，引申為昏暗不明。「瞿」ㄐㄩˋ，驚恐，也作謹慎的樣子。「矍」ㄐㄩㄝˊ，驚視的樣子。

「矗」ㄔㄨˋ，會意字，小篆作矗，從三目並疊，會高聳直立之意，本義是高聳直立，引申為齊、齊平。「矗」從部首「目」，因為「直」從部首「目」。

| 看圖說故事 |

「天行健，君子以自強不息」，是說君子應當效法天的剛健不已而自強不息。這個「自」字原本就是個象形字，長在人的臉上，也位居人臉的中間，是個讓人不得不注意的器官。①甲骨文就像一個人的大鼻子，上部為鼻梁，下面是鼻孔，中間的兩橫就是鼻紋。②金文也像鼻子的模樣。③小篆將鼻孔封起來，只略具鼻型與鼻紋。④就是現在楷書的寫法，「自」字。

「自」，ㄗˋ，六劃，象形字，作為部首的稱呼是自字部。

| 部首要說話 |

古時候，「自」和「鼻」的讀音相同，我們怎麼知道的呢？《說文解字》寫著：「自，讀若鼻。」「自」本來是指「鼻子」，但是稱自己的時候，人們總會用手指頭指著自己的鼻子，於是「自」就被借用作為「自己」的意思了。那麼原來當作鼻子的「自」沒有了鼻子的意思之後，古人就在「自」下加個「畀」（ㄅㄧˋ），於是新造了一個代表鼻子的形聲字——鼻。

「自」就是「鼻」的古字，甲骨文象鼻頭形，本義就是「鼻子」，後引申指自己。〈論語・公冶長〉：「吾未見能見其過而內自訟者也。」（訟：責備。）這是說，我還不曾看到能夠發現自己的錯誤而在內心自我檢討的人。「自」從本義引申為親自，〈史記・蕭相國世家〉：「高祖自將。」大意是，漢高祖親自統帥部隊。

「自」從親自義，引申為開始的意思，如〈韓非子・心度〉：「故法者、王之本也，刑者、愛之自也。」大意是說，所以法度是領導天下的基本，刑罰是愛護人民的根源啊！

到了後世，「自」往往被借作介詞來使用，用來引出時間、處所及事物的起點、出發點等，當「從……」講，〈論語・學而〉：「有朋自遠方來。」就是說有朋友從遠方來到這裡的意思。

「自」也作介詞「由於」講，用來引出原因，〈漢書・灌夫傳〉：「侯自我得之，自我捐之，無所恨。」這是說，「侯」這個職位，是由於自己的本事所得，也由於自己的過錯而失去，我沒什麼好怨恨的。

「自」也當姓氏。明代有個人名叫自勖。

雖然「自」原來的鼻子義已經讓「鼻」字來使用，但「自」，既可單用，也作偏旁使用。凡從「自」取義的字皆與鼻子等義有關。

｜語文點心｜《漢書》

《漢書》，繼司馬遷撰寫《史記》之後，班固撰寫了《漢書》。班固之父班彪本身即是一位史學家，曾作《後傳》65篇來續補《史記》。《漢書》就是在《後傳》的基礎上完成的。

《漢書》的體例與《史記》相比，已經發生了變化。《史記》是一部通史，《漢書》則是一部斷代史。《漢書》把《史記》的「本紀」省稱「紀」，「列傳」省稱「傳」，「書」改曰「志」，取消了「世家」，漢代勳臣世家一律編入傳。這些變化，被後來的一些史書沿襲下來。《漢書》包括本紀12篇，表8篇，志10篇，列傳70篇，共100篇，後人劃分為120卷。它的記事始於漢高帝劉邦元年，終於王莽地皇四年。

和帝永元元年，班固隨從車騎將軍竇憲出擊匈奴，參預謀議。後因事入獄，永元四年死在獄中。那時《漢書》還有八表和《天文志》沒有寫成，漢和帝叫班固的妹妹班昭補作，馬續協助班昭作了《天文志》。班昭是「二十四史」中絕無僅有的女作者。

除了著史之外，班固還是一位著名的辭賦家，其中以〈兩都賦〉最為有名；另外，〈詠史詩〉是一篇描寫漢文帝時緹縈救父的敘事詩，為現存早的文人五言詩之一。

注意部首字詞

「自引」，一作自行引退的意思，〈漢書卷六二・司馬遷傳・報任安書〉：「身直為閨閣之臣，寧得自引深臧於巖穴邪！」（閨閣之臣：宦官。閨閣，指宮禁。）大意是，現在我簡直就像宦官一樣，怎麼能自己引退而深藏隱居呢？「自引」，又作自殺義，〈文選・晉・潘安仁（岳）・寡婦賦〉：「感三良之殉秦兮，甘捐[84]生而自引。」這是說，（我，稱寡婦）願意效法子車氏三子從秦穆公而死的德行，甘心自殺來犧牲性命。

「自崖而返」，不能單從字面解為「到了海邊就返回」，此語出自〈莊子・山木〉：「送君者皆自崖而返，君自此遠矣！」大意是，為您送行的人送到海邊就返回了，而您從此也就要愈來愈遠離塵世了。因此，「自崖而返」是作為送行之辭。

「臬」，ㄋㄧㄝˋ，會意字，甲骨文從自（鼻子）從木，「自」是人臉面的中心部位，故用以表示用木頭做的人頭靶子的靶心，本義為箭靶，也是古時測量日影的儀器，後來引申為法度，今有「圭臬」（圭：古代測日影的器具）一詞，不可寫成「規臬」。

「臭」，ㄒㄧㄡˋ，會意字，從犬從自，犬的嗅覺非常靈敏，用來表義為「聞」，後來寫作「嗅」。臭，又讀作ㄔㄡˋ，成為後世常用的「難聞的氣味」義。〈呂氏春秋．遇合〉：「人有大臭者，其親戚兄弟妻妾知識，無能與居者。」（知識：相知相識，即朋友。）大意是說，有個身上有奇臭之人，他的父母兄弟妻妾親朋好友，沒有一個能夠與他住在一起的。

「鯢」，ㄋㄧㄝˋ，形聲字，從危臬聲，本義是不安。「鯢卼ㄨˋ」，動搖不安。〈周易．困〉：「困於葛藟，于鯢卼。」（葛藟：喻流落異鄉。）大意是，我困在異鄉不得歸，心中動搖不安。

｜**看圖說故事**｜

〈孟子．離婁下〉：「西子蒙不潔，則人皆掩鼻而過之。」（西子：越國美女西施，借指美人。）這是說，美人身上染上了髒東西，人們路過就會掩著鼻子趕快離去。這就是個「鼻」字，①甲骨文的上部就是鼻子的形象，下部是一支箭的形象，一支箭怎麼射向鼻子了呢？③小篆下部的「畀」字就是古代的響箭，這是用來做為字義使用的，表示「通上」的意思。④楷書寫成了「鼻」。

---

84. 捐、棄、委：這三字為同義詞，所以產生雙音詞〝委棄〞〝捐棄〞。〝棄〞字比較常用，它表示把自己的東西拋棄了，有〝扔掉〞的意思。〝委〞有〝拋開〞的意思，故引申為〝委託〞。在放棄的意義上，〝捐〞跟〝棄〞沒甚麼差別。

「鼻」，ㄅㄧˊ，十四劃，形聲字，做為部首的稱呼是鼻字部。

書寫「鼻」字時，下部的「丌」不出頭，不要將它連上了「田」字。

部首要說話

「鼻」，原來是「自」的轉注本義字，「自」做為第一人稱代詞之後，就在「自」下加上「畀」，這是古代的響箭，即鳴鏑，在此表示「通上」的意思，於是成了一個新的形聲字「鼻」，用來取代「自」的「鼻子」義。所以「鼻」是上形「自」下聲「畀」的形聲字，本義就是「鼻子」。

「鼻」的本義就是「用鼻子聞」，用作名詞，指的就是鼻子。

鼻子有鼻孔，引申為孔，特別是指能穿東西的孔，如：針鼻。庾信〈七夕賦〉：「針鼻細而穿空。」這是說，針尾穿線的孔細小卻可穿洞。

鼻有鼻梁，鼻梁隆起於整個鼻子，所以也指器物隆起或凸出的部分叫「鼻」，如：劍鼻。〈周禮．考工記．玉人〉：「駔琮七寸，鼻寸有半寸，天子以為權。」大意是，七寸之琮，上有半寸玉鼻，用絲繩穿繫，作為天子的權柄。

另外，鼻從「自」的「自己」義引申為開始的意思，今有「鼻祖」一詞，意思是始祖。〈漢書．揚雄傳〉：「有周氏之嬋嫣兮，或鼻祖於汾隅。」（嬋嫣：相連。）這是說，（我，揚雄）系出周氏親連，始祖可追溯居住在汾隅。

地理學上指陸地突出海面的尖端部分也叫做「鼻」。例如：台灣的南端就有個地名叫做「鵝鑾鼻」。這個「鼻」也稱為「岬」。

由於「鼻」表示了鼻子的意思，聞的意義便另造個「齅」（從鼻從臭會意，臭也兼表聲）來表示，日後俗用「嗅」來表示。

鼻可單用亦作偏旁使用。凡從「鼻」取義的字皆與鼻子等義有關。

注意部首字詞

由部首「鼻」所組成的字並不多，大都與鼻子的狀態有關，常見的僅「鼾」，ㄏㄢ，就是人熟睡時所發出粗重的呼吸聲。

「鼻笑」，這並非是鼻子在笑，這是形容以鼻子來哼笑，表示輕視或嘲笑的表情。宋代朱熹〈朱文公集‧答李誠之書〉：「又其後深詆李趙諸公，誣謗已甚，故讀者往往心非而鼻笑之。」

以下大都為古籍中才見到的字。

「鼽」，ㄑㄧㄡˊ，形聲字，篆文從鼻九聲，本義為感冒所引起的鼻塞，又指氣鬱引起的鼻塞。

「齁」，ㄏㄡ，形聲字，從鼻句（ㄍㄡ）聲，本義是熟睡時粗重的喘息聲，即鼻息聲、鼾聲。

「齅」，ㄒㄧㄡˋ，會意兼形聲字，從鼻從臭，會以鼻就臭味之意，臭也兼表聲，本義即聞味。

「齆」，ㄨㄥˋ，鼻道阻塞。

「齇」，ㄓㄚ，鼻尖及兩側生的紅色疱點，即俗稱的酒糟鼻。

語文點心｜朱熹

朱熹（公元1130—1200），字元晦（一作仲晦），號晦庵，別稱紫陽。南宋哲學家、教育家。

相傳其父朱松曾求人算命。卜者說：「富也只如此，貴也只如此，生個小孩兒，便是孔夫子。」這恐怕是後人附會，但朱熹學成大儒則是事實。建陽近鄰有個南劍州，是道學最初在南方的傳播中心，朱松十分熱衷道學，與當地道學家交往甚密，這種環境對朱熹的一生有著深刻的影響。

朱熹在哲學上發展了二程（顥、頤）關於理氣關係的學說，集理學之大成，建立起客觀唯心主義的理學體系，世稱「程朱學派」。其學認為：理、氣不能相離，「天下未有無理之氣，亦未有無氣之理」。又斷言：「理在先，氣在後」；「有是理便有是氣，但理是本。」強調「天理」和「人欲」的對立，要求人們放棄「私欲」，服從「天理」。

朱熹學說在明清兩代被確立為儒學正宗，並影響至日本等國，如日本德川時代，「朱子學」頗為流行。其博覽和慎思精神，對後世學者影響至深。著有《四書章句集注》、《周易本義》、《詩集傳》、《楚辭集注》，及後人所編纂的《晦庵先生朱文公文集》和《朱子語類》等。

民初馮友蘭曾有一段話評價朱熹：「他的淵博的學識，使他成為著名的學者；他的精深的思想，使他成為第一流哲學家。爾後數百年中，他在中國思想界占統治地位，絕不是偶然的。」壯哉斯言！

①　②　③　④舌

看圖說故事

「舌燦蓮花」，這個「舌」字是人體上重要的器官之一。①甲骨文上部的三點表示嘴巴裡的口水，整個形體像不像伸出來的舌頭呢？②金文也和甲骨文相似，舌根的部分更加形象化。③小篆省去了口水的汁液，突出了舌頭的樣子。④就是楷書的寫法，這是個「舌」字。

「舌」，ㄕㄜˊ，六劃，象形字，作為部首的稱呼是舌字部。

「舌」字在書寫時，上作「干」，不寫作「千」，即第一筆不作一撇。也就是說，「舌」與「𠯑」（ㄍㄨㄚ）字的起筆不同，從「𠯑」（ㄍㄨㄚ）的字有：咶、活、姡、括、栝、刮、聒、筈、話、颳、闊、髺、鴰等，音近ㄍㄨㄚ。

從「舌」（ㄕㄜˊ）部的字有：恬、甜、湉、舔、餂、憩、舐、舍、捨、舒、啥等字，大都與舌頭的動作有關。

｜部首要說話｜

「舌」，甲骨文象張口伸舌有所舔動形，〈說文解字．舌部〉：「舌，在口所以言也，別味也。」大意是，舌頭，在口中用以說話、辨味的器官。「舌」的本義就是「舌頭」。舌頭具有協助咀嚼、吞嚥、發音和辨別食物味道的功能，可以說是人體上重要的器官之一。〈莊子．秋水〉：「公孫龍口呿而不合，舌舉而不下，乃逸而走。」（呿ㄑㄩ：口張開的樣子。）大意是，公孫龍吃驚地張大了嘴巴無法合攏，舌頭高高翹起而不能放下，於是就趕快逃走了。

嘴巴張開的時候，舌頭自然就會舉（抬出）起來，那麼鼓動舌頭的原因，除了吃還有說話，〈莊子．盜跖〉：「不耕而食，不織而衣，搖脣鼓舌，擅是生非。」這裡的「鼓舌」就是賣弄口舌，是形容花言巧語，有貶義。整句話是說，不耕種田地卻吃得不錯，不織布裁衣卻穿戴講究，整天搖脣鼓舌，專門製造是非。

舌，也是個發聲器官，我們說的話要從舌的變化發出來，說話需要「鼓舌」，於是「舌」借指言語，〈論語．顏淵〉：「駟不及舌。」這是說，再快的馬也不及言語流傳的速度。難怪我們要說「君子一言，駟馬難追」（話一說出去，就是用四匹馬拉的車子也追不回來。）可見語言的重要，特別是上位者所說的話，直可以「一言興邦，一言喪邦」。

在夜晚發生火災時，可以看到火勢向上竄的樣子，看起來就像是火伸出舌頭一樣，所以，對舌狀的物體也稱作「舌」，例如：火舌。也就是說，形狀像舌的東西，也可以用舌來表示，例如：鞋舌、鴨舌帽。

古籍中常見「金鈴木舌」一詞，「木舌」是指鈴鐸中的錘，因為形象就如舌，所以「舌」也泛指像舌的東西。〈詩經‧小雅‧大東〉：「維南有箕，載翕其舌。」（翕：收縮。）詩的大意是，南方有箕星，縮起舌頭大口張。

「舌」，今可單用，也作偏旁來使用。凡從「舌」取義的字大都與舌頭、舌頭的功用、言辭等義有關。

注意部首字詞

由部首「舌」字所組成的字並不多，大都與舌頭、舌頭的動作有關。由「舌」所連成的詞，有些要特別注意。

「舌人」是什麼意思？〈國語‧周語〉：「舌人，能達異方之志，象胥之官也。」（象胥：周官名，翻譯官。）大意是，所謂舌人，就是能通達[85]遠方異國的地理民俗，正是象胥之官。「舌人」，就是指古代的翻譯官。

我們常看到「舌根」一詞，是指舌的根部，那麼「舌耕」呢？甚麼樣的人是以舌頭來耕作？這是指舊時學者授徒，是依賴口說謀生，猶如農夫耕田得粟。如元朝張之漢〈西巖集‧為郭迂庵壽詩〉：「舌耕三十載，不救室懸罄。」（懸罄：形容空無所有。罄，同「磬」。）大意是，教授學業三十年，卻無法挽救貧窮的困境。「舌耕」又作形容一個人勤奮讀書的樣子。

「舍」字是部首「舌」特例的字。「舍」是多音多義字，一讀ㄕㄜˋ，象形字，舍與余同源，余是簡易的茅屋形，舍是建築在臺基上的高級房屋形，金文上象構木為屋之形，下象臺基，本義是指客館，泛指房舍。「舍」也作量詞，古代軍隊住宿一夜為「舍」，行軍三十里也叫「一舍」。「退避三舍」原出《國語》，本來是指軍隊退後九十里的意思，後來引申為謙虛而讓步或因害怕而退縮。

「舍」一讀ㄕㄜˇ，放棄、捨棄的意思，也做施捨講，後來造了從手部的「捨」表示捨棄、施捨的意思，但「捨」並沒有「舍」的「發射」義，張衡

〈西京賦〉：「矢不虛舍。」也就是箭不虛發的意思。

其他從部首「舌」字所組成的字都與舌頭、舌頭的動作有關。

「舏」，ㄐㄧㄡˇ，形聲字，從舌ㄐ聲，本義是用舌頭舔取食物。

「舑」，ㄊㄢ，形聲字，從舌冉聲，本義是伸出舌頭。

「舐」，ㄕˋ，會意兼形聲字，篆文從舌從易會意，易也兼表聲，隸變後異體作舐，本義是用舌頭舔物，成語「舐犢情深」，比喻父母對子女的愛心深長。

「舙」，ㄏㄨㄚˋ，會意字，從三片舌頭會意，表示說別人的壞話。古「話」字。

①②③④耳

｜看圖說故事｜

「耳濡目染」中的「耳」與「目」都是人體重要器官之一，也都是很具象的象形字。①甲骨文的「耳」字一開始比較簡略，看起來像是個喇叭的形狀。②金文就很像是「耳」這個器官的形體了，像不像一隻耳朵的形狀呢？③小篆將耳朵的形狀都連起來，反而不像耳了。④楷書就是個「耳」字。

「耳」，ㄦˇ，六畫，象形字，作為部首的稱呼是耳字部。

在書寫時，「耳」如作左偏旁時，下筆橫挑，但不穿豎筆。如：耶、聆、敢、聖等字。

---

85. 通、達：兩字音近義通，但用法有些差別。〝通〞字多指通往、通向；〝達〞字多指達到、到達。因此，〝通西域〞、〝通四夷〞就不能用〝達〞。〝不通〞也不能說是〝不達〞。用作形容詞時，〝通〞字多指接觸面廣，〝達〞字多指胸懷寬廣，因此，〝通人〞不等於〝達人〞。

部首要說話

《老子》：「五音令人耳聾。」是說聲音太多了反而聽[86]不真確認任何一個音，這個「耳」字，甲骨文象一隻耳朵形。《說文解字》：「耳，主聽也。」意思是說，耳朵是用來聽各種聲音的器官，本義就是「耳朵」。

名詞的「耳」當動詞時，就是用耳聽、聽說的意思，〈聊齋志異・驅怪〉：「遠近多耳其名。」是說，他的名聲不論遠近都聽說過了。

「耳」從本義又引申為附在物體兩旁便於提舉之物，如〈周易・鼎〉：「鼎，黃耳金鉉，利貞。」（鉉ㄒㄩㄢˋ：舉鼎的器具，鼎杠。）大意是，（鼎卦的第五爻）象徵除舊布新之時，尊者能像執黃色的鼎耳一樣堅持中道，像握剛強的鼎杠一樣在柔中調以剛強，守持貞正必將有利。

另外，房屋位置在兩旁的，就叫做「耳房」。

「耳」，也是姓氏之一。明代有個人名叫耳元明。

「則四寸耳」，語出〈荀子・勸學〉，這不能說是耳朵有四寸長，「耳」在這裡當語氣詞，相當於是「罷了」、「而已」的意思，所以這句話是說，口與耳之間至多只有四寸的距離罷了。

「耳」也當表示肯定的語氣詞使用，〈史記・刺客列傳〉：「且吾所為者極難耳。」表示這真的是一件艱鉅困難的事情。

如今耳可單用，也作偏旁使用。凡從耳取義的字皆與耳朵等義有關。

注意部首字詞

從部首「耳」字組成的字大都與「耳朵」義有關。

庾信寫〈伯母李氏墓誌銘〉有這樣一句話：「夫人年逾耳順，視聽不衰。」這個「耳順」典出〈論語・為政〉：「六十而耳順。」這是說，一個人到了六十歲，不管聽到什麼話，都能辨別真偽、分清是非。所以後世就把「耳順」作為「六十歲」的代稱，「年逾耳順」就表示過了六十歲。

〈詩經．魯頌．閟官〉：「龍旂承祀，六轡耳耳。」（旂ㄑㄧˊ：旗幟。）「耳耳」是指盛美的樣子。這句詩的意思是，打著蛟龍旗來繼承先輩祭祀，駟馬車六條韁繩在手中柔順輕控。

古籍中有所謂「耳房」，這不是說耳朵的房子，而是指堂屋兩旁的小屋，如人之兩耳，故名。

至於「耳食」也不能說是用耳朵吃東西，耳食其實不能知味，這是用來比喻不加思考，輕信傳聞，猶如今日聽信八卦的意思，所以「耳聞不如目見」，親眼所見，才能令人興起「百聞不如一見」的驚奇。

「聆」，ㄌㄧㄥˊ，形聲兼會意字，篆文從耳令聲，令也兼表聽命之意，本義是細聽，蘇軾〈石鐘山記〉：「得雙石於潭上，扣而聆之。」（扣：敲擊。）大意是，在潭邊找到兩座巖石，用手指敲擊它仔細地聽。

一般認為，「聆」與「聽」，都有聽的意思，但「聽」是指一般的聽，「聆」有細聽的意思。

「聖」，ㄕㄥˋ，會意兼形聲字，甲骨文象人豎起耳朵傾聽之狀，旁邊有口，表示說話，會聽覺靈敏之意，金文人變為壬（人挺立地上），以強調聳耳而聽，本義是聽覺靈敏，引申泛指事事精通，如〈尚書．洪範〉：「聰作謀，睿作聖。」這是說，聽聞廣遠就能善謀，思考通達就能聖明。從本義引申為精通某種技藝、對某門學問有極高成就的人，如稱杜甫為「詩聖」。對於具有最高智慧和道德者，也以「聖」相稱，如〈孟子．萬章下〉：「孔子，聖之時者也。」後來，在封建時代對帝王的尊稱、稱頌與帝王或王朝有關的事物，也叫作「聖」，〈史記．秦始皇本紀〉：「大聖作治，建定法度，顯箸綱

86. 聽與聞：〝聽〞指用耳朵去接受外界的聲音這一行為，如：有婦人哭於墓者而哀，夫子式（軾）而聽之。〝聞〞則側重指聽到了聲音這一結果，如：視而不見，聽而不聞。

紀。」「大聖」即稱頌秦始皇的治功。

今天，中國大陸將「聖」簡化為「圣」，「圣」，ㄎㄨ，會意字，從又（手）從土，表示用手掘地，本義是挖、掘。日後遇簡體字時，要能分辨「聖」、「圣」。

「耷」，ㄉㄚ，會意字，篆文從大從耳會意，本義指大耳朵，耳大視如垂狀，故引申泛指下垂。

「耽」，ㄉㄢ，形聲兼會意字，篆文從耳冘聲，冘也兼表象擔子一樣下垂之意，本義為兩耳大而下垂狀，引申為迷戀、沉溺，〈韓非子．十過〉：「耽于女樂，不顧國政，則亡國之禍也。」（女樂：歌舞妓。古代侍候統治階級的女性樂工及舞者。）這是說，迷戀女樂，不理朝政，就會招致王國的災禍。

「取」，ㄑㄩˇ，會意字，甲骨文從又（手）從耳，會用手抓著一隻耳朵之意，本義是「割取耳朵」，引申為「拿」、「攻下」，〈商君書．去強〉：「興兵而伐必取。」大意是，興兵而攻打，一定能夠攻取下來。「取」字現已編入部首「又」。

「聶」，ㄋㄧㄝˋ，會意字，小篆從三耳，會三耳聚在一起仔細地聽著對方小聲的聲音之意，因為三耳（人）正在切切私語，後來「切切私語」義的「聶」字寫作「囁」，而「聶」最常作為姓氏來使用。

看圖說故事

「而立之年」是指一個人到了三十歲，這個「而」字本是個非常具象的字，但是它的本義卻已經少用了。①甲骨文很形象的表現出來，上部表示下巴，下巴底下會長出什麼東西？你應該猜到了吧！②金文是向下垂的四條線，就像下垂的頰毛之形。③小篆反而看不太出來是兩頰下的毛。④楷書寫成「而」字。

「而」，ㄦˊ，六劃，象形字，作為部首的稱呼是而部。

部首要說話

「而」，甲骨文象頷下有垂鬚形。戴震注《周禮》：「頰側上出者曰之，下垂者曰而。」這是說頰側向上長的叫做「之」，向下垂生的叫做「而」，這說明了「而」的本義是「頰毛」。〈周禮·考工記·梓人〉：「必深其爪，出其目，作其鱗之而。」這是說，（製作守墓神的木雕）要能雕出利爪伸出、怒目突出、鱗甲鬚毛要能栩栩如生。

「而」字「頰毛」的本義今已不用，所用的多是假借義，「而」通「尔」時，作為代詞，「你、你的」。〈左傳·昭公二十年〉：「余之而無罪也。」這是說，我知道你無罪。

「而」當作代名詞之後，它的意義開始增長了，後世的人也將「而」成為連詞來使用，通常在文言文會出現，當成「如果、如」，也當「卻、然而」講，或者當「尚且」講。

「而」當假設連詞「如果」用，〈左傳·襄公三十年〉：「子產而死，誰其嗣之？」這是說，子產如果死了，誰來接替它的職務呢？

「而」字在文言文中大都作連詞用，〈論語·為政〉：「人而無信，不知其可也。」是說一個人如果不講誠信，就不知道還可以做什麼事。這裡的「而」當「如果」講。〈論語·述而〉：「子溫而厲，威而不猛，恭而安。」這裡的「而」當「而且」講。

「而」字也當轉折的「但是」講，〈呂氏春秋·察今〉：「舟已行矣，而劍不行。」這是說，船都已經走了，但是劍沒有走（留了下來）。

〈莊子・逍遙遊〉：「德合一君，而徵一國。」這裡的「而」字通「耐」、又通「能」，因為「而」的古音ㄋㄥˊ通「能」，這句話大意是，道德符合一君之心，能力取信於一國之民。

「而」除了當連詞，「而」也會當助詞來使用。「而」用在句末，相當於「兮」、「罷了」。

用於句首，相當於「豈」、「難道」。

用於形容詞或副詞的語尾，無義。例如，鋌而走險。

「而」也可以當動詞使用，表示至、到。例如：「自南而北」、「自壯而老」。

由於而為借義所使用，鬍鬚之義便另加義符「髟」寫作「髵」來表示，後成從髟從須會意兼形聲87的「鬚」來表示鬍鬚的意義。

如今「而」可單用，也作偏旁使用。凡從部首「而」取義的字，都與頰毛、鬍鬚或鬚狀物等義有關有關。

注意部首字詞

雖然從部首「而」組成的字大都與頰毛、鬍鬚有關，「耑」（ㄉㄨㄢ）字卻是個異數，植物開始萌發叫做「耑」，引申為物的尖端，這也就是「端」的古字。「耑」又讀ㄓㄨㄢ，通「專」，特別的意思，常作信尾結語「耑此」，表示尊重的意思。

「耐」，ㄋㄞˋ，會意兼形聲字，篆文從而（鬍鬚）從彡（象徵毛）會意，而也兼表聲。異體後改彡為寸，「寸」是古代一種刑罰，本義是剔除頰鬚的刑罰，接受刑罰要能忍住，所以引申為禁得起，如〈荀子・仲尼〉：「能耐任之，則慎行此道也。」意思是，能夠擔當得起這項職務，就要謹謹慎慎地去實行。「耐」，也通「能」，當能夠的意思。〈禮記・樂記〉：「故人不耐無樂，樂不耐無形。」大意是，人不能沒有喜樂，而喜樂不能沒有表現。

「耎」，ㄖㄨㄢˇ，會意字，篆文從而從大（成人），會人年老鬚髯飄垂，本義是鬚髯飄垂，引申泛指柔軟、柔弱的意思。〈莊子·胠篋〉：「惴耎之蟲，肖翹之物，莫不失其性。」（惴ㄔㄨㄢˊ耎：小蟲蠕動的樣子。肖翹：細小而能飛的生物。）大意是，地上蠕動的小蟲，空中飛舞的蛾蝶，沒有不喪失了牠們的本性。

「耍」，ㄕㄨㄚˇ，會意字，篆文從而從女，會挑逗戲耍之意，即玩耍，周邦彥〈意難忘·美詠〉有詞：「長顰知有恨，貪耍不成妝。」這闋描寫文人與歌妓交往的詞句，跳脫了表層情欲的描述，直寫文人與歌妓情感交流，將詞人的感官感受，細膩詳盡地描述出來。

「胹」，ㄦˊ，形聲字，從肉而聲，本義是煮熟。

｜語文點心｜周邦彥

周邦彥（公元1057—1121），字美成，自號清真居士，北宋錢塘人。年少時即博覽群書，疏放不羈。因獻〈汴都賦〉，歌頌新法，被神宗重用，由諸生拔擢[88]為太學正，任教太學。哲宗時，被外調出任小官，大為失意。徽宗時再被重用，任音樂機關「大晟府」的最高職位，不久又外放，後病死於南京，年六十六。有詞集《清真詞》（又名《片玉詞》）傳世。

周邦彥是北宋末期重要詞人，其詞多寫男女相思，或歌詠自然景物，並有少量懷古傷今和表現羈旅行役之作。〈浣溪沙〉（樓上青天碧四垂）抒發

87. 會意兼表聲：一般情形，會意字中沒有標音成分，但部分會意字卻同時有這種現象：一個部件，具有表義的意符，同時又兼有標音作用。這類字就是會意字的〝亦聲字〞，一般注記為〝會意兼表聲〞。如〝鬚〞字，從彡從須（義符）會鬍鬚義，〝須〞兼表聲（聲符），〝鬚〞讀作ㄒㄩ。

88. 拔、擢：〝拔〞和〝擢〞是同義詞，其間只有細微的差別。〝擢〞可以專指拔的動作而不涉及拔的結果，所以〝擢而拔之〞不能說成〝拔而擢之〞。〝擢〞也不能表示〝攻取〞或〝占領〞。在〝提拔〞的意義上，〝拔〞往往提拔本來沒有官職的人，〝擢〞往往指提升官職。

惜春心情，境界較為開闊。〈西河．金陵懷古〉慨嘆國家衰亡，格調比較高亢，但此類作品，為數並不多，彭孫《金粟詞話》說得恰如其分：「美成詞如十三女子，玉艷珠鮮，政未可以其軟媚而少之也。」

周詞藝博學多才，精通音律，能自度曲，又因為主管音樂機關，從事審音調律，故其所作，音律嚴整，既講究平仄，嚴守四聲，詞語言工麗，下字度音，皆有法度，成為後世詞家的典範。周詞即格律派大家，主張填詞注重音律諧協，講究詞句工巧典麗，重鍊句。有人甚至以周邦彥在詞中的地位比作詩中的杜甫，清代的常州派詞人更把他的詞奉為準繩，足見顯要。

陳郁在《藏一話腴》以這樣的一句話推崇周邦彥：「美成字號清真，二百年來，以樂府獨步。」誠哉斯言！

② ③ ④ 髟

看圖說故事

潘岳〈秋興賦〉：「斑鬢髟以承弁兮。」這是說，我這中年斑駁的長髮都垂過弁帽了。這個「髟」字，甲骨文未收，②金文就是一個長滿了頭髮的形象，長頭髮像是風吹飄揚的樣子。③小篆的左邊就是「長」字，右邊是個「彡」字，「彡」的本義是「毛飾畫文」。④楷書寫成「髟」。

「髟」，ㄅㄧㄠ，十畫，會意字，作為部首的稱呼是髟部、髟字部。

「髟」，左邊是「長」的變體字「镸」，如：鬢、髮、鬍、鬚等，都寫作「镸」。

部首要説話

「髟」，篆文從長（長髮）從彡（表飄動），會長髮飄垂的樣子。因此，本義就是披垂長髮的樣子。《說文解字》：「髟，長髮猋猋也。」（猋猋ㄅㄧㄠ：疾奔狀。）這是說，猋這個字，表示長髮飄飛，就像獵犬疾速奔走的樣子。

頭髮長就會隨風飄動，從本義可以引申為飄搖飛揚的樣子。

動物的頸上常長有長毛，如馬、牛、犬等，後來也稱作「髟」，這個意義古時讀作ㄆㄧㄠ，馬融〈長笛賦〉有這樣一句：「寒熊振頷，特麚昏髟。」（頷ㄏㄢˋ：下巴。麚ㄐㄧㄚ：牡鹿。昏：視。）這是說，冬天的熊振動下巴，雄鹿回視頸毛。

另外，「髟」又讀ㄕㄢ，是指屋翼。

《通俗文》：「髮垂曰髟。」後來凡是髮、鬚之類，均以「髟」為偏旁。如「髭」（口上鬚）、「髯」（頰毛）、「鬍」（鬚的俗字）、「鬚」（頤下毛）等，都是後起的形聲字。

今「髟」可單用，也作偏旁使用。凡從「髟」取義的字，都與毛髮等義有關。

注意部首字詞

一般來說，凡由「髟」所組成的字大都與毛髮有關。

「髮」，ㄈㄚˇ，形聲字，這是我們最熟悉的字，金文從首犮聲，篆文改為從髟犮聲，本義就是頭髮，〈詩經・小雅・採綠〉：「予髮曲局，薄言歸沐。」（曲局：卷曲。）大意是，我的頭髮卷曲散亂，快快回家去洗頭。另外，「髮」在古時也作長度單位，〈新書・六術〉：「十毫為髮。」十毫才只是一髮，可見毫之細微。今有「毫髮」一詞，用來比喻極少的數量。

現在，中國大陸將「髮」與「發」簡化為「发」字，其實「髮」與「發」兩字本義各不相同，要注意辨認。

由「髟」所組成的字裡，常見的有以下幾字：

「髡」，ㄎㄨㄣ，形聲兼會意字，篆文從髟兀聲，兀也兼表頭髮光禿之意，本義是剃去頭髮，〈左傳・哀公十七年〉：「公自城上見己氏之妻髮美，使髡之，以為呂姜髢。」（髢ㄊㄧˋ：裝襯的假髮。）這是說，衛莊公從城上看到己氏的妻子頭髮很漂亮，派人讓她剪下來，作為自己夫人呂姜的假髮。這個舉動讓你想到了甚麼呢？處罰，沒錯，古時有一種刑罰就是剃光頭髮，〈周禮・秋官・掌戮〉：「髡者使守積。」這個「髡者」就是剃光頭髮的罪犯。還有一種人常年剃光頭髮，就是僧人，於是「髡」也指僧人。

「髣髴」一詞後世寫作「彷彿」，本義即「好像」。屈原〈遠遊〉有句：「時髣髴以遙見兮，精皎皎以往來。」詩的大意是，好像在那山頂雲端，遙遙望見來來往往的精靈，精光閃閃亮如明星。

「髯」，ㄖㄢˇ，會意兼形聲字，從髟從冉（柔軟下垂）會意，冉也兼表聲，本義是指兩頰的鬍鬚，泛指鬍鬚。

「髻」，ㄐㄧˋ，形聲兼會意字，篆文從髟吉聲，吉也兼表凸起之意，本義為挽在頭頂或腦後的頭髮，〈論衡・恢國〉：「周時被髮椎髻，今戴皮弁。」（椎髻：一撮之髻，形狀如椎。皮弁：古冠名。）

「鬆」，ㄙㄨㄥ，形聲字，篆文從髟松聲，本義是頭髮散亂的樣子，引申為物品疏鬆、鬆散，如宋・陸游〈春晚出遊〉之一：「土鬆香草出瑤簪。」

「鬢」，ㄅㄧㄣˋ，形聲兼會意字，篆文從髟賓聲，賓也兼表賓旁之意，即臉邊靠近耳朵的頭髮，賀知章在〈回鄉偶書〉有句耳熟能詳的詩句：「鄉音無改鬢毛衰。」這是說，鄉音沒變，兩鬢的毛髮卻已斑白。

｜語文點心｜陸游

陸游，字務觀，號放翁，越州山陰（今浙江紹興）人，南宋著名愛國詩人。陸游20歲就定下：「上馬擊狂胡，下馬草軍書」的報國壯志。三十歲參加禮部考試，名列第一，因「喜論恢復」而遭投降派秦檜打擊，被除掉了名字。但他毫不消沉，回鄉後仍攻讀兵書，刻苦習武，準備抗金衛國。

中年入蜀抗金，軍事生活豐富了他的文學內容，作品吐露出萬丈光芒，成為傑出詩人。詞作量不如詩篇巨大，但和詩同樣貫穿了愛國主義精神，「氣吞殘虜」。

他一生創作了大量作品。今存詩，將近萬首，題材廣泛，內容豐富。還有詞130首和大量的散文。其中，詩的成就最為顯著。前期多為愛國詩，詩風宏麗、豪邁奔放。後期多為田園詩，風格清麗、平淡自然。他的詩最鮮明的特色是洋溢著強烈的愛國主義精神。他的詞，多數是飄逸婉麗的作品，但也有不少慷慨激昂的作品，充滿悲壯的愛國激情。他的散文成就也很高，被前人推為南宋宗匠。所寫的政論、史記、遊記、序、跋等，大都語言洗練，結構整飭。

作為一位著名的詩人，卻鮮少人知道陸游精通烹飪，還是一位素食主義者。從他的詩詞中，詠吟素食的詩有數十首，詠吟烹飪的更達百首。在《山居食每不肉戲作》的序言中，還記述了「甜羹」的做法，等到宦遊蜀地思念家鄉菜時，也寫下了「十年流落憶南烹」的詩句。陸游之愛國詩人，實在是從愛家鄉所發展出來的思想與情操。

② ③ ④毛

｜看圖說故事｜

〈左傳・僖公十四年〉：「皮之不存，毛將焉附。」這是說，皮都不在了，毛還能依附什麼呢？這個「毛」字在②金文上，就像彎彎曲曲的毛髮之形，③小篆的形體基本上也同於金文，④是楷書的「毛」字，也是從小篆演變而來。

「毛」，ㄇㄠˊ，四畫，象形字，作為部首的稱呼是毛字部。

作為部首字，由「毛」所組成的字大都與毛髮有關。

｜部首要說話｜

「毛」，金文象一撮毛絨絨的絲狀瘦毛形，〈說文解字・毛部〉：「毛，眉髮之屬及獸毛也。」本義就是獸毛，也指人的頭髮、眉毛。〈左傳・僖公二十二年〉：「君子不重傷，不禽二毛。」（二毛：指花白頭髮的老人。）這是說，君子不兩次傷害敵人，不擒捉頭髮花白的敵人。這可以說是古時戰爭的道義。

「毛」從毛髮的本義引申為地表生長的草木，〈列子・湯問〉：「以殘年餘力，曾不能毀山之一毛。」對於土地貧瘠，不長出任何草木之地，今有成語「不毛之地」荒涼貧瘠、不生草木的土地。

「毛」，從草木義也引申為動植物表皮上長出的絲狀物，有個成語是「毛羽未豐」，就是指動物的毛都還沒有長完全，比喻條件尚未成熟，力量不足。

中國的老祖宗[89]在造字的時候非常懂得想像，不論人或是動物，剛出生時皮膚上都會長出細微的毛髮，這就是初生的現象，所以引申出一件事物未經加工的、粗糙的意思，毛樣、毛胚，就是指還沒處理完成的初製品。

「毛」，本來就是細小之物，指細微、細小的意思，〈韓非子・問田〉：「今陽成義渠，明將也，而措於毛伯。」大意是，陽成義渠是一位著名的將軍，可是起初被用作為比屯長還要小的官。

人與野獸的不同，從外在來看，人懂得使用衣服蔽體，而野獸看來就是衣不蔽體啊！所以古人也用「毛」來指野獸，「毛族」就是泛指野獸。

有些地方的方言[90]把「毛」當作憤怒的意思，後來也流傳了下來，例如：他的脾氣暴躁，千萬別惹毛他。

「毛」也有讓人不舒服的感覺，例如：毛手毛腳，表示一個人舉止輕浮，令人討厭。

「毛」，也作為姓氏，中國大陸近代人物毛澤東是也。

〈後漢書・馮衍傳上〉：「飢者毛食。」這不能解作飢餓的人只吃毛髮，這裡的「毛」是「沒」的假借字（因「毛」與「沒」的讀音相似），這句話的原意是：飢餓的人沒有飯吃。

「毛」，有非常多的用法，幾乎「多如牛毛」，大家一定要仔細辨認。

今「毛」字可單用，也作偏旁使用。凡從毛取義的字，都與毛髮等義有關。

---

89. 祖、宗：在漢語中，祖與宗原指不同的意涵，〝祖〞，最初泛指祖先；〝宗〞，是指始祖之後歷代先人的廟，所謂〝宗廟〞是也。後來，也把開始創業的人稱為〝祖〞（如，祖傳），繼承大業的後來人也叫做〝宗〞（如，宗師）。往後，〝祖宗〞連用，指的是祖先了。

90. 方言：方言，即地方語言（簡稱為方言），最簡單的定義就是指一個特定地理區域中某種語言的變體。方言的差異，經常使人們的溝通產生笑話。〈戰國策・秦冊三〉有這樣的記載：「鄭人謂玉未理者璞，周人謂鼠未臘者朴。周人懷朴過鄭賈曰：『欲買朴乎？』鄭賈曰：『欲之。』出其朴，視之，乃鼠也。」大意是，鄭國人稱未曾雕琢的玉叫作〝璞〞，而周人稱未曬乾的鼠肉為〝朴〞（音同璞）。周人帶著朴遇見鄭國商人，問道：「要買朴嗎？」鄭商一聽到買〝璞〞就說：「要啊！」。周人拿出朴來，一看，乃是一隻老鼠。

注意部首字詞

由「毛」所組成的字並不多，但大都與毛髮有關。

「毛血」，是個多義詞。最早出現於⑴〈禮記・郊特牲〉：「毛血，告幽全之物也；告幽全之物者，貴純之道也。」這是甚麼意思呢？這是說，向天作祭拜時，要用牲物的毛血，這是告神以祭牲體內及全身的東西。告神以體內及全身的東西，就要重視其內外皆完好的意思。也就是說，「毛血」是指祝薦所用的犧牲。⑵指鳥獸被擊殺時灑落的毛羽和鮮血。⑶唐代韓愈〈祭十二郎文〉有句：「毛血日益衰，志氣日益微。」這是說，體力一天比一天衰弱，精神一天比一天萎靡。在此，「毛血」是指頭髮和血色，引申為體能狀態。

「毛病」，不就是指缺點，這是沒錯的，但李義山有詩〈雜纂・怕人知〉：「賣馬有毛病。」是說馬有毛病嗎？明朝徐成〈相馬經〉中說：「馬旋毛者，善旋五，惡旋十四，所謂毛病，最為害者也。」這是說，馬毛的形狀和螺旋形的，有好有壞，旋十四圈的就是最壞的毛病，對主人的妨害最大，這是古代相馬的方法和經驗。可見，「毛病」本指馬的毛色、形狀的缺點。其實，「毛病」本專指馬的缺點，後來引申指人或物的缺點，大概起於宋代。

「毫」，ㄏㄠˊ，形聲字，從毛高省聲，本義是長而尖細的毛。後來引申為用來比喻極細微的東西，《老子》的六十四章：「合抱之木，生於毫末。」這是說，足以合抱的大樹，是從細小的萌芽生長起來的。後世，則用「毫」來指毛筆。

「毳」，ㄘㄨㄟˋ，會意字，金文從三毛，會叢生的細毛之意，三毛堆在一起表示細毛多，本義是鳥獸的細毛，通「脆」時當脆弱、不堅固講，〈荀子・議兵〉：「是事小敵毳，則偷可用也。」大意是，這樣的辦法，任務微小，敵人脆弱，還可以暫時利用。「毳」從「脆」的引申義，就是指甘脆的美食。〈史記・刺客列傳〉：「可以旦夕得甘毳以養親。」這是說，還可以早晚買得甘脆的美食來奉養母親。

「氅」，ㄔㄤˇ，形聲字，篆文從毛敞聲，本義是水鳥鶖鳥的羽毛，引申指鳥的羽毛製成的外衣，後泛指罩在衣服外面的長衣。〈世說新語．企羨〉：「嘗見王公乘高輿，被鶴氅裘。」大意是，曾看見王公乘坐著高高的肩輿，身上披著鶴羽製成的毛皮外套。其後，「氅」也通指儀仗中用鳥羽裝飾的旗幡之類。

另有幾個在古籍中會出現的字，要注意其讀法。

「毨」，ㄒㄧㄢˇ，形聲字，從毛先聲，本義為鳥獸羽毛整齊的樣子。

「毦」，ㄦˇ，用鳥羽獸毛製成的裝飾品。

「毯」，ㄊㄢˇ，形聲兼會意字，從毛炎聲，炎也兼表溫暖之意，本義是用作坐具或臥具的厚實有絨毛的成片織品，引申指細軟的毛織品。

「毻」，ㄊㄨㄛˋ，形聲字，從毛惰省聲，指鳥獸換毛。

「氈」，ㄓㄢ，形聲字，篆文從毛亶聲，本義為氈子，用羊毛等物捻製成的像毯子一類的東西。

｜語文點心｜韓愈

韓愈（公元768－824）唐代文學家、哲學家，字退之，河南河陽（今河南孟縣）人。郡望昌黎，世稱韓昌黎，晚年任吏部侍郎，又稱韓吏部，諡號「文」，又稱韓文公。三歲喪父，由兄嫂撫養成人。德宗貞元八年（792）登進士第，任節度推官，其後任監察御史、陽山令等職。憲宗即位，為國子博士。後又曆官至太子右庶子。

韓愈在思想上尊儒排佛，以孔孟道統的繼承者自居。反對六朝以來的形式主義的駢偶文風，大力提倡古文，和柳宗元共同領導了中唐古文運動。韓愈的議論文內容廣博，體裁不拘一格，〈原道〉、〈論佛骨表〉、〈師說〉、〈進學解〉等，立意新穎，觀點鮮明。碑誌文則「隨事賦形，各肖其人」

（〈韓愈志〉），使碑誌這種歷來枯燥無味的文體增輝生色，其中有的作品已成為優秀的傳記文學，如〈柳子厚墓誌銘〉等。〈送孟東野序〉、〈送董邵南序〉等贈序，手法多樣，使贈序發展成為一種富有文學性的實用性的文體。〈答崔立之書〉等書啟，因人陳詞，情真意切。韓文雄奇奔放，汪洋恣肆，「如長江大河，渾浩流轉」（蘇洵〈上歐陽內翰書〉）。其詩採散文辭賦的章法筆調，氣勢雄渾，才力充沛，想像奇特，形成奇崛宏偉的獨特風格。〈山石〉、〈八月十五夜贈張功曹〉等、七律〈左遷藍關示侄孫湘〉、七絕〈早春呈水部張十八助教〉等，均是膾炙人口的名篇。

後人對韓愈評價頗高，尊他為唐宋八大家之首。杜牧把韓文與杜詩並列，稱為「杜詩韓筆」；蘇軾稱他「文起八代之衰」（〈潮洲韓文公廟碑〉）。韓柳宣導的古文運動，開闢了唐以來古文的發展道路。韓詩力求新奇，重氣勢，有獨創之功。韓愈以文為詩，把新的古文語言、章法、技巧引入詩壇，增強了詩的表達功能，擴大了詩的領域。另外，〈祭十二郎文〉被視為中國三大抒情文之一，後世有「讀〈祭十二郎文〉不哭者不慈」之說，足見其至情至性。

看圖說故事

白居易〈琵琶行〉有句大家耳熟能詳的詩：「千呼萬喚始出來，猶抱琵琶半遮面。」詩中說的是，婦人經過了千呼萬喚，才慢慢地從船艙中走出來，抱著琵琶的她，害羞地遮住自己半邊面容。這個「面」字是個象形字。①甲骨文外部是一張臉的輪廓，中間是一隻大眼睛（目），好像在瞪著誰一樣，這張有臉有目的形狀，不就是「面目」。③小篆的臉變得方正起來，裡頭的眼睛上還有一橫，那就是眉毛。④到了楷書，已經成為符號形的文字了，這個字就是「面」。

「面」，ㄇㄧㄢˋ，九劃，象形字。作為部首稱作面部，由部首「面」所組成的字並不多，但都與臉有關係。

部首要說話

「面」，甲骨文象人臉面形，外部為臉的輪廓，臉上最傳神的就是眼睛，所以內畫一目以表示是臉，所以本義就是臉。

人臉只有一個面，總是面對著前方，引申為「面向」，〈列子．湯問〉：「北山愚公者，年且九十，面山而居。」大意是，北山有個叫愚公的人，年紀將近九十歲了，面向兩山居住著。「面」，即面對、面向的意思。「面」從「面向」義又引申為審視，潘岳〈笙賦〉：「審洪纖，面短長。」（纖：細。）

面對一個人最先看到的通常是臉，所以臉變得很重要，很少有人不愛「面子」的，面子、顏面，就成了「面」的第二個意思。司馬遷在記載項羽兵敗正欲渡江時寫到：「縱江東父老憐而王我，我何面目見之。」（王ㄨㄤˋ：當我為王。）這是說項羽自認為已無顏面見江東父老。

面對著人，也就是當面的意思，〈戰國策．齊策〉：「能面刺寡人之過者，受上賞。」這是說，能當面指摘我的過失的，可以得到最大的獎賞。

見到一個人的臉，真的可以知道這人想的是甚麼嗎？俗話說：「人前一張臉，人後一張嘴。」說明了人是有複雜的，所以「面」又引申為「面具」，一個人戴了張面具，當然就不知道他心裡想著什麼了。

一張臉大致是平面的，於是「面」也指物體的外表，例如：地面、平面。「面」也可以指物體的一部分，「面面俱到」就是指各方面都注意到了，通常這種人是很懂得交際、應酬。柳宗元〈小石潭記〉：「四面竹樹環合」這是說，四周圍都由竹林與樹木環抱圍合。

平面可以往外延伸，於是「面」也就有了方向的意義，例如：打仗的時候，我軍從東面前進，「東面」，指的就是東方的意思。

最後，「面」也可以當做量詞，國旗的單位就是「面」，只要是平面的物體，我們就可以用「面」當作量詞。例如：一面鏡子、這面牆。

「面」與「臉」有甚麼關係呢？其實「臉」是後起字，到了中古才產生出來，最初指的是兩頰上方搽胭脂[91]的地方，後來口語才代替了「面」，而「臉」就指整個面部。

「面」，今可單用，也作偏旁使用。凡從面取義的字皆與臉面等義有關。

要注意的是，中國大陸簡化字的時候，將「麵」簡化為「面」。

注意部首字詞

雖說「面」的本義就是「臉」，但是在古代這兩個字各有所指。「面」指面部，就是現在意義的臉。「臉」，是晚出的字，《說文解字》沒有「臉」字，大約是魏晉以後才產生的，最初指的是頰，即目下頰上的部位，也就是婦女搽胭脂的部位，俗語所說的臉蛋兒是也。

「面首」不是指頭和臉，這是指面貌俊美，供婦女玩弄的男子，即古時男妾、男寵，猶如「面似蓮花」。

「靦」，ㄊㄧㄢˇ，會意兼形聲字，篆文從面從見，見也兼表聲，會懷著羞愧的心情見人之意。「靦顏事仇」就是不知羞恥地侍奉仇敵。靦，又讀ㄇㄧㄢˇ，「靦覥」（ㄇㄧㄢˇ ㄊㄧㄢˇ）一詞，是指害羞、慚愧的樣子，也作「靦腆」。〈國語．越語下〉：「余雖靦然而人面哉，吾猶禽獸也。」這是說，我慚愧我的面目生成人的形狀，實際上我還和禽獸是一樣的。

「靨」，ㄧㄝˋ，形聲字，篆文從面厭聲，本義是面頰上的酒窩。漢代班婕妤〈擣素賦〉：「兩靨如點，雙眉如張。」這是寫女子的容貌，面頰上的酒窩有如兩個可愛的小點，一對眉毛彷彿就要飛起來似的。

「靦」、「靨」是部首「面」字中常見的字，其他罕見的字如下：

「**䩉**」，ㄈㄨˇ，面頰。

「靧」，ㄏㄨㄟˋ，形聲字，從面貴聲，本義為洗臉。〈禮記・內則〉：「其間面垢，燂潘請靧。」（燂：燒熱。潘：淘米水。）大意是，這其間父母臉上如有汙沾，應備水請洗，腳髒了也要溫湯請洗。

｜語文點心｜**班昭**

班昭（公元大約35年－100年），是東漢女辭賦家。一名姬，字惠班。扶風安陵（今陝西咸陽）人。班彪女，班固妹。嫁曹世叔，早年守寡。昭博學高才，和帝下詔令其續成。她經常出入宮廷，擔任皇后和妃嬪的教師，號為「曹大家」。每有貢獻異物，常令昭作賦頌。及鄧太后當朝，班昭與聞政事。著有賦、文等16篇。

司馬遷所著的《史記》記事止於漢武帝太初年間，班昭的父親班彪曾作《史記後傳》65篇，續補漢武帝以後所缺的部份。班彪去世後，其兄班固繼承父志，在《史記後傳》的基礎上，著手編寫囊括西漢歷史的史書《漢書》。經過二十餘年的努力，班固完成了《漢書》的主要部份。不料就在他快要完成《前漢書》時，卻因竇憲一案的牽連，死在獄中。《漢書》的編撰因此擱淺，尚有八表和《天文志》未能寫完。

受漢和帝之命，班昭入東觀藏書閣（相當於皇家圖書館），在馬續的協助

---

91. 胭脂：又作〝燕脂〞〝焉支〞〝燕支〞，是面脂和口脂的統稱，是妝粉配套的主要化妝品。胭脂的起源有兩種不同的說法，一說胭脂源自於商紂時期，是燕地婦女採用紅藍花葉汁凝結為汁而成，由燕國所產得名；另一說為原產於中國西北匈奴地區的焉支山，匈奴貴族婦女常以〝閼氏〞（胭脂）裝飾臉面，張騫出西域後，帶回了胭脂，後亦作〝臙脂〞。

下，她補撰了八表，又寫出《天文志》，最終完成了中國第一部斷代史《漢書》，全書分紀、傳、表、志幾類。

班昭著有〈東徵賦〉，但班昭的才華主要表現在她寫的《女誡》中，共有卑弱、夫婦、敬慎、婦行、專心、曲從和叔妹等七章。本是用來教導班家女兒的家教文字，不料京城世家卻爭相傳抄，不久之後便風行各地。

才學出眾的班昭，可謂東漢一位奇女子。當她去世時，當朝的皇太后親自素服舉哀，為她行國葬之禮。班昭，可說是中國第一位女歷史學家，同時也是著名的文學家。

｜看圖説故事｜

〈詩經・邶風・靜女〉：「愛而不見，搔首踟躕。」（愛：通「薆」，隱蔽。踟ㄔˊ躕：走來走去。）這是說，故意躲藏看不見，害我抓著頭皮來回徘徊。詩中的「首」字，①甲骨文是一個突出頭部的形象、第一眼看到的就是眼睛。②金文將原來頭部的形象集中在眼睛、眉毛與初生的三根毛髮。③小篆把眼睛寫成「目」，上部還保留著毛髮。④楷書寫成「首」。

「首」，ㄕㄡˇ，九劃，象形字，作為部首的稱呼是首字部。

書寫「首」字時，首二筆點、撇不接下部橫筆，如：道、導、馗等。

部首要說話

「首」，甲骨文象人頭有髮形，突出了眼睛。這個構字源自於初生胎兒的側視圖，本義就是人頭。〈左傳．襄公十四年〉：「雞鳴而駕，塞井夷灶，唯余馬首是瞻。」這是說，雞叫時就套車，填井平灶，你只看著我的馬頭而行動。後以「馬首是瞻」，用來比喻毫無主見，服從指揮或跟隨他人進退，不敢稍加違背的意思。

「首」，就是頭部，將頭給抬起來就是昂首，低下頭就是俯首，向後轉頭就是回首，自己出來坦白罪行呢？這就是自首，伏罪的意思。如〈漢書．文三王傳〉：「王陽病抵讕，置辭驕嫚，不首主令。」（陽：佯。）「不首」是指不願伏罪的意思。

從頭部義，就泛指事物的頭、前部，如司馬光[92]〈資治通鑑．漢獻帝建安十三年〉：「操軍方連船艦，首尾相接，可燒而走也。」這是說，曹軍正把戰船連在一起，首尾相接，可以用火攻擊敗曹軍。

「首」是人體的最上端，胎兒出生，「首」也是最先露出，所以「首」就有了開始、第一、首要的意義。《老子》第三十八章：「夫禮者，忠信之薄而亂之首。」這是說，所謂禮，是忠信的澆薄，是亂的禍首。

後世就稱文章開始為首章，國家的政治中心就是首都，一年之始就是歲首，群體中的領頭者就是首領、首長、統帥者。〈左傳．召公二十九年〉：「見群龍無首，吉。」大意是，見到群龍沒有首領，吉利。

〈禮記．曲禮上〉：「進劍者左首。」這是什麼意思呢？這是說，遞劍予人時應以劍柄向左。這是方便別人接劍。這裡的「首」，指的是劍柄端的環。

92. 司馬光：一般人對司馬光的認識來自於〝司馬光砸缸〞的兒童故事，或通過閱讀《資治通鑑》來理解司馬光。至於對文字的尊敬、典籍的崇拜，清人葉廷琯在《歐陂漁話》中說：「世間真能讀書者，必能知書之可愛而珍護之。」就舉出司馬光惜書的故事來印證敬惜文字的歷史。

另外，後世也將詩、文、詞、賦等一篇叫一首，也就是當量詞使用。如韓愈〈與于襄陽書〉：「謹獻舊所為文一十八首。」

古時候，「首」也用來表示方向，例如，左首，表示左方的意思。

「首尾」一詞，一般都當前後或始末來講，可是，因為首尾交結在一起，往往表示一種不正當的關係，所以又引申出「勾結」之義。這個詞的用法要特別注意。

今「首」字可單用，也作偏旁使用。凡從首取義的字，都與頭部等義有關。

另外，「首」本是古文「𦣻」，「𦣻」在卜辭多作「頭」講，而「首」多作地名。今「首」通而「𦣻」消亡。

｜語文點心｜《資治通鑑》

《資治通鑑》是中國古代著名歷史學家、政治家司馬光和他的助手劉攽、劉恕、范祖禹、司馬康等人歷時十九年編纂的一部規模空前的編年體通史。

《資治通鑑》主編和主要執筆人司馬光（公元1019－1086），字君實，北宋政治家、史學家，陝州夏縣（今屬山西）人。司馬光自言：「吾無過人者，但生平所為，未嘗有不可對人言者耳。」這部著作，作為歷代帝王的必修參考書，在民主年代可以做研究帝王思想的依據，也是商人和軍事家以及一切領導者不得不潛心修習的好材料。

司馬光《資治通鑑》書名的由來，就是宋神宗認為該書「鑑於往事，有資於治道」，而欽賜此名的。由此可見，《資治通鑑》的得名，既是史家治史以資證自覺意識增強的表現，也是封建帝王利用史學為政治服務自覺意識增強的表現。

《資治通鑑》自成書以來，歷代帝王將相、文人騷客、各界要人爭讀不止。點評批註《資治通鑑》的帝王、賢臣、鴻儒及現代的政治家、思想家、學者不勝枚舉、數不勝數。對《資治通鑑》的稱譽，除《史記》之外，幾乎沒有任何一部史著可與《資治通鑑》媲美。已逝世的著名人權鬥士，作家柏楊即著有《柏楊版資治通鑑》。

注意部首字詞

「首尾」一詞是個多義詞，⑴一般都當前後或始末來講。⑵由首尾相連引申為接應的意思，如〈後漢書．皇甫規傳〉：「願假臣兩營三郡，屯列作食之兵五千，出其不意，與護羌校尉趙冲共同首尾。」⑶首尾作忽前忽後，就有猶豫、遲疑不決的意思。⑷因為首尾交結在一起，往往表示一種不正當的關係，所以又引申出「勾結」之義。〈水滸傳〉第五一回：「你們都和他有首尾，卻放他自在。」

「首鼠」，出自〈史記．武安侯傳〉：「武安已罷朝，出止車門，召韓御史大夫載，怒曰：『與長儒共一老禿翁，何為首鼠兩端？』」這句話的大意是，田蚡要坐車離宮，在宮門口看見韓安國正在前面走，就叫他上車同行，並起埋怨他說：「長儒啊！你應當同我一起對付那個禿翁（指竇嬰，譏辱他沒有官職），為什麼疑慮不決，畏畏縮縮的呢？」這個「首鼠」就是指遲疑不定的意思。後世即以「首鼠兩端」表示進一步、退一步，又要顧這頭、又要顧那頭，用來比喻一個人疑慮不決、沒有主見、畏畏縮縮。

從部首「首」所組成的字非常少，僅馗、馘、䭫三字，前兩字是常見的字，後一字是罕見字。

「馗」，ㄎㄨㄟˊ，會意字，篆文從九從首（頭所朝向），會九達（多向通達）的道路之意，本義是四通八達的大道，王粲〈從軍詩〉之五：「女士滿莊馗。」大意是，男男女女熙熙攘攘，大道上車水馬龍，真是一派熱鬧景象。後用作「鍾馗」93，借指傳說中能驅鬼食鬼之神。

「馘」，ㄍㄨㄛˊ，會意兼形聲字，金文從戈割耳形，戈也兼表聲，篆文改為從耳或聲，異體改為從首，這是指古代戰爭中以割取敵方戰死者的左耳來記功之意，本義為俘虜。〈詩經・大雅・皇矣〉：「執訊連連，攸馘安安。」（訊：俘虜。）詩的大意是，捉拿活俘接連不斷，割下敵屍左耳從容不迫。「馘」，又讀作ㄒㄩˋ，就是指臉。〈莊子・列禦寇〉：「夫處窮閭厄巷，困窘織屨，槁項黃馘者，商之所短也。」大意是說，住在窮困狹巷，貧苦地靠織鞋而生，搞得面黃肌瘦，這點我可比不上你。

「𩠙」，ㄑㄧˇ，通「稽」，「𩠙首」，就是古代一種拜禮。

看圖說故事

①甲骨文突出的是這個人的頭部，中間有眼睛，頭上還長著頭髮，好像是往後向上看的形狀，下部是一個人跪著的形象。②金文的人身已經看不清楚，但是頭部還是很明顯。③小篆下部的人身成了兩隻腳，上部的頭還是看得出來。④楷書寫成「頁」字，也就是頭部的意思。

「頁」，ㄒㄧㄝˊ，九畫，象形字。作為部首的「頁」字，有時是左偏旁，有時是右偏旁。

首，也是頭部的意思，字形正好與「頁」字上下顛倒。

部首要說話

「頁」，本義就是人的頭部。《說文解字》：「頁，頭也。從百，從儿。

古人䭫首如此。首者䭫首字也。」李孝定《甲骨文字集釋》：「古文頁𦣻首當為一字，頁象頭及身，𦣻但象頭，首象頭及其上髮小異耳。」這樣說來，頁、𦣻、首本來就是同一字，本義都指頭部，𦣻是首的省體，今首行，而𦣻罕用。而「頁」部的本義已基本上不用，反而都用作偏旁構字，由它所表示的頭臉的意義，大致反映在諸多「頁」部字中。

作為「頁」，ㄒㄧㄝˊ，本義不用之後，「頁」（ㄧㄝˋ）被賦予假借義，大都作為計算紙張數量的單位，成了日常生活上的量詞，是指書冊的一張，這個意義也通「葉」。如：冊頁、活頁。

「頁」，也指書籍[94]、雜誌、報紙、信件或類似物件的一張紙。如：撕下其中的一頁。

今，「頁」的讀音都作ㄧㄝˋ。由於頁作了偏旁並借為量詞，頭的意義便又另加聲符「豆」寫作「頭」來表示。雖然如此，「頁」既可單用又作偏旁使用，凡從部首「頁」取義的字，都還是與頭部、思慮等義有關。

｜注意部首字詞｜

「項」，ㄒㄧㄤˋ，形聲兼會意字，篆文從頁（人頭）工聲，工也象徵頸項之意，本義是脖子的後部，後泛指脖子，如張衡〈西京賦〉：「修額短項。」引申指冠的後部。在〈詩經・小雅・節南山〉有：「駕彼四牡，四牡項

93. 鍾馗：傳說唐玄宗患病時，曾晝夢一名鍾馗的大鬼捉住小鬼並啖之。玄宗夢醒後病癒，便召人畫其像。民間遂在門首貼鍾馗像，用以驅鬼避邪。一說乃〝終葵〞（齊人以為椎擊）之訛。〝終葵〞是〝椎〞（今作槌）的方音緩讀。椎為古人逐鬼時敲擊用的法器。〝終葵〞（槌擊義）因其能避邪，後取為人名，進而附會為食鬼之神。然鍾馗者真有其人，唐朝德宗年間，有個叫鍾馗的舉子，長得豹頭虎額，鐵面環眼，臉上長滿鬍鬚，外貌醜怪，可才華出衆，武藝超群。

94. 書、籍：在書籍的意義上，〝書〞和〝籍〞是同義詞。但是，〝書〞偏重指書上的文字和內容，〝籍〞偏重指簿冊。因此，〝讀書〞就不能說是〝讀籍〞。

領。」這是說，駕著那四匹大公馬，四匹公馬脖頸肥大喲！這個「項」當大、肥大講。另外，事物的條目也使用「項」字，如：項目。

「頸」、「領」、「項」三字都是部首「頁」部組成的字，也都有脖子的意思，但三字的字義有所差別。「頸」、「領」都是脖子的通稱，但「頸」又特指脖子的前部，所以「刎頸」不能說是「刎領」。「項」是脖子的後部，所以「項背相望」的「項」就不能由「領」、「頸」代替。

「顏」，ㄧㄢˊ，形聲字，篆文從頁彥聲，本義為兩眉之間，俗稱印堂。⑴本義是額、額頭，〈呂氏春秋・遇合〉：「陳有惡人焉……椎顙廣顏。」這是說，陳國有個面貌醜陋的人……額頂削尖、臉面寬潤。⑵從本義引申為面容、臉色，如杜甫〈茅屋為秋風所破歌〉有名句：「安得廣廈千萬間，大庇天下寒士俱歡顏。」⑶由臉色引申為色彩、顏色，如李白〈古風〉之十二：「松柏本孤直，難為桃李顏。」詩的大意是，松樹和柏樹本來就是孤獨的挺立在冬寒季節裡，怎樣也不會成為像桃李一樣的美麗顏彩。今有成語「五顏六色」，形容色彩繁多。⑷古時人家堂上或門上的匾95額亦稱「顏」。

「顏」常與「色」連成「顏色」一詞，一般當色彩講。「顏」的本義是額，「色」的本義是臉色，二者本來是不相同的。因為「顏」的引申義與「色」的本義同，所以成語有「察顏觀色」。「色」的景色、女色義，這是「顏」所不具備的，要仔細地辨別。

頂，ㄉㄧㄥˇ，會意兼形聲字，篆文從頁從丁（頭釘）會意，丁也兼表聲，本義即人頭的最上端曰「頂」，以頭承載，所以有支撐、承擔的意思。「頂老」語出《水滸》，是歌舞女子的別稱。

「頃」，會意字，篆文從匕（歪頭，不正的意思）從頁，會人頭傾斜之意，讀作ㄑㄧㄥ，這個意義後來寫作「傾」。讀作ㄑㄧㄥˇ時，是作為量詞，也表示時間短暫，與「久」相對，如〈莊子・秋水〉：「夫不為頃久推移，不以多少進退者，此東海之大樂也。」這是說，大海不會因為時間的長短而發生變化，也不會因為旱澇而有所漲落，這大概是生活在大海中的快樂吧！〈禮記・祭禮〉：「故君子頃不而弗敢忘孝也。」大意是，有知識的人即便是走半步一步路，都不敢忘記孝道。句中的「頃」讀作ㄎㄨㄟˇ，通「跬」（半步，一舉足的距離），連跨兩足曰「步」。

「須」，ㄒㄩ，象形字，甲骨文 象人臉上長鬍鬚形，本義就是臉上長了鬍鬚，為「鬚」的本字，後來假借為必須、應當講。《紅樓夢》第一回有：「我堂堂須眉。」這不可解為「我的漂亮的鬍鬚和眼眉」，古時男子以須稠眉秀為美，後以「須眉」作為男子的代稱。「磨礪以須」，是說磨利刀劍，以待時機，「須」是等待的意思，不可寫作需要的「需」。

「頒」，ㄅㄢ，當發布講，這是最常的用法。頒，又讀ㄈㄣ，〈詩經・小雅・魚藻〉：「魚在在藻，有頒其首。」這裡的「頒」是頭大的樣子，魚依水草，猶如人依明王，後人就以「頒首」表示對為官者清明不擾民的美稱。

「頓」，ㄉㄨㄣˋ，會意兼形聲字，篆文從頁（頭）從屯（表滯留），會叩頭到地面而止之意，本義是古代一種禮節，以頭扣地、停一下即抬起。又讀ㄉㄨˊ，漢初匈奴單于有個太子叫做「冒頓」（ㄇㄛˋ ㄉㄨˊ）。

以上都是「頁」字部常見的字，至於古籍中出現的字有以下幾字。

「頇」，ㄏㄢ，形聲字，從頁干聲，本義為沒有頭髮，現在口語表示粗大，一般以「顢ㄇㄢˊ頇」一詞出現，一指臉大的樣子，又用以形容不明事理，糊裡糊塗。

「頎」，ㄑㄧˊ，形聲字，從頁斤聲，本義為頭俊美，後來主要用於表示（身體）修長的樣子，見〈詩經・衛風・碩人〉：「碩人其頎。」這是說，美人身材是那樣的修長。

「頡」，ㄒㄧㄝˊ，會意兼形聲字，篆文從頁從吉（表挺起），會頸項挺

95. 匾：會意兼形聲字，從匸從扁會意，本義為薄，其後引申指匾額，即掛在門堂上或牆上的題字橫牌。匾的作用，其一是作為名稱或身分標記，如〝某某府〞、〝進士第〞等。其二是頌揚功績，如岳王廟的〝還我河山〞。其三是作為警示或自律，如官衙的〝明鏡高懸〞、商家酒樓上的〝太白遺風〞等。

直之意，引申指鳥飛向上，一般以「頡頏ㄏㄤˊ」一詞出現，是形容鳥飛上飛下的樣子。另讀ㄐㄧㄝˊ，減扣掉除意。

「顓」，ㄓㄨㄢ，形聲字，篆文從頁耑（ㄉㄨㄢ）聲本義為拘謹、老實的樣子，引申指蒙昧無知。又，傳說中上古的帝王就叫做「顓頊ㄒㄩˋ」。

二、手舞足蹈

〈詩經・邶風・擊鼓〉：「執子之手，『與子偕老。』」這是說，握住你的手：「願意和你白頭偕老。」手，作為接納的意符，是人與人之間表達信任的象徵。〈呂氏春秋・察傳〉也有這樣一句話：「若夔者一而足矣。」夔，相傳為舜時的樂官之長。這句話是說，只要夔一人也就足夠了。這個「足」字，表示人體膝蓋至腳的部分，是千里之行始於足下的人體的兩腳，其後竟也引申作為足夠、充足的意義，說明了一個人有足才能立於地，才有能力走出去，是一雙足帶領人們來到山海四野，開拓了眼睛的視野，激盪著腦海裡的意識，等到人們感到足夠了，於是領著完滿的身心回到每個人的原鄉。

〈詩經・周南・關雎・序〉：「永歌之不足，不知手之舞之，足之蹈之也。」這是說語言無法充分表達的部分，一個人自然而然就以手足舞蹈詮釋之。手舞足蹈的肢體語言，既象形又指事，則不能不說是文字的延伸了。

看圖說故事

「柳暗花明又一村」，這個「又」字原本跟「手」有關。①甲骨文就像是一隻右手，象左上方與右下方伸展的筆劃表示手指頭，向右下方伸展的是手臂。②金文就更像是一隻右手的樣子了。③小篆也是三個指頭向左的一隻右手。④是楷書的寫法，「又」字。

「又」，一ㄡ丶，二劃，象形字，作為部首的稱呼是又字部。

部首要說話

「又」，甲骨文象右手形，本義是右手。〈說文解字．又部〉：「又，手也。象形。三指者，手之列多不過三也。」這是說，又，就是右手的意思。「三」，指的是多數，表示以三代五（指）的意思。鄒曉麗釋「又」認為，「又」的本義是幫助，後來當幫助講的「右」寫成「佑」，「右」才成為右邊的「右」。

後人造了「左右」的「右」字之後，「又」字就當副詞「再」、「更」講，表示重複或繼續的意思，唐代白居易〈賦得古草原送別〉：「野火燒不盡，春風吹又生。」

「又」，從繼續義引申為「更進一層」，如〈左傳．僖公二十四年〉：「尤而效之，罪又甚焉。」（尤：明知錯誤。）這說的是，明知錯誤而去效法，罪就更大了。

「又」從「更進一層」義引申為整數之外再加零數的意思，辛棄疾〈美芹十論〉：「蓋歷二十又三年。」

「又」也當連詞使用，用來接平列的詞，〈詩經．豳風．破斧〉：「既破我斧，又缺我斨。」（斨ㄑㄧㄤ：方孔斧子。）詩的大意是，破壞了我的斧頭，又使我的斧子缺了口。

在《詩經》中，「又」字常常作「有」字的假借字用，如〈詩經．周頌．臣工〉：「維暮之春，亦又何求？」這是說，現在已經是暮春，還有什麼事要籌畫的嗎？

「又」，在古籍中通「宥」，寬恕的意思，如〈禮記．王制〉：「王三又，然後制刑。」大意是，君王給予三宥，寬減其罪，最後才裁定其刑罰。

在〈小屯殷墟文字乙編〉五四〇八：「我伐馬方，帝受我又。」（馬方：地名。）大意是，攻伐馬方，上帝授給我們福佑。這個「又」通「佑」，即保佑的意思。

在數學語言上，「又」字也可以當成表示數目的附加，例如：二又三分之一。

由於「又」後來專用作虛詞，右手之義便借「右」（佑助）來表示。

又，如今可單用，也可作偏旁使用。從右取義的字皆與手的動作、行為等義有關。

｜注意部首字詞｜

〈左傳．昭公三年〉有這樣一段話：「（齊公孫竈卒）晏子曰：『惜也！……二惠競爽猶可，又若一個焉，姜其危哉！』。」（二惠：指公孫竈、公孫蠆ㄔㄞ丶，皆為齊襄公孫。）大意是，晏子說：「可惜啊！……惠公的兩個子孫剛強明白，還可以維持姜氏，又喪失了一個，姜氏恐怕危險呀！」後世就以「又弱一个」作為悼念老一輩人去世之詞。

「友」，ㄧㄡˇ，會意字，從二「又」（右手），表交友之意，本義即朋友，後引申為親近、友好的意思，如〈聊齋誌異．素秋〉：「由是友愛如胞。」（胞：指同胞兄弟。）

「友」與「朋」常連用成「朋友」，它們細微的差別在於同門為「朋」、同志為「友」。

「叉」，ㄔㄚ，象形字，本義是交錯，「叉牙」一詞並不是說牙齒交錯，這是指缺齒。

「及」，ㄐㄧˊ，會意字，甲骨文作，從又從人，前有一人在跑（逃），後面的人追上去伸手抓住，表示追趕上、逮住的意思，本義是追及。「及」義大都為動詞，但是當連詞使用時，「及」就是「和、與」的意思，〈詩經．豳風．七月〉：「七月亨葵及菽。」（亨：烹。葵：一種水菜。菽：豆子。）大意是，七月就要烹煮水菜與豆子。

「反」，ㄈㄢˇ，會意字，左邊是厂、右邊是又（手），表示用手攀援山厓而上之意，所以本義是「攀」，「反」就是「扳」的古字，是「援引」「攀登」的意思，引申為「翻轉」，由「翻轉」義才有「相反」的引申義，作為相對於「正」。

「取」，ㄑㄩˇ，會意字，從又從耳，表示捕獲到野獸或戰俘時割下左耳的意思，上古殺敵多少，軍功大小，根據的是割取敵人左耳的數量，古文字字形表達了這樣的意思。「取」，右邊的「又」是手割下的動作，不要誤作「耳」部。

「叔」，ㄕㄨˊ，會意字，甲骨文中作左邊的箭頭下繫有繩索，向右彎的是一張弓，本義為拾取，後來假借為伯叔的「叔」，即伯、仲、叔、季，排行第三，父親的弟弟後來也稱作「叔」。

「叟」，ㄙㄡˇ，甲骨文作，從又（手）持火在宀（房屋）中，會在室內搜索之意，本義即搜索，是「搜」的本字。火在古代是神聖之物，要由族中德高望重的長輩掌管，這種人自然是老者，故引申尊稱年老的男子。〈說文解字．又部〉：「叟，老也。從又，從灾。」所釋當為引申義。〈孟子．梁惠王上〉：「王曰：『叟，不遠千里而來，亦將有以利吾國乎？』。」大意是，梁惠王說：「老人家，您不辭千里勞累而來，將會把利益帶給我們吧！」今有成語「童叟無欺」，表示對待小孩和老人的態度一樣，不會欺瞞。「叟」字在書寫時要注意，上部為「臼」中一豎，不作「臼」中一豎，如：嫂、瘦、搜、艘、廋等字。

｜語文點心｜《聊齋誌異》

《聊齋誌異》，又稱《聊齋》，俗名《鬼狐傳》，是中國清代著名小說家蒲松齡的著作，在文學史上，它是中國文學一部著名短篇小說集。全書共491篇，內容十分廣泛，多談狐、魔、鬼、妖，以此來概括當時的社會關係，反映了17世紀中國的社會面貌。內容大致可分成四大部份：一、懷著對現實社會的憤懣情緒，以揭露、嘲諷貪官汙吏、惡霸豪紳貪婪狠毒的嘴臉。二、諷刺科舉，勾畫出考官昏庸貪婪面目與考場之中的營私舞弊。三、歌誦、描繪堅貞、純潔的愛情及底層婦女、窮書生等。四、藉以闡釋倫理道德的寓言故事。

《聊齋誌異》完成於清康熙十九年（公元1680年）；在蒲松齡生前多以抄本流傳，到乾隆三十一年（1766年）第一次由趙起杲在浙江嚴州刻印。

紀曉嵐稱蒲松齡：「才子之筆，莫逮萬一。」魯迅評論《聊齋誌異》寫道：「《聊齋誌異》雖亦如當時同類之書，不外記神仙狐鬼精魅故事，然描寫委曲，敘次井然，用傳奇法，而以志怪。變幻之狀，如在目前；又或易調該弦，別敘崎人異行，出於幻滅，頓入人間；偶敘瑣聞，亦多簡潔，故讀者耳目，為之一新。……明末志怪群書，大抵簡略，又多荒誕不情；《聊齋誌異》獨於詳盡之處，示以平常，使花妖狐魅，多是人情，和易可親，忘為異類，而又偶見鶻突，知復非人。」可見，《聊齋誌異》無愧於享有「短篇小說之王」的美譽。

看圖說故事

〈詩經・邶風・擊鼓〉：「執子之手，與子偕老。」意思是，握住你的手，願和你白頭偕老。這個「手」字，是人體上的一個器官，一眼就可以看得到。②金文的形象有點像柔軟的嫩草，但它是五根手指頭伸展出來的樣子，上部就是五個指頭，下部是手腕（臂）。③小篆也很像一隻手的形象。④就是現在楷書的寫法，「手」字。

「手」，ㄕㄡˇ，四劃，象形字，作為部首的稱呼是手部與提手旁。

「手」部在字的左半邊，就成了「扌」，一般稱為提手旁，如：打、技、指。

「扌」與「牜」形似，「牜」是牛的偏旁字，如：牲、物。兩個偏旁字不要搞混了，「扌」是一豎鉤，「牜」是一豎。

部首要說話

「手」，金文象五指伸開的手掌形，本義即為手掌，是人體上肢腕以下能拿東西的部位，「手」，幾乎可以說是一個人最常使用到的器官，日常生活上，可說是無「手」不為。「手」從本義引申指手臂的總稱。例如，「伸手」，是說伸出整隻手臂的意思。

名詞的「手」，當動詞的時候，就是指與手有關的行為動作。〈公羊傳．莊公十三年〉：「曹子手劍而從之。」這是說，曹子手拿著寶劍而跟隨他。

「手」從「執」義引申為「用手打擊」之義，〈漢書．司馬相如傳上〉：「手熊羆。」（羆ㄆㄧˊ：大熊。）這就是說，以赤手空拳將熊羆打死的意思。

「手」作副詞使用時，就是親手的意思，〈後漢書．董卓上〉：「伍孚忿卓凶毒，志手刃之。」大意是，（越齊校衛）汝南人伍孚痛恨董卓凶狠毒辣，決心親手殺了他。

我們說一個槍法非常好的人是「神槍手」，「手」也是擅長某項技藝的意思，〈宋書．黃回傳〉：「回募江西楚人，得快射手八百。」這是說，黃回募集江西楚人，募到射箭的好手八百人。「手」從擅長某種技藝的人，就引申為技能、本領的意義。例如：在運動方面，他真有一手。

如果指一個人「眼高手低」、「心狠手辣」，這裡的「手」是作法的意思。

「手」也當形容詞來使用。「手書」、「手抄」，是指親自的意思。形容與手有關的，就如「手諭」、「手書」、「手抄」。

另外，「手」也用來形容小巧的、便於手頭攜帶或使用的。如：手摺、手冊。

「手」也做量詞使用，多用於技能、本領。例如：他露了兩手絕招、這一手草書好極了。

另外，「手」在古籍中有時通「首」，這指的是首級。例如〈左傳．襄公二十五年〉：「授手於我，用敢獻功。」

如今「手」可單用，也作偏旁使用。凡從部首「手」取義的字，大多與手的動作、手臂、技能等義有關。

注意部首字詞

手部的字，除了極少數名詞（如：手、指、拳、掌、技等）外，以及極少數形容詞（如：拙）外，絕大多數都是動詞，表示與手有關的動作。

從「手」組成的詞在古籍中有非常多，這也表示人們使用「手」來做許多事情，這些詞的含意稍不注意就會搞混，要小心使用。

「手刺」是古代下官要拜見高官時，親手寫的介紹自己的名帖（片）。

「手板」就是笏，這是古代官吏上朝或謁見上司時所執，備記事用。

《官場現形記》[96]．第二十六回：「說來連這點手面都沒有，面子上落不下去。」句中的「手面」是指排場、場面的意思。

---

96. 官場現形記：晚清李寶嘉的《官場現形記》一書，是由多個故事環繞而成，揭露了官場蠅營狗苟、排擠傾軋的醜惡現實。《官場現形記》與吳趼人的《二十年目睹之怪現狀》、劉鶚的《老殘遊記》、曾樸的《孽海花》四部小說，都以譴責、諷刺、揭露晚清社會弊病著稱，合稱〞四大譴責小說〞。

下圍棋時，每下一子曰「一手」，用以布陣、籌謀、攻擊，兩軍對壘猶如兩人以黑白子對談，所以「手談」就是指「下圍棋」。

「托」，本義是用手或物承著，引申作襯托。從襯托義又引申為寄託、依靠的義思，如元稹〈鶯鶯傳〉：「旅寓惶駭，不知所托。」這是說，一路上的路途住宿都受到兵亂，驚惶駭怕，不知道可以依靠誰人。「托」，後又作假託、藉口的意思。

「托」與「託」兩字的用法今人常混用，其實，「托」字是中古以後才產生出來的字，本是「託」的通俗寫法，不過，當「托」有了自己特定的意義後，表示用手掌承著東西（如：托缽），以及引申義「襯托」，這兩個意義都不能寫作「託」。

「丑」字本是個象形字，金文作 ，像留有長指甲的一隻手形，郭沫若認為，「丑」字「實象爪之形」。「丑」字的本義消失之後，被借用作為地支名，即地支的第二位。其後又造個手部的「扭」，表示擰的意思。

「才」是個「手」部，本義是「才能」，當副詞使用就是「剛剛、僅僅」的意思。在古籍中通「裁」，當「裁決」義，〈戰國策．趙策一〉：「今有城市之邑七十，願拜內之宇王，唯王才用。」（內：古「納」字。唯：語氣詞，表希望語氣。）

「承」也是從「手」部，會意字。甲骨文作 ，上部是面朝左半跪著的一個人，人的下面是兩隻大手，也就是兩手向上「捧著」的意思，引申為接受、承受，成語「奉天承運」是表示天子承受天命而統治全國，一般作為皇帝詔書開首常用的詞語。

「拜」，會意字，金文的形體是左為手，右為頁（頭），表示舉手至頭為「拜」。小篆的形體化為兩手之形，合掌為拜。所以「拜」的本義是恭敬的禮節，引申為拜見、謁見，王充〈論衡．知實〉：「孔子時其亡也而往拜之。」大意是，孔子等到他不在家的時候便前往拜見他。〈詩經．召南．甘棠〉：「勿翦勿拜，召伯所說。」（說ㄩㄝˋ：喜歡。）這裡的「拜」通「拔」，拔掉。整句話是說，茂盛濃密的杜梨樹，不要剪它，不要拔除它，這是召公所喜歡的樹啊！

「招」與「召」，二者的本義不同，「招」是以手示意人來，「召」是用口呼喚人來；但是在招引、招致的意義上，二字通用，例如：召（招）來禍患。

「秉」、「持」、「執」、「握」，本義大致相同，細微的區別是，「握」是「攢著」，意義窄；「持」是「拿著」、「握著」，意義寬；「秉」是由一束禾穀引申出手持、握著的意義；「執」是由拘捕、捕捉引申出手持、握著的意義，於是與「持」、「握」成為同意詞。在主持、掌握的意義上，四者相同。

「按」與「抑」都有向下壓的意思，只是「抑」的程度較重，且常用於壓抑、抑制等抽象意義，「按摩」就不用「抑」，「抑強扶弱」就不用「按」。

「振」與「震」都有「動」的意義，但「振」的本義是振動，「震」的本義是雷震；凡是自身震顫的作「震」，如：地震。由外物使之震動的寫作「振」，如：振衣。

「捨」是「舍」的後起字，「舍」字的「捨棄、施捨」義，後來用「捨」字。「舍」的「房舍」、「三十里為一舍」等義，不能用「捨」字。

今有「施捨」一詞，意思是把財物送給窮人或出家人。「施」、「捨」二字，原本是個意義相關而又相反的詞。「捨」如上義，本義是免，側重的是放棄自己應得的利益、權利等。「施」，會意形聲字，篆文從㫃（ㄧㄢˇ，代表旗幟）從也（蛇），會旗像蛇一樣飄動之意，後引申指給予，側重在將事或物推行、給予別人。「捨」從放棄屬於自己的事物，引申出讓別人（不指定是誰）得到，「施」是將自己的事物給予人（指定人），到了東漢以後，「施」、「捨」二字的意義逐漸一致，表示把財物送給窮人或僧侶。

「搏」（ㄅㄛˊ）與「摶」（ㄊㄨㄢˊ）兩字形似，「搏」的本義是對打、搏鬥；「摶」是「捏物成團」，引申為聚集。「摶」又讀ㄓㄨㄢˋ，把東西捲緊叫做「摶」；「摶」又讀ㄓㄨㄢ，專一、集中的意思。

①　②　③　④寸

｜看圖說故事｜

〈孟子．告子下〉：「方寸之木，可使高於岑樓。」這是說，一寸厚的木塊放置在高處，也可以使它高過尖角的高樓。這個「寸」字，①甲骨文的上部是隻手（又）的形狀，下部有個短橫，這是個指示符號，表示這是在手掌下面一點的地方。②金文大致與甲骨文相似。③小篆把字形美化，用來方便書寫。④楷書寫成了「寸」字。

「寸」，ㄘㄨㄣˋ，三劃，指事字，作為部首的稱呼是寸部、寸字旁。

「寸」字裡的一點若改為一撇就成了「才」字，兩字大不同，特別是在有「寸」的字裡，不可寫成「才」，如：射、尊。

｜部首要說話｜

「寸」，《說文解字》在解釋這個「寸」字時說：「寸，十分也，人手卻（退）一寸動脈謂之寸口。」大意是說，一寸就是十分，正如自人的手掌向後退一寸有個動脈的地方，這就叫做「寸口」。因此，「寸」的本義就是指人手掌下的「寸口」。

這個「寸口」也是中醫診脈的部位，是手腕上經脈穴位的名稱，中醫在問診的時候，就在「寸口」把脈，這也就是「望聞問切」的「切」。

既然一寸就是十分，所以「寸」也作為測量長度的單位。古人把手腕到臂彎之間的距離當作一尺，從手掌邊緣到寸口之間的距離恰好是一尺的十分之一，所以十寸為一尺。

這樣看來，「寸」的距離是很短的，所以也引申為「短小」的意義，唐朝詩人孟郊〈遊子吟〉，詩裡就有句：「誰言寸草心，報得三春暉。」這個「寸草」，就是比喻子女微小的心意。這句詩的大意是說，誰能說像小草的那點孝心，可報答春暉般的慈母恩惠？

時間恰巧，古時也用「寸」來表示，例如：他來的真寸。這講的是真湊巧的意思。

「寸」，也是中國姓氏之一。明代有個人就叫作寸居敬。

如今「寸」既可單用，也作偏旁使用。凡從部首「寸」取義的字，大都與手、手的動作、尺寸標準等義有關。

｜語文點心｜孟郊

孟郊（公元751—814），字東野，湖州武康（今浙江德清）人，早年隱居河南嵩山，四十多歲才中進士，只做過縣尉一類的小官。一生困頓，性情耿介，詩多描寫民間疾苦和炎涼世態。

孟郊專寫古詩，現存詩500多首，以短篇五古最多。其中有的詩反映現實，揭露藩鎮罪惡，如〈征婦怨〉、〈感懷〉、〈殺氣不在邊〉、〈傷春〉等；有的關心人民疾苦，憤慨貧富不均，如〈織婦辭〉、〈寒地百姓吟〉等；有的表現骨肉深情，如〈遊子吟〉、〈結愛〉、〈杏殤〉等；有的刻畫山水風景，如〈汝州南潭陪陸中丞公宴〉、〈與王二十一員外涯遊枋口柳溪〉、〈石淙〉、〈寒溪〉、〈送超上人歸天臺〉、〈峽哀〉、〈遊終南山〉等；有的寫仕途失意，抨擊澆薄世風，如〈落第〉、〈溧陽秋霽〉、〈傷時〉、〈擇友〉等，還有的自訴窮愁，歎老嗟病，如〈秋懷〉、《歎命〉、〈老恨〉等；而「出門即有礙，誰謂天地寬」（〈贈崔純亮〉）一類詩，雖反映了世途艱險，但也表現了作者偏激的心情。孟詩藝術風格，或長於白描，不用詞藻典故，語言明白淡素而又力避平庸淺易；或精思苦煉，雕刻奇險。這兩種風格的詩，都有許多思深意遠、造語新奇的佳作。但也有些詩過於艱澀枯槁，缺乏自然之趣。唐人張籍為稱他的詩「清奇僻苦主」，而蘇軾則稱「郊寒島瘦」。後來論者把孟、賈二人並稱為苦吟詩人的代表。今傳本《孟東野詩集》10卷。

人們也曾把孟郊與韓愈並稱「韓孟詩派」，主要是因為他們都尚古好奇，多寫古體詩。但孟郊所作，多為句式短截的五言古體，用語刻琢而不尚華麗，擅長寓奇特於古拙，如韓愈所謂「橫空盤硬語，妥帖力排奡（ㄠˋ）」（〈薦士〉）。而韓愈的七言古體最具特色，氣勢雄放而怪奇瑰麗。他們的詩都很有力度，但韓愈的力度是奔放的，孟郊的力度則是內斂的。他更多地學習了漢魏六朝五言古詩的傳統，正如李翱所說，「郊為五言詩，自漢李都尉（陵）、蘇屬國（武）及建安諸子、南朝二謝，郊能兼其體而有之」（〈薦所知於徐州張僕射書〉）。

注意部首字詞

「寸長」，並非指一寸那樣的長度，這個詞出自〈楚辭・卜居〉：「夫尺有所短，寸有所長。」大意是，用尺來量短物嫌短，用寸來量短物，反而就覺得寬。這是說任何事物都有長處與短處。「寸長」，是說事物各有長短處，後來引申為微小的長處。

「寺」，ㄙˋ，會意兼形聲字，金文𡬝從又（手）從之（腳站在地上），會站到那裡之後聽後使喚、操持雜物之意。之也兼表聲，本義是操持，當是「持」的本字，用作名詞，指操持雜物的近伺內臣，即為內侍、宦官，如〈詩經・大雅・瞻卬〉：「匪教匪誨，時維婦寺。」詩的大意是，不是由於別人的教唆，這是因為親近閹人。後來，將中央行政機構稱為「寺」，如〈隋書・百官志中〉：「太常、光祿、衛尉……太府，是為九寺。」其後，佛教寺廟也稱為「寺」。

「寺」、「廟」、「觀ㄍㄨㄢˋ」，在上古意義各不相同，「寺」是官署，「廟」是祖廟，「觀」是臺榭。兩漢以後，它們的意義各有變化，「寺」是供奉佛的佛教建築，「廟」是供奉神的一般廟宇，「觀」是供奉仙的道教建築。

「尋」，ㄒㄩㄣˊ，會意字，初文從又從寸，會伸張兩臂量尺寸之意，即今之一庹，後為了突出丈量之意，便加了一把尺子「工」，丈量就是探求長短，故又引申指探求等義。探求要用口，便又加了意符口、再加上聲符彡，遂發展成為篆文的字形「㝷」，俗省作「尋」，本義為古代長度單位，八尺為一尋。其後衍生它義，⑴重申、重溫，一般指盟約，如〈左傳．桓公十五年〉：「夏，鄭子人來尋盟。」（子人：人名。）⑵當使用講，如〈左傳．僖公五年〉：「三年將尋師焉，焉用慎？」這是說，三年以後就要用兵，哪裡用得著謹慎？⑶探究、尋找。陶潛〈桃花源記〉：「太守即遣人隨其往，尋向所志。」（向：從前。所志：所作記號。）大意是，太守派人跟他前往，尋找先前所作的記號。⑷沿著，〈後漢書．袁紹傳〉：「紹遂尋山北行。」這是說，於是袁紹沿著山下向北走。

「射」，會意字，這是個多音多義詞。甲骨文作 ，從弓從矢，會拉弓發箭，表示以手射箭的意思。讀作ㄕㄜˋ，本義是射箭，引申泛指借助推力或彈力發出，如：發射。「射」用作動詞，引申指追逐、謀取講，左思〈吳都賦〉：「乘時射利，財豐巨萬。」這是說，把握時機謀取利益，財富累積豐厚。「射」，古時賭博稱「射」，讀作一ˋ，厭倦的意思，如〈詩經．小雅．車舝〉：「式燕且譽，好爾無射。」（舝ㄒ一ㄚˊ：同「轄」。燕、譽：安樂。）這句詩的意思是，但願你高興快樂，我愛你永不會厭倦。「射」從賭博義，引申為猜度，〈左氏春秋．重言〉：「對曰：『有鳥止於南方之阜，三年不動不飛不鳴，是何鳥也？』王射之曰：……。」大意是，成公賈說：「有一隻鳥停在南方土岡上，三年不動不飛也不鳴叫，敢問這是什麼鳥？」莊王猜度說……。「射」，讀作一ㄝˋ，有草名「射干」，根可入藥。

「將」，也是多音多義詞。「將」，讀作ㄐㄧㄤ，會意兼形聲字，甲骨文從鼎從肉，會從鼎鑊取肉奉獻祭享之意，爿聲。古文省去鼎，另加意符又，以突出奉獻祭享。篆文把又改成寸，本義為奉獻、祭享，引申指⑴扶持、扶助，〈詩經．小雅．無將大車〉：「無將大車，只自塵兮。」詩的大意是，別去扶推牛車，只會使自己沾染一身塵土。⑵奉養，〈詩經．小雅．四牡〉：「王事靡盬，不遑將父。」（盬ㄍㄨˇ：止息。）這是說，公差沒有止盡，我沒有時間奉養老父。⑶當帶領講。⑷送行，〈詩經．召南．鵲巢〉：「之子于歸，百兩將之。」（歸：出嫁。）大意是，這個姑娘出嫁，一百輛婚車送行成大禮。⑸將要。⑹且、又，〈詩經．小雅．谷風〉：「將恐將懼，維予與女。」這是說，正當又恐又懼的時候，只有我與你相依。今有成語「將信將疑」。⑺以、用。⑻當與、和講，如李白〈月下獨酌〉：「暫伴月將影。」

「將」，讀作ㄐㄧㄤˋ，指統率、率兵，引申為領兵的人、將領，〈史記．陳涉世家〉：「王侯將相寧有種乎！」這是指，有權利高貴的人，難道是生來就有的嗎！

「將」，讀作ㄑㄧㄤ，請、希望的意思，如李白〈將進酒〉：「將進酒，杯莫停。」這是說，請你多飲一杯酒，杯酒不要停。

看圖說故事

「百足之蟲，至死不僵」，這是說像蜈蚣或馬陸這種多足的蟲類，即使截斷其身軀，亦能支持身體而不倒。後用來比喻人、事雖然衰亡敗落，但在一段時間內，尚能維持興旺繁榮的假象。這個「足」字是個象形字，①甲骨文的下部是一隻腳趾朝上、腳跟朝下的左腳，上部的口形至今還不知是什麼，有人認為是頭部，也有人認為是膝蓋狀。②金文和③小篆的形體都與甲骨文相似。④楷書寫成「足」。

「足」，ㄗㄨˊ，七劃，象形字，作為偏旁寫作「⻊」，通常位在字的左半邊。

由部首「足」組成的字大都與腳或腳的動作有關。

｜部首要說話｜

「足」，甲骨文上象膝蓋、下象腳，本義就是人體膝蓋以下包括整個小腿的腳部，〈韓非子．外儲說左上〉：「鄭人有且置履者，先自度其足。」（度ㄉㄨㄛˊ：度量。）這裡的「足」就是腳的意思，這句話的意思是，鄭國有一個人想要買鞋子，先量一量自己的腳。「足」從本義引申為物的腳，如〈呂氏春秋．審時〉：「得時之菽，長莖而短足。」這是說，種得適時的豆子，分枝長而基稈短。今有成語「三足鼎立」。

〈呂氏春秋．察傳〉：「若夔者一而足矣。」（夔ㄎㄨㄟˊ：人名，相傳為舜時的樂官之長。）這句話是說，只要夔一人也就足夠了。這裡的「足」當「足夠」講，是假借義。從「足夠」義又引申為「值得」，如〈荀子．勸學〉：「百發失一，不足謂善射。」是說，射出一百支箭，雖然只有一支箭沒有射中，也不值得說是善射的人。

「足」，在古籍中又讀成ㄐㄩˋ，〈論語．公冶長〉：「巧言、令色、足恭，左丘明恥之。」（令：善，此處指偽善。）這個「足」當「過分」解，「足恭」是說過分的謙恭以取媚於人的意思。整句話是說，花言巧語，裝出一副諂媚的容貌，過分恭敬，這種人左丘明認為是可恥的。

「足」也是中國姓氏之一。如戰國時韓國有個人名叫足強。

「足」，今可單用，也作偏旁使用。凡從「足」取義的字，都與腿腳、行動等義有關。

注意部首字詞

足部的字，意義都與腳有關，大致可以分為兩類：

名詞：如蹄等。

動詞：如跨、踰、躋、跪、跽、跣、踐、蹴等。

「足下」，一般作敬詞使用。戰國時多稱君主為「足下」，〈戰國策・燕策一〉：「臣東周之鄙人也，見足下身無咫尺之功，而足下迎臣於郊，顯臣於廷。」大意是，我（蘇秦）本是東周的一個平庸之輩，當初見大王時沒有半點兒功勞，但大王到郊外去迎接我，使我在朝廷上地位顯赫。後來卻多用於同輩間相稱的敬詞。

「足」、「腳」、「止（趾）」三字，都指稱人體的某些部位，但本義實各有不同。「止」指踝（ㄏㄨㄞˊ）以下著地的部分，「腳」指膝蓋到踝的部分，而「足」指膝蓋以下所有部分，包括腳與止兩部分。由於詞義的發展，「腳」和「足」都指踝以下的部分，成了同義詞，「止（趾）」後來卻專指腳趾，與「腳」、「足」之義分離。

當文字的使用愈見細膩，則描述事物的現象也就愈見精準，掌握了字與字之間的差異，書寫的世界就愈能見出高下。如「跌」、「斃」、「僵」、「仆」、「偃」，雖然都可以表示「倒下去」的意思，但各字倒下的姿勢有別。「仆」是向前倒，「僵」與「偃」是向後倒，「斃」是倒下去而且多因傷病倒下，「跌」是失足倒下。另外，「仆」、「僵」、「偃」都可泛指倒下，所以能夠成雙音詞——「仆僵」、「僵仆」、「偃仆」。

另有「蹈」、「踐」、「履」、「躡」、「踏」，在踩踏的意義上是同義詞，只是「蹈」多帶有冒險的意味，如「蹈火」、「蹈海」。「踐」與「履」多表示「行走在……上」的意思，「躡」常表示有意識地踩。

「路」，是個常用的字，但在用法上是個多義詞。ㄌㄨˋ，會意兼形聲字，金文從足從各（表到來），會人足所走的路徑之意，各也兼表聲，⑴本義是道路、道途，引申為思想或行動的方向，如諸葛亮〈出師表〉：「不宜妄自菲薄，引喻失義，以塞忠諫之路。」這是說，不應當任意看輕自己，引證比附不當的事情，以致堵塞了忠臣勸諫的道路啊！⑵當車講，如〈左傳・召公四年〉：「王思舊勛而賜之路。」大意是，天子念他過去的功勳而賜給他路車。⑶大。〈詩經・魯頌・閟宮〉：「路寢孔碩，新廟奕奕。」（奕奕：廣大的樣子。）詩的大意是，正宮蓋得很高大，新廟造的真是宏偉。⑷疲困、衰敗。〈孟子・滕文公上〉：「如必自為而后用之，是率天下而路也。」大意是，如果（什麼東西）都必須自製而後自用，那就等於是率領天下人走上勞累不堪的衰敗之路。⑸「路」，是宋、金、元時的行政區域名。

「路」與「道」、「途」、「涂」、「塗」，在道路的意義上是同義詞。另外，「道」、「路」、「途」三字都有引申義——途徑、方法。以上幾字中，又以「道」的意義最為寬泛。

「跪」，ㄍㄨㄟˋ，形聲兼會意字，篆文從足危聲，危也兼表高直之意，本義是兩膝著地，臀部離開腳後跟之形，即跪坐，是古人表敬意的一種姿勢；如果進一步前伸到頭著地，則為「拜」。〈荀子・大略〉：「親迎之禮，父南鄉而立，子北路而跪，醮而命之。」大意是，親迎妻子的禮節：父親面向南立著，兒子面向北跪地，父親斟酒祭神，囑咐兒子。「跪」從本義後引申為腳如〈荀子・勸學〉：「蟹六跪而二螯，非蛇蟺之穴無可寄託者，用心躁也。」這是說，螃蟹八隻腳、兩隻螯，沒有鯰魚、鮮魚的窩，它就無處藏身，它的用心是浮躁的。

「跪」與「跽」二字，都是指以膝著地，而挺直腰身。兩字的區別在於，「跪」一般與「拜」相連成「跪拜」一詞，「跽」則獨用。

「蹠」，ㄓˊ，形聲字，篆文從足適省聲，⑴本義是以腳踏地，踩，如屈原〈九章・哀郢〉：「心嬋媛而懷傷兮，眇不知其所蹠。」大意是，思緒纏綿，滿腹哀傷，前途渺茫，自己也不知道腳踏的是什麼地方？⑵引申為至、到，〈淮南子・原道〉：「自無蹠有，自有蹠無。」大意是，從無到有，從有到無。⑶指腳掌。⑷同「跖」，人名。

「蹠」、「跖」二字，《說文解字》釋「跖」的本義是腳掌，「蹠」的本義是跳躍。在古籍中，兩字除了在「至」的意義上不寫成「跖」之外，在其他意義上，二字是可以通用的。

從部首「足」所組成的字，也些字常在古籍中出現，讀法與用字都要注意。

「跂」，ㄑㄧˊ，形聲兼會意字，篆文從足支聲，之也兼表分支之意，本義是指多長出的腳趾，〈莊子・駢拇〉：「故合者不為駢，而枝者不為跂。」這是說，合在一起的不算是無用的併連，而旁生枝出的也不算多餘。「跂」，從本義引申為歧出。「跂」，通「企」時，是指抬起腳後跟，讀作ㄑㄧˋ。

「跗」，ㄈㄨ，形聲字，從足付聲，本義是腳背。又指花萼。

「跬」，ㄎㄨㄟˇ，形聲字，篆文從走圭聲，〈揚子・方言〉：「半步為跬。」《玉篇》：「舉一足也。」古代指半步，相當於現在的一步。

「跣」，ㄒㄧㄢˇ，形聲兼會意字，篆文從足先聲，先也兼表足之意，本義就是指光著腳。

「踣」，ㄅㄛˊ，形聲字，篆文從足咅聲，本義為仆倒，如〈呂氏春秋・行論〉：「將欲踣之，必高舉之。」大意是，若要使它仆倒，必先把它高高舉起來。「踣」，從本義引申為傾覆、敗亡，如〈左傳・襄公十一年〉：「明神殛之，俾失其民，隊命亡氏，踣其國家。」大意是，明察的神靈誅戮他，使他失去百姓，喪君滅族，滅國亡家。「踣」，又引申為倒斃、死亡，如〈國語・魯語上〉：「桀奔南巢，紂踣于京。」大意是，夏桀逃到南巢，殷紂被消滅在京師朝歌。

「踧」，是多音多義詞。讀作ㄘㄨˋ，形聲字，篆文從足叔聲，有「踧踖ㄐㄧˊ」（踖：踐踏。）一詞，表示恭敬謹慎的樣子，引申為窘迫的樣子，又當吃驚的樣子。讀作ㄉㄧˊ，有「踧踧」一詞，形容平坦的樣子。

「踥」，ㄑㄧㄝˋ，形聲字，篆文從足妾聲，有「踥蹀」一詞，形容小步行走的樣子。

｜語文點心｜足下

「足下」一詞據稱始於古時一件令人感傷的故事。南朝宋劉敬叔《異苑》卷十記載：在春秋時代，晉國的晉獻公因寵愛驪姬，導致太子申自殺身亡，另外兩個兒子重耳和夷吾則逃亡他國。重耳在北方游牧族部落裡寄居了12年，後來重返中原，他到各國拜訪並尋求幫助。他帶著隨從翻山越嶺、長途奔波，一行人飢寒交迫終於到達了衛國，沒想到衛文公卻拒不見面。

此時，重耳因長期勞累、營養不良，染了風寒，發高燒並囈語著想喝一碗肉湯。可是隨行的人一樣也身無分文，根本沒有錢買肉給他吃。於是，忠心耿耿的介子推便割下自己大腿上的肉，煮了一碗熱騰騰的肉湯（也叫「剮肉奉君」），說也奇怪，重耳喝了之後，竟然不藥而癒。一行人再繼續前往齊國，終於獲得齊桓公的幫助，結束19年的流亡生活，得以重返晉國，他就是歷史上有名的晉文公。

晉文公掌理朝政後，即論功行賞。看到眾人爭相邀功的嘴臉，介子推非常厭惡，失望之餘便帶著母親隱居山林。後來經人提醒，晉文公想起了介子推的恩澤，急忙派人四處尋找他，但介子推已經淡泊名利，無論如何都不願下山受封賞。

有人向晉文公獻策，如果放火燒山就會逼他下山，不料火熄滅後，眾人不但不見介子推跑下山來，卻在滿山灰燼中，找到了介子推和母親抱著一棵樹被活活燒死。晉文公不僅傷心欲絕，更是痛悔不已，除了命人厚葬介子推母子，還將這棵樹砍下來，做成了一雙木屐，每當他穿著這雙鞋，就會想起那段在外流亡患難與共的往事，晉文公即不由悲嘆：「足下，悲乎！」「足下」一詞便由此而來。後來，晉文公為紀念介子推，還將介子推被燒死的這一天訂為「寒食節」，規定這一天吃冷食，不准動煙火。

「足下」一詞，因此典故而來，取其睹物思人，感念昔日恩情，進而衍生出對朋友的敬稱之意。但很多人並不完全同意這種說法，裴駰註解《史記》「秦始皇本紀」時引用蔡邕的話說：「群臣士庶相與言，曰殿下、陛下、足下、侍者、執事，皆謙類。」指這些稱呼都是敬稱。

看圖說故事

漢代韓嬰《韓詩外傳》卷九：「樹欲靜而風不止，子欲養而親不待也。」多用於感嘆人子希望盡孝雙親時，父母卻已經亡故。詩句中的「止」字是個象形字。從①甲骨文來看就是一隻腳啊！腳趾向左，腳後跟朝右，是左腳掌之形。②金文和③小篆都是仿甲骨文的樣子造形，④楷書寫成「止」。

「止」，ㄓˇ，四劃，象形字，作為部首的稱呼是止字部。

由部首「止」所組成的字大都與腳有關。

部首要說話

「止」，甲骨文象左腳的輪廓形，本義就是「腳」。古代有一種殘忍的刑罰叫做「斬左止」，就是將一個人的左腳給砍斷，後來人們在「止」的左邊加上「足」旁就成了一個新的形聲字——趾，後來「趾」就代表了腳。〈漢書．刑法志〉：「當斬左止者，笞五百。」（笞ㄔ：用竹板打。）這是說，本來該受砍斷左腳刑罰的，現在改用竹板敲打五百下。

「止」的本義「腳」給了「趾」之後，「止」成了什麼意思呢？原來一個人走路就是要用到腳啊，走路是為了要達到一個目的地，所以就把「止」當成動詞的「到」的意思，一個人走到了目的地自然就會停止，所以「止」又引申為「停止」的意思。〈韓非子．難勢〉：「令則行，禁則止。」大意是，下命令，人民就實行；出禁戒，人民就停止。

〈詩經．秦風．黃鳥〉：「交交黃鳥，止於桑。」（交交：鳥叫聲。）這是說，交交鳴唱的黃鳥，棲息在桑樹上。這裡的「止」當「棲息」講，後也引申為留、留住，〈論語．微子〉：「止子路宿。」大意是，留住子路住宿。

「止」從停止義，又引申為「結束」的意思。一件事情結束了，我們就會使用「到此為止」來表示。

許多事物停止於某個處所，就有聚集的意義。〈莊子．德充符〉：「鑑明則塵垢不止，止者不明也。」大意是，鏡子明亮是因為灰塵沒有聚集在上面，一旦聚集在鏡子上就不會明亮了。

「止」，又當容止講，〈詩經．鄘風．相鼠〉：「相鼠有齒，人而無止。」詩的意思是，看那老鼠還有牙齒，有些人卻不要臉皮。

古人也將「止」當副詞使用，意思是「僅、只」，如〈莊子．天運〉：「止可以一宿，而不可以久處。」有些時候，「止」也當句末語氣詞，相當於「啊」，如《詩經》中有：「景行止。」（景行：大道。）這句話是說，在大道上行走啊！

「止」，簡單的四劃，卻有那麼多意義，要注意「止」字詞的使用。

如今「止」可單用，也作偏旁使用。凡從止取義的字，都與腳及其動作行為等義有關。

注意部首字詞

「止足」，並不是停下腳步的意思，這個詞語出〈老子．四十四章〉：「知足不辱，知止不殆。」意思是，知足就不會受到屈辱，知止就不會危殆。「止足」，就是指知止知足不求名利。

「正」，有二讀，讀作ㄓㄥˋ，⑴不偏不倚謂之「正」。⑵作風正派，正直。〈論語．憲問〉：「晉文公譎而不正。」（譎ㄐㄩㄝˊ：欺詐。）這是說，晉文公詭詐，作風不正派。⑶正法、治罪。⑷古時稱君長、官長為「正」。⑸正值、對著的意思，如〈論語．陽貨〉：「其猶正牆面而立也歟？」大意是，就猶如正面對著牆壁站著一樣⑹恰好、正好。〈論語．述而〉：「正唯弟子不能學也。」這是說，這正好是我們當學生學不到的。「正」，讀作ㄓㄥ，農曆每年第一個月叫做「正月」。通「徵」時，是指賦稅。在〈詩經．齊風．猗嗟〉：「終日謝侯，不出正矣。」這句詩是說，他從早到晚對著箭靶射喲，從不偏離靶心喲！這裡的「正」指的是箭靶中心。

「步」，會意字，甲骨文 由左右二「止」（像腳形）而成，表示兩腳一前一後走路的意思，即步行。「步」行進速度不快，所以有「緩步」、「安步當車」的說法。

「武」，ㄨˇ，從止從戈，會意字，指與軍事、戰爭有關的事。又說能止戈者為「武」，即勇猛、剛健。武，在早期古文字裡表示的是「荷戈出征」，是用武、動武的意思（「止」在甲骨文中象人足，當時還沒有發生「停止」義）。「武」，又讀ㄏㄨ，通「幠」，即繫冠之帶。

「歷」，ㄌㄧˋ，會意兼形聲字，甲骨文從止（腳）從秝（ㄌㄧˋ，種植整齊的禾苗），會踏田巡視禾苗之意，秝也兼表聲，金文和篆文改秝為厤（ㄌㄧˋ），隸變後寫作「歷」，本義為巡視田禾，引申泛指經過。〈古詩十九首之七〉：「玉衡指孟冬，眾星何歷歷。」「歷歷」指的是分明可數，詩的大意是，夜空中北斗橫轉，斗綱正指向「孟冬」，往日璀璨的群星，什麼原因變得稀稀落落的呢？今有成語「歷歷可數」。

「歸」，ㄍㄨㄟ，會意兼形聲字，甲骨文從帚𠂤聲，金文另加意符彳（半條街）和止（腳），以突出行動，會執掃帚之人到來之意，本義即女子出嫁，此謂之「歸」，〈詩經・周南・桃夭〉：「之子于歸，宜其室家。」（之：此。）詩的意思是，這個姑娘出嫁，能使她的新家和順。「歸」，又讀作ㄎㄨㄟˋ，有兩義，一通「饋」，餽贈。一通「愧」，慚愧的意思。〈尚書・武成・序〉：「武王伐殷，往伐歸獸，識其政事，作武成。」這句話裡的「歸獸」指的並非是放虎歸山，而是將牛馬放歸山野，意謂偃武修文。

「歸」的「回」義與「還」有相似之處，不過「歸」特指「回國」、「回家」，「還」只不過表示簡單的「回來」。

① ② ③ ④ 夂

｜看圖說故事｜

①甲骨文是以一隻左腳的腳跟朝著上方、腳趾朝下的形狀劃寫出來的。②金文就更像是隻左腳了。③小篆的形體與甲骨文相似。④楷書寫了「夂」。

「夂」，ㄓˇ，三劃，象形字，作為部首的稱呼是夂部。

書寫從「夂」的字時是一撇、一橫撇、一捺，捺筆上不出頭，如：冬、各、咎、降、處。

「夂」字的捺筆出了頭就成另一個「夊」字，「夊」，ㄙㄨㄟ，是走路緩慢的樣子，從「夊」的字捺筆要出頭，如：夋、致、夏、俊、酸等。

部首要說話

「夂」，甲骨文就像有隻腳從後而至的形狀，所以本義是「到來」的意思。

「夂」，本義「到來」就有抵達、終了的意思，其實，「夂」是古文「終」的訛變，意思就是終結。

「夂」，本義是「腳」的意義，到了後世，這個字已經不再單獨使用了。

如今「夂」不單用，只作為偏旁使用。凡從「夂」取義的字，大都與腳的行動義有關。另外，「夂」作為構字組件，一般都在字的上部，例如：降、各、逢。

注意部首字詞

「夃」，ㄍㄨ，會意字，[illegible]當是甲骨文盈的省文，用人在盆中洗浴會水滿溢出之意，古文省水，篆文進而省去盆，並將人足上移至人胸前，遂訛化為ㄋ（奶的側視形），從夂（腳，表示流動），成了奶水充盈自動流出，即所謂奶驚。「夃」是「盈」的省體，是「汩」的會意字。本義為水滿溢，引申為賣出，今作「估」。如：代價而夃。

「夅」，ㄒㄧㄤˊ，本義為降伏，今作「降」。

「夆」，ㄈㄥˊ，會意兼形聲字，篆文從夂（朝下的一隻腳）從丰（在分界上封土植樹），丰也兼表聲，本義為迎頭相遇，《說文解字》：「夆，啎ㄨˇ也。」本義是啎，相逢的意思。今人謂相啎曰夆，相遇曰逢。「夆」通「豐」時，即豐厚的意思。「夆」也通「鏠（鋒）」，這是古時的假借，〈清平山堂話本．漢李廣世號飛將軍〉：「武帝乃命衛青為帥，保外甥霍去病為先夆。」此「先夆」即「先鋒」。

③ 㐅 ④ 夊

｜看圖說故事｜

〈詩經・齊風・南山〉：「南山崔崔，雄狐夊夊。」（夊夊：通「綏綏」，行走緩慢的樣子。）詩的大意是，南山高又險，雄狐徘徊不前。這是個「夊」字，③小篆像是兩隻腳給個一撇的東西給擋住了，這個一撇其實就是「抴」，這是「牽挽」的意思。④楷書寫成了「夊」。

「夊」，ㄙㄨㄟ，三劃，指事字，作為部首的稱呼是夊部。

「夊」與「夂」形似，「夊」捺筆有出頭，「夂」捺筆不出頭。

｜部首要說話｜

「夊」，就是兩脛（腳）給拖曳著走，因此本義就是「行走遲緩」的意思。

其實，「夂」（後至）、「夊」（行遲），意亦相因，本來是同一字，由於後世行款之美觀，夊字斜出。值得注意的是，從夊（ㄙㄨㄟ）的字多在字的下方，如：夋夒夔。而從夂（ㄓˇ）之字多在字的上方，如：降、夅、夆、逢。

｜注意部首字詞｜

「夎」，ㄗㄨㄥ，象形字，夎當是從夒（ㄋㄠˊ）發展而的字，金文（夒）原象身體壯大，頭髮披散，傻頭傻腦的大猩猩形，用以表示蠢笨之意，後來簡化分為二體，其一寫作 夎，後另加四點作㚇，突出頭腦像米糊一樣糊裡糊塗之意，是為「傻」的初文。夒是多義詞，⑴鳥飛時把足爪收斂起來。⑵馬頭的飾具。⑶三夒是古國名。〈史記・殷本記〉：「湯遂伐三夒。」

「夏」，是多音多義字。讀作ㄒㄧㄚˋ，象形字，本象一個手持斧鉞、壯大威武的武士形，金文 訛斷，成了一個頭身手足俱全的高大人形，本義為壯大的武士，又作為最初中原97部族的圖騰，即⑴古代中原部族自稱為「夏」者，也稱華夏、諸夏，如〈孟子・滕文公上〉：「吾聞用夏蠻夷者，未聞變于夷者也。」這是說，我只聽說過用中原（先進的教化）去改變那蠻夷（落後的風俗），卻沒聽過反而被蠻夷所改變的。⑵大。〈楚辭・大招〉：「夏屋廣大。」後指特大的屋室，這個意義後來寫作「廈」。⑶五彩。〈周禮・春官・巾車〉：「孤乘夏篆，卿乘夏縵。」（篆：車轂上的紋飾。）⑷古代的樂舞名。⑸中國第一個歷史上的王朝即「夏」，由禹受舜禪讓而建立。⑹當季節名稱，夏季。

「夏」，讀作ㄐㄧㄚˇ，木名，即山楸，古代學校用以體罰學生的用具，通「榎」。〈禮記・學記〉：「夏、楚二物，收其威也。」（楚：荊條）這是說，夏、楚二物是用來震懾弟子之威的。

〈爾雅・釋畜〉見有：「夏羊。」夏羊是說夏天出生的羊嗎？不是的，「夏羊」是指生長在秦晉地方的一種羊，毛長。因為其毛色黑，所以「夏羊」又指黑色羊。

古籍中也見「夏服」，這卻不是指夏天所穿的衣服，〈史記・司馬相如傳・子虛賦〉：「左烏嗥之雕弓，右夏服之勁箭。」古有夏朝后羿，善箭者，服即箭之室，所以稱「夏服」，「夏服」就是指箭的意思。

「夏畦」，原指夏天在田裡勞動的人，〈孟子・滕文公下〉：「脅肩諂笑，並於夏畦。」這是說，聳著肩膀，裝出肉麻的笑臉，這比夏天在菜園子裡幹活還要勞累。後以「夏畦」比喻一般艱苦工作的人。

「夏五郭公」，春秋桓公十四年書「夏五」，無「月」字；莊公二十四年書〝郭公〞，下無「事」；顯然有所闕漏。後因以「夏五郭公」比喻文字有所殘缺。

「夏雨雨ㄩˋ人」，是比喻及時給人民帶來好處。

「夔」，ㄎㄨㄟˊ，象形字，金文作，象有角、手、足的人面怪物，本義是傳說中的動物，⑴作海中之獸，〈山海經・大荒東經〉：「東海中有流波山，入海七千里，其上有獸，其名曰夔。」⑵山精，〈國語・魯語下〉：「木石之怪曰夔。」「夔」，也是傳說中古代的樂官，〈呂氏春秋・察傳〉：「昔者舜欲以樂傳教於天下，乃令重黎舉夔於草莽之中而進之，舜以為樂正。」大意是，從前舜想要用音樂輔助教化天下，於是就派遣重黎走訪民間，把夔從平民中選拔出來，進獻到朝廷上，舜讓夔當樂正。「夔」，也作恭敬的樣子，賈誼《勸學》：「夔立蛇進，而後敢問。」大意是，像夔龍一樣站立，像蛇一樣彎腰前行，這樣謹慎小心，於是才敢向老子請教。

｜語文點心｜**賈誼**

賈誼（公元前200—前168）西漢政治家、文學家。洛陽（今屬河南省）人。18歲時，就以博學能文而聞名於郡中，得到郡守吳公的賞識，收為弟子。文帝即位後，因吳公的推薦，任為博士，掌文獻典籍。其時，賈誼不過20多歲，在博士中最為年輕，但以見識和議論贏得博士中年長者的尊敬，受到文帝的重視，不到一年，被擢升為太中大夫。

賈誼的作品，〈漢書・藝文志〉著錄有文58篇，賦7篇，其文即現存的

97. 中原：古籍中出現的〝中原〞一詞，其範圍隨著時代的發展而有變化。《詩經》裡提到的中原，概指原野之地。到了春秋時期，〝中原〞開始作為地區名而出現，指的大致是周朝的中心地帶。到了漢代，作為地區名的〝中原〞，已經擴及以洛陽為中心的黃河中游一帶，相當於今日河南省以及周邊地區，有時也指黃河中下游地區。爾後當割據局面或偏安政權出現之後，〝中原〞地區已經是長江以北的北方大片區域了。至於狹義的〝中原〞，指的是今日河南省所在區域，大概是因為從東漢到宋代，不少王朝在洛陽、開封建都，而河南省又位居中國中部的緣故吧！

《新書〉，亦名《賈子》，曾經西漢末年劉向校定，雖然在流傳過程中有所錯亂和散失，但基本可信。首篇〈過秦論〉，是賈誼政論文中的名篇。另一篇著名政論文〈陳政事疏〉，又稱〈治安策〉，載於〈漢書·賈誼傳〉。據班固稱，是他從《新書》58篇中選擇「切於世事者」（〈漢書·賈誼傳讚〉），經過合併刪[98]削而成，題目是後人安上的。賈誼的辭賦大多已亡佚。除〈弔屈原賦〉、〈鵩鳥賦〉外，劉向所編《楚辭》中收入〈惜誓〉一篇，作者題賈誼，但東漢王逸為《楚辭》作註時，則表示對作者「疑不能明」。

賈誼的散文有戰國縱橫家的風格，善於運用不同歷史事實的對比來分析利害，在鋪張渲染的描寫中，造成文章的充沛氣勢，富於說服力和感染力。魯迅說：「賈誼、晁錯的奏疏皆為西漢鴻文，霑溉後人，其澤甚遠。」（《漢文學史綱要》）

賈誼的辭賦，也飽含著作者濟世的熱情，抒發憤懣不平，具有感人的力量。當時漢代的新體賦——漢賦還沒有形成，賈誼主要是採用騷體來寫作，但在標題上已出現「賦」的字樣。他的〈鵩鳥賦〉採用主客問答的方式，抒寫自己懷才不遇的憤懣情緒，同時也流露出齊生死、等禍福的消極思想。〈弔屈原賦〉是他赴長沙途中經湘水時所作，在抒發對屈原不幸遭遇的同情中，寄託了自己的身世之感，被劉勰稱為「辭清而理哀」（〈文心雕龍·哀弔〉）。由於賈誼在此賦中引屈原為同調，而《史記》的作者司馬遷又對屈、賈都寄予同情，為兩人寫了一篇合傳，後世即往往以賈誼與屈原並列，稱為「屈賈」。

①　②　③　④ 疋

｜看圖說故事｜

〈管子・弟子職〉：「問疋何止？」（止：趾。）這是說，問問腳要伸向哪裡？句中的「疋」是個象形字。①甲骨文，就像一條小腿連著腳掌，這表示比「足」的範圍要大一些，應該說，「疋」與「足」最初當是一個字。②金文看來好像與甲骨文大不相同，原來這就是古代的「璽」字，本義並沒有改變。③小篆的寫法下部從「止」（止就是腳），④楷書寫成「疋」。

「疋」，ㄕㄨ，五劃，象形字，作為部首的稱呼是疋字部。

「疋」作為偏旁時，寫作⻊。

另外，攴（ㄆㄨ），歹（ㄉㄞˇ），辵（ㄔㄨㄛˋ），這三字與「疋」字形似，要注意分辨。

｜部首要說話｜

疋，甲骨文象小腿形，疋、足，本為同一字，本義是腳。也就是說，「疋」，本來就是指小腿連接腳掌的部位，範圍要比「足」還要大些，可是到了後世，這個「腳」的意思給了「足」，而「疋」的「腳」義就漸漸消失了。但是到了後世，本義逐漸消失，遂由「足」取代。

那麼「疋」當成了什麼呢？「疋」其實成了多音多義字。

首先，讀作ㄕㄨ時，就通「疏」字，就是通暢的意思。

---

98. 刪：會意字，小篆作 ，從冊（書簡），從刀，會意古代在竹木簡冊上寫字，寫錯了用刀將字削去，本義為削除，引申指節取。

《詩經》中的〈大雅〉、〈小雅〉、〈爾雅〉有時就寫作〈大疋〉、〈小疋〉、〈爾疋〉，「疋」讀作一ㄚ∨，通「雅」。

「疋」讀作ㄆ一∨時，就是「匹」的異體字，作為量詞單位。〈戰國策‧魏〉：「車六百乘，騎五千疋。」這是說，兵車有六百輛，戰馬有五千匹。溫庭筠〈織錦詞〉：「簇蔌金梭萬縷紅，鴛鴦艷錦初成疋。」

如今「疋」字不單用，只作偏旁使用。凡從疋取義的字，皆與腳等義有關。

｜語文點心｜溫庭筠

溫庭筠（約公元812—866），晚唐人。本名岐，字飛卿，太原祁（今山西祁縣）人。唐宰相溫彥博之裔孫。溫彥博，我國古代著名詞人，兩《唐書》有傳。溫庭筠雖為並州人，但他同白居易、柳宗元等名詩人一樣，一生絕大部分時間是在外地度過的。據考證，溫庭筠幼時已隨家客遊江淮，後定居於雩縣（今陝西戶縣）郊野，靠近杜陵，所以他嘗自稱為杜陵遊客。詩辭藻華麗，少數作品對時政有所反映。與李商隱齊名，並稱「溫李」。

溫庭筠詩詞俱佳，以詞著稱。溫庭筠詩詞，在思想意義上雖大多無較高的價值，但在藝術上卻有獨到之處，歷代詩論家對溫庭筠詩詞評價甚高，被譽為花間派鼻祖。王拯〈龍壁山房文集懺庵詞序〉云，詞體乃李白、王建、溫庭筠所創，「其文窈深幽約，善達賢人君子愷惻怨悱不能自言之情，論者以庭筠為獨至。」周濟《介存齋論詞雜著》云：「詞有高下之別，有輕重之別。飛卿下語鎮紙，端己揭響入雲，可謂極兩者之能事。」又載張惠言語云：「飛卿之詞，深美閎約，信然。飛卿醞釀最深，故其言不怒不懾，備剛柔之氣。」「針縷之密，南宋人始露痕跡，花間極有渾厚氣象。如飛卿則神理超越，不復可以跡象求矣。然細繹之，正字字有脈絡。」劉熙載《藝概》更云：「溫飛卿詞，精妙絕人。」足見溫庭筠在詞史上的地位，確是非常重要的。

注意部首字詞

「疋ㄆㄧˇ鳥」，這是鴛鴦的別名。

「疋ㄆㄧˇ練」，成匹的帛練，常用來比喻潮汐、瀑布、虹霓等。

由部首「疋」字所組成的字不多，僅有「疏」、「疐」、「疑」三字。

「疏」，ㄕㄨ，這是個多音多義詞。會意兼形聲字，篆文從㐬（倒出子生出）從疋（足），會子順利出生之意，疋也兼表聲，本義為孩子出生順暢，引申泛指⑴開通、疏通。⑵鏤刻，刻畫。⑶分、分散的意思。〈淮南子．道應〉：「知伯圍襄子于晉陽，襄子疏隊而擊之。」⑷稀，與「密」、「數ㄘㄨˋ」相對。⑸當疏遠講，〈孟子．公孫丑上〉：「且王者之不作，未有疏於此時者也。」這是說，而且，行仁政的君主沒有出現，恐怕沒有比這個時期相隔更久遠的了。後引申為不與之親近，常用的成語為「仗義疏財」，意思是輕財重義。⑹粗、粗糙。⑺分條記錄或陳說，這個意義讀作ㄕㄨˋ，引申為給皇帝的奏章，如龔自珍《己亥雜詩》之七十七：「我焚文字公焚疏。」⑻註解的一種，指疏通經義並對舊注加以引申或說明。⑼蔬菜，後來寫作「蔬」。⑽通「梳」，梳理的意思。

「疐」，有二讀，一讀作ㄓˋ，會意字，甲骨文從叀（ㄓㄨㄢ，紡錘）從止（足），會用腳止住紡錘轉動之意，本義即防止紡錘轉動，引申指牽絆、倒仆之意。〈詩經．豳風．狼跋〉：「狼跋其胡，載疐其尾。」（跋：踩。胡獸頸下的垂肉。）詩的意思是，老狼前進踩頸肉，後退又被尾巴絆。另讀作

ㄉㄧˋ，通「蒂」，就是瓜果的蒂。

「疑」，ㄧˊ，會意字，甲骨文 象一人持杖站在半條街上左右張望之狀，表示猶豫不行之意，這是個常用的字，金文加上意符止（腳）和聲兼意符牛，以強調因尋牛而行止不能確定，篆文省去半條街，將尋牛改為尋子，本義為疑惑、猜忌、懷疑，又有猶豫、畏懼之意，引申為相似的意思。「疑冢」一詞並非是懷疑墓冢，這其實是指假墓，為防人盜掘而蓋的假墓。

| **看圖說故事** |

〈戰國策．趙策四〉：「老臣病足，曾不能疾走。」這是說，老臣的腳有毛病，無法快跑。這個「走」字，①甲骨文是一個人甩開兩臂的人形。②金文的上部是一個人伸展著手臂，下部是隻大腳，顯然是在快跑前進。③小篆延續金文的寫法，下部的腳寫為「止」。④楷書寫成「走」。

「走」，ㄗㄡˇ，七劃，會意字，作為部首的稱呼是走字部。

｜語文點心｜《戰國策》

《戰國策》，西漢成帝時，劉向進行整理，按東周、西周、秦、齊、楚、趙、魏、韓、燕、宋、衛、中山12國次序，編訂為33篇，並取名《戰國策》，是中國第一部史學名著。〈史記．田儋列傳〉有記載說：「蒯通者，善為長短說，論戰國之權變為81首。」〈漢書．蒯通傳〉亦有類似說法。近人羅根澤據此認為《戰國策》始作於蒯通，劉向加以增補編次而成。而多數學者認為，此書不是出於一人之手，大約是戰國末或秦漢間人雜採各國和私人所遺留的史料編纂而成，內容龐雜零亂。劉向加以整理，才成為完整的著作。

《戰國策》主要記述戰國時代謀臣策士游說各國或互相辯論時所提出的政治主張和鬥爭策略，反映當時各諸侯國、各階級、階層之間尖銳複雜的矛盾和鬥爭，是研究先秦史的重要資料。從文學角度看，《戰國策》文思開闊，寓意深刻，語言風格辯麗恣肆，鋪張揚厲，後人稱讚它「文辭駸駸乎上薄六經，下絕來世」（宋代李文叔〈書戰國策後〉）。其主要藝術特色是：⑴敘事生動形像，有不少完整而富於戲劇性的故事。⑵文筆多采，刻畫人物栩栩如生，有鮮明的個性。⑶說理論辯，言辭犀利、精闢。⑷善用比喻、誇張、寓言等多樣化修辭手段，增強散文的表達效果。

《戰國策》對後代文學有深遠的影響，漢初的散文家賈誼、鼂錯和司馬遷，都受到它的影響，《史記》的某些史料就直接取於《戰國策》。宋代蘇洵、蘇軾、蘇轍的散文，也都明顯得力於《戰國策》。另外漢賦「鋪張揚厲」的風格，直接承自《戰國策》；而賦中常見的主客對答、抑客申主的寫法，《戰國策》也已開端倪。

部首要說話

「走」，甲骨文上從夭象人甩臂跑步形，下從止（腳），會奔跑的意思。本義就是跑動或大步疾行。例如：「走馬看花」，這個「走」字是快步的意思。

「走」就是跑，古代戰爭的時候不但要跑，如果戰敗了更要跑得快，因為要「逃跑」啊！從「跑」義就引申為「奔向」的意思。鼂錯〈論貴粟疏〉：「趨利如水走下，四方亡擇也。」（亡：無。）大意是，他們（人民）追求利益，就像水往低處流，不分東西南北。

言詞如果逃走了，就是「走漏」風聲，這個「走」就是洩漏的意思。

一個人從站著到跑起來，身體的姿勢做了改變，所以事物失去原來的形態也是「走」的意義。例如：食物的味道變了，就是「走味」。某人生了一場大病，面容憔悴許多，我們就會說他的面容「走樣」了。

古代的僕人在侍奉主人的時候是要小跑步的，因此僕人也叫作「牛馬走」，此後，「走」就引申為對自己的謙詞「我」，相當於自稱「僕」。如張衡〈東京賦〉：「走雖不敏，庶斯達矣。」

「走」，在古代指跑；「行」在古代才指慢步行走。在現代漢語中，「走」的詞義延伸後才有行走的意思，與「行」同義，如：走道、走開、走路。

「走」既然是跑的意思，那「奔」呢？「走」與「奔」其實都是跑的意思，但「奔」強調急速，而且「奔」的逃亡、私奔等義是「走」所沒有的。

今「走」字可單用，也作偏旁使用。凡從部首「走」取義的字，大都與人的行動、跑跳等義有關，如：超、起、赴、趨等。

注意部首字詞

「走馬看花」，唐代孟郊〈登科後〉：「春風得意馬蹄疾，一日看盡長安花。」原本是形容登科後得意愉快的心情，引申指遊賞之樂。後有明朝畢魏〈三報恩・囑託〉：「場中看文，如走馬看花。」這是比喻草草觀察，不能仔細深入。後人即多引此義。

「赴」，ㄈㄨˋ，形聲字，篆文從走卜生，本義指即逑奔向凶險之處或緊急之事，即奔向、投向的意思，特指投向危險的境遇，如曹植〈白馬篇〉：「捐軀赴國難，視死忽如歸。」今成語有「赴湯蹈火」。又引申為往、去的意思。另外，「赴」，當奔告喪事，即報喪，這個意義後來寫作「訃」，如〈左傳・文公十四年〉：「凡崩、薨，不赴，則不書。」（不書：指《春秋》不記載。）大意是，凡是天子「逝世」，諸侯「去世」，沒有發來訃告，《春秋》就不加以記載。

「趨」，有二讀，讀作ㄑㄩ，本義是疾行，快步走。引申為歸附、趨向，〈墨子・非命上〉：「聞文王者皆起而趨之。」這是說，聽說過文王的人，都趕快投奔他。從趨向又引申為意向、志向，如〈孟子・告子下〉：「三子則不同，其趨一也。」

「趨」，讀作ㄘㄨˋ，即催促的意思，引申為趕快、急速，如〈荀子・哀公〉：「趨駕召顏淵。」（駕：套車。）這是說，趕快套上車把顏淵召回。「趨」，同「促」，短的意思，如〈莊子・外物〉：「有人於彼，修上而趨下。」這是說，那裡有一個人，上身長下身短。

「趨」與「趣」二字，「趨」的疾行義是「趣」所沒有的，而「趣」的興趣義是「趨」不具備的。此外，在其他意義上，由於二字古音相同，古籍中經常通用。

「赳」，ㄐㄧㄡ，形聲字，篆文從走ㄐ聲，本義為健壯威武的樣子，〈詩經・周南・兔罝ㄐㄩ〉：「赳赳武夫，公侯腹心。」詩的意思是，威武的武夫，是公侯的好助手。今有「雄赳赳」一詞，用來形容威武雄壯的樣子，有人常誤寫為「雄糾糾」。

①[古文字] ②[古文字] ③[古文字] ④麥

看圖說故事

〈詩經・魏風・碩鼠〉：「碩鼠碩鼠，無食我麥。」這是說，大老鼠啊大老鼠，不要來吃我種的麥。這個「麥」字，①甲骨文的上部就是一棵小麥的形狀（來），下部是一隻腳趾朝下的腳（[古文字]），這表示小麥是緊跟著大麥成熟的農作物。②金文和③小篆都是延續甲骨文的形體。④楷書寫成「麥」。

「麥」，ㄇㄞˋ，十一劃，會意字，作為部首的稱呼是麥部。

「麥」字下部是「夊」（ㄙㄨㄟ），但末筆作長頓。作左偏旁時，麥字的末筆作長捺，將右邊的字旁括其上，如麵、麩。

部首要說話

「麥」，甲骨文是「來」字底下有個「夊」，會到來之義，所以本義是「來去」的意思，可是卜辭中使用「麥」字的少，使用「來」字的多，於是就發生了互換的現象，把原來是小麥的「來」當成來去的「來」，而本來當來去的「麥」字當成了小麥的「麥」。

李孝定《甲骨文字集釋》：「來，麥當是一字。夂本象到（倒）止形，於此但象麥根。以來叚為行來字，故更製繁體之麥以為來麰（ㄇㄡˊ）之本字。」也就是說，本義是麥的「來」字假借作行來的「來」，本來是來去義的「麥」就成了麥子的「麥」，又再造一繁字「麳」，作為本義為麥子的「來」的後起字。

麥子秋天下種，年來收穫，古人認為，麥子是「天所來也」。這個意義正是「來」、「麥」互用之源。

司馬遷在《史記》中記載一則有關麥子的故事。殷商被周滅亡了之後，箕子要到周的王都鎬京去，看到昔日的豪華宮殿已經被夷為田地，感傷至極，於是作了一首《麥秀歌》：「麥秀漸漸兮，禾黍油油。彼狡童兮，不與我好兮！」這首詩歌中，箕子用狡童暗喻殷紂王，說紂王不信任不重用他，所以國破人王，都城淪為麥田。殷人聽了這首歌，沒有不悲傷地潸然淚下。這是一則令人傷痛的麥的故事。

「麥」，除了是指大麥、小麥之外，也是姓氏名，隋有右屯衛大將軍麥鐵杖。

麥，今作電磁系單位制中磁通量的單位，也就是麥克思韋的簡稱。這是為了紀念物理學家麥克思韋而得名。

麥字今可單用，也作偏旁使用。凡從麥取義的字皆與小麥、食物等義有關。

注意部首字詞

「麥人」，不是指種麥的人，「人」指的是「核仁」，所以這是指麥粒中的核。

「麥秋」，不可解為秋天的麥，〈禮記．月令〉有：「靡草死，麥秋至。」這是說，這時薺菜之類野生的植物皆已老死，而為麥子成熟的季節。漢代蔡邕《月令章句》說的好：「百穀各以其初生為春，熟為秋，故麥以孟夏為秋。」所以「麥秋」就是麥熟季節。

「麥秀兩歧ㄑㄧˊ」，是指一麥雙穗，用來表示豐年。「麥飯豆羹」，這種野人農夫之食，指的自是粗菜淡飯。

「麩」，ㄈㄨ，形聲字，篆文從麥夫聲，本義為小麥的麩皮，小麥磨成麵篩後剩下的皮和碎屑，即麥麩，後來也指如麥麩之類的薄片狀物，如《朝野僉載》卷二：「於舍後山足下，因鑿有麩金，銷得數十金。」句中的「麩金」是指碎金。

「麨」，ㄔㄠˇ，形聲字，從麥少聲，是指把米賣炒熟磨成粉後製成的乾糧。古人也用此物引蛇，見《搜神記》：「先將數石米餈，用蜜麨灌之，以置穴口，蛇便出。」

「麮」，ㄑㄩˋ，形聲字，小篆從麥去聲，這是一種粥，麥粥。〈荀子．富國〉：「冬日則為之饘粥，夏日則與之瓜麮。」（饘ㄓㄢ粥：稠粥。）大意是，冬天就為他們準備漿粥，夏天就為他們準備瓜果麥飯。又讀ㄑㄩˇ，烏麮，一種葉大花白，可供食用的植物。

「麰」，ㄇㄡˊ，形聲字，小篆從麥牟聲，即大麥，〈孟子．告子上〉：「今夫麰麥，播種而耰之。」這是說，例如大麥，翻鬆土地播下種子。

「麴」，ㄑㄩ，會意兼形聲字，從麥從匊會意，匊也兼表聲，本義為酒母，用以使麥酒發酵成酒。〈呂氏春秋．仲冬〉：「乃命大酋，秫稻必齊，麴蘗必時。」（大酋：酒官之長。麴蘗ㄋㄧㄝˋ：釀酒時引起發酵的物質。）這句話的大意是，於是命令酒官大酋，釀酒用的黏高粱和糯米一定要準備齊全，酒麴的使用一定要掌握好時間。

「麵」，ㄇㄧㄢˋ，形聲字，從麥從面，就是麥子磨成的粉，麵粉。「麵市」一詞出自李商隱〈李義山詩集四．喜雪〉：「人疑遊麵市，馬似困鹽車。」這是說，行人好像在大雪覆蓋如麵的街市，馬匹也似困在雪落似鹽花的車旁。詩句中的「麵市」、「鹽車」，指大雪覆蓋的街市、馬車。

｜語文點心｜李商隱

李商隱（約公元812年—約858年），字義山，號玉溪生（不同版本又有做玉谿生的）、樊南生。晚唐詩人。

李商隱通常被視作唐代後期最傑出的詩人，其詩風受李賀影響頗深，在句法、章法和結構方面則受到杜甫和韓愈的影響。許多評論家認為，在唐朝的優秀詩人中，他的重要性僅次於杜甫、李白、王維等人。就詩歌風格的獨特性而言，他與其他任何詩人相比都不遜色。

沈德潛在《唐詩別裁集》評論李商隱的詩：「深情幽怨，意旨微茫，令人測之無端，玩之無盡。」這種表現出撲朔迷離、精緻隱幽的情思，可以在李商隱許多名為《無題》的詩行裡，以驚人的暗喻織出錯綜複雜宛如迷宮的詩句，讓後世津津樂道於探析李商隱的感情世界，其中以蘇雪林〈李義山戀愛事跡考〉最為著名。

請看〈無題〉一首：

相見時難別亦難，東風無力百花殘。春蠶到死絲方盡，蠟炬成灰淚始乾。

曉鏡但愁雲鬢改，夜吟應覺月光寒。蓬山此去無多路，青鳥殷勤為探看。

③ 癶 ④ 癶

｜看圖說故事｜

甲骨文和金文未收這個字，③小篆是正反相並的「止」（止）。④楷書寫成「癶」。

「癶」，ㄅㄛ，五劃，會意字，作為部首的稱呼是癶部、癶字頭。

「癶」字與「祭」字的上部寫法不同，要注意分辨。從「癶」字的有：登、癸、揆等。

部首要說話

「癶」，甲骨文是相並的兩隻腳，表示有所踐踏；金文變成相反的兩隻腳，表示兩腳分開有所踐踏，語意更為明確。《說文解字》有一段話是這樣解釋的：「癶，足剌癶也。」「癶」是由止字一正一反相並而構成，「止」就是足掌，「足剌癶」，就是像兩足相背而行的剌蹬腿（像蘿蔔腿一樣邁步），自然就難於行走。所以「癶」的本義就是剌蹬腿，引申為相背、行動不順的意思。

「癶」在最早的字形是相併的兩隻腳，表示有所踐踏，到了小篆成兩腳分開有所踐踏，語意就更為明確。直到今日的農村，種蘿蔔時，還會用兩腳分張這種方式走人字形密密進行踩踏（使土壤硬緊）。

「癶」，現在只做部首字來使用，已經不單獨成字。從部首「癶」組成的字並不多，一般字辭典僅收癸、登、發三字。

注意部首字詞

「癸」，ㄍㄨㄟˇ，⑴作為天干的第十位，與地之配合以紀日、月、年。⑵當測度講，〈史記．律書〉：「癸之為言揆也，言萬物可揆度，故曰癸。」⑶當姓氏。相傳出姜姓，春秋齊癸公之後。

「癸穴庚渦」，這是道家稱口中津液為癸穴庚渦。

「登」，ㄉㄥ，會意字，金文作，上部有兩隻腳，中間的「豆」是食器，下部有兩手，也就是以雙手高舉食器表示進獻，原指祭器，⑴會意為

「升」，表示從低處到高處。〈左傳・莊公十年〉：「下，視其轍，登，軾而望之。」這是說，下車，細看齊軍的車轍，然後登上車前横木遠望。⑵從本義引申為進獻，如〈呂氏春秋・仲夏〉：「農乃登黍。」大意是，農民在這個月要進獻黍子。⑶莊稼成熟就要登上場院進行晾曬脫粒等活動，所以又引申為成熟的意思，今有成語「五穀豐登」，是指五穀都成熟豐收。⑷完成的意思，如〈詩經・大雅・嵩高〉：「登是南邦，世執其功。」詩的意思是，在這南方完成功業，世世代代繼承他的事業。⑸以文字紀錄完成的事情，即「登記」，如〈周禮・秋官・司民〉：「司民掌登萬民之數。」這是指「司民」這個官所掌管的業務，即登記戶口。⑹引申為登時、立刻的意思，漢樂府詩〈為焦仲卿妻作〉：「登即相許和，便可作婚姻。」⑺同「豋」，是古代食器，形似豆而淺。

「登堂入室」，原出〈漢書・藝文志・詩賦〉：「詩人之賦麗以則，辭人之賦麗以淫。如孔氏之門人用賦也，則賈誼登堂，相如入室矣。」後來用以比喻學藝造詣精絕，深得師傳。這句成語經常見諸報章雜誌和網路，誤用、錯用的情形大致分為兩種，一為「登堂入室」作為謂詞片語，主語應當是人而不是物，例如：給這幅畫一個登堂入室的機會。其二為將「登堂入室」解釋為「從大廳進入室內」，這是更大的誤用，例如：昨天凌晨，她趁著部屬妻子回娘家的時候，登堂入室到男方家裡休息。

「發」，是個多音多義字。讀作ㄈㄚ，形聲字，金文[金文字形]從弓癶（ㄅㄛˊ）聲，表示發射，本義即⑴把箭射出去，即發射的意思。〈荀子・勸學〉：「百發失一，不足謂善射。」這是說，發出了一百支箭，有一支沒有射中，就不足以叫做善於射箭。⑵引申為派遣，如〈戰國策・楚策四〉：「於是使人發騶，徵[99]莊辛於趙。」（騶ㄗㄡ：騎士。徵：召。）大意是，於是派人騎馬作

99. 徵辟：徵辟是徵召與辟除的合稱。徵召是指皇帝以特別徵聘的方式選拔某些才高名重的人士給予躐等而升，這是最尊貴之舉。辟除也叫〝辟舉〞、〝辟召〞，是高級官吏任用官員的一種制度，可以分為公府辟除與州郡辟除兩大類。

領導，前往趙國請莊辛歸。⑶當發放、散發講，如〈呂氏春秋・季春〉：「是月也，生氣方盛，陽氣發泄。」大意是，季春三月，萬物生氣正處於最旺盛的時候，陽壯之氣向外勃發。⑷頒布、發布，〈左傳・僖公三十三年〉：「遂發命，遽興薑戎。」（遽：急忙。興：發動。薑戎：少數民族名。）大意是，於是就發佈起兵的命令，急忙動員薑戎的軍隊。⑸興起、產生的意思，〈孟子・告子下〉：「舜發于畎畝之中。」這是說，舜從種田耕地中振興起來。⑹打開、開掘的意思，〈孟子・梁惠王上〉：「途有餓莩而不知發。」（塗：道路。）路上有餓死的飢民而不知開倉賑濟。⑺引申為啟發、闡發，〈論語・述而〉：「不憤不啟，不悱不發。」（憤：鬱結於心。悱：想說而未能說。）大意是，教導學生，不到他想要把問題搞通而還沒搞通的時候不去開導他，不到他想要說出而又說不出來的時候不去啟發他。

「發姦擿ㄊㄧˋ伏」，指揭發隱匿的壞人壞事，喻吏治精明。

「發揚蹈厲」，語出〈禮記・樂記〉：「發揚蹈厲，大公之志也。」原本是指舞蹈時動作的威武，後又用以比喻精神振奮，意氣風發。

「發蒙振落」，語出〈史記・汲黯列傳〉：「好直諫，守節死義，感惑似非。至如說丞相（公孫）弘，如發蒙振落耳。」大意是，（汲黯）這個人喜歡直諫，而且能守節為正義而死，想要用邪說去迷惑他，那是絕不可能的。至於要說服丞相公孫弘，就像撥落蒙塵，搖下落葉那樣的容易。後用以比喻輕而易舉。

｜語文點心｜**漢樂府**

「樂府」一詞，最初是指主管音樂的官府。樂府原來是古代掌管音樂的官署，掌管宴會、遊行時所用的音樂，也負責民間詩歌和樂曲的採集。作為詩體名的「樂府」最早即指後者，後來也用以稱魏晉到唐代可以配樂的詩歌和後人效仿的樂府古題的作品。根據〈漢書・禮樂志〉記載，漢武帝時，設有採集各地歌謠和整理、制訂樂譜的機構，名叫「樂府」。後來，人們就把這一機構收集並制譜的詩歌，稱為樂府詩，或者簡稱樂府。到了唐代，這些詩歌的樂譜雖然早已失傳，但這種形式卻相沿下來，成為一種沒有嚴格格律、近於五七言古體詩的詩歌體裁。唐代詩人作樂府詩，有沿用樂府舊題以寫時事，以抒發自己情感的，如〈塞上曲〉、〈關山月〉等，也有即事名篇，無復依傍，自製新題以反映現實生活的，如杜甫的〈兵車行〉、〈哀江頭〉等。

樂府主要作品有〈陌上桑〉、〈長歌行〉、〈上邪〉、〈十五從軍征〉、〈孔雀東南飛〉前四者見宋代郭茂倩編的《樂府詩集》，後者見南朝徐陵編的《玉台新詠》。其中〈孔雀東南飛〉是我國古代最長的敘事詩，與〈木蘭詩〉合稱「樂府雙璧」。

樂府為中國傳統詩歌體裁的一種，與古體詩、近體詩構成古典詩歌中的三大類，皆有極高的文學價值。

③ [illegible] ④ 舛

看圖說故事

甲骨文和金文都未收這個字。③小篆是由「夂」（夊）字及其反寫的「㐄」並列，是兩隻腳相背而行的形狀。④楷書寫成「舛」。

「舛」，ㄔㄨㄢˇ，六劃，會意字，作為部首的稱呼是舛部。

書寫「舛」字時，要注意筆劃，右邊寫成一橫、一撇橫、一豎共三筆，如：桀、傑、舜、舞。不可寫成一橫、一撇、一橫、一豎等四筆——[illegible]。

部首要說話

「舛」，小篆象趾尖相反的兩隻腳，是正反「夂」字並列的字，會相違背、相矛盾義。《說文解字》：「舛，對臥也。從夂㐄相背。」析義不確，應是兩足反部會意，「舛」就是左右兩足相背，這樣的腳走起路來其實是會互相違背的，因此「舛」的本義就是「違背」、「錯亂」。

賈誼〈治安策〉：「本末[100]舛逆。」意思是，事物的主次顛倒，比喻不知事情的輕重緩急。「舛」從本義引申為困頓、不順利，如唐代王勃〈滕王閣序〉：「時運不齊，命途多舛。」（齊：通「濟」。）這是說，時運不濟，命運不順。如果一生走來都是「舛」，那就表示人生並不順利，所以「舛」從本義就引申為困厄、不順利，到今天，對於某人時運不濟，我們就會說這人「命運多舛」。

「舛」字今可單用，也作偏旁使用。由部首「舛」字所組成的字雖然不多，但從舛取義的字，多與雙腳的動作、相違背等義有關。

語文點心｜王勃

王勃（公元649—675年），唐代詩人。字子安。絳州龍門（今山西河津）人。王勃與楊炯、盧照鄰、駱賓王以詩文齊名，並稱「王楊盧駱」，亦稱「初唐四傑」。

王勃的文學主張崇尚實用，當時文壇盛行以上官儀為代表的詩風，「爭構纖微，競為雕刻」「骨氣都盡，剛健不聞」，又稱王勃「思革其弊，用光志業」（楊炯〈王勃集序〉）。他創作「壯而不虛，剛而能潤，雕而不碎，按而彌堅」的詩文，對轉變風氣起了很大作用。王勃的詩今存80多首，賦和序、表、碑、頌等文，今存90多篇。王勃的文集，較早的有20卷、30卷、

27卷三種本子，皆不傳。

《舊唐書》本傳謂王勃：「六歲解屬文，構思無滯，詞情英邁，與兄才藻相類，父友杜易簡常稱之曰：此王氏三珠樹也。」又有楊炯〈王勃集序〉說：「九歲讀顏氏《漢書》，撰《指瑕》十卷。十歲包綜六經，成乎期月，懸然天得，自符音訓。時師百年之學，旬日兼之，昔人千載之機，立談可見。」唐高宗麟德元年（664年），王勃上書右相劉祥道，中有「所以慷慨于君侯者，有氣存乎心耳」之語，求劉祥道表薦。劉即表薦于朝，王勃乃應麟德三年（666年）制科，對策高第，被授予朝散郎之職。此時的王勃，才14歲，尚是一少年。上元二年（675年）或三年（676年），王勃南下探親，渡海溺水，驚悸而死。王勃作為古代一位極富才華的作家，未及而立之年便逝去，實在是中國文學的一大損失。其詩力求擺脫齊梁的綺靡詩風，文也有名，著名的〈滕王閣序〉就出自他之手。

注意部首字詞

「舛」、「乖」、「戾」、「剌」，這四個字是同義詞。「乖」和「舛」意義最近，所以「乖互」可以說成是「舛互」。「戾」的本義是曲，乖戾只是它的引申義。又，「暴戾」的「戾」與「乖」、「舛」不同。至於「剌」字，一般用於雙音詞中，如乖剌、剌謬。

「舜」，ㄕㄨㄣˋ，象形兼會意兼形聲字，舜字不見甲骨文、金文，據篆文[篆文字形]分析，上邊是蕣花這種花草形象的演變，其中「炎」象花朵與枝蔓相連

---

100. 本、末：本，指事字，金文[金文字形]從木，根部加粗，指明是根部，本義是樹根。末，象形字，甲骨文金文[字形]皆象之葉重疊繁茂形，本義為枝葉繁茂。《說文解字》：「木下曰本。」「木上曰末。」顯然本為樹根、末為樹梢，所以〝本末〞連詞就有顛倒的意思，如〝本末倒置〞，用以比喻主次、輕重的位置都顛倒了。

形，下從舛，會枝葉交錯蔓延之意，本義為一種蔓生植物，即木槿花。最早出現在〈詩經．鄭風．有女同車〉：「有女同行，顏如舜英。」詩的意思是，有個姑娘與我同行，她的臉蛋而像木槿花一樣漂亮。其後作為古帝名，〈荀子．解蔽〉：「昔者舜之治天下也，不以事詔而萬物成。」這是說，在帝舜治理天下的時候，他不把政事明告於人民，可是萬物都生成得很好。其後，「舜」也當姓氏。

「舜日堯年」，舜與堯均為中國古代聖賢明君，後以「舜日堯年」謂太平盛世。

「舝」，ㄒㄧㄚˊ，形聲字，從舛萬省聲，本義是指車軸兩頭的梢釘，擋住車輪不使脫落。〈詩經．邶風．泉水〉：「載脂載舝，桓車言邁。」詩的大意是，車軸抹油插上轄，掉轉車頭就出發。「舝」，也作星名，〈史記．天官書〉：「北一星曰舝。」

「舞」，ㄨˇ，是個多義詞，象形字，在甲骨文 中舞與無是同一字，象人手持牛尾等舞具翩翩起舞形，初側重指手的動作，篆文 則另加意符舛（雙足），用以強調手舞足蹈之意，⑴本義為跳舞、舞蹈，〈呂氏春秋．孟春〉：「命樂正入學習舞。」這是說，命令負責音樂的樂官，進入太學教學子學習舞蹈。從本義引申為舞動，又特指表演刀劍等舞技。⑵同「武」，指周武王時的音樂，〈論語．衛靈公〉有：「行夏之時，乘殷之輅，服周之冕，樂則〈韶〉、〈舞〉。」（輅ㄌㄨˋ：車軨前橫木。）⑶引申為舞弄、玩弄，如〈史記．酷吏列傳〉：「湯為人多詐，舞智以禦人。」這是說，張湯為人多詐，很懂得玩弄聰明控制別人。⑷〈禮記．考工記．鳧氏〉：「鉦上謂之舞。」「舞」是鐘的頂部。⑸後有作姓氏者。

② [金文] ③ [小篆] ④ 隶

看圖說故事

〈漢書・王莽傳〉：「逮治黨羽。」句中「逮」的古字即「隶」，甲骨文未收這個字。②金文的上部是隻手，下部直豎的是條大尾巴，表示有人用手抓住一條大尾巴。小篆的手已經抓住了尾巴，要怎樣才能抓住尾巴呢？楷書寫成「隶」。

「隶」，ㄉㄞˋ，八劃，會意字，作為部首的稱呼是隶字部。

書寫「隶」字時，要注意下部的點、挑、撇、點四筆不觸中豎鉤，如：隶、逮、棣、隸、康等。

部首要說話

「隶」，甲骨文從又（手）持一獸尾形，原是從「手」（又）字與「尾」的省體（氺）構成的，表示抓住了尾巴要加以整治。可見「隶」的意涵是，後面的人以手抓住了前面動物的尾部，有緊追不放、從後趕上的意思。所以「隶」這個會意字的本義就是「追及」。

從後面趕上來非得用跑的，於是在隸變之後的楷書，給「隶」加上了「辶」用來表示跑的行動。也就是說，「隶」就是現今「逮」的古字。〈論語・里仁〉：「古者言之不出，恥躬之不逮也。」（不逮：趕不上，這裡是指做不到的意思。）大意是說，古時候的人，言語不輕易說出，並以不能實踐自己所說的話為可恥。

「逮」從本義就引申為「逮捕」、「捉拿」的意思。如，逮到、逮住。

「隶」，可單用，也作偏旁使用。凡從隶取義的字，皆與捕捉、整治、陳列等義有關。

「隸」字今收入「隶」部，但是，「隶」與「隸」二字其實無關。隸字形本為「𥻨」。顧靄吉《隶辨》：「諸碑隸皆作𥻨，無從隶者。」《九經字樣》：「周孔女子入於舂稾，男子入於罪隸，隸字故從又持米。」可見「奴隸」的「隸」字形本來從又（右手）、從米，而與隶無關。原本的𥻨字訛變之後才寫成了「隸」字。

注意部首字詞

「隸」，讀作一ㄧˋ時，會意字，通「肄」，甲骨文從又（手）持一獸形，會宰牲加以整治之意，隸變後寫作「肄」，本義為捕獲一獸加以整治，引申泛指學習的意思，〈漢書．匈奴傳下〉有：「難化以善，易隸以惡。」這是說，難以歸化為善良，無法經由學習來改變惡習。讀作ㄌㄧˋ時，通「隸」，是指奴隸的意思，皮日休〈洞橋賦〉：「有賢有俊，有隸有臺。」（臺：奴隸的一個等級。）

「隸」，ㄌㄧˋ，為多義詞，甲骨文從又（手）持一獸形，會宰牲加以整治之意，本義為一人捕獲一獸加以整治，宰治牲體是奴僕做的事，本義為(1)奴隸的一個等級，〈左傳．昭公七年〉：「輿臣隸，隸臣僚。」（輿、僚：均指奴隸中的等級。）後泛指奴隸101、奴僕。又特指獄卒、差役，司馬遷〈報任安書〉：「見獄吏則頭槍地，視徒隸則心惕息。」大意是，見了獄官就磕頭，看到獄卒就心驚膽跳。(2)從本義引申為附屬、隸屬，〈後漢書．馮異傳〉：「乃破邯鄲，乃更部份諸將，各有配隸。」這是說，等到（馮異）攻下邯鄲，於是變更編制，各將領各有分配給自己的官吏士兵。又引申為跟從，如柳宗元〈小石潭記〉：「隸而從者，崔氏二小生。」(3)漢字的一種字體，隸書。〈漢書．藝文志〉有：「六體者，古文、奇字、篆書102、隸書、繆隸、蟲書。」(4)當察看講，如〈史記．酷吏列傳〉：「關東吏隸郡國出入關者。」這是說，關東郡國的官吏察看郡國中出入關口的人。(5)通「肄」，學習。

「隸人」，語出〈左傳．昭公四年〉：「山人取之，縣人傳之，輿人納之，隸人藏之。」（縣人：古代遂之屬官。輿人：是擁有一種專門技術而社會地位低下的人。）大意是，小官在深山中鑿取冰，縣正運輸，輿人交付，隸人收藏。「隸人」，就是指罪人，古以罪人或罪人家屬執賤役。

｜語文點心｜《後漢書》

《後漢書》是紀傳體的東漢（公元25年—220年）斷代史著作，120卷，分為紀10卷、傳80卷、志30卷。其中的紀、傳作者是南朝宋的范曄，志的作者是晉的司馬彪，一般稱為《續漢志》。

在范曄寫《後漢書》之前，後漢史書已經有了很多種，從東漢的明帝到靈帝，經過班固、劉珍、伏無忌和蔡邕等幾代人的努力，寫就紀傳體的《東觀漢記》，主要記載光武帝到靈帝之間的東漢歷史。後來，吳謝承、晉薛瑩、司馬彪和劉義慶等人都有著作面世。有了前人的成就，范曄便參考各家內容，融會貫通，寫成《後漢書》。范曄原來想學習《漢書》，寫成十志，因為被害而未如願。由於范曄的著作敘事簡明扼要，內容全面，所以其成就超過了前人，受到後世的重視。

---

101. 篆書：篆書是大篆、小篆的統稱。大篆又有廣義與狹義之分，廣義的大篆指先秦時期所有的文字，包括甲骨文、金文、籀文和春秋戰國時期通行於六國的文字，它們保存著古代象形文字的明顯特點。狹義的大篆專指春秋戰國時期秦國的通用文字。狹義的大篆與西周晚期的金文一脈相承，但字體更勻稱整齊，線條也變得柔和了，字形結構趨向整齊，從而奠定了方塊漢字的基礎。

102. 奴隸：隸，本義屬動詞，是人捕獲一獸加以整治的意思，後來將戰俘和搶掠來的人口加以役使就稱作〝隸〞（他們沒有人身自由，如物件般屬於主人的私有財產）。漢代以後，奴隸的來源由戰俘變為罪犯及其家屬，這時才有了〝奴〞這種稱呼的盛行。在漢語中，〝奴〞和〝婢〞常對稱使用，〝婢〞是女性奴隸，〝奴〞就是男性奴隸。後來，〝奴隸〞作為連詞，則專指沒有人身自由、供人役使的人。

《後漢書》紀、傳的編次和《漢書》有不少區別，紀的最後一篇是〈皇后紀〉，相當於〈漢書．外戚傳〉。皇后從傳入紀，就是來自范曄的《後漢書》。此外，在《漢書》以外還創立了7篇類傳，有〈黨錮傳〉、〈宦者傳〉、〈文苑傳〉、〈獨行傳〉、〈方術傳〉、〈逸民傳〉、〈烈女傳〉，這些都是根據東漢現實、風俗所寫，有的類傳成為後來人們學習的楷模。

在《漢書》中有〈百官公卿表〉，內容是西漢的職官制度，司馬彪將「表」成為「志」，創立了〈百官志〉，記述東漢的職官制度。但該書的志中沒有〈食貨志〉，是一大漏洞，其內容在〈晉書．食貨志〉裡有了補充，介紹了此時期的經濟狀況。

現存最早的《後漢書》刻本是南宋時期的紹興本，殘缺五卷。後來商務印書館加以影印，收進百衲本《二十四史》，缺的五卷用其他殘本補充。

三、直面人身

中國漢字的「人」，是個筆劃簡單、造字卻是深謀遠慮。

其一是形體上的解放，也就是人之異於禽獸的「直立」，這使得人類脫離荒野，以雙足行遍天下，以雙手打造萬能事業。

其二是側身形象所產生的動感，寓意著人類碌碌終生，不論是為了生計，還是為了生民，人注定是要不斷的活動與奔波。

其三是「人」字構成的二筆依賴，說明了人類不可獨立生存，人是一種群居的動物，只有相互的共協合作，文明才有可能。

但是，中國的老祖先也為「人」的取象側面透視出並且暗示了某種性格上的缺憾，那就是人類的慾望讓人對自身少能直面人生，這是一種暗示，也是一種提醒，人只有真實的面對自己，慾望才能獲致解放，人生的生老病死才有可能處之泰然、海闊天空。

｜**看圖說故事**｜

〈呂氏春秋・大樂〉：「天使人有欲，人弗得不求。」這是說，上天使人有慾望，人就不得不追求慾望的滿足。這個「人」字，①甲骨文，是面向左站著一個人，上端是頭部，向左下方伸展的是一隻手臂，中間是身子，身子以下是腿。②是金文，跟甲骨文長的差不多，這就是古代的「人」字，也就是萬物之靈的「人」，④就是楷書的「人」字，已經看不出人側立的樣子了。

「人」，ㄖㄣˊ，二畫，象形字。當作部首的時候，有兩種稱呼，人部、人字旁——亻。

部首要說話

「人」，象側身的人形，與「大」不同，「大」古文字是正立人形大。「人」，本義就是人，也指人民、民眾或人類。〈孟子‧告子下〉：「天時不如地利，地利不如人和。」這是說占有利的時機不如占地理優勢，占地理優勢又不如取得人心。

「人」從本義引申為他人、別人，〈論語‧衛靈公〉：「子貢問曰『有一言而可以終身行之者乎？』子曰：『其恕乎！己所不欲，勿施於人。』」這是說，自己所不喜歡的事物，不要加在別人身上。今有成語「人溺己溺」，人是指別人的意思。

「人」，也有一個人的本質或性情的意思。如：人才，就是說一個人的才能。人品，是指一個人的品格。〈孟子‧萬章〉：「頌其詩，讀其書，不知其人，可乎？」這就是指「文如其人」，一個人所寫的詩文，就能夠看出此人的品格。這也就是古人為什麼重視一個人文章的緣故了。

人與人的相處，特別是指男女之間的性行為也稱作「人」，〈史記‧樊噲傳〉：「荒侯市人病，不能為人。」大意是，荒侯市人因為有病而喪失生育能力，就讓他的夫人和他的弟弟淫亂而生下他廣。

「人」是個部首字，由人字所組成的字大都與人及人的動作、行為有關。如：與「人」有關：仙、伕、佘、佛、佣、伶、佬、俠、傀、僧、僕、儒、儡。

人稱代名詞：他、伊、你。

人的動作：付、令、伐103、住、作、來、併、侮、借、倒、傷、傳、催、僵。

人的特點：仁、佳、佼、信、俊、倩、傲、健、偉、傑。

人的姿態：伏、企[104]、仰、佇、伸、俯、倚、傾[105]。

人的狀況：伶仃、伯仲[106]、從[107]、合、偶、眾、會。

數字：個、仨、伍、什、佰、仟、億。

房屋：舍、倉。

姓、國族名：仇（求）、介、仡佬（哥佬）、任（人）、伍、伢族、仲、何、佛（必）、佉盧（區盧）、佧佤族、佟、佘（甚）、余、俍族（良）、侯、俞、倈族、俄國、倮黑族（裸）、倮儸族（裸儸）、傣族（歹）、傅、傈族（立素）、傒族（悉）、傜族、僰族（僰）、僮族（壯）、僚人（僚）、僬僥國（僬僥）。

注意部首字詞

用「人」所組成的詞很多，不過有幾個詞是要特別小心的。〈齊民要術・眾棗〉：「服棗核中人二七枚，辟疾病。」棗核中怎麼會有「人」呢？吃下去還能夠除病！在這裡，「人」就是果核中硬皮包裹的部分，後來寫作「仁」，到現在，一些老中醫店開藥方時還會寫上「棗人三錢」，這哪裡寫錯了，「棗人」就是「棗仁」，也就是棗子的果仁。

---

103. 伐：會意字，甲骨文作 ，從戈置人頸之上，會以戈砍殺人之意，本義為砍殺、擊刺，引申泛指殺。

104. 企：會意字，甲骨文作 ，從人從止，突出止部，表示提起腳跟，會人踮起腳跟遠望之義，本義為踮起腳跟遠望，引申為企望、企盼。

105. 傾：會意兼形聲字，篆文作從人從頃（歪頭）會意，頃也兼表聲，本義為頭不正，引申泛指歪斜。

106. 仲：會意兼形聲字，甲骨文用中來表示，篆文另加意符人，成為從人從中，會居人之中之意，本義為居中，引申指居間介紹調停。每年第二個月就叫仲，又引申專指兄弟姊妹排行第二的。

107. 从：會意字，甲骨文作 ，從前後二人，會相跟隨之意，本義為二人相隨而行，引申為跟隨。金文另加意符辶（走路），以突顯跟隨之意，楷書寫作〝從〞。

「人事」一詞，現在大都解為人情或人的作為，在機關上班，就是指有關人員升調、獎懲、任免等事。元代張國賓《合汗衫》第四折有這麼一句：「有甚麼人事送些與老爺，就放了你去。」這裡的「人事」不是指人情世故或人事升遷，而是指「禮物」，送些禮物不就是懂得人情世故嘛！

人是最愛面子的動物，所以「豹死留皮，人死留名」。人也是最自以為是的動物，所以面對大自然也要說「人定勝天」，人果真可以勝天嗎？也許到了「人生七十古來稀」的時候，才會感到人的渺小、歲月的短暫直如「人生如寄」，看來「聽天命，盡人事」才是作為一個人的本分哩！

｜語文點心｜**錯別字**

所謂錯別字，具體的說，就是包括錯字與別字。

錯字，指的是在漢字中根本沒有的字。會出現錯字，通常是因為增筆、減筆和寫錯結構。這主要是對字形的認識缺乏認識，加上資訊化快速發展，電腦鍵盤的輸入大量取代紙筆手寫，於是增減筆、寫錯結構的字就出現了。例如：「冒險」的「冒」，上部從冂二橫，寫成了「曰」。「歡迎」的「迎」，右上部寫成了「卯」；「歡」字，左上部的「卝」寫成了「廿」。

別字，指的是漢字中雖然有，但是不能那樣用的字。常見的別字大致可分成三類：

一、同音別字（「」內為別字）

大快人心→大「塊」人心　一箭封喉→一「劍」封喉

水火不容→水火不「熔」　情有獨鍾→情有獨「衷」

二、形近別字（「」內為別字）

相形見絀→相形見「拙」　肆無忌憚→肆無忌「彈」

春風和煦→春風和「熙」　床笫之間→床「第」之間

三、同音形近別字（「」內為別字）

皇皇巨著→「煌煌」巨著　滄桑→「蒼」桑
通宵→通「霄」　競賽→「競」賽

看圖說故事

〈列子・湯問〉：「此不為遠者小而近者大乎？」大意是，這不正是離人遠的看來小，而離人近的看起來大嗎？這個「人」字是個象形文，①甲骨文②金文③小篆都像是一個人正面的形體，是個兩手伸出、分腿直立的人，④楷書將手臂給拉直成了一橫，就不大像人形了。

「大」，ㄉㄚˋ，三畫，作為部首的稱呼是大字部。

部首要說話

「大」，甲骨文象正面站立的大人形。〈說文解字・大部〉：「大，天大、地大、人亦大，故大象人形。」人喜歡自稱為萬物之靈，所以上古以人為大，所以「大」的本義就是成年男子。

兩手兩腿張開，顯得身體大，所以卜辭中又引申為形容大小之「大」，相對於小。〈左傳・莊公十年〉：「夫大國難測也，懼有伏焉。」這是說，大國的情況難於捉摸，還恐怕有埋伏。王充〈論衡・說日〉：「見日出入時大，日中時小也。」意思是說太陽剛升起與落山時都顯得很大，中午時顯得很小。

大的事物，往往都有讓人有不可一世的感覺，從「大」引申為尊敬之義，有偉大、崇高、高明的意思。〈孟子・滕文公上〉：「大哉堯之為君。」作為一國之君，堯真是偉大啊！從「尊敬」義也引申為敬詞。

下輩對於上輩的稱呼必須語帶尊敬，古時在稱呼前綴上「大」以表尊崇。例如：今人有五子不為多，子又有五子，大父未死而有二十五孫。

〈戰國策·秦策二〉有這麼一句：「亦無大大王。」第一個「大」字是什麼意思呢？在這裡「大」是當動詞講，超越的意思，現在我們還會說「我大你三歲，虛長虛長。」

「大」，也有極、永遠的意思，一個人過世了，我們還會用「大去」這個詞，表示永遠的離開人世了。

「大」，除了讀作ㄉㄚˋ，又讀作ㄊㄞˋ，同「太」字，因為上古還沒有「太」字的時候是由「大」字來說，《易經》中的「大極」、《春秋》中的「大子」、《尚書》中的「大誓」、〈史記·漢書〉中的「大上皇」、「大後」等，都讀作「太」。

「大」，讀作ㄉㄞˋ，「大夫」是古時的官名。今日的「大夫」，指的是醫生。

「大」，今可單用，也作偏旁使用。凡從部首「大」取義的字，都與人、人事、大小、長大等義有關。

｜語文點心｜**王充**

王充東漢思想家、文學批評家。字仲任。會稽上虞（今屬浙江）人。出身「細族孤門」，自小聰慧好學。8歲時「謝師而專門，援筆而眾奇」。後來離鄉到京師洛陽就讀於太學，從師著名學者班彪。家貧，常遊洛陽市肆讀書。勤學強記，過目成誦，博覽百家之書。同郡謝夷吾曾讚揚他的才學「雖前世孟軻、孫卿，近漢揚雄、劉向、司馬遷，不能過也」（《後漢書》注引謝承《後漢書》）。他為人不貪富貴，不慕高官。曾作過郡功曹、州從事等幾任小官，因政治主張與上司不合而受貶黜。後罷官還家，專意著述。晚年，漢章帝下詔公車徵召[108]，王充不就。和帝永元中，病逝於家中。王充的著作今存〈論衡〉85篇（其中〈招致〉一篇亡佚）。另有〈政務〉、〈譏俗〉、〈備乏〉、〈禁酒〉、〈養性〉等，均已失傳。

王充在《論衡》中深刻地批判了以「天人感應」為核心的讖緯迷信思想，繼承和發展了古代唯物主義學說，認為世界是由物質性的「氣」所組成；人「死而精氣滅」，靈魂不能離開肉體而存在；天不是有意志的神，它不能主宰社會人事，否定了「災異」、「祥瑞」等荒誕不經之說，給予唯心主義神學以有力的打擊。王充從這個唯物主義思想基礎出發，論述了關於文章寫作問題，提出了一系列進步的觀點，對後世文學批評發展有重大的影響。

王充的文學思想中也有明顯的弱點，他所講的是廣義的文章，包括了所有學術著作和文學作品在內，然而他又沒有把學術著作和文學作品的不同特徵加以區別。他用對學術著作的要求來要求文學作品，所以也產生了一些流弊。他強調真實，只是事實的真實，因此把藝術創作所必須的虛構和誇張描寫也都否定了。

注意部首字詞

「大夫」這個詞要注意，它有兩讀：第一，奴隸制時代的諸侯國中，國軍之下設卿、大夫、士三級，秦漢以後乃有御史大夫、諫大夫、中大夫、光祿大夫等，這些與官職有關的「大」不能讀「ㄉㄞˋ」，只能讀「ㄉㄚˋ」。

---

108. 徵、召、辟：在〝上召喚下〞這種意義上，三者都是相同的，但又有細微的差異。〝徵〞和〝辟〞多用於〝召他來授給他官職〞的意義上，如〝徵為郎〞〝辟為掾〞。〝召〞除了用於上述意意外，還用於一般的召，而且不限於君召臣。如〈禮記·曲禮上〉：「父召無諾，君命召不俟駕。」大意是，父親召喚，不等到應〝諾〞，〝唯〞一聲就起身；君王召喚，不等到車馬備好就起身。〝徵〞和〝辟〞（尤其是辟）不能這樣用。

第二，宋代以後稱醫生為「大夫」，至今仍然沿用，這個「大」字只能讀「ㄉㄞˋ」，而不能讀成「ㄉㄚˋ」。

「大心」，語出〈韓非子・亡征〉：「大心而無悔，國亂而自多。」這是說，粗心誤事而不知悔改，國家紛亂而自以為好。「大心」是粗心大意的意思。

「大白」，也是個多義詞。⑴古時行軍用的大白旗稱「大白」。⑵〈禮記・雜記上〉：「大白冠。」這是冠名，即大帛冠。⑶漢・劉向〈說苑・善說〉：「飲不釂者，浮以大白。」（釂：盡。）這是說，乾杯時不一飲而盡的人，就罰他用大酒杯喝一杯。這裡的「大白」是指大酒杯。⑷當完全暴露、徹底明白的意思，如：真相大白。

「大相徑庭」，原指偏激，語出〈莊子・逍遙遊〉：「大相徑庭，不近人情焉。」這是說，和一般人的想法差別極大，實在有點不近人情。後稱為彼此大異或矛盾很大。

「大璞不完」，是說玉未加工曰璞，既經加工，就失去了天然的形態。後用以比喻士出來作官，就喪失了素志。

由部首「大」字所組成的字，通常「大」在字的上面或下面，如：天、夯（ㄏㄤ），少數有藏在中間的，如：央、夷、夾（不要誤認為「人」部）、奪（不要誤為「寸」部）、奭（ㄕˋ）等，這些字都是「大」部。

「大」部字中，易用錯的字有「奩」，ㄌㄧㄢˊ，嫁妝就稱作「妝奩」。少見的字有「奓」，ㄔˇ，同「侈」，讀ㄕㄜ，即「奢」字的籀文，讀ㄓㄚ，打開的意思。「奯」，ㄏㄨㄛˋ，大孔、大眼睛兩義，也引申為動詞，張大眼睛。「奰」，ㄅㄟˋ，大字上面有三隻眼睛，是個會意字，表示強壯、壯大義，從三目引申為怒，怒則傾向亂，所以引申為作亂。

① ② ③ ④ 立

｜**看圖說故事**｜

歐陽修〈賣油翁〉：「有賣油翁釋擔而立。」這是說，有個賣油的老翁，放下了擔子站立。這個「立」字也有個人，①甲骨文上部是一個人正面站著的形體，腳下有一條橫線表示地面，一個人站立在地面上，這就是「立」。②金文就更像一個人了，③小篆逐漸將這人的雙臂伸平，到了④楷書就看不出是個人的樣子了。

「立」，ㄌㄧˋ，五畫，象形字。作為部首的稱呼是立部。

書寫「立」字時，如作左偏旁，下橫筆改挑筆，如：靖、颯、翊等。

｜**部首要說話**｜

「立」，甲骨文從大（正面人形）從一（表示地），用以指明一人站在地上不動之意，既表示站立，也表示站立的地方，所以本義就是「站立不動」。〈論語．微子〉：「子路拱而立。」拱手、站立，都是表示敬意的動作。人站著叫「立」，那麼將物件給它站好也叫做「立」，也就是將東西「豎立」起來的意思。

「立」從「站」的本義引申為設立或建立，我們說立功、立德、立言為三不朽，是因為要建立「功（功業）、德（品德）、言（學說）」是不容易的事情。〈戰國策．齊策四〉：「立宗廟於薛。」（薛，地名。）這裡的「立」當設置講。

由設立又引申為君主即位，〈孟子．萬章上〉：「舜南面而立。」（南面：面向南，古代以坐北面南為尊。）這是說，舜南面而立當了天子。

因為人往那兒一「站」總是表示時間很短，所以「立」又能引申為短暫、馬上、立刻等副詞來使用，〈史記・項羽本紀〉：「沛公至軍，立誅殺曹無傷。」（曹無傷：人名）大意是漢高祖劉邦一到軍營，馬上把曹無傷殺了。

學校開學的時候，老師會和同學一同討論生活公約，然後寫在板子上，或是公開在公布欄上，大家要遵守生活公約，這種「締結」公約的方式也叫做「立」，在歷史上，我們不就是會看到國與國之間互相「訂立條約」，「立」就是訂立、締結的意思。

「立」也有生存的意思，成語「安身立命」，意思是指有了容身之處，生活有著落，精神與生存有了寄託。

二十四節氣109中的「立春」、「立夏」、「立秋」、「立冬」中，「立」指的是開始的意思，分別表示四季的開始，農業意義為「春種、夏長、秋收、冬藏」。「四立」也表示天文季節的開始。

「立」，今可單用，也作偏旁使用。從部首「立」取義的字，都與站立不動等義有關。

注意部首字詞

在讀古詩文的時候，有時會見到「立地」一詞，如果將它解為「站在地面上」就錯了，楊萬里〈江山道中蠶麥大熟〉：「曬繭攤絲立地乾。」這句中的「立地」就表示時間很短的意思。有一句成語是常看到的，「放下屠刀，立地成佛。」禪宗以人人皆有佛性，即便積惡之人，只要轉念為善，即刻可以成佛。

「立枷」，這不是站上枷鎖或打造枷鎖的意思，「立枷」其實是明代一種最殘酷的刑罰，到清代稱為「站籠」，犯者直立木籠之內，籠頂加於犯者頸上，往往數日即死。幸好「立枷」已廢，否則目睹立枷之刑，恐怕會惡夢連連。

由部首「立」字所組成的字大都是「立偏旁」的字，少數不是「立偏旁」的字有「竜」，ㄌㄨㄥˊ，這是龍的古字，今漢文少用，倒是日本人的姓名還保留「竜」字。另有「童」與罕見的「竷」（ㄎㄢˋ），「竷」有擊鼓、跳舞兩義。

最後，兩個「立」合在一起就成「竝」（ㄅㄧㄥˋ），這就是「並」的本字。兩個「竞」（ㄐㄧㄥˋ）在一起就成為「競」[110]，就是競賽的競，不要將競與兢（ㄐㄧㄥ）搞混了，「兢」是兢兢業業的兢。說文解字一書解釋雖有競與敬的意思，但文獻上多用「敬」意，如詩經小雅的「戰戰兢兢」。競字，《說文解字》解釋為「彊語」，也就是相爭的意思，因此在文獻上「競爭」多用「競」字。從文獻上用字習慣而言，「敬謹」義宜用「兢」，音ㄐㄧㄥ；相爭義宜用「競」，音ㄐㄧㄥˋ。「競爭」不宜作「兢爭」，「兢兢業業」不宜作「競競業業」。

|語文點心|**姓氏、姓名**

上古有姓有氏。姓是一種族號，氏是姓的分支。後來由於子孫繁衍，一族分為若干分支散居各地，每一支有一個特殊的稱號作為標誌，這就是氏。

古人有名有字。就說上古嬰兒出生3月後由父親命名。男子20歲成人就舉

---

109. 二十四節氣：中國古代曆法，依據太陽在黃道上的位置，將全年劃分為二十四個段落，其中有十二個中氣、十二個節氣，統名為二十四節氣。節氣的名稱，所在的季節和西曆月分是：春季/2月，立春，雨水；3月，驚蟄，春分；4月，清明，穀雨；夏季/5月，立夏，小滿；6月，芒種，夏至；7月，小暑，大暑；秋季/8月，立秋，處暑；9月，白露，秋分；10月，寒露，霜降；冬季/11月，立冬，小雪；12月，大雪，冬至；1月，小寒，大寒。為了便於記憶，人們將二十四節氣編成口訣：春雨驚春驚穀天，夏滿芒夏暑相連。秋處露秋寒霜降，冬雪雪冬小大寒。
110. 競：會意字，甲骨文作 [illegible] ，從二竟（樂器）相並（〝**竞**〞與〝竟〞二字同源），象二人吹樂器之狀，會比賽誰吹得強之意，本義為比賽，也表示爭辯。〝**竞**〞與〝竟〞二字同源，後來表意各有側重，〝**竞**〞側重表示競賽、角逐；〝竟〞側重表示終結、完結。

行冠禮（結髮加冠）時取字，女子15歲許嫁舉行笄禮（結髮加笄）時取字。

名與字一般有幾種關係：

一、有意義上的聯繫：例如屈原，名平，字原。（〈爾雅・釋地〉：「廣平曰原。」）又如顏回，字子淵。（《說文解字》：「淵，回水也。」）。

二、名和字是同義詞：例如宰予，字子我。樊須，字子遲。（須和遲都有「待」的意思）

三、名和字是反義詞：例如曾點，字晳。（《說文解字》：「點，小黑也。」引申為汙的意思。又：「晳，人色白也。」）

除了名和字外，還有別號（別字）的。別號和名不一定有意義上的聯繫。大致可分成兩類：

一、是三個字以上的別號：葛洪，自號抱朴子；陶潛，自號五柳先生；蘇軾，自號東坡居士。

二、兩個字的別號：王安石，字介甫，別號半山。陸游，字務觀，別號放翁。

①[illegible] ③[illegible] ④欠

看圖說故事

〈儀禮・士相見禮〉：「君子欠身。」這是說，君子開始打呵欠伸懶腰。這個「欠」字，也是有「人」的字，①甲骨文是面朝右跪著的一個「人」形，上部的頭指露出一張張大嘴巴的嘴形，什麼時候人會如此呢？打呵欠就是如此，所以這就是打呵欠的「欠」字，③小篆看不出一個人打呵欠的樣子，倒是上部的三撇看起來像頭髮，或者是張口噴出的氣流，到了④楷書，幾乎沒有打呵欠的樣子了。

「欠」，ㄑㄧㄢˋ，四畫，象形字。作為部首的稱呼叫欠部。

「欠」若在「心」、長橫或捺筆之上時，末捺要改為頓點，如：忞、姿、瓷。

由部首「欠」部組成的字大都與張口出氣的行為等有關。

｜部首要說話｜

「欠」，甲骨文象人張口出氣打呵欠形，本義就是「打呵欠」。白居易〈江上對酒〉：「眠多愛欠伸。」覺睡得太多了反而容易打呵欠、伸懶腰。打呵欠的時候會抬頭、挺胸、張口，這都有抬起的動作，所以引申為向上抬的意思，《紅樓夢》第三十四回中說：「（寶玉）猶恐是夢，忙又將身子欠起來。」「欠」，就是將身子給抬起一下的意思。

打呵欠經常是因為精神不濟的關係，所以又引申為缺少、不足，「欠佳」、「缺乏」，都有不足之意。白居易〈寒食夜〉：「四十如今欠一年。」比四十歲要少一年，就是今年三十九歲啦！

「欠」從「不足」又引申為虧欠的意思，所以向人借用的財務未歸還就叫做「欠債」。呂岩〈七言〉〉：「未省人間欠酒錢。」這個「欠」就是虧欠的意思。

這樣看來，「欠」這個字大都有負面的意思囉！我們最好不要隨隨便便就「欠」別人東西。如今「欠」字可單用，也作偏旁使用。其實以部首「欠」字所組成的字，大都與吸氣、呼氣、缺少、欠缺有關，也未必全是負面的字詞。

｜語文點心｜《紅樓夢》

《紅樓夢》是根據同名題材小說《紅樓夢》又名（《石頭記》、《情僧錄》、《風月寶鑑》）補編而成的古典長篇小說。最早曾由曹雪芹、清代小說家增刪整理，名為《金陵十二釵》。

《紅樓夢》第一回正文中，將作者歸之為「石頭」，這自然是小說家言。緊接著又提到，此書經「曹雪芹於悼紅軒中披閱十載，增刪五次，纂成目錄，分出章回」。而早期抄本中的大量脂批則直指曹雪芹就是作者。如甲戌本第一回有批語：「若云雪芹披閱增刪，然則開卷至此這一篇楔子111又係誰撰？足見作者之筆狡猾之甚。」據一部分紅學家研究，脂批還多次說《紅樓夢》的故事很多取材於曹家史實，也可作為旁證。由於脂批中透露作批者與曹雪芹及其家族關係緊密，也熟知甚至部分地參與了《紅樓夢》的創作，因此脂批可以說是曹雪芹作為《紅樓夢》作者的最直接證據，但有些派別認為脂批純屬後來者杜撰，不能作為研究證據。

清代詩人富察明義在其《題紅樓夢》詩序中說：「曹子雪芹出所撰《紅樓夢》一部，備記風月繁華之盛，蓋其先人為江寧織府。其所謂大觀園者即今隨園故址。惜其書未傳，世鮮知者，餘見其鈔本焉。」另一位清代宗室詩人永忠作於乾隆三十三年（公元1768年）的詠《紅樓夢》詩題曰：「因墨香得觀《紅樓夢》小說弔雪芹三絕句（姓曹）。」這大概是除《紅樓夢》本身和脂批之外，最早指出曹雪芹是《紅樓夢》作者的記載。明義和永忠都是曹雪芹同時代人，雖然沒有證據表明他們認識曹雪芹，但他們與曹雪芹的朋友敦誠、敦敏兄弟有密切往來，因此他們的說法被認為是具有很高的可靠性。但迄今沒有在敦誠、敦敏兄弟的文字中找到關於曹雪芹是《紅樓夢》作者的記載。

注意部首字詞

由「欠」字連成的語詞大都易讀易解，如：欠安、欠妥、欠債等。由部首「欠」字所組成的字也都是在右邊的欠部字，如：欣、欸、款等，但有些欠部的字不要誤為其他的部首字，「次」，第二的意思，不可誤為「兩點冰」；「欣」，是喜悅、高興，與斤斧沒有關係，不可誤為「斤」部；「欲」，是想望、慾望的意思，與山谷或口沒有關係；「欽」，是敬佩、仰慕的意思，與金屬沒有關係，不可誤為「金」部。

由部首「欠」字所組成的字雖然不多，但還是有些語詞容易弄錯，這些語詞要注意。

欣欣向榮→誤寫「莘莘向榮」

欹嶔歷落→誤寫「倚嶔歷落」

欽差大人→誤寫「嶔差大人」

歃血為盟→誤寫「剎血為盟」

另有幾個少見的字介紹如下：

欿，ㄎㄢˇ，形聲字，小篆𣢑從欠臽聲，不自滿、憂愁的樣子。

欻，ㄏㄨ，形聲字，從欠炎聲，忽然、迅疾。

歆，ㄒㄧㄣ，形聲字，篆文從欠（人張口）音聲，本義為祭祀時鬼神享用祭品的香氣。引申指香氣。

歊，ㄒㄧㄠ，會意兼形聲字，篆文從欠從高，會氣上升之意，高也兼表聲，本義是氣升騰。

歠，ㄔㄨㄛˋ，形聲字，從歓省，叕聲。本義即飲、喝。

111. 楔子：原指一種上平厚下扁銳的木片，可以用來打進物體裡去，起加固或堵塞作用。後用來表示古代小說或戲曲的引子，古代說書的話本通常在開講之前講一個小故事，藉以引起或補充正文，因為它是插進來填空子的，故稱楔子。元雜劇在四折之外，也附加一段或兩段，放在全劇之前，用以點明或補充正文；有的放在兩折之間，以補充複雜的劇情，起銜接劇情的作用，類似於現在的過場，也稱之楔子。

① ② ③ ④ 子

看圖說故事

〈詩經．豳風．七月〉：「同我婦子，饁彼南畝。」（饁ㄧㄝˋ：送飯。）詩的大意是，和我的老婆孩子一起，送飯到南邊地頭。這就是「子子孫孫」的「子」字。①甲骨文就像一個小孩初生的樣子，頭上長了三根毛髮，表示還沒長全，②金文的手臂看來會動的樣子，雙腿是用小被裹起來，剛生下來的嬰孩就像這個形體，③小篆與金文相似，④是楷書的寫法。每個人剛生下來就是這模樣，該好好認識「子」字。

「子」，ㄗˇ，三畫，象形字。一般稱為「子字旁」，位在字的左半邊，例如：孔、孤、孩。

「孑」ㄐㄧㄝˊ、「孓」ㄐㄩㄝˊ兩字與「子」相似。孑，像「子」缺右臂之形，是孤單、孤獨的意思，孑孑是指突出獨立的樣子。孓，像「子」缺左臂之形。「孑」與「孓」連成一個詞，跟「人」反而沒有關係，孑孓是指蚊的幼蟲。

由部首「子」所組成的字，大都跟子女、小孩有關。

部首要說話

「子」，甲骨文象有頭髮、囟門和身子的初生嬰兒形，本義就是嬰兒，也指孩子，兼稱男孩女孩。〈戰國策．趙策四〉：「丈夫亦憐其少子乎？」這是說，男子漢也疼愛自己的小兒子吧？此指兒子。〈韓非子．說林上〉：「衛人嫁其子。」不要誤解為「男 入贅」，這個「子」是指女兒，也就是嫁女兒的意思。

動物的卵或幼小的動物也叫「子」，〈詩經・小雅・小宛〉：「螟蛉有子，蜾蠃負之。」（螟蛉：一種吃禾心的害蟲。蜾蠃ㄍㄨㄛˇㄌㄨㄛˇ：細腰蜂。）這是說，螟蛾的幼蟲，蜾蠃背去養育。其後也引申到植物的果實或種子也叫「子」，李紳〈憫農〉之一：「春種一粒粟，秋收萬顆子。」這是指果實的意思。

古代有五等爵位，「子」排第四，〈禮記・王制〉：「王者之制祿爵：公、侯、伯、子、男凡五等。」後來引申為對人的尊稱，又附於姓後表示尊敬，例如稱孔丘為孔子、稱孟軻為孟子。

從本義「嬰兒」引申為錢財生利，〈史記・貨殖列傳〉：「子貸金錢千貫。」子就是利息。

人與動物都會生子，那「金錢」會不會生孩子呢？錢又不是動物怎麼會生孩子，但是錢存在銀行就會「生」出利息，錢生出利息就叫做「子息」。你看，錢也生了孩子，好玩吧！

「子」，也作地支的第一位。地支與天干配合，用於紀年、月、日。

「子」，虛化之後就成了後綴詞，這時要讀作ㄗ・。「子」作為後綴詞一般有兩種用法，⑴名詞的語尾。例如：椅子、筷子。⑵加在表示動作或是表視情況的詞後頭。例如：騙子、販子、聾子。

如今「子」可單用，也作偏旁使用。凡從子取義的字，皆與孩子等義有關。

注意部首字詞

「子息」一詞常在古書中出現，一般當「兒子」講。可是賈思勰在《齊門要術》序：「乃畜牛羊，子息萬計。」這裡的「子息」可不能當兒子講，而是作為動詞成為「孳養生息」之義。

「子來」出自〈詩經・大雅・靈臺〉：「經始勿亟，庶民子來。」「子來」不是說有男子過來，這是喻意，表示百姓急於公事，一如子女急於父母之事。

從「子」聯結的詞有許多是人名（如：子路、子思），有些卻是指動植物或物品，一般人都較為陌生。「子衣」，是嬰兒胎胞，也稱紫112河車。「子明」，是水銀的別稱。「子神」，是指老鼠。「子規」，鳥名，即杜鵑。「子窠」，即火槍的子彈。「子午花」，即金錢花的別名，又名夜落金錢花。「子孫果」，這不是真的果實，是指供擺設的果品模型。

從部首「子」組成的字，除了居偏旁的字易辨之外，有些字容易誤認為是其他部首，要先理解字義，才不會搞混了。

「字」，ㄗㄧˋ，會意兼形聲字，金文從子從宀（房屋），用屋裡有子會生養孩子之意，子也兼表聲，本義為生育，後引申為字體、字音。「字」從子表聲，不要誤為「宀」部。

「孛」，ㄅㄛˊ，會意兼形聲字，甲骨文的下部是子（小孩），上部是長髮，這就表示小孩生長迅速，寓有「蓬勃興盛」之意，與「宀」部無關。

「孚」，會意字，像手俘獲人之意，不要誤為「爪（爫）」部。

「季」，本義是排行在末的意思，所以不從「禾」部。

「孱」，本義為怯懦、弱小。三個「子」（小孩）躲在一起，當然是因為害怕，引申為弱小。「尸」，原是在祭祀時，代替死者神靈受祭的人。

「孽」，本義是庶子，就是宗族的旁支，引申為災難與不孝。「孽」字與草無關，故不從「艸（艹）」部。

①[甲骨文] ②[金文] ③[小篆] ④兒 ⑤儿

｜看圖說故事｜

花木蘭要代父出征前說：「阿爺無大儿。」〈木蘭詩〉這個「儿」字就是一個「人」，「儿」其實是「人」的古字。看的出來這也是個人，但是頭好大，身子相對的就較小。①甲骨文中是一個面朝左、頭大大，但是頭頂有開口，這就是「囟門未合」的樣子，這是嬰兒出生的時候，腦囟骨還沒有長在一起。在頭部的下面是向左下方伸展的一筆是手臂，右邊彎曲的是嬰兒的身子和腿。②金文的形體和甲骨文大致相似，③小篆的上部還是個大頭，但已經不太像手臂和腿了。④是由小篆演變而來的楷書形體，⑤是簡化的字，把嬰兒的頭給簡化掉了。

「儿」，ㄖㄣˊ，二畫，作為部首的稱呼叫做儿部。

「儿」，現在當作「兒」的簡體字。而且「儿」只當作偏旁，不當成一個字。

「儿」與「几」，看起來差不多，不要寫錯了。

「几」，ㄐㄧ，就是小桌子，喝茶的桌子就叫做「茶几」。「几」上部平整的一橫，就像是桌面，下部是桌腳，這是從側面看的樣子。

由部首「儿」所組成的字，大都與人有關係。

---

112. 紫：形聲字，從糸此聲，本義為紅藍合成的顏色，像茄子的顏色。正因紫非正色（間色），〝朱紫〞一詞成了正邪、是非、優劣的喻詞（紅為正色）。齊桓公服紫，就曾為韓非子所鄙（見〈韓非子．外儲說〉），孔夫子也有〝惡紫之奪朱〞之嘆！到了唐代，由於〝紫〞作為高官權貴的法定服色，三品以上服紫色，而〝紅〞卻屈為三品以下五品以上冠服法定之色。自此，〝紫〞氣升天，漢以後人們以紫為天之色，更與天神仙道發生聯繫，遂有〝紫府〞〝紫房〞〝紫宮〞〝紫清〞喻神仙、天帝所居，〝紫雲〞〝紫氣〞更為祥瑞之徵。

部首要說話

「儿」，〈說文解字．儿部〉：「儿，仁人也。古文奇字人也。象形。孔子曰：「在人下，故詰詘。」奇字，王莽時六書之一。奇字是根據戰國時代齊、楚、燕、韓、趙、衛這六國文字加以改變而成。「儿」即「人」的變體，作偏旁時在下，如：兒。所以「儿」的本義就是孩子，也是「人」的古字。許慎在《說文解字》裡又說：「儿，孺子。」孺子就是小孩子的意思。

古時候，在父母親的面前，不管男生女生，都自稱「儿」。元稹《鶯鶯傳》：「玉環一枚，是儿嬰年所弄。」鶯鶯是個女子，在父母面前也自稱「儿」。到現在，還有些女士寫信的時候，也會在書信的開頭寫上「儿」，表示是對父母親的自稱，顯得親切而典雅。

讀《詩經》時，「儿」出現在「黃髮儿齒」一句，「黃髮」是指老人家，「儿齒」不要誤解為小孩的牙齒，這句話是指老人牙齒掉落後而再生的細齒（當然，這種情形是很少發生的）。

由部首「儿」所組成的字，大都與人有關係。

注意部首字詞

由部首「儿」所組成的字並不多，但有些字詞是容易弄錯的。

兀，ㄨˋ，指事字，兀與元同源，甲骨文從人，在其頭頂加一短橫，指削去了頭髮，用來表示上邊光禿之意，本義是髡刑，引申斬斷，特殊的是，古代有種刑罰叫刖刑，經刖刑砍掉一隻腳就叫做「兀」。〈莊子．德充符〉：「魯有兀者王駘。」（王駘ㄊㄞˊ：人名），表示這個名叫王駘的獨腳人曾經受過「兀」刑。又從光禿義引申為高聳狀，「兀立」就是直立不動。

元，ㄩㄢˊ，指事字，甲骨文就是人的頭狀，本義是頭，引申為開始、首的意思，所以又引為原本、根本的意思，今有成語「源源本本」、「原原本本」，這都是代「元元本本」的本尊，就是追源尋本的意思。

兇，ㄒㄩㄥ，兇與凶如何分辨？我們還是從本義來看。兇，本義是恐懼；凶的本義是凶險，與吉相對，就是不吉利的意思。由於兇與凶都有凶狠、凶惡的意思，所以在這個意思上，兇俗通凶，但是「兇」沒有不吉的意思，「凶多吉少」就不可寫為「兇多吉少」；「凶」沒有驚恐的意思，「兇懼」不可寫成「凶懼」。

「免」與「兔」字最大的差別就在於「兔」多了「免」一點，那一點就是兔子的尾巴。免，讀ㄇㄧㄢˇ之外，又讀作ㄨㄣˋ，這是古代的一種喪服，去掉帽子、用布纏頭，直到現在，喪禮上還能看到這樣的裝扮。免，ㄨㄣˋ，後來寫作「絻」。

兕，ㄙˋ，象形字，這是個罕見的字，甲骨文就像獨腳犀牛的形狀，所以「兕」就是獨腳犀牛。〈詩經・豳風・七月〉：「稱彼兕觥。」（稱：舉起。兕觥ㄍㄨㄥ：用犀牛角做的酒器。）意思是，舉起你的酒杯吧！

兗，ㄧㄢˇ，形聲字，金文從水允聲，是「沿」的變體，字的上邊是㕣（泉水順山溝流出形）的變體，本義為兗水（水名），古書上可以看到這個字，這是古代九州之一，兗州。它還有另一個意思，兗，是指箭的末端。〈漢書・揚雄傳下〉：「兗鋋瘢耆。」（鋋ㄔㄢˊ：鐵把短矛。瘢耆：馬脊背上的創傷。）

兢，ㄐㄧㄥ，會意字，兢與竟同源，金文從二人競賽吹奏，用以表示競賽中小心謹慎之意，本義是小心謹慎。「兢兢」是小心謹慎的樣子，語出〈詩經・小雅・小旻〉：「戰戰兢兢，如臨深淵，如履薄冰。」今有成語「戰戰兢兢」、「兢兢業業」，不要寫成「戰戰競競」、「競競業業」，「競」，ㄐㄧㄥˋ，是爭逐的意思。

③ ④ 勹

｜看圖說故事｜

③小篆的字形是由「 」（人）字分別向兩側下垂朝裡彎曲而成。④楷書寫成「勹」。

「勹」，ㄅㄠ，二劃，變體象形字，做為部首的稱呼是包字部。

在書寫「勹」字時，不論「勹」內有多少筆劃，都不觸及外部的「勹」，如：勻、匈、菊、麴等。

｜部首要說話｜

「勹」，《說文解字》解釋為：「裹也，象人曲形有所包裹。」這意思是說，「勹」這個字就是包裹，是以人作彎曲形，就像有什麼東西被包住一樣，也就是說，空其中，以象包裹。這麼說，「勹」，本義就是包裹。

「勹」，有些學者有另外的解釋。于省吾就認為「勹」就是「伏」的初文，中國學者鄒曉麗從「鬱」字解釋說，「鬱」的甲骨文 ，象一人踏在一伏者背脊之上，從被踏者的角度來看，心境當然是鬱悶、憂鬱的，而 的下部就是「勹」，所以贊同于省吾認為「勹」是「伏」初文的說法。

段玉裁注：「今包字行，而勹廢矣。」可見，勹作為變體象形字，即為「包」的本字。

「勹」，如今只作部首字，不單獨成字，但是從部首「勹」取義的字，大都與人身、包裹等義有關，如：勻、匈、勿、匍、麴、匏、匐等。

注意部首字詞

「勺」，ㄕㄠˊ，會意字，金文作白描的盛器上有一小點，小點表示舀取的食物，本義為舀取東西的器具。〈孫子．算經卷上〉：「十抄為一勺，十勺為一合。」這個「勺」指的是容器單位。〈詩經．鄭風．溱洧〉：「贈之以勺藥。」（勺藥ㄩㄝˋ：同「芍藥」，香草名。）詩句的大意是，離別時互贈芍藥。「勺」，又讀ㄓㄨㄛˊ，作動詞「舀取」的意思。〈禮記．內則〉：「十有三年，學《樂》，誦《詩》，舞《勺》。」這是說，十三歲未成童的孩子要先學習音樂，朗誦詩經，可執勺（即樂器「籥」）起舞。這個「勺」是指古代一種樂舞名。

「勾」，ㄍㄡ，會意兼形聲字，本作「句」，甲骨文從口從ㄐ（表勾曲），會語調曲折之意，ㄐ也兼表聲，本義是語調曲折，引申泛指彎曲的意思。後來用筆劃鉤，表示刪除或截取也稱作「勾」。作為動詞就是捉拿、拘捕的意思，〈北齊書．畢義雲傳〉：「令普勾偽官，專以車輻考掠。」（車輻：輾的意思。）「勾」由拘捕義引申為勾結。另外，「勾」讀作ㄍㄡˋ時，通「夠」。有「勾當ㄍㄡˋ ㄉㄤˋ」一詞，本義是指辦理，如〈北史．敘傳〉：「推尋勾當，絲髮無遺。」這是說，推求辦理，務使不遺漏任何蛛絲馬跡。

「勿」，ㄨˋ，甲骨文作刀頭向左彎的刀上留有割砍後的物屑，這些物屑往往是無用之物，於是假借為否定詞，表示禁止或勸阻，如〈論語．顏淵〉：「非禮勿視，非禮勿聽。」「勿」從否定詞的「不要」引申為否定副詞「不」的意思，〈詩經．王風．君子于役〉：「君子於役，如之何勿思。」這是說，夫君在外服勞役，叫我如何不惦記？其後，唐代詩僧寒山〈三字詩〉之三有：「我居山，勿人識，白雲中，常寂寂。」中，「勿」就當無、沒有講。

古籍中常有「勿勿」一詞，這是個多義詞，要注意分辨。⑴〈大戴禮記．

曾子立事〉：「君子守此，終身勿勿也。」這是說，君子要能守住禮法，必須一生勤勉不懈。「勿勿」是指勤勉不懈的樣子。⑵南朝梁元帝〈金樓子・立言〉：「君子無邑邑于窮，無勿勿于賤。」（邑邑：憂愁不樂的樣子。）大意是，君子不會因為窮困而憂愁，也不會因為貧賤不得志而懷憂喪志。這裡的「勿勿」是指憂愁的樣子。⑶杜牧〈遣興〉：「浮生常勿勿。」（浮生：人生。）詩句的大意是，長長的一生匆匆流逝而去。此「勿勿」就是「匆匆」的意思。

「匊」，ㄐㄩˊ，會意字，金文作外部的手掌內有米形，表示將米握在手掌上，本義就是兩手合捧，而「匊」就是「掬」的古字，〈詩經・小雅・采綠〉：「終朝采綠，不盈一匊。」（綠：通「菉」，草名。）詩的大意是，整個早上採菉草，還不滿一掬。

｜語文點心｜**寒山**

寒山（生卒不詳）唐詩僧，亦稱寒山子。傳為貞觀時人，一說大歷時人。居始豐縣（今浙江天臺）寒岩。好吟詩唱偈，與拾得為友。引人注目的蘇州寒山寺，即以「寒山」命名，因為寒山曾於此寺住過，清雍正十一年（公元1733年）封寒山為「和聖」，封拾得為「合聖」，二人合稱「和合二聖」或「和合二仙」。寒山是一位影響深遠的奇人，影響範圍包括儒、釋、道三家，影響地域遠達國內外。

寒山的影響不僅在宗教界，俗人也受其影響，如王安石就很崇拜寒山，曾寫〈擬寒山詩〉20首。

寒山的影響力還越出國界，到達朝鮮、日本及西方，寒山詩被華特生譯為英語，在西方國家流傳。

寒山的影響有積極的一面，也有消極的一面，美國極端消極的嬉皮派很崇拜寒山的詩，把寒山奉為嬉皮派的祖師爺。

① ② ③ ④ 比

｜看圖說故事｜

〈尚書・牧誓〉：「稱爾戈，比爾干。」（干：盾牌。）這句話是說，舉起你們的戈，排列好你們的盾。這個「比」字，①甲骨文是面朝左併著站的兩個人，上部是頭，中間是身子，下部彎曲的是腿。②金文和③小篆都是兩個人靠在一塊的影像，只不過轉了個方向，兩個人還都是緊緊地挨在一起。④是楷書的寫法，「比」字已經看不出人形了，倒是緊靠一起的樣子沒變。

「比」，ㄅㄧˋ，四畫，是個會意字，在甲骨文中本來是與「從」同一字，篆文後分為二字。《說文解字》謂「反從為比」。

｜部首要說話｜

「比」，ㄅㄧˋ，甲骨文從二匕（婦女跪拜形）相并，會夫婦比肩親近的意思，本義是夫婦並肩靠近、並列或挨著。〈呂氏春秋・觀世〉：「千里而有一士，比肩也。」是說，就算有千里遠，也要靠近有德行的人。「比」從本義引申為親近，上下、同儕相親近，於是就有了「勾結」義，〈論語・為政〉就說：「君子周而不比。」是說，君子者，言行忠信，不結黨營私。那小人呢？自然就是「朋比為奸」。

〈戰國策・燕策二〉：「人有賣駿馬者，比三旦立市，人莫之知。」這個「比」是接連的意思，表示有賣好馬的人連續三天開市。今有成語「比比皆是」，用來形容很多的意思。

「比」從「接連」義也引申為及、等到。〈孟子・梁惠王下〉：「比其反也，則凍餒其妻子，則如之何？」大意是，等到他歸來時，妻子兒女卻受凍挨餓，對這件事應該如何處理？

「比」，又讀作ㄅㄧˇ，互相挨得很近才有比較的可能，所以「比」產生了「比較」的意思，〈周禮・天官・內宰〉：「比其小大與粗良，而賞罰之。」這裡的「比」就是「比較、較量」的意思。

「比」從「比較」義也引申為考校、考核。〈韓非子・內儲說上〉有句：「人之救火者死，比死敵之賞。」這是什麼意思呢？這是說，為救火而死的，和戰場犧牲同賞。這裡的「比」是「依照、比照」的意思，從而引申為「比喻」，這也是古代賦詩作文的一種常用的修辭手法，「比」為詩「六義」之一。另外，古代基層行政編制，以五家為比。〈周禮・地官・大司徒〉：「令五家為比，使之相保。」

「比」從一個跟一個的樣子，有了「對準」的意思，我們說「用槍比著他」，意思是用槍對準他。

「比」，今可單用，也作偏旁使用，凡從比取義的字，都與並列、接近等義有關。

｜語文點心｜**比**

〈詩經・大序〉：「詩有六義焉，一曰風，二曰賦，三曰比，四曰興，五曰雅，六曰頌。」

比，就是詩經六義之一。「風、雅、頌」，可說是詩經的體裁；「賦、比、興」，就是詩經的做法。

比，是藉彼物擬此物，也就是所謂的「譬喻法」。也就是說，將所要說明的事物（喻體）用另外的事物（喻依）來比況形容（喻詞），這就叫譬喻。譬喻法一般有下列幾種：

一、明喻：喻體、喻詞、喻依三者都明白出現的方式叫明喻，通常可看見「如」「好像」「彷彿」「猶如」「似」「若」……等字詞。例如：好朋友

真「像」是一本一本的好書。〈林良《父親的信》〉

二、隱喻：在句法中，不用「好像」「如」「猶」……等字詞，而以「是」或「為」來代替者，表面文字上找不到比喻的用詞，其意義上仍為比況，這種就叫作隱喻。例如：因循怠惰，〈是〉一條綑住手腳的繩子。

三、借喻：借喻中看不到「喻體」和「喻詞」，只剩下「喻依」，把譬喻物作為文句中的主體，這種方法叫借喻。例如陳之藩用「失根的蘭花」，來借喻國土淪喪的人。

四、略喻：省略喻詞，只有喻體、喻依的譬喻，叫作略喻。例如：苛政猛於虎。俗語中也有用到譬喻的，例如：「癩蝦蟆想吃天鵝肉」，喻自不量力的妄想。

注意部首字詞

從部首「比」字組成的字並不多，卻多是少見的字，要特別注意。

「比肩」一詞是個多義詞，其一並肩。其二喻接連而來。其三喻聲望、地位相等或關係親近。其四即披肩，披在肩上的一種服裝。

「比周」，一指中性義的聯合、集結講，另一是帶有貶義的結夥營私，如〈左傳．文公十八年〉：「丑類惡物，頑嚚不友，是與比周。」大意是說，把壞東西引為同類，那些愚昧奸詐的人，和他混在一起。

「比目魚」，即鰈，舊謂此魚一目，須兩兩相並始能游行，因此比喻形影不離。今有成語「鶼鰈情深」，用以比喻夫婦愛情深厚，相處融洽。

「毖」，ㄅㄧˋ，形聲字，篆文從比必聲，本義為小心謹慎。古籍出現好幾次，每義皆不相同。⑴〈詩經．周頌．小毖〉：「予其懲，而毖後患。」這句詩的大意是，我將接受教訓，謹防以後再發生禍害。「毖」在這裡當謹慎、慎重講。⑵〈尚書．酒誥〉：「厥誥毖庶邦庶士。」（庶113：眾。）這句話的大意是說，告誡各國諸侯、各位卿士和各級官員。這裡的「毖」當告誡、教導講。⑶〈尚書・大誥〉：「無於恤，不可不成乃寧考圖功。」（乃：你的。寧考：指死去的父親。）大意是，不要被憂患114嚇倒，不可不完成您文王所謀求的功業！這裡的「毖」是勞苦的意思。⑷〈詩經・邶風・泉水〉：「毖彼泉水，亦流於淇。」詩句的意思是，泉水汩汩湧出，最終流進了淇水。「毖」是指泉水湧出的樣子，通「泌」。

「毗」，ㄆㄧˊ，會意兼形聲字，古人認為，嬰兒的囟門與臍帶是相輔相成，比連通氣的，故篆文從囟（囟門）從比（人相併坐），表示臍帶，比也兼表聲，本義為臍帶，引申指連接。也作「毘」，引申為輔助、輔佐的意思。〈三國志・蜀書・諸葛亮傳〉：「亮毗佐危國。」是說諸葛亮輔佐危旦的蜀國。另外，這也是梵語的譯音，如：毗舍、毗耶。

「毚」，ㄔㄢˊ，會意字，篆文從㲋從兔，會似兔之獸之意，本義為狡兔，出自〈詩經・小雅・巧言〉：「躍躍毚兔，欲犬獲之。」這句詩的意思是，好比跳躍的狡兔，遇到獵犬就能把牠給抓住。毚，就是狡兔。

看圖說故事

〈孫子兵法・虛實〉：「敵雖眾可使無鬥。」這意思是，敵軍雖多，也可以令其無法用全部力量與我交戰。這個「鬥」字，也是人形，只不過有兩個人。①甲骨文是兩個面對面的人，他們的手交纏著，上部是頭髮，頭髮都豎起來了，下部是腳，兩人的腳弓著，是在用力抵住地面，這不就是兩人相鬥之形。③小篆的形象看起來已經將重點放在上部，兩人已經打得不可開交，也都已經「頭大」了。④楷書寫成「鬥」字，就是打鬥的鬥。

「鬥」，ㄉㄡˋ，十畫，象形字，作為部首的稱呼是鬥字部。

｜語文點心｜《孫子兵法》

《孫子兵法》，又稱《孫子》、《孫武兵法》和《吳孫子兵法》，是中國古代的兵書，作者為春秋末年的齊國人孫武（字長卿）。

一般認為，《孫子兵法》成書於專諸刺吳王僚之後至闔閭三年孫武見吳王之間，也即公元前515至前512年，全書為十三篇，是孫武初次見面贈送給吳王的見面禮；事見司馬遷《史記》：「孫子武者，齊人也，以兵法見吳王闔閭。闔閭曰：子之十三篇吾盡觀之矣」。

《孫子兵法》是世界上最早的兵書之一。在中國被奉為兵家經典，後世的兵書大多受到它的影響，對中國的軍事學發展影響非常深遠。它也被翻譯成多種語言，在世界軍事史上也具有重要的地位。有個別觀點曾認為今本《孫子》應是戰國中晚期孫臏及其弟子的作品，但是銀雀山出土的漢簡（同時在西漢墓葬中出土《孫子兵法》、《孫臏兵法》各一部）已基本否定此說。

｜部首要說話｜

甲骨文像兩人揪在一起對打搏鬥形。《說文解字》：「兩士相對，兵杖在

113. 庶、衆：〝衆〞可以用作名詞，〝庶〞一般不作名詞用，如〝吾從衆〞這句話，〝衆〞不能換成〝庶〞。此外，〝衆人〞、〝庶人〞也有區別。〝衆人〞指一般的人，相對於所謂聖賢或傑出的人物；〝庶人〞指百姓，相對於統治者而言。

114. 憂、患：〝憂〞與〝患〞為同義詞。一般地說，〝憂〞多用於比較嚴重的場合。有時沒有分別，如〝內憂外患〞。

後。象鬥之形。」這是意會之詞。清代段玉裁謂：「文從兩手，非兩士。」所以，鬥，本義是爭鬥、戰鬥。〈荀子・榮辱〉中，有段話對「鬥」字下個恰如其分的注釋：「凡鬥者，必自以為是，而以人為非也。」大意是說，凡是鬥毆的人，必定以為自己對，而別人不對。

「鬥」，就像兩個人比力氣的樣子，所以有較量、比賽的意思。「鬥氣」，就是爭強賭氣，有較量的意思。

爭鬥這件事情，通常總是先有一人挑釁，然後才有了打鬥，所以「鬥」也有招惹的意思，「鬥嘴」就是有人先招惹另一方的結果啊！

主動對人挑釁，總是要找個理由、原因，以前中國在文革武鬥的時期，紅衛兵要「鬥」垮地主，這個「鬥」就是批判、揭露的意思。

「鬥」，大陸簡體字作「斗」，另有「鬬」字，這三字在古代是不同的字。「斗」是量器，盛酒器。「鬥」是爭鬥。「鬬」是相遇、遇合。雖然有時用「鬬」表示爭鬥義，但其他各義是不能互用。〈孟子・離婁下〉：「今有同室之人鬬者，救之。」這句話是說，現今有同屋的人在爭鬥，就援救他們。這裡的「鬬」字同「鬥」，是爭鬥的意思。

不論如何，「鬥」字總是充滿了火藥味。

由於「鬥」作了偏旁使用，其義又另加聲兼義符「斲」寫作「鬬」來表示。如今「鬥」可單用（中國大陸將「鬥」簡化為「斗」），也作偏旁使用。凡從鬥取義的字，都與鬥爭等義有關。

注意部首字詞

由部首「鬥」字所組成的字並不多，有些字詞是又是少見的，當特別注意。

「鬧」，ㄋㄠˋ，會意字，篆文從市從鬥（二人相鬥），會在市場揪鬥喧擾之意，本義是嘈雜、喧鬧。引申為繁盛，如宋祁〈玉樓春〉：「紅杏枝頭春意鬧。」詩句的大意是，紅艷豔的杏花簇綻枝頭，像火焰一樣地跳動著盎然的春意。詩中的「鬧」字指的是春天繁盛的景象。

「鬨」，ㄏㄨㄥˋ，會意兼形聲字，篆文從鬥從共會意，共也兼表聲，本義為許多人同時發出聲音，引申作爭鬥講，又當喧鬧，今有「鬨堂」是指喧笑聲洋溢全場，也作「哄堂」。

「鬩」，ㄒㄧˋ，會意字，篆文從鬧從兒，會爭訟爭鬥之意，本義為爭鬥、爭吵，〈詩經．小雅．常棣〉：「兄[115]弟鬩於牆，外禦其務。」（務：通「侮」。）詩句的意思是，兄弟在家裡爭鬥，在外卻共同抵禦欺侮。鬩，就是爭鬥的意思；「鬩牆」，原指牆內爭吵，後用來指稱兄弟失和。今有成語「兄弟鬩牆」。

鬬，ㄉㄡˋ，本義為遇合，引申為爭鬥，又指競賽的意思，〈史記．項羽本紀〉：「吾寧鬬智，不能鬬力。」是說我寧可比智力不比氣力。

「鬬品」一詞，這可不是指戰鬬，這是品茗論茶時，指稱最上等的茶叫「鬬品」。

「鬮」，ㄐㄧㄡ，形聲字，篆文從鬥龜聲，本義為拈鬮。古時飲酒遊戲的時候，一種以手抓取物據以定勝負的比賽遊戲。後人以凡事藉他物以卜是否者就叫做「探鬮」。

115. 兄：會意字，甲骨文作，從儿（人）從口，描繪出一個人張著大嘴仰面向天，這表示此人在祭祀時向天祭奠禱告求福之意，上古時代，對祖先鬼神的祭祀活動被視為大事，主祭者正是家族（宗族）地位最高者，就是整個家族的〝兄〞。正因為是由〝兄〞來主持祭祀，所以〝祝〞字從示從兄，正說明了由〝兄〞來主持祭祀祝禱的身分特點。可見，〝兄〞與〝祝〞同出一源。

①　②　③　④ 長

｜看圖說故事｜

〈孟子・滕文公上〉：「今滕，絕長補短，將五十里也。」這是說，今天滕國的疆土，截長補短，方圓將近五十里。這就是我們熟悉的「長」字，①甲骨文的下部可以看到有個人面向左站著，中間的一橫表示頭部，那頭上是甚麼呢？當然就是頭髮囉！而且頭髮伸得長長的。②金文和甲骨文差不多，但是甲骨文原本有一支拐杖卻不見了，不過這個人也變得更加彎曲。③小篆又發生了變化，原本下部代表的人形卻成了「止」。到了④楷書，已經看不出來是為老人柱杖的樣子了，這就是「長」字。

「長」，ㄓㄤˇ，八劃，合體象形字，作為部首的稱呼是長字部。

「長」如作左偏旁，書寫時末三筆變形為一撇挑、一點，如：镻、镹、镺、镼等。

｜部首要說話｜

「長」，ㄓㄤˇ，甲骨文象長髮老人拄杖形，指的就是長髮老人，本義就是老年人，如〈論語・微子〉：「長幼之節，不可廢也。」這是說，長幼之間的禮節，是不可以廢棄的。引申為年紀較大，如〈論語・先進〉：「以吾一日長乎爾。」（爾：你們。）大意是，我比你們年紀稍長。

「長」從較大義就引申為首領，也是上古時稱方伯、諸侯。〈尚書・益稷〉：「外薄四海，咸建五長，各迪有功。」（薄：逼近。五長：管理五個諸侯國的方伯。）大意是，從九州到四海邊境，每五個諸侯國設立一個諸侯長——方伯，各諸侯長領導治水工作。

「長」，也當崇尚講，〈鹽鐵論・非鞅〉：「商鞅峭法長利，秦人不聊生，相與哭孝公。」這是說，商鞅嚴酷的法律[116]崇尚追求利益，秦國百姓民不聊生，都去向秦孝公哭訴。

「長」，也是生長的意思，就像一個人自小孩開始慢慢長大一般。〈孟子・公孫丑上〉：「宋人有閔其苗之不長而揠之者。」（閔：憂愁。揠：拔。）大意是，宋國有個人擔心他的莊稼生長不好而去拔高它。後有成語「揠苗助長」，用來比喻為求速成而未循序漸進，結果不但無益，反而有害。

「長」，讀作ㄔㄤˊ，就是「短」的相反，也就是我們經常說的長短長短。屈原〈九歌・國殤〉：「帶長劍兮挾秦弓。」大意是，（這些戰死戰場的遺體）佩帶著殺敵的長劍，腋下還挾著強勁有力的秦弓。長短的長，後引申為長度，也作時間的長久義，《老子》第七章就有句：「天長地久。」這就表示時間過得很久。

「長」，從時間長久引申為經常的意思。王安石〈書湖陰先生壁〉：「茅簷長掃靜無苔。」（靜：通「淨」。）詩的大意是，庭院經常打掃，乾淨得一點青苔都沒有了。

長時間或是經常作一件事就會做得很好，所以「長」就有擅長的意思。〈孫臏兵法・奇正〉：「故善戰者，見敵之所長，則知其所短。」這是說，懂得打戰的人，看到敵人所擅長的，就能夠理悟出敵人的缺失。

「長」，也是姓氏之一。例如，春秋的時候，楚國有個人名叫長沮。

「長」，讀作ㄓㄤˋ的時候，表示是多餘的意思，例如：身無長物，表

---

116. 法、律：法，會意字，金文從口（象徵蒼廬之居）從水從廌（犍牛），會人收起帳篷、帶著牛羊，逐水草而居之意，逐水草而居是游牧民族有規律的生活方式，引申為規範。律，會意字，從〝建〞演變而來，本義是持篙行船，由此一持續反復均勻有序可循的動作引申為規則、法則。後世將〝法、律〞連成日常用詞〝法律〞，作為現代社會的政治語言，然兩字仍有意義上的差異。〝法〞所指的範圍大，多偏重於〝法則〞〝制度〞等意義，所以〝遵先王之法〞不能說成〝遵先王之律〞，〝變法〞不能說〝變律〞。〝律〞所指的範圍較小，多著重在具體的刑法條文。用作動詞時，〝法〞是〝效法〞〝倣效〞；〝律〞是〝根據某一準則來要求〞。

示身上沒有多餘的東西。〈世說新語・德行〉：「丈人不悉恭，恭作人無長物。」（丈人：對長輩的稱呼。恭：王恭。）大意是，您老人家不完全了解我的為人，我生來就沒有甚麼多餘的東西。

「長」，今可單用，也作偏旁使用。凡從長取義的字皆與頭髮長、增大等義有關。

｜語文點心｜**王安石**

王安石（公元1021年—1086年），字介甫，號半山，封荊國公。江西臨川人，北宋政治家、思想家，也是著名文學家，唐宋八大家之一。歐陽修稱讚王安石：「翰林風月三千首，吏部文章二百年。老去自憐心尚在，後來誰與子爭先。」有《王臨川集》、《臨川集拾遺》等存世。

王安石為人特立獨行。據載，他常不梳洗就出門會客，看書入神時則會隨手拿東西吃，吃了魚食也不知道。普遍認為蘇洵的〈辨奸論〉就是影射王安石的，其中寫道：「夫面垢不忘洗，衣垢不忘浣，此人之至情也。今也不然，衣臣虜之衣，食犬彘之食，囚首喪面而談詩書，此豈其情也哉？」蘇軾和王安石也歷來不睦，王安石好做驚人之言，蘇軾曾作文譏諷。民間也有不少兩人鬥智的故事。

後世經常將焦點放在王安石變法失敗一事，殊不知王安石的文學成就遠超出政治事務。他以論說文的成就最為突出，詩歌則有一千五百餘首，其中集句詩數量較多，自成一家之言。這種集句詩，在宋代有了發展，所以嚴羽在《滄浪詩話》中評論王安石說：「集句為荊公最長。」這可說是公允的評論。

｜注意部首字詞｜

「長」，是個多音多義詞，是個造詞活躍、引申義豐富的漢字。就如「長者」一詞，就有好幾個意思。

「長者」，⑴稱年長父兄。〈孟子．告子下〉：「徐行後長者，謂之弟。」（弟ㄊㄧˋ：通「悌」。）在年長父兄後面慢慢隨行就叫作悌。⑵稱顯貴者。〈史記．陳丞相世家〉：「負隨平至其家，家乃負郭窮巷，以弊席為門，然門外多有長者車轍。」這是說，富人張負隨著陳平到他家，陳平家宅在窮巷背牆的地方，以破舊的草蓆當作大門，不過地面上卻出現只有顯貴達人乘坐才有的車痕。⑶謹厚的人，有道德的人。〈韓非子．詭使〉：「重厚自尊謂之長者。」大意是，為人持重而妄自尊大，卻被稱為長者。⑷佛經稱具備十德者為長者。

「長尾先生」，這個詞並非指的是人，這是鱟（ㄏㄡˋ）魚的別稱。鱟魚形如覆釜，長尾，雌常負雄而行。以其尾長，故稱「長尾先生」。

「長髯主簿」，也不是指人，山羊髯長，故別稱「長髯主簿」。

由部首「長」組成的字大都是罕見字，一般少在文書中使用。

「镻」，ㄉㄧㄝˊ，形聲字，篆文從長失聲，本義指毒蛇的一種。

「镼」，ㄑㄩ，後起字，形聲字，從長屈聲，古同「裾」，婦人半臂服（短衣無袖，或肩有袖至臂臑而止），如同現在的短袖衣。

「镽」，ㄌㄧㄠˊ，後起字，形聲字，從長尞聲，細長的樣子。

②  ③  ④ 尢

| 看圖説故事 |

甲骨文不收這個字。②金文就是一個人正面張臂跨立的形象，但是左腳偏曲，表示腳有了彎曲，不利於行。③小篆將兩腳寫成有弧度的線條，但左腳較彎曲。④楷書寫成了「尢」。

「尢」，ㄨㄤ，三劃，象形字，作為部首的稱呼是尢部。

書寫「尢」時，末筆作豎橫鉤。

| 部首要説話 |

「尢」，《說文解字》的解釋說著：「尬也。曲脛人也。」「尬」就是「跛」的本字，這大意是說，「尢」這個字就是跛腳，是一個人的腳彎曲不良於行。因此，「尢」的本義就是跛腳。後來也引申為一個人的背脊彎曲也稱作「尢」。

一個人的背脊彎曲，身形就較小，所以又當短小講。

〈正字通．尢部〉又寫著：「尢，本尣字。」

由於「尢」作了偏旁，其義另加聲符「王」寫作「尪」來表示。

現在「尢」只作部首字，不單獨成字。從部首「尢」所組成的字大都與腳蜷曲有毛病等義有關。

| 注意部首字詞 |

由部首「尢」所組成的字並不多，但多是罕用的字，要稍加注意。

「尨」，是多音字，讀作ㄇㄤˊ，象形字，甲骨文從犬從彡，象腹有多毛的狗形，本義即⑴指多毛雜色的狗，如〈詩經・召南・野有死麕ㄐㄩㄣ〉：「無使尨也吠。」詩的意思是，不要讓那隻雜毛狗吠出聲啊！⑵引申為雜色，〈左傳・閔公二年〉：「衣之尨服，遠其躬也。」（衣：用作使動。躬：身。）大意是，賜給他穿雜色衣服，那是要使他疏遠。

「尨」，讀作ㄆㄤˊ，通「龐」，龐大的意思，柳宗元〈三戒・黔之驢〉：「虎見之，尨然大物也，以為神。」這是說，老虎看到了未曾見過的比自己身形龐大的驢子，以為驢子是神物。

「尨」，讀作ㄇㄥˊ，是指雜亂的意思，〈左傳・僖公五年〉：「狐裘尨茸，一國三公，吾誰適從？」狐皮袍子蓬蓬鬆鬆，一個國家有了三個主人翁，究竟我該一心跟從誰人呢？

「尨眉皓髮」，是形容一個人蒼眉白髮，這就是指老人。

「尤」，ㄧㄡˊ，指事字，金文作，從又（手），一斜面指示手上有贅疣，本義為贅疣，引申指⑴特異的、突出的，〈莊子・徐無鬼〉：「夫子，物之尤也。」這是說，先生，您真是位出類拔萃的人。⑵當過失、罪過講，〈左傳・莊公二十一年〉：「鄭伯效尤，其亦將有咎。」這是說，鄭伯學了做壞事，恐怕也會招來災禍。⑶怨恨、責怪，〈論語・憲問〉：「不怨天，不尤人，下學而上達。」大意是，不怨恨天命，不責怪別人，下學人事而上達天理。⑷當親近、喜愛的意思，如宋代柳永〈如魚水〉：「共綠蟻，紅粉相尤。」（綠蟻：新釀的酒，未濾清時，酒面浮起酒渣，色微綠，細如蟻。⑸當姓氏。

「尪」，ㄨㄤ，形聲字，甲骨文從尢（跛）王聲，本義是指骨骼彎曲的病症，如〈呂氏春秋・盡數〉：「苦水所，多尪與傴人。」（傴ㄩˇ：脊柱彎曲的病。）大意是，在含有過多有害礦物質的劣質水源地區，患有雞胸和駝背的人就比較多。「尪」，從本義引申為孱弱，弱小。

「就」，ㄐㄧㄡˋ，會意字，篆文從京（於高處建亭）從尤（多出），會達到極高之意，本義即達到極高，極高則近天，故引申指⑴趨向，接近，〈荀子．勸學〉：「金就礪則利。」這是說，金屬接觸到磨刀石，就可以銳利。今有成語「避重就輕」。⑵指成就，李斯〈諫逐客書〉：「河海不擇細流，故能就其深。」大意是說，河海不挑揀細流，才能成就它的深海。⑶當即使講，〈三國志．魏書．荀彧傳〉：「就能破之，尚不可有也。」（破：擊破。有：占有。）這意思是說，你即使是打敗了他，他也不會歸附你。

「就日」，語出〈史記．五帝紀〉：「帝堯者，……就之如日，望之如雲。」後因以稱接近皇帝為就日。

「尰」，ㄓㄨㄥˋ，形聲字，本作瘇，從疒童聲，隸變後從尢重聲，即足腫，〈詩經．小雅．巧言〉：「既微且尰，爾勇伊何？」這是說，又是小腿生瘡，又是腳上浮腫，你的勇力是在哪裡？

｜語文點心｜**柳永**

柳永（約公元987－1053），原名三變，字景莊。後改為名永，字耆卿，因排行七，又稱柳七。其生卒年未見史籍明載，據今人唐圭璋《柳永事蹟新證》，約生於宋太宗雍熙四年（987），卒於宋仁宗皇佑五年（1053）。

柳永為南唐工部尚書柳宜（後降宋）之子，誕生於福建崇安（今武夷山），又說樂安。他出生宦官之家，書香門第，從小就有很好的文學氛圍。他與其長兄三復，次兄三接，號稱「柳氏三絕」。年輕時曾有「金鵝峰下一枝筆」之稱。宋仁宗朝景佑元年（1034）進士，官至屯田員外郎，故世稱柳屯田。由於仕途坎坷、生活潦倒，他由追求功名轉而厭倦官場，耽溺於旖旎繁華的都市生活，在「倚紅偎翠」、「淺斟低唱」中尋找寄託。

作為北宋第一個專力作詞的詞人，他不僅開拓了詞的題材內容，而且製作了大量的慢詞，發展了鋪敘手法，促進了詞的通俗化、口語化，在詞史上產生了較大的影響。有《樂章集》。

柳詞內容有三類：

⑴描寫城市的繁榮景象和市民的生活風尚，〈望海潮〉最為有名。這是一首最早出現的，由文人創作的長調慢詞，描繪出錢塘江的秀美景色和繁華富庶。⑵描寫男女情愛。這類詞中有表現下層人民不幸以及作者對他們的深切同情的，如〈定風波〉。⑶江湖落拓的感慨是他詞作的另一重要內容。〈雨霖鈴〉、〈八聲甘州〉、〈夜半樂〉是這部分詞的代表作。宋詞自柳永起開始作容納內容更多的慢詞，這為小令之外又提供了一種新的形式。柳詞善以鋪敘的手法說物言情。大量吸收口語，是柳詞表達富於變化的內容時的一種手段。

①　②　③　④ 疒

看圖說故事

〈元包經傳・少陰〉：「疒罹于憂。」（罹：遭遇。）這是講遭遇到疾病而憂愁著。這個「疒」字，①甲骨文左邊是張床，右邊有個人躺在床上，中間的兩點表示正出著汗水，表示此人生病了。②金文把周身的汗水省略了，依然是一個病人彎著身子躺在床上的樣子。③小篆這回把病人都省略了，好像只留下一張病床。④楷書寫成了「疒」。

「疒」，ㄔㄨㄤˊ，五劃，指事字，作為部首的稱呼有疒部、疒字旁或病字頭。

書寫「疒」字時，要注意的地方是左邊的兩點不觸及右邊撇筆，如：病、瘋、痘、痛等。

「疒」字如果少了左邊的兩點就成了「广」部，「广」是依山石崖巖所建的房屋，所組的字有：庇、店、府117等，大概都與房屋有關。

｜語文點心｜**指事**

指事，是《六書》中四項文字構造的基本法則之一。

《說文解字》中：「指事者，視而可識，察而見意，『上』、『下』是也。」意思是說，指事就是看一看就能認識，仔細觀察一下就能知道表達的含意，「上」、「下」二字就是指事字。

指事字所表示的是抽象的「事」，不同於象形字所表示的是具體的「物」，所以指事字只能用符號表現出一種事情。例如：「上二」與「下二」，先用長橫表示位置，再用短畫表示物體在位置的上方或下方，也就是通過空間的相對位置來表達上、下的概念。

指事字概分三種：

⑴純體指事：純粹用符號表示事情的文字，如「八」表示分別相背。

⑵增體指事：在象形字上加上部份符號以表示事情的文字，如「本」是在象形字「木」底下加上一橫（符號），表示樹木的根本。

⑶變體指事：變更位置或變更筆劃的指事字，如「叵」是倒反「可」字，字義為不可。

指事字118雖表示的是抽象的「事」，但是仍具有明顯的表意性，最簡單的例子是數字一、二、三等分別畫出一至三橫來表示；又如，畫個方框表示「方」，畫個圓圈表示「圓」，在側立人的臀部加上一道弧線表示「臀」。

｜**部首要說話**｜

「疒」，甲骨文從人從爿（床豎起的形象），會人得了重病躺在床上之意。《說文解字》的解釋為：「疒，倚也。人有疾痛也。象倚箸之形。」這意思是，「疒」這個字就是倚靠。這是因為一個人有了病痛啊！是以靠著床的形狀。也就是說，「疒」的本義是，表示人有疾痛時，倚靠在床上休養生息的意思。

「疒」從本義就引申為疾病。《元包經傳》：「疒罹于憂。」（罹：遭遇。）

「疒」，在古時又讀作ㄋㄜˋ，引申為靠著。通「疾」時，表示手腳麻痺的意思。

由於「疒」後來只做偏旁使用，本義就另加聲符「丙」寫作「病」來表示疾病義。

現在，「疒」一般都不單獨成字，只作為部首字使用，從部首「疒」所組成的字大都有疾病的意思，如：疾、疝、疽、痴等。

注意部首字詞

「疾」，ㄐㄧˊ，會意字，甲骨文作左邊一個人，右腋下中了一支箭，這表示人中箭受傷，本義即傷病（因外傷而致病），〈韓非子・外儲說左上〉：「嬰疾甚，且死。」這是說，晏嬰傷得很重，將要死了。「疾」從本義引申為痛苦，痛苦的事是令人厭惡的，所以〈孟子・梁惠王上〉說：「天下之欲疾其君者，皆欲赴訴于王。」這是說，天下的百姓對自己的君主感到不滿

117. 府：會意兼形聲字，金文 從广（簡易房）從貝從付（交付），會儲藏財物之所之意，本義為古代官方儲藏財物或文書的地方，就是今日所稱的倉庫。人們把四川稱為〝天府之國〞，這是因為四川土地肥沃、物產豐富，〝天府〞即天然倉庫，〝天府〞的〝府〞用的是本義。

118. 指事字：在象形、指事、會意、形聲〝四體〞當中，指事字的數量最少；與其他三書的關係而言，與象形最近。多數指事字包含有象形成分，不同在於：指事字中一定有比較抽象的指事符號。指事字與會意字的區分就更清楚了，會意字的幾個意符是可以單獨成字的，而指事字中只有一個部件可以成字。

意的人都願意來投奔大王。今有成語「疾惡如仇」，「疾」就是厭惡的意思。厭惡者，常心存嫉妒，「疾」也引申為嫉妒義，如〈史記・孫子吳起列傳〉：「臏至，龐涓恐其賢于己，疾之。」（臏：孫臏。賢：勝過。）「疾」字，又從中箭前後，一個人的身體狀況轉變快速，因此「疾」引申為快速、急速，如〈戰國策・齊策四〉：「來何疾也？」這是說，為何來得如此之快呢？後引申為盡力、努力，〈墨子・尚同下〉：「愛民不疾，民無可使。」這是說，如果愛民不深，百姓就不可使令。

「病」，ㄅㄧㄥˋ，會意字，甲骨文作左邊是張床，右邊是個人形躺著發汗的樣子，小篆將人形賦予聲符「丙」，而古人認為「丙」表示發燒。因此本義是生重病，是一種內科的病。《說文解字》：「病，疾加也。」可見病比疾還要嚴重，病就是大病，疾是小病。「病」從本義後來泛指染病，作為名詞則泛指疾病。病之久矣則令人心生疲憊，因此「病」又當疲憊、困頓講，如柳宗元〈捕蛇者說〉：「向吾不為斯役，則久已病矣。」（向：同「嚮」，從前。）大意是，如果我以前不是做這種事，我的生活早就困頓不堪了。「病」，又引申為過失及擔憂，這是古籍中常見的用字，至於〈晏子春秋・雜下〉：「聖人非所與熙也，寡人反取病焉。」（熙：玩笑。）這是說，聖人（指晏子）是不可同他開玩笑的，我（楚王）反而是自取其辱（陶侃自己自討沒趣）。句中的「病」指的是恥辱，以為恥辱的意思。

其實，「病」與「疾」在生病的意義上是相同的，有時小病重病也都可用「病」與「疾」，但主要的差別卻在於「病」是病情加重，而「疾」無此義。

「痛」，ㄊㄨㄥˋ，形聲字，篆文從疒甬聲，本義即疼，即由疾病會創傷所引起的極不舒服的感覺，引申為悲痛、痛苦，如〈荀子・禮論〉：「三年之喪二十五月而畢，哀痛未盡，思慕未忘。」這句話大意是，三年之喪，二十五個月就完畢。但是哀痛之情還沒有淨盡，思慕之心還沒有忘掉。「痛」從本義引申為痛恨，如是痛徹心扉，就有了極、非常、盡情地、徹底地等義，今有「痛定思痛」，這是說悲痛的舊事事後追思，倍增痛苦。第一個「痛」字當極、非常義。

「痛」、「悲」、「慟」三字在哀痛、傷心的意義上，「痛」與「悲」是同義詞，而「慟」是極度悲痛，程度上比「痛」與「悲」要更深一層。

① ② ③ ④ 歹

｜看圖說故事｜

這是個人體，一具躺著的人體。①甲骨文的上部是顆頭顱，但有個頭骨破碎的裂紋，下部像人死之後的空骨，下部雙腿中間的一橫，是強調被捆縛在一起。②金文和③篆文也大體與甲骨文類似，④楷書的寫法。

「歹」，ㄉㄞˇ，指事字，四劃，作為部首的稱呼是歹部。

「歹」，作為構字部件時寫作「歺」，如：餐、粲、燦等。

「歹」字少了上面一橫就成了「夕」，「夕陽無限好」的「夕」字。

「攴」，ㄆㄨ，這也是部首字，是擊打的意思，不要和「歹」字相混了。

｜部首要說話｜

分解人的身體至骨無肉叫做「冎」（ㄍㄨㄚˇ），而𣦵（歺、歹）是冎的省體。徐鍇《說文繫傳》說：「冎，剔肉置骨也，歺，殘骨。故從半冎。」也就是說，𣦵就是殘餘之骨，也就是朽骨。甲骨文象剔去筋肉後的殘骨形，小點為碎屑。因此，「歹」字的本義就是死人的殘骨，所以凡是從部首「歹」組成的字大都與死有關。

這個「歹」字指的是死人，是因重症在身或人死而不能再動（注意甲骨文下部的雙腳捆縛狀），人死就意謂著災禍，於是「歹」從本義引申為禍害之義，從禍害又引申為壞、惡之義，此義與「好」相對。如〈紅樓夢·第十七、十八回〉：「你不用同我好一陣歹一陣的，要惱，就撂開手。」到現在，還流傳有成語「不識好歹」、「為非作歹」，「歹」就是壞的意思。

歹，今可單用，也作偏旁使用。從部首「歹」取義的字，大都與死傷、禍殃等義有關。

｜語文點心｜《紅樓夢》

《紅樓夢》，書名，是一部中國古典長篇小說，寫成時間仍待考證，目前所見最早的抄本出現於清朝乾隆中期的甲戌年（公元1754年）。《紅樓夢》書內提及的書名還有《石頭記》、《金玉緣》、《情僧錄》、《風月寶鑑》、《金陵十二釵》等；清乾隆四十九年甲辰（1784年）夢覺主人序本正式題為《紅樓夢》。在此之前，此書一般都題為《石頭記》。此後，《紅樓夢》便取代《石頭記》而成為通行的書名。

《紅樓夢》的作者是誰，長久以來未完全釐清，據胡適及林語堂曾考證，前80回為清代的曹雪芹所作，後四十回為應有曹雪芹未寫定之散稿，經高鶚和程偉元補成全書。

這部清代著名的章回小說，計120回。內容描寫一個巨族賈氏的興廢，而以賈寶玉、林黛玉、薛寶釵及其他戚屬侍婢的悲歡生死為緯，寓沉哀於穠麗，為近代小說的傑作。

《紅樓夢》被評為中國最具文學成就的古典小說及章回小說的巔峰之作，「中國古典文學四大名著」之一。在現代，也產生了一門以研究《紅樓夢》為主題的學科——「紅學」，這也證明了《紅樓夢》隨著時代的發展，展現出豐沛的文學生命力。

注意部首字詞

「死」是個會意字，從歹從人，人在屍骨旁哭拜，表示死的意思。漢字有許多也表示死的意思，如崩、卒、沒、薨，但在古代等級制度下，不同的人死亡用不同的字。〈禮記．曲禮下〉：「天子死曰崩，諸侯曰薨，大夫曰卒，庶人曰死。」「沒」，則是指去世。其中，「死」的意義最為廣泛，它除了表示人死亡之外，還可以表示動植物喪失生命。

「歼」，ㄒㄧㄡˇ，形聲字，篆文從歹丂聲，指骨肉腐爛，通「朽」，本義為腐爛，〈墨子．尚同上〉：「腐朽餘財，不以相分。」大意是，有餘財者寧願讓它腐爛，也不分給別人。「歼」，又讀作ㄍㄨㄚ，通「冎」，〈列子．湯問〉：「歼其肉而棄之。」這是說，剔肉剩骨就將它丟棄。

「殆」，ㄉㄞˋ，形聲字，篆文從歹台聲，本義是危險，引申為幾乎的意思。〈孫子．謀攻〉「知彼知己，百戰不殆。」這是說，了解自己、了解敵人，就是打上百戰也不會危險（即不會失敗）。句中的「殆」是危險的意思，不可寫成「百戰不怠」，「怠」是懈怠的意思。「傷亡殆盡」的「殆」是幾乎的意思，也不可寫成「傷亡怠盡」。

殆與危，二者都有「危險」的意思，但「危」的應用較廣，「殆」的應用較狹。「危」可以用作形容詞、及物動詞、不及物動詞，並且有使動用法；而「殆」只能用作不及物動詞和副詞。

「殖」，ㄓˊ，形聲字，篆文從歹直聲，《說文解字》：「脂膏久殖也。從歺直聲。」本義為脂膏久而腐敗，唯此意今已不用，其基本義為生育、成長，引申指孳生，著重在增加，不僅對動物，也對職務或財富而言。如：繁殖、生殖。「植」，本義是栽種，一般用於植物，如：培植。「植皮」的「植」是栽種的比喻義，不可用「殖」。另有「值」，價值、值得、輪流擔任工作等義，如：產值、不值一提、值班。

四、心神合一

古人認為「心」是一種思考的感覺器官，因為懂得思考，所以悲傷時會心痛、高興時會心喜，其實真正主管思考的是腦部，也就是後來所說的「心神」。

人類懂得思考，才能夠指揮手腳製作各種器具，更重要的是，思考是文明進步的動力。孔子在〈論語．為政〉說：「學而不思則罔，思而不學則殆。」只有透過有意識的、有機的思考，人體的各項器官才能夠發揮到極致。

於是中國的老祖先，甚至為軀體之內的精神狀態命之為「陽魂」、「陰魄」，說明了「人乃天地之性最貴者」，是以「天大，地大，人亦大」。

看圖說故事

〈詩經．小雅．巧言〉：「他人有心，予忖度之。」（忖度ㄘㄨㄣˇ ㄉㄨㄛˋ：揣測。）詩意是，別人有什麼壞心思，我能把它猜到。詩句中的「心」字，是個象形字。①甲骨文乍看像張面具，但這是仿心臟的樣子寫出來的。②金文和③小篆延續甲骨文的寫法，金文中間的一點是不是像一記心跳的樣子，小篆甚至還伸出了血管呢！④楷書寫成「心」字。

「心」，ㄒㄧㄣ，四劃，作為部首稱為心字旁，另作「忄」，一般稱豎心旁，位在字的左半部。

部首要說話

「心」，甲骨文象心臟形，本義就是心臟，心臟為五臟之一，古人把心、肝、脾、肺、腎稱作五臟，心為五臟之首。〈淮南子·原道〉：「心者，五臟之主也。」也指心所在的部位，古人也將心看成是思維的器官，所以〈孟子·告子上〉：「心之官則思。」意思是，心這個器官專管心志。其後，引申為思想、意念。〈列子·湯問〉：「汝心之固，固不可徹。」這是說，你的思想太頑固，頑固得無法說通。

古人也認為心臟是在人的胸部中間，所以將「心」引為中心、中央的意思，劉禹錫〈洞庭秋月行〉：「洞庭湖月生湖心。」

〈詩經·邶風·凱風〉：「棘心夭夭，母氏劬勞。」這個「棘心」不是指棘木的心，在此「心」當樹尖講，這句詩的意思是，酸棗樹的梢芽尖又嫩又壯，母親真是辛勞。凡樹尖、苗尖、花蕊之類的，都可稱作「心」。

作為事物的要旨，也作「心」講，就是核心的意思。例如，《心經》，乃撮取《大般若經》六百卷的要旨而成，僅二百餘字，故稱《心經》。

另外，「心」也做星宿名，心星為二十八星宿之一，為東方蒼龍七宿的第五宿，有星三顆。

如今「心」既可單用亦作偏旁使用，凡從心取義的字，大都與心臟等義有關。

注意部首字詞

心部的字主要都是關於心理的意義，主要分成兩類：

性類的字：是關於人的德性和品質的，如忠、恭、悍、惰、怠、慈、懦、愚等。

情類的字：是關於人的心裡活動，如怨、怒、恨、恐[119]、悔、惜、惕、悲、愁、慚、慰、懼等。

「心眼」，除了是指心與眼之外，又作見識與眼力，如唐代李群玉〈贈方處士兼以寫別〉：「所知心眼大，別自開戶牖。」後來也指胸懷氣度、心地、心意、機智。另外，有佛教語「心眼」，謂心與眼能洞察領悟諸法。

「志」，ㄓˋ，會意兼形聲字，盟書從心，從之（往），用心所嚮往會意向、意念之意，之也兼表聲，本義是意志、志向，用作動詞就是當「有志於」講，如〈論語．為政〉：「吾十有五而志於學。」意思是，我十五歲有志於學業。後代因以「志學」為十五歲的代稱，今成語有「志大才疏」，指志向遠大卻才能不足。「志」，從本義引申為記、記住，將事物寫成文書即「記載」的意思，如〈國語．魯語下〉：「仲尼聞之曰：『弟子志之』。」後引申為標誌、標記，〈禮記．檀弓上〉：「孔子之喪，公西赤為志焉。」（志：在此當動詞「主辦」。）「志」，通「幟」，即旗幟的意思，如〈史記．劉敬叔孫通列傳〉：「設兵張旗志。」「志」，又通「痣」，指皮膚上生的斑痕。

「志」與「意」二字，在心意、志向的意義上，它們是同義詞，只是「意」側重在表示心意，「志」側重表示志向。

「忿」，ㄈㄣˋ，形聲字，篆文從分從心，分也兼表聲，會心分而躁之意，本義為憤怒、怨恨。〈孫子．謀攻〉：「將不勝其忿而蟻附之，殺士卒三分之一而城不拔者，此攻之災也。」這是說，將帥非常焦躁忿怒，驅使士卒像螞蟻一般爬梯攻城。士卒傷亡了三分之一，而城還是攻不下來，這就是強攻城池招致的災害。

「忿」、「怒」、「憤」三字，都有忿怒、怨恨的意義，不同的是，「怒」可作動詞，又有使動（副詞）用法，〈莊子．逍遙遊〉：「怒而飛，其翼若垂天之雲。」這個「怒」就是「奮發」的意思；「憤」在先秦只當憋悶講，它的憤怒義是秦漢以後產生的，此後，憤怒通忿怒。

「怨」，ㄩㄢˋ，會意兼形聲字，古文從心從令，會怒喝之意，篆文後改為從心從夗（蜷曲），夗也兼表聲，本義是抱怨、怨恨的意思，引申為仇恨、仇人，〈左傳．僖公九年〉：「三怨將作，秦晉輔之，子將何如？」（三怨：指申生、重耳、夷吾三公子之徒。）大意是，三方面的怨恨都要發作了，秦國和晉國又要幫助他們，您打算怎麼辦？要注意「怨」字，在古籍中也有通「蘊」字，是蘊積、積蓄的意思，如〈荀子．哀公〉：「富有天下而無怨財。」這是說，富裕得擁有天下而沒有私藏的財富。

「怨」、「憾」、「恨」三字，在先秦時，「憾」與「恨」是同義詞，當遺憾、不滿意講，與「怨」（怨恨）是不同的。魏漢之後，「憾」與「恨」產生了怨恨的意義，三字才有「怨恨」的同義。

「恥」，ㄔˇ，會意兼形聲字，篆文從耳從心，會心羞之情現於耳之意，有三義，⑴恥辱，〈呂氏春秋．順民〉：「越王苦會稽之恥。」大意是，越王句踐為會稽遭敗的恥辱憂苦不已。⑵羞愧，〈尚書．說命〉：「予弗克俾厥後惟堯舜，其心愧恥，若撻於市。」（撻ㄊㄚˋ：鞭打。）這是說，我不能使我的君王做堯舜，我心中慚愧恥辱，好比在鬧市受到鞭打一樣。⑶作動詞當侮辱

119. 驚、恐、畏、懼：這是個經常作為連詞使用的詞組，這四個詞可以分為兩類：〝恐〞〝畏〞〝懼〞共為一類，〝驚〞自成一類。〝恐〞與〝懼〞是同義詞，但〝恐〞比〝懼〞更嚴重一些，常常用來表示大難臨頭、驚慌失措。如〈左傳．僖公二十六年〉：「室如縣罄，野無青草，何恃而不恐？」這是說，家裡空無所有，野外青草都沒有，憑藉什麼而不害怕呢？今有〝恐怖〞一詞。〝驚〞的主要特點是突然的感受，它不一定表示驚恐。一種外界刺激使人的內心動盪，叫作〝驚〞。〝羽奏壯士驚〞，這不但不是怕，而且相反，壯士是被音樂激發了情緒，更加慷慨激昂了。這些意義是〝恐〞〝畏〞〝懼〞所沒有的。

講，〈國語．越語上〉：「昔者夫差恥吾君于諸侯之國。」過去吳王夫差使我們國君在各諸侯國面前受到恥辱。

「恥」、「辱」、「羞」三字都有羞慚之意，但「羞」比「恥」、「辱」輕。「恥」與「辱」為同義詞，但是「恥」常用作意動，意為「對……感到恥辱」，而「辱」則表示受辱或侮辱；另外，「辱」有辱沒的意思，用作謙詞，為「恥」所不具備。

「惟」、「唯」、「維」三字常有誤認的情形，「唯」從口，是應答聲；「維」從糸是指繩子；「惟」從心是思考的意思。由於讀音相同，在「只，只有」「由於，因為」的意義上，「惟」、「唯」相通。用作語氣詞時，它們三個是可以相通的。

「悲」，ㄅㄟ，形聲兼會意字，篆文從心非聲，非也兼表違背之意，本意即悲傷、哀痛。范仲淹〈岳陽樓記〉：「不以物喜，不以物悲。」大意是，不會因為外在環境或自己的遭遇而悲傷而喜悅。今有成語「悲天憫人」，用來形容憂傷時局多變，哀憐百姓疾苦。「悲」，也當思念講，如〈史記．高祖本紀〉：「遊子悲故鄉。」這不是指為故鄉而悲傷，這是說遠遊在外的遊子思念著家鄉。

「悲」、「痛」與「慟」三字，在傷心、哀痛的意義上，「悲」與「痛」是同義詞，而「慟」是極度的悲痛，程度上遠較「悲」、「痛」來的深。

「緩」、「徐」、「慢」三字，「緩」、「徐」都有緩慢的意思，但「徐」指不疾速，反面是疾；「緩」指不急迫，反面是急。所以「緩不濟急」不能寫作「緩不濟疾」。「慢」是指遲緩的意思，是中古以後才有的字，相對於「快」。

從部首「心」所構造的字非常多，有些字要特別注意。

「忒」，ㄊㄜˋ，形聲字，篆文從心弋聲，本義為變更的意思。〈詩經．魯頌．閟宮〉：「春秋匪解，享祀不忒。」詩的意思是，一年四季不鬆懈，依時祭祀神靈沒有改變。引申為差錯，又做過分講。

「忕」，ㄊㄞˋ，形聲字，從心大聲，本義為奢侈、驕縱的意思。

「忓」，ㄍㄢ，形聲字，從心干聲，本義為觸犯、干擾。

「忔」，ㄧˋ，形聲字，從心乞聲，本義為厭煩、不想。〈史記‧扁鵲倉公列傳〉：「病得之心憂，數忔食飲。」這是說，因為生病而心中煩悶，非常厭惡吃東西。

「忞」，ㄇㄧㄣˊ，形聲字，從心文聲，本義為努力自強。又讀ㄨㄣˇ，「忞忞」是心中不能明瞭的樣子。

「忮」，ㄓˋ，形聲字，篆文從心支聲，本義為違逆、不聽從，引申指忌恨、嫉妒的意思。〈詩經‧邶風‧雄雉〉：「不忮不求，何用不臧？」（臧：善。）詩的意思是，不害人不貪求，什麼事情會辦不成呢？

「怛」，ㄉㄚˊ，形聲字，篆文從心旦聲，本義為痛苦、憂傷，引申為畏懼、驚恐，如〈史記‧文帝本紀〉：「今朕夙興夜寐，勤勞天下，憂苦萬民，為之怛惕不安，未嘗一日忘[120]於心。」現在我起早睡晚，操勞國事，為萬民憂慮，心中惶惶不安，未曾有一天心裡不想著這些事情。

「恧」，ㄋㄩˋ，形聲字，篆文從心而聲，本義為慚愧的意思。

「恚」，ㄏㄨㄟˋ，形聲字，篆文從心圭聲，本義為憤怒、怨恨。

「恝」，ㄐㄧㄚˊ，形聲字，從心㓞聲，本義為不在意、淡然。

「恔」，ㄒㄧㄠˋ，形聲字，從心交聲，本義為暢快，引申為滿意、稱心。

---

120. 忘：會意兼形聲字，從心從亡，亡亦聲，亡有丟失義，本義為不識，不記得。

① ③ ④ 肉

｜看圖說故事｜

〈呂氏春秋．必己〉：「故人喜，具酒肉。」這說的是，朋友很高興，準備了酒菜肉食。這個「肉」字，①甲骨文裡，像不像是用刀切下來的一塊肉呢？③小篆的形體也像肉塊，看起來是鬆軟了一些，中間的兩條線就像是腰肉中肋條的樣子。④楷書寫成「肉」字。

「肉」，ㄖㄡˋ，六劃，象形字，當作偏旁的時候寫成「⺼」。

「⺼」與「月」非常相似，「⺼」的裡面是冫，「月」的裡面是二橫。

｜部首要說話｜

「肉」，甲骨文象切下的一大塊供食用的禽獸的肉形，本義就是人體及動物身上的肌肉，也就是動物皮膚下附著於骨骼的柔韌纖維。

蔬菜瓜果等，去皮去核中間可以食用的部分也稱作「肉」，如，果肉。這是「肉」的引申義，如蔡邕ㄩㄥ〈為陳劉太守上孝子狀〉：「舅偃哀其羸劣，嚼棗肉以哺之。」句中的「棗肉」，就是指棗子的果肉。

名詞的肉作動詞使用，就是「使……長出肉」的意思。〈宋史．石守信傳〉：「陛下念及此，所謂生死而肉骨也。」大意是，陛下這樣顧念我們，可說是恩同再造（使死亡的再長出骨肉）。動詞的肉，也當「吃肉」講。

〈禮記．樂記〉：「使其曲直、繁瘠、廉肉、節奏，足以感動人之善心而已。」這句談論音樂的句子怎麼會出現「廉肉」，「廉肉」指的是什麼呢？其實這句話是說，要求音樂的曲直繁省、聲音的清脆或圓潤、節奏分明，足以激動人們的善心就足夠了。「廉肉」指的是聲音的清脆或圓潤，「肉」是指發出的聲音宏亮悅耳。這個「肉」的意義要特別注意。

古代的錢幣和玉器大部分是圓形中間有孔，古人稱孔內的叫做「好」，孔外的就叫做「肉」，古人的分類是不是很有趣呢？〈漢書・食貨志下〉：「肉好皆有周郭。」（好：孔。周郭：錢幣的輪廓。）

在民間的俗話裡，稱一個人行動遲緩不俐落、性子慢，也用「肉」來表示。例如：這人做事真肉、肉脾氣。

肉，今可單用，也作偏旁使用。凡從肉取義的字，都與肌肉等義有關。

注意部首字詞

從「⺼」部的字大都與肉類、身體、器官有關。從「月」部的字大都與月亮、天氣型態有關。「⺼」、「月」的部首字要分清楚。

肉部的字，就它們的意義來說，大致可以分為兩類。

名詞：指身體的部分，特別是除頭部以外的部分及各種內臟，如肩、肘、股、肱、腋、脅、腹、背、腳、脛、肝、膽、肺、腸等。

二、形容詞：指有關身體的某切狀性，如肥、腯（ㄊㄨˊ，也是肥）、腫、脹、膩、臞（ㄑㄩˊ，瘦）、腥[121]、臊等。

「肉好ㄏㄠˋ」，有二解，一是指聲音宏亮悅耳；一是指錢幣。

「肉山脯林」，傳說夏桀奢侈荒淫，以肉為山，以脯為林，後是因以「肉山脯林」比喻生活非常奢侈。

「肉」與「肌」二字，在先秦時，「肌」是指人的肉，「肉」是指禽獸的肉。漢代以後，「肉」也用來指人的肉，但是「肌」卻不能指禽獸的肉。

「股」，ㄍㄨˇ，形聲兼會意字，篆文從肉殳生，殳也兼表像殳形之意，

---

121. 腥：據《說文解字》，〝腥〞本指長有綠蟲的幼蟲的豬肉。〝腥臊〞的〝腥〞，本是作〝胜〞，《說文解字》：「胜，犬膏臭也，從肉生聲，一曰不熟也。」但先秦經典中，〝腥臊〞的〝腥〞不用〝胜〞，而用〝腥〞。

本義是指大腿，引申指為車輻近轂之處，也作樂器磬的上端設懸處。古代算學，不等腰直角三角形中較長的直角邊稱為「股」，今有「勾股弦定理」。另外，「股」也作事物的分支或部份。如白居易〈長恨歌〉：「釵留一股合一扇，釵擘黃金合分鈿。」詩的意思是，掰開金釵鈿盒各分成兩半，金釵留下一股鈿盒留下一扇。

「股」與「脛ㄐㄧㄥˋ」兩字，「股」指大腿，「脛」是指小腿。不過，「股」可泛指整個腿部，又有「事物的分支」等引申義，「脛」的意義單純指小腿。但是「脛脛」讀作ㄎㄥ，是形容固執的樣子。

「脩」，ㄒㄧㄡ，形聲字，從肉攸聲，段玉裁《說文解字注》：「脯也。膳夫大鄭注曰。脩，脯也。按此統言之。析言之則薄析曰脯。」本義是指乾肉，〈論語・述而〉：「自行束脩[122]以上，吾未嘗無誨焉。」這是說，只要願意送給我十條這麼一點乾肉作為見面禮，我從沒有不願意收他為學生而教誨他的。「脩」，又有懲戒、修養、高、研習等義；「脩」，是指漆樽。「脩」，通「羞」時，是指進獻，如〈莊子・天地〉：「孝子操藥以脩慈父。」這是說，孝子手拿著藥物伺候生病的父親。另有「脩」讀作ㄊㄧㄠˊ，是縣名。

「脩」與「修」，在古代本是二字，「修」本義為修飾，「脩」本義是指乾肉。兩字在「整治」、「美好」等義上通用，不可將「脩」當作是「修」的異體字。

「脣」，ㄔㄨㄣˊ，形聲兼會意字，篆文從肉辰聲，辰也兼表震動之意，本義是震驚，此義後由「震」來表示。東漢起，「唇」假借「脣」來表示，指嘴唇，引申為物體的邊緣。

「脣」與「唇」本是兩個意義不同的字。《說文解字》：「脣，驚也。」但是古籍中不見用例，段玉裁說：「後人以震為之。」「脣」與「唇」音形相近，常混用。

從部首「肉」組成的字，有些字的讀音與意義要注意。

「肦」，ㄅㄢ，形聲字，從肉分聲，《集韻》：「逋還切，音班。頒通作盼。」〈儀禮．聘禮〉：「盼肉及廋車。」（廋ㄙㄡ：廋人，養馬官。）本義為頒賜。

「肸」，ㄒㄧˋ，會意字，篆文從肉從十，會血脈搏動流布全身之意，本義是傳布、傳播，引申指聲響振起的意思。

「胖」，ㄆㄤˋ，會意兼形聲字，篆文從肉從半（牛半體）會意，半也兼表聲，本義是古代祭祀所用的半邊牲肉。「胖」，讀作ㄆㄢˊ，大的意思，今有成語「心廣體胖」，比喻心懷坦蕩，體貌自然舒泰。今有「肥胖」一詞，指豐滿肥碩，「肥」字最初指肌肉豐滿，皮下脂肪厚，引申可以指動物，「肥」字與動物聯繫上關係，用來指一個人「肥」似有不敬，於是將祭祀半邊肉的「胖」與「肥」合用，讓「肥胖」一詞指稱人豐滿肥碩，有「富富泰泰」之意。

「胝」，ㄓ，形聲字，篆文從肉氐聲，本義是手或腳上的老繭，〈韓非子．外儲說左上〉：「手足胼胝，面目黧黑。」這是說，手腳生有厚皮，面目又黃又黑。今有「胼ㄆㄧㄢˊ手胝足」，形容極為辛勞。

「胴」，ㄉㄨㄥˋ，形聲字，從肉同聲，本義是大腸。今有「胴體」，指人的身體。

「胾」，ㄗˋ，會意兼形聲字，篆文從肉𢦏聲，𢦏也表切割之意，本義是切成大塊的肉。

「朘」，ㄐㄩㄢ，形聲兼會意字，篆文從肉夋（ㄑㄩㄣ）聲，夋也兼表壯大之意，本義是縮減、削減，〈漢書．董仲舒傳〉：「民日削月朘，寖以大窮。」（日削月朘：日日削減，月月縮小。形容逐漸縮小。也指時時受到搜

---

122. 束脩：古代學生與教師初次見面時，必先奉贈禮給老師表示敬意，名曰〝束脩〞。據載，這依習俗最早可追溯到孔子時代，〈論語．述而〉：「自行束脩以上，吾未嘗無誨焉。」這是說，只要帶了拜師摯禮，我沒有不教育的人。唐代學校由國家明確規定採用束脩之禮，此禮主要是為了表示學生對教師的尊敬，講究心意，禮物的輕重無可厚非。教師在接受禮物時，往往還須奉行相當的禮節，表示回敬。此為〝束脩之道〞。

刮。）大意是，人民的生計財產受到無窮盡的搜括，漸漸就窮困。《說文解字注》：「赤子陰也。老子。未知牝牡之合而朘作。」讀作ㄗㄨㄟ時，指男孩的生殖器

「腓」，ㄈㄟˊ，形聲字，篆文從肉非聲，《說文解字》：「脛腨也。」本義為脛骨後的肉，即指小腿肚，引申為草木枯萎，如〈詩經・小雅・四月〉：「秋日淒淒，百卉具腓。」這是說，秋天多寒涼，百草都枯萎。

「膂」，ㄌㄩˇ，形聲字，篆文從肉旅聲，本義是脊梁骨，今有「膂力」，指體力。

「膃」，ㄨㄚˋ，形聲字，從肉昷聲（ㄨㄣ），本義為肥胖。今有「膃肭ㄋㄚˋ」一詞，形容肥軟的樣子。

「膾」，ㄎㄨㄞˋ，形聲字，篆文從肉會聲，本義是切的很細的魚或肉，今有成語「膾炙人口」，形容為人讚賞的詩文，或流行一時的事物。

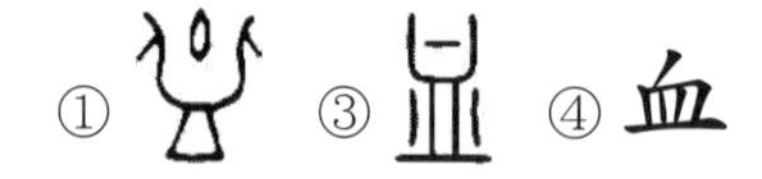

看圖說故事

白居易〈琵琶行〉：「其間旦暮聞何物，杜鵑啼血猿哀鳴。」這是說，相傳周末蜀王杜宇，號望帝，失國而死，其魄化為杜鵑，日夜悲啼，淚盡繼以血，哀鳴而終。後以「杜鵑啼血」比喻哀傷至極。這個「血」字，是個合體象形。①甲骨文是一只盛物的器皿形，器皿上的一滴小圓圈是「血」的形狀。③小篆的血液成為一小橫，仍然表示是血滴。④楷書寫成「血」。

「血」，ㄒㄧㄝˇ，六劃，象形字，作為部首的稱呼是血字部。

「皿」和「血」長的很像，皿比血少一撇，「皿」是飲食的器具。

由部首「血」組成的字大都與血液、生命有關。

部首要說話

「血」，甲骨文從皿，圓點象皿中所盛之血形，本義是古代供祭祀用的牲血。〈詩經．小雅．信南山〉：「執其鸞刀，以啟其毛，取其血膋。」（鸞刀：柄上有鈴的刀。膋ㄌㄧㄠˊ：脂肪。）這就是說取出牠的血與脂肪用以祭祀。

《說文解字》：「血，祭所薦牲血也。」也就是祭祀時進獻的牲血。後來泛指血、血液，也泛指動物的血液。血液由紅血球、白血球、血小板和血漿所組成，具有運送養分、協助代謝、製造免疫抗體等功能。〈左傳．莊公八年〉：「鞭之，見血。」（鞭：用如動詞，鞭打。）這是說，（齊襄公）就鞭打他，打得皮開血出。

〈周易．屯〉：「泣血漣如。」這裡的血是指悲痛已極，淚流如血。在古籍中，常見將名詞作動詞用，〈山海經．南山次經〉：「侖者（山名）之山……有木焉……可以血玉。」這個動詞的「血」當作「染」的意思，「血玉」就是「染玉」。這句話意思是說，侖者山上有一種樹可以用來給玉石染色。

「血」從本義引申為有血緣關係的，〈資治通鑑．唐武宗會昌四年〉：「今劉稹不詣尚書面縛，又不遣血屬祈哀。」（面縛：雙手反綁於背後，臉朝前，表示請罪。）「血屬」是指有血緣關係的親屬。

今有成語「血氣方剛」，源出〈左傳．昭公十年〉：「凡有血氣，皆有爭心。」這個「血氣」是指「生命」，這句話是說：凡是有生命在，就都有爭奪之心。

血的顏色是紅的，所以血色就是指紅色，如白居易〈琵琶行〉：「鈿頭銀篦擊節碎，血色羅裙翻酒汙。」按拍擊節敲碎了金花銀篦，飲酒作樂濺汙羅裙也不足惜。

見血就有所傷害，所以引申為殺傷、傷害。《續資治通鑑・卷120・宋紀一百二十》：「血人於牙，吞噬靡厭。」

血，今可單用，也作偏旁使用。凡從血取義的字，都與血液等義有關。

注意部首字詞

成語「血海深仇」是指極深的仇恨。「血海」一詞，一為中醫術語，是指脈衝，又指肝臟，也是經穴名；「血海深仇」典出佛家語「血海」，是比喻地獄中的慘境。〈毘奈耶雜事三七〉：「今我今者，枯竭血海，超越骨山，避惡趣門，開涅槃路，置人天道。」

「血餘」是說血之餘嗎？不是的，〈本草綱目五二卷〉：「髮者血之餘……今方家乎髮為血餘，蓋本此義也。」「血餘」就是頭髮。

「血流漂杵」，語出〈孟子・盡心下〉：「以至仁伐至不仁，而何其血之流杵也。」（杵：大盾。）這是說，以最講人道的人去征伐最不人道的人，怎麼會使血多得把木盾都漂流起來呢？因以「血流漂杵」形容殺人之多。

從部首「血」組成的字大都與血有關。

「衁」，ㄏㄨㄤ，形聲字，從血亡聲，本義是血，〈左傳・僖公十五年〉：「士刲羊，亦無衁也。」（刲ㄎㄨㄟ：屠宰。）大意是，男人宰羊，不見血漿（表示卦兆是不吉利的）。

「衃」，ㄆㄟ，形聲字，從血不聲，本義是凝血，是指赤黑色的瘀血。

「衄」，ㄋㄩˋ，形聲字，篆文從血丑聲，本義是鼻孔出血，泛指其他部位出血，如〈本草綱目・百病主治藥〉：「九竅俱出曰大衄。」這是說，一個人九孔流血，就叫做大出血。從本義引申為損傷、挫折，〈後漢書・段熲傳〉：「巨兵累見折衄。」（見：被。）這是說，大兵被折損了好幾次。又引申為恥辱的意思，如歐陽修〈送黎生下第還蜀〉：「一敗不足衄，後功掩前羞。」大意是，一次失敗並不算什麼，以後的成功可以掩去先前的羞愧。

「衉」，ㄎㄜˋ，形聲字，從血各聲，咯同喀，本義是嘔、吐。

「衈」，ㄦˋ，形聲字，從血耳聲，這是指古代祭祀時殺牲取血以塗器物，如〈禮記．雜記下〉：「門，夾室皆用雞，先門而後夾室，其衈皆于屋下。」大意是，門及廟中夾室，都用雞血。先記門而後夾室。先在屋下，拔掉耳邊毛，然後塗上雞血。這是古時新廟竣工所舉行的祭禮——「釁」。

「衊」，ㄇㄧㄝˋ，形聲字，篆文從血蔑聲，本義是汙血，作為動詞就是血汙染，引申為詆毀，以謠言毀壞別人的名譽，如〈漢書．梁平王劉立傳〉：「汙衊宗室。」

「衊」與「蔑」二字，本義不同，「蔑」是指輕視、忽略，今有「蔑視」、「輕蔑」詞；「衊」有「汙衊」詞，都不可以互用。

「衋」，ㄒㄧˋ，形聲字，從血從百聿聲，《說文解字注》：「從血聿。聿者，所以書也。血聿者，取披瀝之意。」本義是悲傷痛苦的意思，如曾鞏〈寄歐陽舍人書〉：「至其所可感，則往往衋然不知涕之流落也。」大意是，遇到他所感動的，便常常悲痛地不覺掉下眼淚。

｜語文點心｜**曾鞏**

曾鞏（公元1019—1083）字子固，宋嘉祐二年（1057年）登進士第。兒童時代的曾鞏，就與兄長曾曄一道勤學苦讀，自幼就表現出良好的天賦。其弟曾肇在〈亡兄行狀〉中稱其「生而警敏，不類童子」，而且記憶力超群，「讀書數萬言，脫口輒誦」。

曾鞏在政治舞臺上的表現並不算是很出色，他的更大貢獻在於學術思想和文學事業上。曾鞏的思想屬儒學體系，他贊同孔孟的哲學觀點，強調「仁」和「致誠」，認為只要按照「中庸之道」虛心自省、正誠修身，就能認識世界和主宰世界。在政治上他反對兼併政策，主張發展農業和廣開言路。

他的散文大都是「明道」之作，文風以「古雅、平正、沖和」見稱。《宋史》本傳說他「立言於歐陽修、王安石間，紆徐而不煩，簡奧而不晦，卓然自成一家」。他的議論性散文，剖析微言，闡明疑義，卓然自立，分析辨難，不露鋒芒。〈唐論〉就是其中的代表作，援古事以證辯，論得失而重理，語言婉曲流暢，節奏舒緩不迫，可與歐陽修的〈朋黨論〉媲美。他的記敘性散文，記事翔實而有情致，論理切題而又生動。著名的〈墨池記〉和〈越州趙公救災記〉熔記事、議論、抒情於一爐，深刻有力，通情達理。他的書、序和銘也是很好的散文。〈寄歐陽舍人書〉和〈上福州執政書〉歷來被譽為書簡範文。

曾鞏是唐宋古文八大家之一。他在當代和後代古文家的心目中地位是不低的。他的成就雖然不及韓、柳、歐、蘇，但也有相當的影響。

看圖說故事

〈孟子・告子下〉：「故天將降大任於是人也，必先苦其心志，勞其筋骨。」這個「骨」字，①甲骨文最早是像個「之」形的圖案，每個橫線的兩端較粗，相接的地方就是關節。②戰國印文，這像是牛隻的胛骨。其實到了戰國時期有所謂的印古文，就在這個字的下方加個「肉」，成了，表示骨頭和肌肉是相關的。③小篆沿襲印古文的寫法。④楷書寫成了「骨」。

「骨」，ㄍㄨˇ，十劃，會意字，作為部首的稱呼是骨字部、骨字旁。

書寫「骨」字時，下部寫作「⺼」，不可寫作「月」，如：骨、猾、滑、搰、髖等。

部首要說話

「骨」，甲骨文象骨節形，原本是個象形字，就像骨架互相支撐的骨頭，到了印古文時加了「肉」字，就成了從冎從肉的形聲字，會著肉的骨頭之意。本義就是骨頭。骨頭是構成脊椎動物體的支架，可支持個體、保護內部器官，以及與肌肉共同完成運動機能等功能。

成語中有「骨肉相連」、「脫胎換骨」、「毛骨悚然」，這個「骨」，都是指人或動物的骨骼。後來也稱人死後的骸骨，如〈戰國策・燕策一〉：「馬已死，買其骨五百金。」大意是，馬已經死了，他就用五百金將馬的骨骸給買了下來。

「骨」的作用是用來支撐軀體，由此引申出一個人內在的品格與氣概，如：風骨、傲骨。由此又引申為文學作品的體幹、風格或書法的筆力。所謂「文如其人」，表示文章的品格與人格是一致的。

古時候，在戰場上有一種棍棒類的兵器，形似兩端膨大的骨頭狀，就叫做「骨朵」。

東西翻滾所發出的聲音，也用「骨」擬聲，例如：骨碌碌。

「骨」，是個多音多義字，又讀作ㄍㄨˊ，例如：「骨頭」、「賤骨頭」（譏笑人品行、容貌不好）。

「骨」，讀作ㄍㄨ時，有「骨碌」詞，用來形容物體滾動的聲音，也指物體滾動的樣子。又有「骨朵兒」，指的是花苞。

骨字可單用，也作偏旁使用。凡從骨取義的字，都與骨頭等義有關。

注意部首字詞

「骨力」與「骨立」是不同的兩義。「骨力」，一猶言力氣，又引申為書法雄健有筆力。「骨立」，是說一個人極消瘦，〈列子・仲尼〉：「子貢茫然自失，七日不寢不食，以致骨立。」大意是說，子貢茫然的就像失去了自我，回到家整整思考了七天，不睡不吃的，以致於瘦得只剩下骨頭。

「骯」，ㄎㄤˇ，形聲兼會意字，從月（肉）亢聲，亢也兼表高直之意。如今用作「骯髒」一詞，一指剛直的樣子，李白〈魯郡堯祠送張十四遊河北〉：「有如張公子，骯髒在風塵。」詩的意思是，就像張公子[123]您，在紛擾混濁的人世裡仍舊高亢剛直不受扭曲。一指體胖，庾信〈擬連珠〉：「骯髒之馬，無復千金之價。」這是說，一匹發胖的馬，就沒有千金的高價。

「骯」與「肮」二字，在古代音義都不同，「肮」，ㄏㄤˊ，是指咽喉、喉嚨，〈史記・張耳陳餘列傳〉：「（貫高）乃仰絕肮，遂死。」大意是，於是（貫高）仰起頭來卡[124]斷咽喉而死。今天中國大陸將「骯」簡化作「肮」，又讀作ㄤ，與古代音義都已不同，這點要注意細察。

「體」，ㄊㄧˇ，形聲兼會意字，篆文從骨豊（ㄌㄧˇ）聲，是個多義字。⑴本義是肢體，身體的一部分，也指東西的一部分，後引申為親身的意思，如〈後漢書・班彪傳附班固〉：「體行德本，正性也。」⑵指事物的本體、實體。⑶也當卦體講，即占卜的卦兆，如〈詩經・衛風・氓〉：「爾卜爾筮，體無咎言。」這是說，你占卜，你問卦，卦體沒有凶言。⑷文章或書法的體裁或風格也稱作「體」，〈文心雕龍・辨騷〉：「揚雄諷味，亦言體同《詩》《雅》。」大意是，揚雄把它（離騷）諷誦吟味，也說它的本質和《詩經》相同。⑸領悟、體現的意思。⑹引申為依照、效法。⑺當親近、連接講。⑻又做實行、實踐講，〈荀子・修身〉：「篤志而體，君子也。」大意是，意志堅強，而且見之於實踐，就是君子。⑼體諒，設身處地為他人著想。《中庸》：「敬大臣也，體群臣也。」這是說，尊敬大臣，體諒小臣。

「體」與「体」本是音義不同的兩個字。「体」，ㄅㄣˋ，本義為粗劣，同「笨」。「體」的各種意義其實都不寫作「体」，今中國大陸將「體」簡化為「体」，要注意辨認。一般也都將「体」作為「體」的異體字，這其實是誤用，應該將「體」與「体」各回其意義來使用。

另外，有些從部首「身」組成的字要注意用法。

「骫」，ㄨㄟˇ，形聲字，從骨丸聲，本義是彎曲，引申為枉曲，今有成語「骫法營私」。

「髀」，ㄅㄧˋ，形聲字，從骨卑聲，本義是大腿，後來也做測定日影的表，古代即有《周髀算經》一書。

「髑」，ㄉㄨˊ，形聲字，從骨讀聲，今有「髑髏」一詞，是指死人的頭骨。

｜看圖說故事｜

〈左傳．隱公元年〉有段感人的紀錄：「小人有母，皆嘗小人之食矣，未嘗君之羹125，請以遺之。」（遺ㄨㄟˋ：送給。）這意思是，我有母親，我孝敬她的食物都已嘗過了，就是沒有嘗過您的肉湯，請求讓我帶給她吃。這個「食」字，①甲骨文的下部是個裝著豐盛食物的器具，兩側各有一點，表示食

123. 公：用來指稱人的敬稱，最早是指春秋時中原諸侯國君子或諸侯國，〝公子〞，就是指大（太）子之外的諸侯之子，這是具有尊貴意蘊的敬稱。其後稱公子者愈來愈多，這是因為來自於〝媵（ㄧㄥˋ）制〞的婚姻習俗，也就是妹隨姊嫁、姪女隨姑嫁，娣姊、姪姑共事一夫的婚姻習尚。於是繁衍了更多的〝公子〞，結果，只要是男子就稱公子，公子一多，公子就已經不是原來意義的公子了。

124. 卡：以義會意字，上不來下不去，即不上不下，這就叫〝卡〞。

125. 羹：會意字，篆文從䰜（升騰的熱氣）從羔，會鬲中煮羔羊之意，隸變後異體從羊從美，本義為用肉調和作的有濃汁的食物。羹在古代有兩種，一種是不加調味料，不加蔬菜的純肉湯；另一種是用肉或菜調和五味作成的帶汁的肉湯。

物都已經滿出來而往外溢出的樣子，上部的「亼」是個石器的蓋子。②金文為了書寫的方便，將甲骨文加以簡化，省略兩點，底下也不太像是食具。③小篆雖然不像是食具，但字形較美觀許多。④楷書寫成「食」。

「食」，ㄕˊ，九劃，作為部首的稱呼為食字部，或左食部。

書寫「食」字時，上部是「亼」（ㄐㄧˊ），人下作一橫，不作一點，這一橫也不觸「人」。作為左偏旁時，末二筆改作一點，成為「飠」，如：飢、飲。

部首要說話

「食」，甲骨文上部是個倒口，下部的食物原本是「豆」，也就是盛黍、稷、稻、粱等主食，兩點象徵香氣，會張口吃飯之意。「食」的本義即是「張口吃飯」，後引申為食品，也就是主食，後來泛稱其他食物、糧食，如〈韓非子・十過〉：「財食將盡，士大夫羸病。」這是說，糧食財物，眼看要用完了，官兵飢餓，無力作戰。後來又特指為俸祿126，〈論語・衛靈公〉：「事君，敬其事而後其食。」這是說，人臣侍奉君主，要盡心竭力的做好自己的職事，把領取厚祿的事情放在後頭。

名詞的「食」引申當動詞就是「吃」的意思。有句話說「食而不知其味」，這個「食」就是吃的意思。〈詩經・衛風・碩鼠〉：「碩鼠碩鼠，無食我黍。」詩的意思是，大老鼠啊大老鼠，不要來吃我種的黍。

在天象上，月亮的影子遮蓋住太陽，看起來就像是月亮「吃」掉了太陽，這就叫做「日食」。反過來就是「月食」，現在，這個意義的「食」通常寫成「日蝕」、「月蝕」。

食物吃下肚叫做食，如果把話（言語）給吃下肚，不就是「食言」？這裡的「食」就是違背、背棄的意思。有句話叫做「食言而肥」，這真的是有人（郭重）長得肥胖而且經常失信，後來就用「食言而肥」比喻一個人言而無信，說話不守信用。

「食」，又讀作ㄙˋ，就是「給……吃」，供養的意思，〈史記・淮陰侯列傳〉：「解衣衣一ˋ我，推食食ㄙˋ我。」大意是，（漢王）把自己的衣服脫下來給我穿，把自己的食物拿給我吃。從供養義引申為餵養，這個意義後來寫作「飼」。韓愈〈雜說四〉：「食ㄙˋ馬者不知其能千里而食也。」這是說，養馬的人不知道牠為了要走千里而需要吃那麼多的糧食。

另外，漢朝有個人名叫「酈食其」（ㄌㄧˋ ㄧˋ ㄐㄧ），作為人名，這個「食」要讀作一ˋ。

「食」，可單用，也作偏旁使用。凡從食取義的字，都與吃、食物等義有關。

注意部首字詞

「食牛氣」，這是什麼意思呢？《尸子》卷下：「虎豹之駒未成文，而有食牛之氣；鴻鵠之鷇，羽翼未全而有四海之心。」（鷇ㄎㄡˋ：幼天鵝。）這是說，虎豹的幼獸雖然皮毛還未長出花紋，但已有吞食牛的氣勢；天鵝的幼鳥雖然羽翼未豐，但已有遨遊四海的志氣。這是指從小應當有大志向的意思。後以「食牛氣」指年幼而有豪邁之氣。

「飢」，ㄐㄧ，會意字，篆文從食從几（几案），〈說文解字・食部〉：「飢，餓也。從食几聲。」本義是飢餓，民有飢色，野有餓莩。」（莩ㄆㄧㄠˇ：餓死的人。）這是說，百姓面呈飢餓的臉色，郊野有餓死的人。

---

126. 俸、祿：俸，形聲會意字，從人從奉會意，奉也兼表聲。本義是舊時官員的薪水。早期的〝俸〞是按照賢能程度、功勞大小的標準，以糧食的形式或折合成錢發放。祿，會意兼形聲字，甲骨文和金文借彔（鑽木取火）表示福氣，篆文另加意符示，突出神賜福之意。本義為福，指天賜的福。俸、祿二字原各有所指，性質亦不同，但隨著時代的發展，〝俸祿〞作為連詞使用，泛指朝廷發給的錢銀或糧食，後作官吏的薪俸。

「饑」，ㄐㄧ，會意兼形聲字，篆文從食從幾（微），會飢餓之意，幾也兼表聲，〈說文解字・食部〉：「饑，穀不熟為饑。從食幾聲。」本義是五穀不成熟，即饑荒。〈孟子・梁惠王下〉：「凶年饑歲，君之民老弱轉乎溝壑。」（轉：棄屍。）這句話的意思是，在遭災的年頭與饑荒的歲月，您的百姓年邁體弱的輾轉餓死而棄屍在山溝之中。「饑」，通「飢」時，當餓講。「饑」與「飢」古不同音，一般不通用。

「飢」，是飢餓；「饑」，是荒年，在先秦時分別是顯著的。雖然可以以「饑（餓）」代「飢（餓）」，但是「饑」的荒年義是「飢」不能取代的。

另外，「飢」與「餓」雖然都有「飢餓」的意義，但「飢」是一般性的飢餓，如餓肚子但餓不至死；「餓」是指嚴重的飢餓，甚至餓病、餓死。

「飧」，ㄙㄨㄣ，會意字，篆文從夕從食，會晚飯之意，〈說文解字・食部〉：「飧，哺也。從夕、食。」本義為晚飯，古人每日兩餐，晚餐在申時（下午三點到五點）吃。〈孟子・滕文公上〉：「賢者與民並耕而食，饔飧而治。」（饔ㄩㄥ飧：都用作動詞，即自己作早飯、晚飯。）這句話是說，賢明的君主應該與百姓一道耕種而維持生活，自己動手做早晚飯又能管理國事。「飧」，從本義泛指熟食，作為動詞時就是吃飯的意思，〈詩經・魏風・伐檀〉：「彼君子兮，不素飧兮。」這是說，那些君子啊，他們不會白吃飯！

「養」，ㄧㄤˇ，是多音多義詞，會意字，甲骨文是手持鞭牧羊形，會放牧飼養之意，本義與「牧」同，本義為飼養，後泛指飼養（動物）或培植（植物）。由本義引申⑴養活。⑵生育、哺乳。⑶當保養講，引申為修養。⑷教育。〈孟子・離婁下〉：「中也養不中，才也養不才。」大意是，品德修養好的人去教化品德修養不好的人，有才能的人去教化無才無德之人。⑸調養的意思。⑹作廚師義。〈漢書・兒寬傳〉：「貧無資用，嘗為弟子都養。」（都：眾。）這是說，家境貧窮沒有任何資產，曾經作過替學生炊煮的廚師。

「養」，作為動詞的奉養義時，讀作ㄧㄤˋ。

「養」和「畜」雖然都有「養」的意義，但是使用的場合卻大不同。

「養」多用於養人或養親，「畜」多用於養動物。「養」用於動植物的意義是漢代以後的事；「畜」在漢代後雖可用於養人，但只限於上養下、尊養卑。

「饋」，ㄎㄨㄟˋ，形聲兼會意字，金文從𠂤從食，會以食物送人之意，篆文改為從食貴聲，貴也兼表給與之意，本義是送食物給人，引申為吃、吃飯，〈淮南子・汎論〉：「一饋而十起。」（十起：起身多次，形容勞碌。）另外，「饋」也是祭祀的意思。

「饋」與「贈」二字，都有送（東西）的意義，但是「饋」指送食物給人，意義窄；「贈」既可以送食物又可以是珍寶珠玉、車馬服飾，意義寬。

從部首「食」組成的字裡，有些字的讀法要注意。

「飣」，ㄉㄧㄥˋ，形聲字，從食丁聲，本義為貯食、盛放食物。有「飣餖」一詞，是指堆疊在器皿中的菜蔬果品。

「飫」，ㄩˋ，形聲字，篆文從食芺（ㄧㄠ）聲，隸變後省作飫，改為夭聲，本義是古代君王宴飲同性的私宴，引申為飽、滿足的意義。

「餔」，ㄅㄨ，形聲字，籀文從皿浦聲，篆文從食甫聲，〈說文解字・食部〉：「餔，日加申時食也。從食甫聲。」本義是申時（下午三時至五時）吃的飯，晚飯。

「餴」，ㄈㄣ，形聲字，從食奔聲，蒸飯曰餴。

「餲」，ㄞˋ，形聲字，篆文從食曷聲，〈說文解字・食部〉：「餲，飯餲也。從食曷聲。」《玉篇》：「飯臭也。」本義是食物經久而腐敗變臭。

「餼」，ㄒㄧˋ，形聲兼會意字，篆文本從米气聲，隸變後寫作「氣」，氣被借用以表示雲氣之後，饋送人糧草之義便又另加意符食寫作「餼」來表示，成了從食從氣會意，氣也兼表聲。本義是贈送人的糧食，又作活的牲口、生肉。

「饁」，ㄧㄝˋ，形聲字，篆文從食盍聲，〈說文解字・食部〉：「饁，餉田也。從食盍聲。」本義是給在田間耕作的人送飯，又作古代田獵時以獵物祭四郊之神。

「饎」，ㄒㄧ，形聲字，從食喜聲，〈說文解字・食部〉：「饎，酒食也。從食喜聲。」本義即酒食。

「饕餮」，ㄊㄠ ㄊㄧㄝ丶，饕為貪財，餮為貪食。饕餮比喻貪吃的人。傳說中一種凶惡貪食的野獸，古代鐘鼎彝器多刻其頭形以為飾。比喻凶惡貪婪的人。〈左傳・文公十八年〉：「縉雲氏有不才子，貪於飲食，冒於貨賄，侵欲崇侈，不可盈厭；聚斂積實，不知紀極；不分孤寡，不恤窮匱，天下之民以比三凶，謂之饕餮。」大意是，縉雲氏有個不能幹的兒子，專會貪財貪玩，侵犯著他人要的東西，一味講究奢侈，沒有饜足的時候，積聚的財貨，多得數不清，卻從來不肯分給孤兒寡母，不肯周濟些窮人，天下的人民，拿他比三凶，喊他叫做饕餮。

｜語文點心｜委婉

委婉，是漢文修辭的方式之一。在封建社會裡，說話有所顧忌，怕得罪統治階層，致禍上身；於是說話、文章往往是委婉曲折地把意思表達出來。

司馬遷為李陵事受了宮刑，遭到了冤屈，但是他在〈報任安書〉中只說「明主不曉」，不敢直言指君上的罪惡。

外交辭令是另一種委婉語。古人（特別是上古時代）的外交辭令，往往是拐彎抹角、委婉曲折地把意思表達出來。

〈左傳・僖公四年〉：「君惠徼福於敝邑之社稷，辱收寡君。」

這意思是說，您如果不毀滅我國，肯跟我們結成同盟。

謙詞也是委婉語的一種。司馬遷在〈報任安書〉中說「待罪輦轂下」，又說「廁下大夫之列，陪外廷末議」。這裡所說的「待罪」、「廁」、「下大夫」、「陪」、「末議」，都不能按字面解釋；實際上，「待罪」只等於任職，「廁」只等於位置（動詞），「下大夫」只等於群臣，「陪」等於參加，「末議」等於議事或議政。

另外，在古人書信中，謙詞特別多。自謙有：牛馬走／僕／側聞／賤事／請／略陳／固陋／幸／私心／竊／謹／再拜……等。敬詞則有：足下／辱賜／教／左右……等。

|看圖説故事|

〈孟子·梁惠王上〉：「味肥甘不足於口與？」（與：語氣詞。）這句話是說，是為了肥美可口的食物滿足不了您的胃口嗎？這個「甘」字是個人人都喜歡的字，①甲骨文是一張嘴巴的形狀，但嘴巴裡有個一短橫。②金文也是仿甲骨文的寫法，嘴裡的一短橫就表示口中含有食物。③小篆寫得較為工整，看來像是嘴裡甜滋滋的樣子。④楷書為了與「曰」字有所區分，上邊的一橫從兩邊出了頭，寫成了「甘」。

「甘」，ㄍㄢ，五劃，指事字，作為部首的稱呼是甘字部。

|部首要説話|

「甘」，甲骨文從口，其中一點指明口中含有甜美的食物。因為甜美的食物是人所喜愛含在嘴裡的，因此本義為「甘甜可口」的意思。如，「先甘後苦」，「甘」和「苦」是相對的滋味。〈墨子·非攻上〉：「少嘗苦曰苦，多嘗苦曰甘，則必以此人為不知甘苦之辯矣。」（辯：通「辨」，辨別，區別。）大意是，少嘗一點苦味就說是苦的，多嘗些苦味卻說是甜的，那麼人們就會認為這個人不懂得苦和甜的區別。

滋味是甘甜的，語言也有好聽的話和難聽的話，古人也將甜蜜、動聽的話叫做「甘」，成語「甘言美語」，就是指諂媚動聽的話語。〈詩經．小雅．巧言〉：「盜言孔甘，亂是用餤。」（盜：讒佞小人。孔：很。餤：進食，引申為加劇。）這句詩的意思是，小人讒言非常甜蜜，禍亂因此就要加劇。

嘗美味、聽美言，又常常使人不自覺地為別人來做事，於是引申為樂意、甘願的意思，今有成語「心甘情願」，就是這個意思。〈詩經．衛風．伯兮〉：「願言思伯，甘心首疾。」（首疾：疾首。）這是說，心中思念著他啊，哪怕想得頭痛也心甘情願。

其實，在古代中國人的味覺分類裡，「甘」是不帶任何刺激的正味，表示「甘」是一種對口舌非常適應，因而讓人有通暢無阻的味感。就像乾淨純潔的水喝了之後讓人口舌為之一「甘」，難怪古人要說：「君子之交淡如水。」因為水是甘味，也是味覺中的正味。

由於「甘」為引申義所專用，所以甘甜之義便另加義符「舌」寫作「甜」來表示。

今「甘」可單用，也作偏旁使用。凡從甘取義的字，皆與甘甜、美味等義有關。

注意部首字詞

「甘雨隨車」，典出《太平御覽》卷十引三國吳謝承《後漢書》：「百里嵩字景山，為徐州刺史，境旱，嵩出巡遽，甘雨輒澍。東海、祝其、合鄉等三縣父老訴曰：『人等是公百姓，獨不迂降？』迴赴，雨隨車而下。」後因以為稱頌地方長官德政的用語。

「甘」、「甜」、「旨」三字看來都有「甜」的意義，其實「甘」與「甜」雖都有甜義，只是先秦用「甘」字，「甜」自是漢代以後才出現的。至於在味美、美味的意義上，「甘」與「旨」是同義詞，所不同的是，「甘」常有意動用法，而「甘」的甜義是「旨」所沒有的。

「甜」，ㄊㄧㄢˊ，會意字，篆文從甘從舌，表示「舌」能品嘗「甘」味，會舌嘗到甘味之意，本義即為甜，與「苦」相對，如張衡〈南都賦〉：「酸甜滋味，百種千名。」「甜」，從本義引申為美好，楊萬里〈夜雨不寐〉：「睡甜詩思苦。」

「甚」，ㄕㄣˋ，會意字，金文上從甘（口含美味）下從匕（匙），會用湯匙送美味入口之意，〈說文解字・甘部〉：「甚，尤安樂也。從甘，從匹耦也。」本義為異常安樂，引申指⑴厲害、過分，〈列子・湯問〉：「甚矣，汝之不惠！以殘年餘力，曾不能毀山之一毛，其如土石何？。」這是說，你愚蠢得也太厲害了！以你快要死的年紀，剩下的一點力氣，連山上的一根毫毛也毀不掉，又能對土塊和石頭怎樣呢？⑵很、非常的意思，周敦頤〈愛蓮說〉：「世人甚愛牡丹。」世上的人都特別喜歡牡丹。⑶當疑問代名詞，什麼、怎麼。

｜語文點心｜周敦頤

周敦頤（公元1017—1073年）宋代思想家、理學家，原名敦實，字茂叔，號濂溪，道州營道縣（今湖南道縣）人，人稱濂溪先生，元公是他的謚號。以母舅龍圖閣學士鄭向任分甯（修水）主簿，調南安軍司理參軍，移桂陽令，徙知南昌，曆合州判官、虔州通判。熙甯初知郴州，擢廣東轉運判官，提點刑獄。為官清廉，所到之處，都很有實績。晚年知南康軍，治所在今星子縣城。曾遊覽廬山，為廬山的山水所吸引，在其自為詩中道：「廬山我愛久，買田山中陰。」因築室廬山蓮花峰下，前有溪，合於湓江，取營道故居濂溪以名之，遂定居於此，並將原在故里的母親鄭木君墓遷葬於廬山清泉社三起山。敦頤卒，亦附葬於母親墓旁。以後子孫世居江州，後裔綿衍。

周敦頤是中國理學的開山祖，中國哲學史上的宋代「濂（湖南周敦頤）、洛（洛陽張載）、關（關中程顥、程頤）、閩（福建朱熹）」四大學派，就是以周敦頤為首。但周敦頤生前並不為人們所推崇，學術地位也不高。人們只知道他「政事精絕」，宦業「過人」，尤有「山林之志」，胸懷灑脫，有仙風道氣。但沒有人知道他的理學思想，只有南安通判程太中知道他的理學造詣很深，並將兩個兒子——程顥、程頤送到他的門下，後二程均為著名理學家。

周敦頤酷愛雅麗端莊、清幽玉潔的蓮花，曾於知南康軍時，在府署東側挖池種蓮，名為愛蓮池，池寬十餘丈，中間有一石台，臺上有六角亭，兩側有「之」字橋。他盛夏常漫步池畔，欣賞著縷縷清香、隨風飄逸的蓮花，口誦〈愛蓮說〉，自此蓮池名聞遐邇。

看圖說故事

唐代皮日休〈橡媼嘆〉：「山前有稻熟，紫穗襲人香。」這是一首通過對一個老農婦因辛勤生產的糧米被官府搜刮盤剝殆盡，只好靠拾橡子聊充饑腸的故事，表現了作者對下層人民的深厚同情。這個「香」是個討喜的字，①甲骨文的上部是個成熟的麥形（來），周圍的四個小點表示麥子成熟落下的樣子，下部是個「口」形，這是盛麥的器皿。③小篆的上部是黍，下部換成「甘」字，這表示五穀的甜美芬芳。④楷書寫成「香」字。

「香」，ㄒㄧㄤ，九劃，會意字，作為部首的稱呼是香部、香字部。

書寫「香」字時，上作「禾」，中豎不鉤，末筆改為長頓點，下部是「日」，不可寫成「曰」，如：香、馨。如作左偏旁時，長頓點改頓點，如：馝、馥、馦。

｜語文點心｜皮日休

晚唐文、武、宣、懿、僖五朝，黃巢作反，時代亂離，社稷沉淪，民生凋蔽。文風隨政治世情而傾斜轉移，趨於侈麗浮豔，格卑氣弱。皮日休則一反流俗，承繼樂府「感於哀樂，緣事而發」的精神，聚焦於動盪政治，社會寫實，400多首詩，宛如社會實錄，歷史考鏡，針砭時痼，諷諭時政。尤以《正樂府十篇》感事寫意，恫瘝民瘼，或寫征戰之不義、賦稅之繁苛，或述進奉之害民、貪官之虐民，血淚交織，震撼人心，感染人意。總此十篇，不僅抒發黎民心聲，發揮救濟人病、裨補時闕的詩歌功能，更以創作實踐力挽萎靡衰颯之時風，再現樂府高峰，而成為新樂府的光輝後勁。

在《正樂府十篇》的小序裏，他更明確地強調樂府詩的政治作用：「樂府，蓋古聖王采天下之詩，欲以知國之利病，民之休戚者也。……詩之美也，聞之足以觀乎功；詩之刺也，聞之足以戒乎政。」又說：「今之所謂樂府者，唯以魏晉之侈麗，梁陳之浮豔，謂之樂府，真不然矣。」這正是白居易現實主義詩歌理論的繼續，和漢樂府民歌「緣事而發」的精神是一脈相承的。《文藪》的詩文便是他這種文學主張的實踐。

如〈橡媼歎〉揭露了統治階級的腐朽，反映了勞動人民飽受的剝削和壓迫，繼承了白居易新樂府的傳統。散文和辭賦擅借古諷今，抒寫憤慨。〈天門夕照〉、〈道院迎仙〉、〈書堂出相〉、〈風竹晴煙〉等竟陵十景，熱情地歌頌了家鄉美好的景色，

他的遺作有《皮子藪》，內收其文200篇，詩1卷。他的不少著作反映了晚唐的社會現實，暴露了統治階級的腐朽，反映了人民所受的剝削和壓迫。有學者認為皮日休是「一位憂國憂民的知識分子」，「是一位善於思考的思想家」。魯迅評價皮日休「是一場糊塗的泥塘裡的光輝的鋒芒」。晚唐詩人，我獨心儀皮日休。

部首要說話

「香」，甲骨文是器中盛禾黍形，小點表示散落的黍粒，會新登禾黍芳香之意，本義是五穀成熟之後發出的香氣，不是指一般的香氣，在古時特指稻香、小米香。「香」的組字構件是「黍」、「甘」，「黍」在蒸熟之後具有黏性，中國北方的農村常在年節，用這種大黃米作年糕或粽子，用來招待親友，也因此表示膠和的「黏」字，從黍從占，就是取義於黍米飯的黏性。〈左傳·僖公五年〉：「若晉取虞，而明德以薦馨香，神其吐之乎？」（薦：獻。馨香：穀物成熟發出的香氣，這裡代指穀物。）大意是，如果晉國占取了虞國，發揚美德作為芳香的祭品奉獻於神明，神明難道會吐出來嗎？

由「香」的本義就引申為「氣味美好」的通稱，與「臭」相對，如：鳥語花香。

由「氣味美好」的意義，後來也指有香味的原料或製成品，如：麝香、檀香、線香等。

飲食的味美，也可以用「香」來表示，如〈呂氏春秋·審時〉：「摶米而薄糠，舂之易，而食之不噮而香。」（摶：圓。噮ㄩㄢˋ：吃得香甜而不覺得滿足。）大意是，米粒圓綻而糠皮薄，舂起來很容易，口感清香，用這樣的米燒成飯，吃起來是不會膩的。

味美可以稱為「香」，聲色之美也能稱為「香」嗎？答案是肯定的。〈正字通·香部〉：「香，凡物有聲色謂之香。」

「香」由美好又可以引申為讚美，這大多用於形容女子的事物。如：國色天香、憐香惜玉。

吃得有味道或睡得酣暢也可以用「香」字來修飾。如：飯吃得香、睡得正香。

有時候，大人會在小孩臉上親一下，這就是「香一下」，所以疼愛的親吻也叫做「香」。

香，也是姓氏之一，如戰國時齊國有個人名叫香居。

今「香」可單用，也作偏旁使用。凡從香取義的字，都與香味等義有關。

注意部首字詞

「香祖」，並非以香祭祖之義，宋代陶穀《清異錄》：「蘭雖吐一花，室中亦馥郁襲人，彌旬不歇。」「香祖」，即是江南人對蘭花的別稱。

「香蟻」，指的不是一種奇特的螞蟻，這是說，酒味芳香的好酒，浮糟如蟻。「香蟻」，正是酒的別稱。

「馥」，ㄈㄨˋ，形聲字，篆文從香複聲，〈說文解字・香部〉：「馥，香氣芬馥也。從香複聲。」本義就是香氣，作為動詞就是香氣瀰漫的意思。在古籍中，「馥」，也有作象聲詞，讀作ㄅㄧˋ，是形容箭射中的聲音，如潘嶽〈射雉賦〉：「馥焉中鏑。」（鏑ㄉㄧˊ：箭頭。）

「馨」，ㄒㄧㄣ，形聲兼會意字，篆文從香殸聲，殸也兼表遠傳之意，〈說文解字・香部〉：「馨，香之遠聞者。從香殸聲。」本義是香氣，只不過「馨」字表示香氣散佈很遠，如〈詩經・大雅・鳧鷖〉：「爾酒既清，既殽既馨。」（殽：菜餚。）詩的大意是，你的酒清冽，你的菜餚馨香。「馨」從本義引申為流傳久遠的美好聲譽或高尚道德，〈晉書・茯堅載記〉：「垂馨千祀。」（祀：年。）這是說，美好的聲名永垂千年。

①　③　④ 艮

| 看圖説故事 |

〈周易．艮〉：「兼山，艮。」（兼山：兩山重疊。）這意思是說，兩山重疊，這就是抑止的象徵。這個「艮」字，本來是個象形字。①甲骨文的上部是一隻大眼睛（橫目）下部是一個面朝右站立的人，看起來像是揹著大眼睛，這人其實是回頭看的樣子，所以特別突出眼睛的特徵。③是小篆的形體，眼睛寫成了「目」。④是楷書的寫法，眼睛與身子都看不出來了。

「艮」，ㄍㄣˋ，六畫，作為部首的稱呼是艮字部。

| 部首要説話 |

「艮」，甲骨文從人，從朝後看的目，會人扭頭瞪視的意思。本義就是扭頭瞪視。《說文解字》：「艮，很也。」這不能說是完全錯了，「很」不過是「艮」的引申義。〈易經．艮〉：「艮其背。」就是反顧其背的意思。

「艮」從本義引申為限，限就是止境、止息。〈周易．艮〉：「艮，止也。」大意是，艮，指的是抑止。

回頭看事物比正視眼前要來的難過多了，所以引申為難、艱難。漢代揚雄〈太玄經．守〉：「象艮有守。」（有守：有操守。）

「艮」從艱難引申為堅固，清代王念孫《疏證》：「說卦傳云：艮為山，為小石，皆堅之義也。」今有俗語稱物堅不可拔為艮。

現在社會新聞經常報料啦、謠言滿天飛啦，我們稱之為「八卦新聞」，其實「八卦」127是易經中八個基本卦名，相傳為伏羲氏所作，「艮」是八卦之一，艮卦為東北之卦，所以艮也作為方位，指東北方。

艮，也是中國的姓氏之一。漢代有個人名叫艮當。

艮，又讀做ㄍㄣˇ，食物堅韌不脆就叫做艮。例如：艮蘿蔔不好吃。

食物不脆就是堅硬，用來形容一個人的性格就是耿直，所以耿直的人就叫做「艮」。例如：這個人真艮！

在平常的說話裡，稱一個人的衣飾簡略無華彩、語言粗率、不婉轉，我們也可以說：他的衣物一向都是這麼艮的、他的話太艮了。

由於「艮」為引申義和借義所使用，瞪視之義於是又另加義符「目」寫作「眼」來表示，而不聽從之義就由「很」來表示。

今「艮」字可單用，也作偏旁來使用，凡從「艮」取義的字皆與扭頭瞪視的意義有關。

｜注意部首字詞｜

從部首「艮」組成的字非常少，一般字辭典收有「良」與「艱」字。

「良」，ㄌㄧㄤˊ，象形字，甲骨文 象古代穴居兩側有進出廊道形，金文 加出台階，本義為進出的廊道高朗，引申泛指美好，又指善良，〈論語．學而〉：「夫子溫、良、恭、儉、讓以得之。」這是說，老師（指孔子）溫順和厚、善良、莊敬、節儉、又謙遜，所以才獲得這種待遇的。「良」，從好的意義也指有才能的人，如〈左傳．僖公七年〉：「鄭有叔詹、堵叔、師叔三良為政，未可間也。」這大意是說，鄭國有叔詹、堵叔、師叔三個賢明的人執政，還不能去鑽它的漏洞。「良」，也作甚、很解，「良久」就是很久的意

127. 八卦：八卦的創發，據稱是伏羲氏觀察天文、地理、動植物和人身等，仿其形象而作。乾象天，坤象地，艮象山，兌象澤……〈周易．繫辭〉和《說文解字》都是持這種主張的。不過，現代學者傾向於認為，八卦符號的構圖應當是來自原始的記數工具——籌策。金文的〝一〞〝二〞〝三〞〝四〞象算籌，在聯繫卦形（〝—〞為奇數、〝-〞為偶數）及用算籌進行占示吉凶的演算，是不難將八卦符號與籌策建立起聯繫的。

思。最後，確實、的確義，也常用作「良」，如曹丕〈與吳子書〉：「古人思秉燭夜游，良有以也。」（有以：有原因。）大意是，想起古人夜間持著蠟燭遊玩不願虛度時光，確實是有道理的啊！

「良人」，是個多義詞。⑴古代婦女稱其夫為良，良人就是指丈夫。⑵〈詩經·秦風·黃鳥〉：「彼蒼者天，殲我良人。」這個「良人」是說有才能的人，詩的大意是，那些高高在上的老天爺啊，竟殘殺了我們有才能的人。今有成語「天妒英才」，「英才」同「良人」。

「良弓」是說好弓嗎？沒錯，良弓就是好弓，不過，「良弓」也作代稱，是指善於製弓的人。〈禮記·學記〉：「良弓之子，必學為箕。」（箕：矯揉竹柳。）這是說，好的弓匠的兒子，必須先學製作畚箕。

「良賤」，到底指的是甚麼呢？其實古人有以職業分貴賤，士農工商叫作良，娼優隸卒謂之賤。「良賤」就是指職業的好與卑賤。

「艱」，ㄐㄧㄢ，形聲兼會意字，籀文從堇喜聲，篆文改為艮聲，艮也兼表狠之意，本義為土堅實難以整治，引申泛指困難，與「易」相對，〈尚書·說命中〉：「非知之艱，行之惟艱。」大意是，不是知道它艱難，而是實行它很難。艱」從本義引申為險惡、困苦，〈詩經·小雅·何人斯〉：「彼何人斯，其心孔艱。」（孔：很。艱：險惡。）詩的意思是，那是個什麼人啊！他的城府是那樣深。王儉〈褚淵碑文〉：「又以居母艱去官。」這個「艱」是什麼意思呢？父母喪稱艱，這是說，母親過世了，於是辭掉官職。

「艱辛」、「艱苦」、「艱難」都有困難的意思，「艱食」呢？這是指五穀，因為農事的勞動是非常辛苦的，勞動收穫的五穀就是「艱食」，可見民以食為天，食不易啊！

「艱關」，指的又是甚麼？〈宋史·魏王趙昺紀〉：「楊太后聞昺死，撫膺大慟曰：『我忍死艱關至此，正為趙氏一塊肉爾，今無望矣！』遂赴海死。」這是個哀痛的故事，句中的「艱關」是指歷盡艱苦的意思。

｜語文點心｜曹丕

曹丕（公元187年－226年），字子桓，曹操次子。220年曹操去世，曹丕繼任為魏王及丞相，而漢室早在曹操時就已經名存實亡。曹丕一上任，法令一新，同年即逼迫漢獻帝劉協禪讓帝位給他，改國號為魏。曹丕還感慨說：「舜禹之事，吾知之矣。」（據說舜、禹也是通過禪讓登基，我今天知道那是怎麼一回兒事了）。

曹丕喜愛文學，曾和當時著名的文人宴飲唱和，交往密切，為文壇領袖。稱帝後，他嫉妒曹植的文才，又怕他會與自己爭帝位，就藉故逮捕曹植，將他押到面前，命令他當場在走完七步的時間裡做出一首詩，不然就處死。曹植略一思索，就邁開步子，走一步，念一句，不到七步就吟成詩一首，就是後來有名的〈七步詩〉：「煮豆燃豆萁，豆在釜中泣。本是同根生，相煎何太急。」用豆和豆秸的關係，隱喻兄長何必逼他太甚。曹丕聽了覺得愧疚，又經母親卞太后斥責，才免曹植一死，將他降爵並貶出洛陽。

在文學史的地位上，曹丕除了在詩歌本身的成就外，在文學批評方面亦有開創之功，《典論論文》即開中國文學批評先聲，提出了許多寶貴的見解。

｜看圖說故事｜

柳宗元〈小石潭記〉有個流傳下來的名句：「清澈見底。」這是說，潭水清晰得都看到了水底。這就是個「見」字，①甲骨文是一個人的形狀，但強調他有個大眼睛。②金文也和甲骨文的形狀相似，這隻突出的大眼睛看來炯炯有神，可見他看的很仔細。③小篆把眼睛寫成了「目」，原來「目」就是眼睛的意思。④楷書寫成了「見」。你猜對了嗎？

「見」，ㄐㄧㄢˋ，七劃，會意字，作為部首的稱呼是見部、見字部。

「見」字下部的「儿」如果改成左右兩點就成了「貝」，這是貝類動物或錢財的意思。兩個部首字不要寫錯了。

｜語文點心｜柳宗元

柳宗元（公元773年—819年），字子厚，唐代河東（今山西省永濟市）人，代宗大曆八年（773年）出生於京城長安，憲宗元和十四年（819年）客死於柳州。一代著名文學家、思想家，享年不到50歲。被後人列為唐宋八大家之一。著名作品有〈永州八記〉等600多篇文章，經後人輯為30卷，名為《柳子厚集》。

柳宗元最為膾炙人口的文學作品均寫於被貶後，以永州之作更勝，典範之作為永州八記：〈始得西山宴遊記〉、〈鈷鉧潭記〉、〈鈷鉧潭西小丘記〉、〈至小丘西小石潭記〉、〈袁家渴記〉、〈石渠記〉、〈石澗記〉、〈小石城山記〉。這些作品，既有藉美好景物寄寓自己的遭遇和怨憤；也有作者幽靜心境的描寫，表現在極度苦悶中轉而追求精神的寄託。至於直接刻畫山水景色，則或峭拔峻潔，或清邃奇麗，以精巧的語言再現自然美，可說是中國遊記文學的奠基者，因而被稱為「遊記之祖」。

同為唐宋八大家的韓愈在〈柳子厚墓誌銘128〉一文中寫著：「柳氏貶永州……益自刻苦，務記覽，為詞章，氾濫停蓄，為深厚無涯涘，而自肆於山水間。」不但具現了文窮而後工，更直抒柳宗元抑鬱悲憤、幽峭峻鬱、高曠深遠的文學品質。

部首要說話

「見」，甲骨文從儿（人）從目，是由一個人突出了眼睛，表示了「看到」的動作，所以「見」的本義就是看見。第一次見面時所贈送的禮物也叫做「見面禮」。〈荀子・勸學〉：「登高而招，臂非加長也，而見者遠。」這意思是，登到高處招手，胳膊並沒有加長，可是人們所看到的格外遙遠。

「見」由本義引申出會晤、會見的意思，思念一位好友，我們會感慨著說：「一日不見，如三秋兮。」由會見義，又可當拜見、謁見講，如〈左傳・莊公十年〉：「公將戰，私見張良。」這是說，魯莊公將要應戰，曹劌請求晉見。

「見」由會見的意義又可引申為主見、看法，如：成見，固執己見。

一樣東西被看到了，就有被動的意思，所以「見」也有「被……看到」的意思，如：見笑了。屈原〈漁父〉：「舉世皆濁我獨清，眾人皆醉我獨醒，是以見放。」這流傳千古的名句大意是說，整個社會貪圖利祿權勢，瀰漫著一片汙濁之氣，只有我品行高潔；所有的世人都昏憒無知，爛醉如泥，不顧國家安危，只剩得我頭腦清醒，我因此被放逐去了。

另外，「見」用在動詞之前，就表示對自己如何，有第一人稱的作用，如李密〈陳情表〉：「生孩六月，慈父見背。」這是說，李密出生六個月時父親過世了。

「見」在古籍中有另一讀法，讀作ㄒㄧㄢˋ，表示事物出現了，如，〈敕勒歌〉有句詩寫著：「天蒼蒼，野茫茫，風吹草低見牛羊。」這是說野風把草一吹彎，就出現了牛羊的身影。從事物出現的意義引申為現有的、現成的，如

128. 墓誌銘：人離世了，家人或朋友為紀念死者，墓誌就是專門用於記載死者姓名、籍貫或爵里、生卒年月以及身世經歷，並置於墓中的石刻。因誌文（誌文多用散文）中多係以銘（一種文，用於對死者的讚揚、悼念），故又稱墓誌銘。

〈史記．項羽本紀〉：「今歲饑民貧，士卒食芋菽，軍無見糧。」（芋：半，五升。菽：豆。）這大意是，今年莊稼收成不好，百姓貧困，兵卒129每餐只吃摻著蔬菜的豆子，軍中已經沒有現成的糧食了。此類的含意，後借「現」來表示。

今「見」可單用，也作偏旁使用。凡從見取義的字，都與看到等義有關。

注意部首字詞

由部首「見」所組成的字，大都與看的動作有關。

「見兔顧犬」，語出〈戰國策．楚策四〉：「臣聞鄙語曰：見兔而顧犬，未為晚也；亡羊而補牢，未為遲也。」「見兔顧犬」同「亡羊補牢」，比喻及時設法補救。

我們一般都把「視」與「見」當成同一個意思，其實在古時是兩義，「視」是表示看的動作；「見」表示看的結果。成語「視而不見」意思是，雖然看到，但因心不在焉，好像沒有看到一樣。這可以區別這兩字的差異。

「覓」，ㄇㄧˋ，會意字，金文從見從爪（覆手），會尋找之意，本義是尋找，〈世說新語．雅量〉：「聞來覓婿，咸自矜持。」（矜持：拘謹，這裡當莊重的意思。）大意是，一聽說是要來尋找女婿的，各自就作莊重嚴肅的樣子。這故事後來卻相中「唯有一郎在東床上坦腹臥，如不聞」者，尋覓女婿的郗太尉就把女兒嫁給了「東床坦腹」者。後世就以成語「坦腹東床」，用來指女婿，也作「東床快婿」。

「覓」與「求」、「尋」三字，在尋找的意義上它們是同義詞，不過卻有時代先後的不同。在上古漢語中，「尋找」的意義只用「求」，中古以後才有用「覓」、「尋」的。而且，「覓」多用於找人，「尋」多用於找物，所以正確的用法是「覓良才」、「尋失物」。另外，「求」有請求、責求的意義，這是「覓」與「尋」所沒有的。

「覡」，ㄒㄧˊ，會意字，篆文從巫從見，會能看見鬼神並傳達鬼神意旨的人之意，古代人認為巫能見鬼神，轉達鬼神旨意，所以從「巫」從「見」會意，本義即指男巫，〈漢書·郊祀志上〉：「民之精爽不貳130，齊肅聽明者，神或降之，在男曰覡，在女曰巫。」（齊肅：齋肅，恭敬。）大意是，一個人的精神魂魄能夠專心致志，對上天抱持恭敬澄明的態度，神靈或可能垂降上身，這樣的人，男的稱為覡，女的稱作巫。

「覬」（ㄐㄧˋ）與「覦」（ㄩˊ），都是希望的意思，只不過「覦」的希望是非分的希望，如〈左傳·襄公十五年〉：「能官人，則民無覦心。」（官人：根據人的才能授予官職。）意思是說，能夠合理地安排職位，那麼百姓就沒有非分的想法。今將「覬」與「覦」連綴成詞作「覬覦」，是非分的希望或企圖的意思。

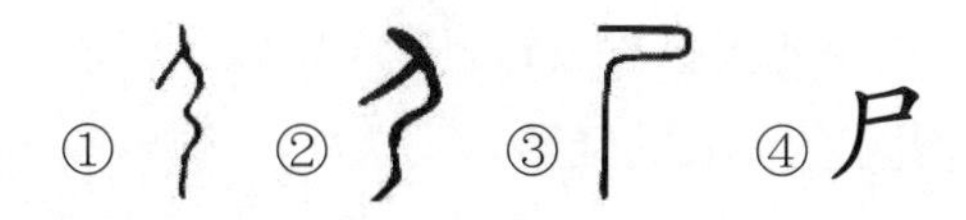

看圖說故事

這是個怎樣的一個人呢？怎麼身體彎彎曲曲的？在〈論語·鄉黨〉中：

---

129. 兵、卒、軍、士：〝軍〞是集體名詞，與〝兵〞〝卒〞〝士〞都不同。上古〝兵〞與〝卒〞有很大的區別，〝卒〞是戰士，〝兵〞一般指器械。〈左傳·文公七年〉：「訓卒利兵。」〝卒〞是人，所以要訓練。〝兵〞是戈矛之類的器械，所以要〝利〞（磨它，使兵器鋒利）。〝士〞與〝卒〞的分別是，作戰時，〝士〞在戰車上面，〝卒〞則徒步。

130. 二、貳、兩、再：〝二〞是一般數目字，〝貳〞與〝二〞雖同音，但〝貳〞只用於特殊場合，如〝兩屬〞〝兩事〞〝二心〞，〝貳〞用作〝二〞，是後代的假借用法。在上古時代，〝兩〞是指自然成雙的事物，如〝兩手〞〝兩端〞〝兩翼〞，〝二〞則表示一般數目，不能取代〝兩〞的上述作用。另外，〝兩得〞表示得到兩樣東西，〝再得〞表示一個東西得了兩次。

「寢不尸。」是說孔子睡覺的時候不像死屍一樣，直著腿躺。當然啦，孔子睡覺也未必都是彎著腿啊！①甲骨文是一個臉朝左、曲著腰彎著腿的人。這像不像是側躺呢？上部是頭，中間是身子，下部是腿，左側向左下方伸展的一筆是手臂。②金文的樣子基本上與甲骨文相似，只是身子側彎得更厲害了。③小篆的手臂不見了，只看到上身彎成扁狀，整個形體已經看不出是人了。④楷書的寫法，「尸」字。

「尸」，ㄕ，三劃，象形字，作為部首的稱呼叫做尸部。

由部首「尸」所組成的字大都與「人」或「臀」有關係。

部首要說話

「尸」，甲骨文象屈膝而坐的人形，是古代替死者接受祭拜、象徵死者神靈的人。多為死者下屬或晚輩，並非死屍。後來才用神主牌或畫像代替。所以本義是替代死者接受祭祀的人。「尸」，用來代表已故去的祖先，所以「尸」不能動，後來加上「死」成「屍」者才是真正的死者的屍體。

古代在祭祀的時候，代替死者的神靈接受祭拜的人就叫做「尸」，〈儀禮．特牲饋食禮〉：「主人再拜，尸答拜。」「屍體」當然不會答拜，這是指代死者接受祭拜的人。後來，由木製的神主牌來替代，現在有句成語「尸位素餐」，就是指一個人在職位上卻一點事都不做，猶如尸居人位。有〈尚書．五子之歌〉：「太康屍位，以逸豫滅厥德。」（逸豫：逸樂。）這是說，太康處在尊位而不理事，又喜好安樂，喪失君德。

「尸」既然有代死去神靈受拜之義，所以也引申為主管、主持。〈詩經．召南．採蘋〉：「誰其尸之，有齊季女。」（有齊ㄓㄞ：齊通「齋」，猶齋然，恭敬的樣子。）句中的「尸」字指的是主管，整句詩的意思是，是誰主持祭禮？是那齊國的少女呀！

尸，本來就是就是代死者而祭祀的人，所以「尸」在後世也指屍體。〈左傳・宣公十二年〉：「收晉尸。」這句話的意思是，把晉兵的屍體收回去。〈國語・晉語六〉：「殺三郤而尸諸朝。」（三郤ㄒㄧˋ：指晉國大夫郤至、郤犨ㄔㄡ、郤錡。）這是從屍體引申為陳屍示眾的意思，這無疑是個殘酷的刑罰。

「尸」，也是姓氏名。如春秋時秦國有個人名叫尸佼。

凡是由部首「尸」所組成的字大都與人的軀體有關係。要注意的是，有些尸部的字並不從尸，而是從房屋等形變來的，例如：屋、層、屨、屚。

注意部首字詞

尸部的字分為性質很不相同的兩大類：

等於是人部的分支：居（踞、蹲）、展（轉身、輾轉）、尻（屁股）等。

是宀部的分支，表示與宮室有關的事物：屋、屏、層等。

「尸素」，就是尸位素餐。同理，「尸祿」是指空受俸祿而不治事。〈莊子・在宥〉：「尸居而龍見，淵默而雷聲。」這個「尸居龍見」是什麼意思呢？是說靜如尸、動如龍。猶如我們常說的「靜如處子，動如脫兔」。

「屋」，ㄨ，會意字，籀文從尸從厂（皆像屋上的遮蓋物），下從至，表示人所至止，會古代半地下穴居頂部覆蓋物之意，引申泛指房頂，又指覆蓋之物，〈史紀・項羽本紀〉：「紀信乘黃屋車，傅左纛。」（黃屋車，以黃繒為車蓋裡子的車，為天子所乘。）大意是，紀信乘坐著天子所乘的黃屋車，車轅橫木左方插著有毛羽裝飾的旗幟。後引申為房屋、屋舍。「屋」，也當量詞使用，古時以三百畝為屋。

「屋」、「室」、「房」三字本義本不同。「房」，是指正堂兩邊的房子，「室」是指內室，但這裡指的都是房間、住室，這個意義是相同的。而「房」的引申義指整個房舍，「室」則無此義。「屋」與「室」、「房」差別較大。「屋」的本義是屋頂，段玉裁說：「屋者，室之覆也。」〈詩經・豳風．七月〉：「亟[131]其乘屋。」這個「屋」字是不能易為「室」、「房」。

「尺」，ㄔˇ，指事字，金文從人，加點指明人身寸口以上尺骨或足以上脛骨皆約為一尺，本義為尺子，古代量長度的工具。一般作計量單位，十寸為一尺，引申為短小或狹小。如宋玉〈對楚王問〉：「夫尺澤之鯢，豈能與之量江海之大哉。」這是說，那些小池塘裡的鯢魚，怎能和牠（鯤魚）量測將海的寬廣呢？古人寫文章或寫信用一尺左右的絹帛，這就叫做「尺素」[132]，後作書信的代稱。「尺」，也作中醫診脈的部位。另外，作為古時樂譜記音符號時，有「工尺」一詞，讀作ㄔㄜˇ。

「尺幅千里」，是指山水畫的畫幅雖小，而氣勢恢宏廣遠。

「尼」，ㄋㄧˊ，會意字，古文為二人從後相近之狀，會二人親近之意，本義為親近。尼父ㄈㄨˇ，就是對孔子的尊稱。又讀ㄋㄧˇ，作「阻止」講。〈孟子．梁惠王下〉：「止，或尼之。」這是說，不作某事，是有一種力量阻止他。

「尾」，ㄨㄟˇ，會意字，甲骨文作 [甲骨文]，從尸從倒尾，這並不是人長了尾巴，而是人臀後繫有毛尾事物之義[133]，引申泛指某些動物身體末端突出的部分，後引申為尾巴、末尾、後面，又從動物「交尾」的形象當作「交配」講。至於成語「尾大不掉」，一般人誤為是多餘的東西，這其實是比喻部屬勢力強大，上級就指揮不動的意思。語出〈左傳．昭公十一年〉：「末大必折，尾大不掉，君所知也。」大意是，樹枝大了一定折斷，尾巴大了就不能搖擺，這是君王所知道的。「尾」，又可當量詞使用，多指在水中游弋之物，如：魚、船。

「屢」、「履」音同ㄌㄩˇ，義不同。「屢」，是多次的意思。「履」，本義是踩踏，引申為實踐。「履」也指鞋，這就與同樣是有鞋義的「屨」（ㄐㄩˋ）容易混淆了。

「屨」、「履」在戰國中期以前是不同義的，「屨」是鞋，「履」是踩踏。戰國末期「履」產生了「鞋」義，漢代以後逐漸取代了「屨」字。而

「鞋」是後起字，本指皮鞋或皮底鞋，而「屨」、「履」一般是草或葛製的鞋。

另有罕見的字，「尻」，ㄎㄠ，臀部。「屭」同「屓」，ㄒㄧˋ，屭贔ㄅㄟˋ，強勁有力的樣子。「屧」，ㄒㄧㄝˋ，鞋中的襯墊。

｜看圖說故事｜

在〈論語・雍也〉中，樊遲向孔子問知。子曰：「務民之義，敬鬼神而遠之。可謂知矣。」這意思是說，專心致力於為人民應該做的事情上，尊敬鬼神卻要遠離它，這樣就算是智了。這個「鬼」字，①甲骨文是個面朝左跪坐的一個人，上部的「田」表示一種奇怪的形狀，頭特大而且怪異，表示「鬼」狀。②金文還是個人，但是他站起來了，長相卻是更奇怪。③到了小篆，又在他的背後加個「ㄙ」，表示「鬼」的「陰私」特重，專門幹壞事。④楷書的寫法，原來是個令人感到可怕的「鬼」。

「鬼」，ㄍㄨㄟˇ，十劃，象形字，作為部首的稱呼是鬼字部。

---

131. 亟：會意字，甲骨文從人從二，用人頭足受擠於二物之間，會緊急得很之意，金文另加意符口與攴（表動作），以突出頻頻呼叫掙扎緊急至極之意，本義為緊急，後引申為至極之意。

132. 尺素：即將（書信）文字寫於絹帛上，帛的使用（於文字）早於簡牘，簡上一般只寫一行，如果內容長，一行寫不完，便在一行簡上寫兩行；內容再長，便使用寬木板，這種木板叫作〝牘〞，個人書信一般使用長一尺的牘，所以後來書信也叫〝尺牘〞。

133. 尾：甲骨文描摹臀後那條毛茸茸的東西並非是人體的一部分，而是一種服飾。這是作為奴隸身分標誌的專用服飾，這是來自於〝隶〞（上形手、下形尾省），所捕捉者何人？即戰敗後的奴隸。由於上古民族與四夷長期以來的戰爭狀況，所以產生了捕捉戰俘的特定感受與想像。尾（𡰣）字的下部倒尾形，是指奴隸的服飾。

部首要說話

「鬼」，甲骨文象一個跪坐的人頭上戴有面具（甶ㄈㄨˊ），這是因為周代人鬼皆指人的祖先，鬼，神也，有男有女。如《楚辭》中「山鬼」即山神（女），後來加上「厶」成為厲鬼，這是後起義。顧炎武《日知錄》：「鬼論起於漢末。」又，沈兼士認為「鬼」原指猩猩，引申為鬼神。〈說文解字・鬼部〉：「鬼，人所歸為鬼。從人，象鬼頭。鬼陰氣所害，從厶。」這樣看來，鬼當是指龐大、醜陋、詭譎而出沒在山林的大猩猩等猿類動物。這個意義，應為後來的引申義，是根據當時人們對鬼的理解所作的解說。

「鬼」的本義，當指人死後的「精靈」，也指萬物的精靈。〈詩經・小雅・何人斯〉：「為鬼為蜮，則不可得。」（蜮ㄩˋ：傳說中能吐氣或含沙射人的動物。）大意是，是鬼或是妖怪，讓人看不清楚。人對不熟悉的事物、畏懼的東西，總是會附予某種令人害怕的形象，「鬼」就用來表示出沒於山林的大猩猩等猿類的形象，這種猿類的形象，後來就泛指萬物的精靈、怪物。到現在，我們都會用「妖魔鬼怪」這個詞。

因為精靈不容易看到，所以「鬼」就有了「隱密」、「不易捉摸」的意思。〈韓非子・八經〉：「故名主之行制也天，其用人也鬼。」這是說，所以明君行使權力時像天一樣光明正大，任用臣下時像鬼一樣神妙莫測。表示用人也神祕莫測。我們說「天威難測」，正是因為「用人也鬼」。

這種不光明的意義，又引申出「不可告人的勾當」也叫做「鬼」，例如：搞什麼鬼、心裡有鬼。

「鬼」字是不是都有負面的意思呢？這也未必，像「鬼工」是形容製作東西非常精巧，不是一般人所能做得出來的。清代袁枚在《隨園詩話》中：「神工鬼斧，愈出愈奇。」你看，鬼跟神所作的東西是人所作不出來的，可見技藝的精巧。

「鬼」，今可單用，也作偏旁使用。凡從鬼取義的字，都與壯大、醜惡、妖魔等義有關。

｜語文點心｜**袁枚**

袁枚（公元1716－1797年），清代詩人、詩論家。字子才，號簡齋，晚年自號蒼山居士，錢塘（今浙江杭州）人。袁枚是乾隆、嘉慶時期代表詩人之一，與趙翼、蔣士銓合稱為「乾隆三大家」。

他是清代性靈詩派的宣導者，生性疏淡灑脫不喜作官，於壯年辭官，隱居隨園，優遊自得，不復出仕。一生致力文學，所為詩文，天才橫溢，尤工駢體。六十五歲以後，遊山玩水，遊遍名山大川。他活躍詩壇40餘年，有詩4000餘首，基本上體現了他所主張的性靈說，有獨特風格和一定成就。袁詩思想內容的主要特點是抒寫性靈，表現個人生活遭際中的真實感受、情趣和識見，往往不受束縛，時有唐突傳統。在藝術上不擬古，不拘一格，以熟練的技巧和流暢的語言，表現思想感受和捕捉到的藝術形象。追求真率自然、清新靈巧的藝術風格。其中較突出的佳作主要有兩類：即景抒情的旅遊詩和歎古諷今的詠史詩。袁枚亦工文章，散文如〈祭妹文〉、〈峽江寺飛泉亭記〉等，駢文如〈與蔣苕生書〉、〈重修於忠肅廟碑〉等，傳為名篇。

其為文也，把「性靈」和「學識」結合起來，以性情、天分和學習為創作基本，以真、新、活為創作的追求。他並不一概地反對詩歌形式的聲律藻飾、駢麗用典等講究，只要求從屬於表現性靈。袁枚的性靈說較以袁宏道兄弟三人為代表的公安派前進了一步，全面而完整，被認為是明、清性靈說的主要代表者。

注意部首字詞

從部首「鬼」所組成的字，大多與鬼神有關。

「魂」與「魄」是好兄弟，古人認為能脫離人體而存在的精神，陽氣為魂，陰神為魄。

今有「魂飛魄散」，形容驚嚇過度，心神恍惚。

「魄」，ㄆㄛˋ，會意兼形聲字，篆文從鬼從白（長）會意，白也兼表聲，本義為人始生時即依附於人的形體、人死後可以繼續存在的精神。古人認為「魄」即陰神，「魂」是陽神，「魄」是先天的，隨形而生的，「魂」是後天的，隨氣而生的；「魄」為附形之靈，「魂」為附氣之神。「魄」，又指月亮初出或將沒時的微光，〈尚書‧康誥〉：「惟三月哉生魄，周公初基作新大邑于東國洛，四方民大和會。」這是說，三月間月光初生，周公開始計畫在東方的洛水旁邊建造一個新的大城市，四方的臣民都同心來會。「魄」，又讀作ㄊㄨㄛˋ，有「落魄」一詞形容窮困不得志。

古時有傳說中的精怪，「魑ㄔ魅魍魎」，均指山川木石的精怪。

「魃」，ㄅㄚˊ，形聲字，篆文從鬼犮聲，本義為古代傳說中造成旱災的鬼怪，即旱神。

「魈」，ㄒㄧㄠ，形聲字，從鬼肖聲，本義是古代傳說中山林裡的獨腳鬼怪，又稱山蕭、山臊，〈抱朴子‧登涉〉：「山精形如小兒，獨步向後，夜喜犯人，名曰魈。」

「魖」，ㄒㄩ，形聲字，篆文從鬼虛聲，本義是傳說中能使人財物虛耗的鬼。

「魘」，ㄧㄢˇ，作惡夢為夢魘。靨，ㄧㄝˋ，酒窩，如：笑靨。「魘」、「靨」二字不可相混。

五、兩性關係

母系社會，曾經是人類群居的主要社會組織，因為女性的「母」具備了繁衍子孫的生育能力，而男性必須外出狩獵取得滋補身體的肉類以續生命之源。中國先祖造「母」字強調了女性的乳房，這正是母親的特徵，嬰兒在經過母親的哺乳才能煥發成長，母性，於是成為人類溫暖、安全、舒適的象徵。

是什麼時候，這個社會成為了男性的天下而必以逐鹿之？中國的「女」字或許透露了男性奪取權力的蛛絲馬跡！甲骨文的「女」字作 ，是個兩腿屈膝、上身直立突出胸脯的形象，這是意欲讓女性居家、以及身體慾望的想像，而這想像難道不是來自於男性的規範？

理解兩性造字的意涵，是讓我們窺近兩性歷史的關注，從而重新回復到溫暖、安全、舒適的母性天下。

｜看圖說故事｜

〈詩經．鄘風．蝃蝀〉：「女子有行，遠兄弟父母。」（蝃ㄉㄧˋ蝀：彩虹。遠ㄩㄢˋ：遠離。）這是說，姑娘長大出嫁，總要遠離父母兄弟。這個「父」字，①甲骨文右邊的一條豎線是個工具的形狀，左邊是一隻手，表示手拿著工具從事野外勞動的工作。②金文的工具更形粗大，工具和手作了對調。③小篆還看的出手的形狀，工具已經看不太出來了。④楷書寫成「父」。

「父」，ㄈㄨˋ，四劃，假借字，作為部首的稱呼是父部。

書寫「父」字時，下兩筆撇捺不與上部撇點相觸，如：釜、斧、爺。

部首要說話

「父」，甲骨文象手持原始石斧形。《說文解字》的解釋為：「父，矩也，家長率教者；從又舉杖。」大意是，「父」是規矩的形象，是一家之長的教育者，「父」字是從又（手）舉起木杖要進行教導的工作。但是這個解釋後人有了不同的看法，郭沫若認為，「父」就是「斧」的初文，也就是說「父」這個字右邊是一隻手，手拿工具表示從事艱苦的野外勞動的男子。手拿石斧從事野外勞動的男子即為「父」。李孝定也從郭沫若的說法，他也認為「所舉非杖也，乃石斧也。」

郭沫若《甲骨文字研究》云：「父乃斧之初字。石器時代，男子持石斧以事操作，故孳乳為父母之父。」

這個「父」的本義後來逐漸地隱晦起來，新造「斧」字來使用「父」的本義，而「父」假借為「父母」的「父」。

「父母」的「父」又可引申為對老年人的尊稱，如：田父、漁父。不過這裡的「父」要讀為ㄈㄨˇ。後來對男子名字下所加的美稱也叫父。〈史記・伍子胥列傳〉：「此劍直百金，以與父。」（直：值。）

父，也當姓氏。

由於「父」後來語音的變化，父親之義便又另加聲符「耶」、「多」、「巴」寫作「爺」、「爹」、「爸」來表示。又因為「父」為引申義所專用，斧子之義便另加義符「斤」寫作「斧」來表示。

父，今可單用，也作偏旁使用。凡從父取義的字，都與斧子或長輩男子等義有關。

| 語文點心 | 郭沫若

郭沫若（公元1892年11月16日—1978年6月12日），原名郭開貞，是中國著名的文學家、考古學家、思想家、革命活動家、古文字學家、詩人。生於四川樂山沙灣，幼年入家塾讀書，1906年入嘉定高等學堂學習，1914年春赴日本留學，先學醫，後從文。這個時期接觸了泰戈爾、歌德、莎士比亞、惠特曼等外國作家的作品。

1918年春寫的〈牧羊哀話〉是他的第一篇小說。1918年初夏寫的〈死的誘惑〉是他最早的新詩。1919年五四運動爆發，他在日本福岡發起組織救國團體夏社，投身於新文化運動，寫出了〈鳳凰涅磐〉、〈地球，我的母親〉、〈爐中煤〉等詩篇。代表作詩集〈女神〉擺脫了中國傳統詩歌的束縛，反映了「五四」時代精神，在中國文學史上開一代詩風。1921年6月，他和成仿吾、郁達夫等人組織創造社，編輯《創造季刊》。1923年，他在日本帝國大學畢業、回國後繼續編輯《創造週報》和《創造日》。1923年後系統學習馬克思主義理論，提倡無產階級文學。1926年參加北伐，任國民革命軍政治部副主任。1924年到1927年間，他創作了歷史劇《王昭君》、《聶瑩》、《卓文君》。

郭沫若是中國科學技術大學的主要創建者之一。1958年5月，時任中國科學院院長的郭沫若聯合部分著名科學家，提出由中國科學院創辦一所新型大學的建議。同年9月，中國科學技術大學在北京正式成立，郭沫若兼任校長。此後，郭沫若擔任中國科學技術大學校長長達20年。中國科大於建校30周年之際，在東區校園樹立郭沫若銅像。

郭沫若筆名、化名很多，有「郭鼎堂」、「麥克昂」、「羊易之」、「楊伯勉」、「白圭」等，而用得最多的是「郭沫若」這個筆名。因為他家鄉四川樂山的兩條水，一條是沫水（即大渡河），另一條是若水，他少年時飲二水長大，所以他後來發表新詩時，就用了「沫若」這一筆名。

注意部首字詞

「父子」，指的當然就是父與子，但在〈漢書．疏廣傳〉：「（廣為太子太傅，廣兄子受為少傅）受叩頭曰：『從大人議。』即日父子俱移病。」這裡的「父子」是指叔姪相稱。

「父子兵」，說的並不是父子同在軍中，此語出自〈吳子．治兵〉：「投之所往，天下莫當，名曰父子之兵。」大意是，無論投入到那裡戰鬥，任何敵人都不能阻擋，這樣的的軍隊才叫做父子兵。「父子兵」，即與將帥共存亡的士兵，後用以比喻官兵關係親密如父子一家人。

從部首「父」所組成的字非常少，僅爸、爹、爺，可說是道地的男性部首字。

「爸」，就是父親。《集韻》：「吳人呼父曰爸。」

「爹」，也指父親。也作對老人家的敬稱，如：老爹。

「爺」，本義是父親。〈樂府詩集．木蘭詩〉：「卷卷有爺名。」後來也做對人的尊稱。

看圖說故事

曹操在〈步出夏門行〉有句豪氣干雲的詩行：「老驥伏櫪，志在千里，烈士暮年，壯心不已。」這是說老了的良馬雖然伏處在馬廄之中，仍想跑著千里的遠路。有志之士到了晚年，仍舊保持著雄心壯志。壯哉斯言！這個「老」

字也是人，但是這人看來有點複雜。①甲骨文看來這人的形體是彎的，也就是彎著腰駝著背，上部是頭髮，彎著的身子底下有東西撐著，那是支枴杖，也就是說這人手持枴杖，留著長髮，還彎腰駝背的一個人。②金文上，這人的頭髮更長了，幾乎都貼在地面上了，不過卻不大像枴杖了。③小篆基本上相似於金文，已經看不出是老人的樣子了。④就是楷書的「老」字，和金文、小篆是左右顛倒的。

「老」，ㄌㄠˇ，六畫，象形字，作為部首的稱呼是老部。

「老」與「考」的字形很像，「老」的下部是「匕」，「考」的下部是「丂」，而且「老生」與「考生」是不同的意思，要分辨清楚。

由部首「老」所組成的字，「老」都在字的上部（如：耄耋），有時候會省略底下的「匕」，如：者。

｜語文點心｜曹操

曹操（公元155—西元220），即魏武帝，漢族字孟德，小名阿瞞、吉利，沛國譙縣（今安徽亳州）人。東漢末年傑出的政治家、文學家、軍事家和詩人。在政治方面，曹操消滅了北方的眾多割據勢力，恢復了中國北方的統一，並實行一系列政策恢復經濟生產和社會秩序。文化方面，在曹操父子的推動下形成了以曹氏父子（曹操、曹丕、曹植）為代表的建安文學，史稱建安風骨，在文學史上留下了光輝的一筆。

曹操不但是中國歷史上一位傑出的政治家、軍事家，還是一位傑出的文學家，著有《孫子略解》、《兵書接要》等軍事著作和〈蒿裡行〉、〈觀滄海〉、〈薤露〉、〈短歌行〉、〈苦寒行〉、〈碣石篇〉、〈龜雖壽〉等不朽詩篇。後人並且輯有《曹操集》。曹操詩的內容大致有三種：反映漢末動亂的現實、統一天下的理想和頑強的進取精神、以及抒發憂思難忘的消極情緒。

曹操的詩歌，極受樂府影響，現存的詩歌全是樂府歌辭。這些詩歌雖用樂府舊題，卻不因襲古人詩意，自辟新蹊[134]，不受束縛，卻又繼承了「感於哀樂，緣事而發」的精神。例如〈薤露行〉、〈蒿裡行〉原是挽歌，曹操卻以之憫時悼亂。〈步出東門行〉原是感歎人生無常，須及時行樂的曲調，曹操卻以之抒述一統天下的抱負及北征歸來所見的壯景，可見曹操富有創新精神的民歌，開啟了建安文學的新風，也影響到後來的杜甫、白居易等人。

部首要說話

「老」，甲骨文象長髮老人形，本義就是年老的人。〈說文解字・老部〉：「老，考也。七十曰老。從人、毛、匕。言鬚髮變白也。」毛、匕，即毛色變化。長髮，以手持杖之人，即老人。

〈詩經・衛風・氓〉：「及爾偕老。」是說與你一同生活到老。「年老」當作名詞就是指「老年人」。〈詩經・小雅・十月之交〉：「不憖遺一老。」（憖ㄧㄣˋ：願）「老」當動詞的時候，是指尊敬老人。在〈孟子・梁惠王上〉有句話流傳到現在：「老吾老，以及人之老。」首字「老」就是尊敬老人。可是「老狐狸」就不是尊稱，而是比喻一個人很狡猾的意思，千萬不要弄擰了。

「老」從「年老」義引申為「陳舊」，一個人經常重複使用一句話，就是「老掉牙」，是形容說的話陳腐老舊的意思。

杜甫〈奉漢中王手札〉中有句：「枚乘文章老。」，文章也有老、嫩之別？其實老人家經歷過很長的時間，時間久了，很多事情就變得純熟，所以用「老」來表示熟練、精熟。杜甫是稱讚枚乘的詩「很老練」，就是詩文練達的意思。

當然，年紀老了，體力自然就會衰退，所以「老」也用來形容疲困、衰弱。〈國語・晉語四〉：「且楚師老矣，必敗。」（師：軍隊）這是說，況且楚國軍隊已經疲困不堪，必定戰敗。可是，《紅樓夢》這句話怎麼說：「京中老了人口。」這是說人口老化嗎？這個「老」字其實是「死」的諱稱，這是說京城中有個熟識的人死了。

〈左傳・昭公十三年〉：「天子之老，請帥王賦。」（帥：遵循）這句話的「老」不是指老人、年老，是指「大夫」，古時對公卿大夫及其家臣總稱為「老」，到現在，自謙之詞也會稱自己為「老的」。

「老」，也用作副詞，表示動作情況一直或經常如此，相當於總是。例如：幾年不見，你老這麼年輕。

老，今可單用，也作偏旁使用。凡從部首「老」取義的字，大都與年歲大等義有關。

｜注意部首字詞｜

由部首「老」所組成的字並不多，一般由於較少用到，反而變成了陌生的字詞。

「老羆ㄆㄧˊ當道」，語出〈北史・王羆傳〉：「謂曰：『老羆當道臥，貉子那得過！』敵見，驚退。」後以「老羆當道」比喻聲勢驚人。

「考」，ㄎㄠˇ，象形字，甲骨文與老同形，都象長髮老人拄杖形，是個多義字，⑴本義是老，〈詩經・秦風・終南〉：「佩玉將將，壽考不忘。」（將將ㄑㄧㄤ：玉撞擊聲。忘：亡。）詩的大意是，身上的佩玉鏘鏘作響，祝他長壽，永不死亡。⑵後指為死去的父親稱「考」。⑶人死曰考，引申為

134. 蹊、徑、道、路、塗：這五字看來都與道路的意義有關，但可以把〝蹊〞〝徑〞作一類，這是屬於不能通車的路。〝徑〞常常是指直而近的小路，可以通牛馬，而〝蹊〞比〝徑〞更小，是人們經常踐踏而成的。〝道〞〝路〞〝塗〞是另一類，都屬通車的路。〝塗〞容一軌（車軌），〝道〞容二軌，〝路〞容三軌，泛指則沒有分別。

事情「成全」的意思，又當完成講，〈左傳・隱公五年〉：「九月，考仲子之宮。」這是說，九月時完成了仲子的宮室。⑷引申為考核、考察。⑸又當敲、擊講，如〈詩經・唐風・山有樞〉：「子有鐘鼓，弗鼓弗考。」（鼓：敲。）詩的意思是，你有鐘鼓，卻不打不敲。⑹當「拷問」義，後寫作「拷」。⑺指玉上的斑瑕，如〈淮南子・氾論〉：「夫夏后之璜，不能無考。」這是說，即使夏君主禹的玉也不能沒有一點瑕疵。

「耄」，ㄇㄠˋ，會意兼形聲字，從老從毛，會人老白髮耄耄然而長之意，本義為八、九十歲高齡的老人，常與「耋」（ㄉㄧㄝˊ）合成「耄耋」一詞，耄是指九十歲以上的老人，耋是指八十歲以上的老人，兩字合用就是指高齡的老人。

「耆」，ㄑㄧˊ，會意兼形聲字，篆文從老省從旨（好吃的）會意，表示人老了需要有好吃的才能保證身體健康，旨也兼表聲，本義為六十歲的老人，六十而知天命，引申指受人尊敬的老人。

「耇」，ㄍㄡˇ，形聲字，從老省，句聲。本義是年老、高壽的意思，也指老年人。

有些字由於發生了偽變，原來「老」部的字併為其他的部首。

「孝」，金文作 [金文]，可以看出是一個小孩揹著老人家的樣子，會意為「孝順」的意思，今併入「子」部。

「長」，甲骨文作 [甲骨文]，就是老人持杖而立，到了小篆寫成「長」，原來底下的「人」形變為「止」。今獨立為部首「長」。

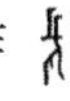

「壽」，金文作 [金文]，的上部是個老人，到了小篆，上部的老人也逐漸形變成了「士」，後收為「士」部。

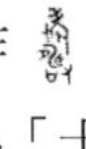

① 𠀀 ② 𡈼 ③ 士 ④ 士

| 看圖說故事 |

〈詩經．衛風．氓〉：「于嗟女兮，無與士耽。」這是說，哎喲，姑娘啊，不要和小伙子熱戀。這個「士」字，①甲骨文就像是禾苗立於地上的樣子。②金文看得出來是立於土之上。③小篆的寫法變得筆直美觀，很適合書寫。④楷書寫成了「士」。

「士」，ㄕˋ，三劃，象形字，做為部首的稱呼是士字部

「士」與「土」兩字的差別在上下橫筆的長短不同，一般都不會弄錯，但是由這兩字所組成的字卻容易搞混，「壬」從士部，「廷」從土字；「壹」、「壼」、「壺」、「壽」的上部都是從「士」字，不要寫成「土」字。

| 部首要說話 |

「士」，甲骨文象男性生殖器形，表示這是指未婚的年輕男子。「士」字，是由「立」演變出來的。古代男子到了結婚年齡稱「士」，進而指超群之士，如：國士、志士、勇士、力士、女士等。

《說文解字》的解釋是說：「士，事也。」這個「事」指的是插秧種作的事情。這是將「士」的甲骨文看作禾苗立於地上的形象，也就是插秧。這個解釋是植根於當時的社會思想，當是後來的引申義。曹植〈求自試表〉：「夫自衒自媒者，士女之醜行也。」這個「士女」指的是未婚的青年男女。

古時從軍是男人的大事，所以「士」也用來指兵卒、武士，也就是打仗的男子。後來，「士」就引申為「男子」的美稱。

一位好男子，就是有才能、有德行的人，這就成了「士」的引申義，「禮

賢好士」指的就是說，有地位者能尊禮有才德的人，延聘有識之士。

「士」也是古代社會階層的等級之一，為貴族中等級最低者。如：「天子、諸侯、大夫、士、庶人」。

在古籍中，「士」也有通「事」，表示從事的意思，如〈詩經．豳風．東山〉：「制彼裳衣，勿士行枚。」這是說，從此可以做百姓的衣裳，不用口銜竹棍上戰場。

「士」也做姓氏。如戰國時晉國有個人名叫士蔿。

由於士為引申義所專用，雄性生殖器之義便借「勢」來表示。

「士」，今可單用，也作偏旁使用。凡是從部首「士」取義的字，往往都與雄性有關。

｜語文點心｜**曹植**

曹植（公元192—232），三國時魏國詩人，沛國譙縣（今安徽省亳州市）人，字子建。他是曹操之妻卞氏所生第三子。曹植自幼穎慧，年10歲餘，便誦讀詩、文、辭賦數十萬言，出言為論，下筆成章，深得曹操的寵信。建安二十五年，曹操病逝，曹丕繼魏王位，不久又稱帝。曹植的生活從此發生了根本性的改變——從一個過著優遊宴樂生活的貴公子，變成處處受限制和打擊的對象。

曹植在詩歌藝術上有很多創新發展。特別是在五言詩的創作上貢獻尤大。首先，漢樂府古辭多以敘事為主，至《古詩十九首》，抒情成分才在作品中占重要地位。曹植發展了這種趨向，把抒情和敘事有機地結合起來，使五言詩既能描寫複雜的事態變化。又能表達曲折的心理感受，大大豐富了它的藝術功能。〈贈白馬王彪〉就是出色的一例。其次，曹植在詩歌語言的提煉和修飾上，是遠勝於漢樂府古辭及《古詩》的。例如他的〈美女篇〉，其描寫手法比〈陌上桑〉更加工細，辭藻更加華麗。

關於曹植詩歌總的藝術風格，鍾嶸曾指出其「骨氣奇高，詞采華茂，情兼雅怨，體被文質」（《詩品》上），這是比較全面的評價。曹植的詩，一方面感情真摯強烈，筆力雄健，體現了「雅好慷慨」的建安詩風，另一方面又呈現著色澤豐富，文采斐然的面貌，在這一點上，曹植是超越前人的，在所有建安作家中，也是突出的。所以在中國詩歌史上，他被視為五言詩的一代宗匠，誠如鍾嶸所說的「粲溢今古，卓爾不群」。

注意部首字詞

〈論語．微子〉：「柳下惠為士師。」句中的「士師」是甚麼意思呢？原來柳下惠作過獄官，「士師」就是獄中的官名。

「壬」，ㄖㄣˊ，象形字，甲骨文工象古代織布機上承持經線的機件，即筘。金文 工 加一點指出經線所在原被借作天干的第九位。又當盛大講，〈詩經．小雅．賓之初筵〉：「百里既至，有壬有林。」詩的大意是，種種禮儀都已齊備，既盛大又繁多。「壬」，也有奸佞的意義，〈尚書．皋陶謨〉：「能哲而惠……何畏乎巧言令色孔壬？」（皋陶ㄍㄠ ㄧㄠˊ：人名，傳說舜時被任為掌管刑法的官。）大意是，能做到明智和受人愛戴，怎麼會畏懼善於花言巧語、察言觀色的共工呢？

「壯」，ㄓㄨㄤˋ，會意兼形聲字，金文 壯 從士（雄性生殖器，象徵男人）從爿（版築床，象徵建築勞動），表示男子已經可以參加建築勞動，說明已經長大成人，爿也兼表聲，本義是成年，古人三十歲叫壯。又指年輕，引申為強健、強壯[135]。

135. 強、壯、艾：強、壯，不僅止於說明身體狀態，也用來表示年紀。古代男子三十歲為〝壯〞，〈禮記．曲禮上〉：「三十曰壯，有室。」這是說，人到三十歲，該有家室。男子四十歲稱〝強〞，〈禮記．曲禮上〉：「四十曰強，而仕。」表示男子四十歲時，體魄、智慧皆強盛，當出仕為官，貢獻國家。男子五十歲則是〝艾〞，〈禮記．曲禮上〉：「五十曰艾，服官政。」到了五十歲，頭髮就要開始蒼白如艾了。

「壯士解腕」，是說勇士砍斷自己的手腕。語出〈三國志・魏・陳泰傳〉：「古人有言，腹蛇螫手，壯士解其腕。」後用以比喻到緊要關頭，須下定決心，當機立斷。

「壺」與「壼」形似，「壺」，ㄏㄨˊ，就是一種容器，緊口深腹，盛酒器，多用來盛放液體。「壼」，ㄎㄨㄣˇ，本義是宮廷中的道路，後代指內宮、內室。

| 看圖說故事 |

〈禮記・少儀〉：「臣則左之。」這是說，如果送來的是俘虜，就要用左手加以牽制，空著右手以防其暴動。這個「臣」字，①甲骨文和②金文像一隻豎立著的眼睛，也就是說，當一個人側面低頭，眼睛往上看就是這種形狀。在上古時候，奴隸是不能正面正視主人的，一般只能「跪跽聽訓領命」。③小篆的字在演化的過程中失去了象形的韻味，也看不出向上望的眼睛形象了。④楷書寫成了「臣」。

「臣」，ㄔㄣˊ，六劃，象形字，作為部首的稱呼是臣字部。

書寫「臣」字時，外部是「匚」（橫筆不出直豎）。從「工」部的「巨」字，外部是「工」（橫筆出頭直豎）。

| 部首要說話 |

「臣」，構字源於俯首屈從的眼睛形象，甲骨文象豎著的眼睛，人低頭

屈服時才有豎目而視的樣子，古時戰爭將抓獲的俘虜捆縛起來牽著走。因此「臣」的本義是男性戰俘、奴隸。〈韓非子．五蠹〉：「雖臣虜之勞，不苦於此矣。」大意是，就是奴隸們的勞役也不比這苦。

古時許多的奴隸來自於戰敗後被俘的敵虜，奴隸想活命，就必須表現出恭順和馴服的態度，而眼睛是最能看出一個人的態度與性情。「臣妾」一詞指的就是奴隸，古時稱臣是男奴，妾是女奴。

不論是臣或妾，都是屬於下賤卑下的人，加上古時中國封建社會具有嚴格的等級制度，官吏事奉君主有如奴隸事奉主人，因此，「臣」就引申為在專制時代作官的人，如「君臣」、「臣下」。又作為動詞，就是稱臣的意思，〈左傳．定公十三年〉：「子臣，可以免。」這是說，只要你謹守臣道，就可以免禍。

由臣面對君主的自稱，又引申為一般意義上的謙詞，如「老臣」、「臣下」。其實，古人謙稱自己的說法，漢以前稱臣，漢以後稱僕。

「臣」，也是姓氏之一。如漢代有個人名叫臣綜。

「臣」，可單用，也作偏旁使用，凡從臣取義的字，都與眼睛、臣虜、俯首等義有關。

｜注意部首字詞｜

「臥」，ㄨㄛˋ，從人從臣，會意字，表示人伏幾休息[136]，如〈論衡．訂鬼〉：「晝日則鬼見，暮臥則夢聞。」這是說，白天就見鬼出現，晚上睡覺就夢見鬼。從本義就引申為躺著，〈世說新語．尤悔〉：「桓公臥語曰。」躺著，也就是物體平放的意思，如魏學洢〈核舟記〉：「舟尾橫臥一楫。」這是

136. 息：會意兼形聲字，從心從自（鼻子），會喘息自鼻出，本義為喘氣、呼吸。將氣息與心想連繫，這是當時古人的認識。

說，船尾橫放著一支槳。「臥」，後來也當寢室講，引申為隱居，李白〈送梁四歸東平〉：「莫學東山臥，參差老謝安。」意即勸友人不要像謝安一樣歸隱，以免蹉跎歲月，埋沒自己的才華。

「臥苫枕塊」，語出〈宋史・徐積傳〉：「母亡，水漿不入口者七日，悲慟嘔血。廬墓三年，臥苫枕塊。」句中的「苫」，ㄕㄢ，是草薦，「塊」，指土塊，也就是說，睡在草薦上，以土塊當枕頭。這是說明父母去世時，子女守禮盡哀。也作「寢苫枕塊」。

「臧」，ㄗㄤ，是個多義字，⑴好、善，〈詩經・小雅・小旻〉：「謀臧不從，不臧覆用。」意思是，好計謀不聽從，壞計謀反而採用。⑵古代對奴隸的賤稱。〈呂氏春秋・應言〉：「寡人寧以臧為司徒，無用卯。」這是說，我寧可用被俘虜的奴隸作司徒，也不用孟卯這臣子。⑶用不正當的手段獲得財物，後來這個意義寫作「贓」。⑷當收藏、隱藏講，這個意義後來也寫作「藏」。

「臨」，ㄌㄧㄣˊ，是會意字，金文作 ，象人低頭看物，⑴本義即從高處往低處看，⑵引申為臨近，靠近，〈左傳・莊公三十二年〉：「公築台，臨黨氏。」大意是，莊公建造高臺，可以靠近看到黨家。⑶到，到達的意思。⑷面臨，面對，如陶潛〈歸去來兮辭〉：「臨清流而賦詩。」意思是，對著清澄的溪流吟作詩篇。今有成語「臨危不懼」，表示面對危險也不懼怕。⑸照著範本摹仿，如：臨摹。⑹臨，也作卦名，六十四卦之一。

｜語文點心｜《論衡》

《論衡》一書為東漢王充（公元27—97年）所作，大約作成於漢章帝元和三年（86年），現存文章有85篇。

東漢時代，儒家思想在意識形態領域裡占支配地位，但與春秋戰國時期所不同的是儒家學說打上了神秘主義的色彩，摻進了讖緯學說，使儒學變成了「儒術」。而其集大成者並作為「國憲」和經典的是皇帝欽定的《白虎通義》。王充寫作《論衡》一書，就是針對這種儒術和神秘主義的讖緯說進行批判。《論衡》細說微論，解釋世俗之疑，辨照是非之理，即以「實」為根據，疾虛妄之言。「衡」字本義是天平，《論衡》就是評定當時言論的價值的天平。它的目的是「冀悟迷惑之心，使知虛實之分」（〈論衡·對作〉）。因此，它是古代一部不朽的唯物主義的哲學文獻。正因為《論衡》一書「詆訾孔子」、「厚辱其先」，反叛於漢代的儒家正統思想，故遭到當時以及後來的歷代封建統治階級的冷遇、攻擊和禁錮，將它視之為「異書」。

《論衡》一書不僅對漢儒思想進行了尖銳而猛烈的抨擊（但它並不完全否定儒學），而且它還批判地吸取了先秦以來各家各派的思想，特別是道家黃老學派的思想，對先秦諸子百家的「天道」、「禮和法」、「鬼神與薄葬」、「命」、「性善和性惡」等等，都進行了系統的評述。因此，後人稱《論衡》是「博通眾流百家之言」的古代小百科全書。

看圖說故事

「窈窕淑女，君子好[137]逑。」（詩經·周南·關雎）這是年輕男女最喜歡的詩句，這個「女」字是個唯妙唯肖的象形字。①甲骨文的下部看得出來這人

137. 好：甲骨文從女從子，會女子貌美之意，本義是女子貌美。〝好〞，字形描繪的是女人有了孩子，這說明上古時代，女人美的標準就是能生下孩子，這正是對女性生育能力的禮讚為美。這種美是〝好事〞，日後，女子有身（懷孕），就稱〝有好事〞，這是用〝好〞的本義。

面朝左跪著，上部的上身是直立的，兩手交叉在胸前，這是古代流行的尊貴婦人禮貌的坐姿。②金文也像甲骨文一樣，只是在頭上加了一條橫線，這就是頭簪之類的裝飾品。想想看，甚麼樣的人會愛美到在頭上加個裝飾品？自然是女性囉！③小篆就比較看不出人形了。④是楷書的寫法，「女」字。

「女」，ㄋㄩˇ，三劃，象形字。作為部首的字稱為女字旁。

以部首「女」組成的字大都與女性、美好、姓氏、貶意有關。

部首要說話

「女」，甲骨文象女子柔順交臂跪坐形，當為未嫁之女。字形斂手跪坐，或為背後縛手之形，是反映了遠古掠奪婚138的社會習俗、透露出當時婦女社會地位不高的現實；另外，在前交叉的雙手，也可表示正在勞動的形象。所以「女」的本義是未嫁的女子。「窈窕淑女，君子好逑。」是說體態美好的女子啊，可與君子匹配。這樣的詩句，能不教年輕男女動心？

「女」，從本義也引申指婦女。賈誼〈論積貯疏〉：「一女不織，或受之寒。」意思是說，要是有一個婦女不再織布，有人就要受凍了。

「女」，指未嫁之女、婦女，後來也引申為廣義女性，為人類兩性之一。例如：有男女，然後有夫婦。

在古時有二十八星宿，「女」是其中一個星宿名——女星。

女兒當然也叫做「女」，白居易〈長恨歌〉：「楊家有女初長成。」是說楊家有個還未嫁的女兒，正值豆蔻年華。「女」從名詞「女兒」義引申為動詞的「嫁」，〈左傳．桓公十一年〉：「宋雍氏女於鄭莊公。」就是嫁給了鄭莊公的意思，但此時的「女」要讀作ㄋㄩˋ。

女性在體能上大都比男性弱，因而也引申為柔嫩的、弱小的。〈詩經．豳風．七月〉：「猗彼女桑。」（猗ㄧˇ：束而採之。）是說像柔軟的桑枝，可以圍攏起來採擷。

古時候，一個人出仕、做官，也用「女」來表示。〈漢書・揚雄傳〉：「奚必云女彼高丘？」大意是，你何必要仕於楚呢？

「女」，又讀作ㄖㄨˇ，是第二人稱代名詞，你、你們的意思，後來寫作「汝」。

今女可單用，也作偏旁使用。凡從女取義的字，都與婦女或美好等義有關。

｜注意部首字詞｜

「女」字看來很簡單，但是連結「女」字的詞有些是變化莫測的，需要注意。

黃庭堅〈送薛樂道之郥鄉〉：「双鬢女弟如桃李。」詩中的「女弟」不能當做女孩的弟弟，「女弟」是指「妹妹」，這樣看來，姊姊就可以叫「女兄」嗎？沒錯，劉知幾的〈史通・浮詞〉就是把姊姊稱為女兄。

「女酒」是說婦女在喝酒嗎？這也不對，〈周禮・天官・序官〉：「女酒三十人。」可見這應該是個名詞，這其實是指古代宮廷中能釀酒的女工，「女酒」就是釀酒女工的代稱。

再來，李賀〈石城曉〉：「月落大堤上，女垣棲烏起。」還有劉禹錫的〈石頭城〉：「淮水東邊舊時月，夜深還過女墻來。」垣、墻還有分男女的嗎？不是，女垣、女墻都是指古代城牆上的矮牆。

由部首「女」組成的字有些是容易錯的字，有些是少見的字，都應該特別小心。

妃，ㄈㄟ，會意兼形聲字，甲骨文從女從巳（子），會婚配生子之義，

---

138. 婚：會意兼形聲字，從女從昏，昏亦聲。《禮記》：「娶婦以昏時，婦人陰也，故曰婚。」本義是女方婦家。

本義為婚配，用作名詞指配偶，後特指天子的妾。王妃的妃，「妃」字從女從己，不要寫成已、巳。

妁，ㄕㄨㄛˋ，形聲字，篆文從女勺生，本義為媒人，即介紹婚姻的人，特指女方的媒人。媒妁之言的「妁」。

妗，ㄐㄧㄣˋ，形聲兼會意字，篆文從女今聲，《說文解字》：「妟妗也。一曰善笑皃。」本義是善笑、喜笑的樣子，後借以指舅母。妗，ㄐㄧㄣˋ，不要讀錯為ㄐㄧㄣ。

妺，ㄇㄛˋ，形聲字，從女末聲，為女子人名用字。妺喜，這是夏桀的妃子名。不要寫成姊妹的「妹」。

妲，ㄉㄚˊ，形聲字，篆文從女旦聲，本義為女子人名用字。商紂的妃子叫做「妲己」，常誤讀為ㄉㄢˋ。

姮，比「妲」字多一橫，讀作ㄏㄥˊ。有「姮娥」人名，相傳是后羿的妻子，因偷吃仙藥而奔月，成為月中女神。

姥，形聲兼會意字，從女老聲，老也兼表年老之意，本義為以婦道（婦德、婦言、婦容、婦功）教人的年老婦女，引申泛指年老婦人。年老的婦人叫「姥姥ㄌㄠˇㄌㄠ˙」，通「母」的時候是指母親或婆婆，讀作ㄇㄨˇ。

姝，ㄕㄨ，形聲字，篆文從女朱聲，本義為容貌美好，柔順美好的樣子，也指年輕女子，不可讀為ㄓㄨ。

娓，是「娓娓道來」的「娓」，讀作ㄨㄟˇ，常誤讀為ㄋㄧˇ。會意兼形聲字，篆文從女從尾，會柔順之意，尾也兼表聲。

娩，會意兼形聲字，篆文從子從免會意，免也兼表聲，本義為生孩子。有兩種讀音，生小孩叫「分娩ㄇㄧㄢˇ」，柔順的意思叫「婉娩ㄨㄢˇ」。

婢，ㄅㄧˋ，會意兼形聲字，從女從卑，卑亦聲，本義為女之卑者，後指女僕，也是婦女的謙詞。

媧，神話中的女帝名，是伏羲氏的妹妹，名叫「女媧」，媧讀作ㄨㄚ。形聲字，篆文從女咼聲，《說文解字》：「古之神聖女，化萬物者也。」

媪，ㄠˇ，形聲字，篆文從女昷聲，年老的婦人稱老媪。年老的婦女也叫老嫗，「嫗」讀作ㄩˋ，不要弄混了。

從部首「女」組成的罕見字有：

姽，ㄍㄨㄟˇ，形聲字，篆文從女危聲，本義為女子體態嫻雅。女子體態嫻雅的樣子叫「姽嫿」。

「婺彩光沉」，這是對婦女去世的悼詞，婺，ㄨˋ。

嫋褭，ㄧㄠˇ ㄋㄧㄠˇ，體態纖柔美好的樣子，除了「嫋」字，要特別注意「褭」字，中間是個「馬」。

媵，不做「肉」部，古文常看到「媵臣」一詞，是指陪嫁的臣僕，「媵」讀ㄧㄥˋ。會意兼形聲字，篆文 從女從朕（撐船）會意，朕也兼表聲，本義是陪送出嫁。

嬗變，是演變、蛻變的意思，與「善變」不同義，嬗讀作ㄕㄢˋ。

① ② ③ ④ 毋

｜看圖說故事｜

「不自由，毋寧死」，這是美國政治家巴特列克．亨利，在西元一七七三年美國獨立演說講詞中的一句話，在法國革命以後成為流行的口號。②金文是一個人站立的樣子，中間的軀體特別強調兩個點，這就是女性的乳房。金文中的「母」與「毋」是同字，③小篆之後兩字才有了分別，金文的兩點變成一橫。高亨先生認為：「毋是母字之誤變。」④楷書的寫法為「毋」。

「毋」，ㄨˊ，四劃，象形字，作為部首的稱呼是毋部。

毋、母、毌，三字形似。毋為母的誤變字，「毌」，就是「貫」的古字，貫穿的意思。

部首要說話

「毋」的金文與母親的「母」字完全相同，就是說，「毋」、「母」本同為一字，皆從女胸前加上兩點，表示產子有乳已做了母親。到了小篆，兩點寫作一橫，這是因為母親對孩子來說是最有權威的，所以就被借為禁止詞，此時「毋」字成了會意字。

後來，「母」字用來表示母親，「毋」在字形上略加變化用來表示禁止姦母，兩者於是有了區分。在字形變化上，小篆的「毋」是在「母」字中間加上一橫，用來表示禁止與母親發生性的關係。古人言「毋」，猶如今人稱「莫」，毋由母字誤變之後，便假借「毋」當作不要，表示禁止的意思。〈詩經．小雅．角弓〉：「毋教猱升木。」（猱ㄋㄠˊ：猴子。）是說不用教猴子上樹。另有何休註〈公羊傳．桓公六年〉：「律文：立了姦母，見乃得殺之也。」足見古人對姦母之深惡痛絕。

「毋」由本義引申為不，表示否定。〈史記．張儀列傳〉：「秦攻楚之西，韓梁攻其北，社稷安得毋危？」大義是，秦國進攻楚國的西邊，韓國、魏國進攻楚國的北邊，國家怎麼會不危險呢？

「脛毋毛。」（脛：小腿）語出〈史記．秦始皇本紀〉，這個「毋」通「无」，沒有的意思，就是說小腿無毛，這其實是形容勤勞的人。

「毋」，當夏代冠名時稱「毋追」，讀作ㄇㄡˊ，〈禮記．郊特牲〉：「毋追，夏后氏之道也。」這是說，（加冠之後取個別號便於稱呼）常服的冠，夏人稱為「毋追」。

「毋」與「勿」雖都有「不要」義，但是在使用上有所不同。「毋」，多用在書面語，例如：寧缺毋濫、毋寧、毋庸。「勿」，既用於書面語，也用於口語。例如：切勿冒險、請勿吸菸。

毋，可單用，也作偏旁使用。凡從毋取義的字，都與女有奸之者等義有關。

｜注意部首字詞｜

古籍中有「毋望」詞，這不是指「不要希望」的意思，這其實是「非常」之意。〈史記・春申君列傳〉：「世有毋望之福，又有毋望之禍。」大意是，世上有不期而至的福，又有不期而至的禍。今有成語「禍福相倚」、「禍福相生」。

由部首「毋」組成的字僅有幾個字，值得注意的有以下：

「每」，ㄇㄟˇ，象形字，甲骨文與金文皆象婦女頭上有盛飾形，表示頭飾盛美，引申指植物茂盛，借用作代詞，代指全體中的任何一個。「每每」是我們經常使用的詞句，義同「往往」、「經常」。但出現在古籍中時要特別注意，〈左傳・僖公二十八年〉：「原田每每，捨其舊而新是謀。」這是比喻晉軍美盛，如，原田之每每。「每每」義為草茂盛的樣子。「每每」，古時有讀作ㄇㄟˋ ㄇㄟˋ，是指昏亂的樣子。〈莊子・胠篋〉：「故天下每每大亂，罪在於好知。」（知：智。）大意是，所以說整個天下都糊裡糊塗一片混亂，其罪過就在於喜好智巧。

「毐」，ㄞˇ，會意字，篆文從士（象徵男性）從毋（女有奸之者），會男子品行不端之意。品行不正的人叫做「毐」，《說文解字》：「毐，士之無行者。」「毐」也作人名，秦始皇時有嫪（ㄌㄠˋ）毐。「毐」，比「毒」字的上頭少一橫。

毒，這是多音多義字。ㄉㄨˊ，會意兼形聲字，篆文從屮（初生草）從毐（表禍害），會有害之草之意，毐也兼表聲，⑴指有毒之物，作為動詞就是放毒，〈左傳・僖公四年〉：「公至，毒而獻之。」大意是，獻公回來，驪姬在酒肉裡下毒藥而獻上去。又引申作毒殺，〈山海經・西山經〉：「其名曰礜，可以毒鼠。」（礜ㄩˋ：礦物名。）⑵從本義引申為禍害，柳宗元〈捕蛇者說〉：「熟知賦斂之毒，有甚是蛇者乎？」這是說，誰知道賦稅的禍害，竟然比這種毒蛇還厲害呢！⑶痛恨的意思。

另讀ㄉㄞˋ，「毒冒」同「玳瑁」，似龜的爬行動物。

「毓」，ㄩˋ，會意字，毓與育、𠫓同源，甲骨文 從每（戴頭飾的婦女）從倒子，並在子下加出水滴，突出孩子出生時血水淋漓下滴狀，會婦女生孩子之意，本義為婦女生子，引申指生、養、孕育的意思。

｜語文點心｜柳宗元

柳宗元（公元773年—819年），字子厚，唐代河東（今山西省永濟市）人，代宗大曆八年（773年）出生於京城長安，憲宗元和十四年（819年）客死於柳州。一代著名文學家、思想家，享年不到50歲。因為他是河東人，終於柳州刺史任上，所以人稱柳河東或柳柳州。被後人列為唐宋八大家之一。著名作品有〈永州八記〉等600多篇文章，經後人輯為30卷，名為《柳子厚集》

柳宗元一生留下600多篇詩文作品，文的成就大於詩。其文大致為五類。一、論說：包括哲學、政論等文及以議論為主的雜文。筆鋒犀利，論證精確。二、寓言：繼承並發展了《莊子》、《韓非子》、《呂氏春秋》、《列子》、《戰國策》傳統，多用來諷刺、抨擊當時社會的醜惡現象。推陳出新，造意奇特，善用各種動物擬人化的藝術形象寄寓哲理或表達政見。三、傳記：繼承了《史記》、《漢書》傳統，又有所創新。代表作有〈段太尉逸事狀〉、〈梓人傳〉、〈河間傳〉、〈捕蛇者說〉等。有些作品在真人真事基礎上有誇張虛構，似寓言又似小說。如〈宋清傳〉、〈種樹郭槖駝傳〉。四、山水遊記：最為膾炙人口，均寫於被貶後，以永州之作更勝。典範之作為永州八記：〈始得西山宴遊記〉、〈鈷鉧潭記〉、〈鈷鉧潭西小丘記〉、

〈至小丘西小石潭記〉、〈袁家渴記〉、〈石渠記〉、〈石澗記〉、〈小石城山記〉。五、騷賦：獨具特色。〈懲咎賦〉、〈閔生賦〉、〈夢歸賦〉、〈囚山賦〉等，均用〈離騷〉、〈九章〉體式。或直抒胸臆，或借古自傷，或寓言寄諷，幽思苦語，深得屈騷精髓。〈天對〉、〈晉問〉兩巨篇，則為另一種類型，形式仿照〈天問〉、〈七發〉，造語奇特深奧。

柳宗元，其詩多抒寫抑鬱悲憤、思鄉懷友之情，幽峭峻郁，自成一路。最為世人稱道者，是那些情深意遠、疏淡峻潔的山水閒適之作。文的成就大於詩。柳宗元雖然活了不到50歲，卻在文學上創造了光輝的業績，在詩歌、辭賦、散文、遊記、寓言、小說、雜文以及文學理論諸方面，都做出了突出的貢獻。

① ② ③ ④ 身

看圖說故事

〈詩經・大雅・大明〉：「大任有身，生此文王。」（大ㄊㄞˋ任：周文王之母。）詩的大意是，任氏有了身孕，生下了文王。這就是個孕育生命的「身」字，①甲骨文是一個人的側面圖，手臂朝左下方伸展，中間的橢圓形表示肚子。②金文在這個人的大肚子下方加了短横，表示「禁忌」喔！③小篆清楚地看到肚子裡加上了一短横，表示裡面有個「身子」，這不就是胎兒嗎？④楷書寫成了「身」。

「身」，ㄕㄣ，七劃，指事字，作為部首的稱呼是身部。

書寫「身」字時，即使作為偏旁，末筆的一撇也要穿過右豎，如：躲、躬、射、裑等字。而「耳」字作偏旁時，末筆不穿過右豎，如：聆、耿、耶等字。

部首要說話

「身」，甲骨文象女人懷孕大肚子人形，在金文中加上一橫是表示這婦女有孕在身，很多事情是有禁忌的，如不可提重物、不可吃什麼等等，所以「身」原本就是「懷孕」的意思，如〈史記．高祖本紀〉：「已而有身，遂產高祖。」這是說，不久，劉媼有了身孕，生下了高祖（相傳劉媼曾經在大澤的岸邊休息，夢中與神交合。當時雷鳴電閃，天昏地暗，太公正好前去看她，見到有蛟龍在她身上。）

但是到了小篆之後，這個代表「懷孕」的字分化成「身」與「孕」兩字，「身」原本「懷孕」的意義就給了「孕」字，而「身」就使用它的引申義——身體。如身強力壯、人面獅身，這都是身體的意思。不過，在古籍裡面，有時還是用「身」表示「懷孕」的意思。

「身」作為身體的意思之後，只要是人的軀幹或是動物的軀體也都叫做「身」。〈論語．鄉黨〉：「必有寢衣，長一身有半。」大意是，睡覺一定要有睡衣，睡衣要有一身半長。

「身」由軀體也引申為「自己」、「自我」的意思，成語就有「身體力行」、「身先士卒」、「以身作則」等，這都是講自身、自己的意思。如〈戰國策．趙策四〉：「此其近者禍及身，遠者及其子孫。」

從「自我」之義，「身」又當人的一生來講，如，獻身於教育、身後遺物，這都當「一生」來講。於是，又可以當一個人的地位、品德來講，古人不是說：「吾日三省吾身。」又如「身敗名裂」，這個「身」都是指品德、地位的意思。

中國著名文字學家鄒曉麗認為，「身」是大腹便便的男子的側形，表示有身分的貴族。並引卜辭「癸酉卜爭貞，王腹不安無延。」指「王」為男子，故知「身」主要作為有身分的貴族講。

那麼「一身西服」、「一身正氣」，這個「身」是什麼意思呢？這裡是當「量詞」來講。

最後，「身」有另一個讀音，ㄐㄩㄢ，「身毒」，這是古代對印度的譯名，也譯作天竺。

今「身」可單用，也作偏旁使用。凡從身取義的字，都與身體等義有關。

｜注意部首字詞｜

「身分ㄈㄣˋ」，一般指一個人在社會上的地位、資歷等統稱。也當模樣、體態來講。今有「身分證」，不可寫成「身份證」。

「躬」，ㄍㄨㄥ，會意兼形聲字，篆文從身從呂（脊柱形），會人身之意，異體後呂改為弓，會曲弓之意，弓也兼表聲，本義是指身體，〈漢書．元帝紀〉：「百姓愁苦，靡所錯躬。」（靡：無。錯：置、安置。）大意是，百姓生活困苦，無法安身立命。「躬」，從本義引申為自己，又當親自、親身講，如諸葛亮〈出師表〉：「臣本布衣，躬耕於南陽。」大意是，臣本是一個平民，在南陽親作耕田。「躬」的另一義是指箭靶的上下幅，〈儀禮．鄉射禮〉：「倍中以為躬。」（中：箭靶的中心。）

「躬行」，是指親身實踐，身體力行，不能寫成「恭行」，有成語「恭行天罰」，是指恭敬地奉行上天的意旨去懲罰。

「躬」與「身」二字，「身」本義是身孕，「躬」是身體。在身體、親身的意義上，兩字是同義詞，不過，「身」可指物的主幹，「躬」無此義。另外，「身」的其他意義也是「躬」不具備的。「身」字可以用於抽象意義，指品潔，如「修身」、「守身」、「潔身」，「躬」字的這種用法很少見。

「軀」，ㄑㄩ，形聲字，篆文從身區聲，本義也是身體，又指動物的軀體，〈莊子．康桑楚〉：「巨獸無所隱其軀。」這是說，巨獸無法隱藏自己的軀體。「軀」，從本義引申為自身、自己，〈莊子．康桑楚〉：「不知乎？人謂我朱愚；知乎？反愁我軀。」（朱愚：無知的樣子。知ㄓ丶：同「智」，聰明。）大意是說，不聰明吧，別人會說我愚笨無知；聰明了，反而給自己帶來許多麻煩。

「軃」，ㄉㄨㄛˇ，形聲字，從身單聲，為「嚲」的異體字，這是個罕見字，本義是下垂的意思，岑參〈和刑部成員外秋寓直臺省寄知己〉：「柳軃拂窗條。」這是說，柳枝下垂，輕拂著窗櫺。

① ② ③ ④ 方

｜看圖說故事｜

〈詩經・周南・漢廣〉：「江之永矣，不可方思。」這是說，江水長又長，不可乘木筏漂流啊！這個「方」字，①甲骨文和②金文其實是生殖器突出的男子側視圖，中間橫置了一個表示穿通的「 ⊢⊣ 」形符號。③小篆到楷書的演變中，失去了原來男子象形的符號，也使後人對「方」字的構形釋義，產生了繁複的歧義。

「方」，ㄈㄤ，會意字，作為部首的稱呼是方字部。

｜部首要說話｜

關於「方」字的由來，從甲骨文來看，有多種看法，有人認為「方」字是兩船相並；也有人認為是一個人與遠方（一）合成的字，所以指的是國界；一說是人側立在門框中的形象，人的兩肩與門的兩側便構成了四面，四面就是方，用來與「圓」相對。最後一說，是認為「方」就像「耒」形，是一種耕地的農具。

近人唐漢氏從兩性的角度作出完整的解讀，說明「方」字是以生殖器朝向對方，這個動作，不論是從古直到今日，乃是表示不容侵犯或是侮辱對方的肢體語言，與雄性動物用撒尿界定地域，用以炫燿或是表示不容侵犯，都有著生物學以及社會學的聯繫。

因此，「方」的本義是朝向，引申為方向，如〈詩經．邶風．日月〉：「日居月諸，出自東方。」大意是，太陽、月亮，從東方升起。

「方」由方向就引申出途徑、方法以及準則、法度的意思，如〈詩經．大雅．皇矣〉：「萬邦之方，下民之王。」這是說，周國是萬國的榜樣，周王是百姓的君王。

一個人做人處世的方向正確了，就是指正直的意思，如《老子》：「是以聖人方而不割。」這是說，聖人的品格端直而不傷害人。後作與「圓」相對的「方形」講。因為古人認為天圓地方，因此用「方」來指地，〈淮南子．本經〉：「戴圓履方。」意思是，頭頂著天，腳踩著地，表示生活在人間。

「方」，又讀作ㄆㄤˊ，通「彷」。

其實，「方」字又引申出多種解釋，有相並的兩船、方形、古代用來書寫的木板、藥方、方向、法度（準則）、齊等（等同）、比擬、正在、將要等。雖然如此，由「方」字組成的字大都成為形聲字，「方」字用來表聲，如坊、枋、牥、汸、蚄、訪、紡、舫、放、魴。凡從方取義的字，都與並排、旁邊、方形等義有關。

｜語文點心｜《老子》

最初老子書稱為《老子》而無《道德經》，《道德經》是後來的稱謂。成書年代過去多有爭論，至今仍無法確定，不過根據1993年出土的郭店楚簡《老子》年代推算，成書年代至少在戰國中前期。

老子（傳說公元前600年左右一前470年左右），中國古代思想家。姓李名耳，字伯陽，楚國苦縣厲鄉曲仁裡（今河南省鹿邑縣東太清宮鎮）人，有人說又稱老聃。在傳說中，老子一生下來時，就具有白色的眉毛及鬍子，所以被後來稱為老子。相傳生活在春秋時期。老子著有《道德經》，是道家學派的始祖，他的學說後被莊周發展。道家後人將老子視為宗師，與儒家的孔子相比擬，史載孔子曾學於老子。

《老子》以「道」解釋宇宙萬物的演變，以為「道生一，一生二，二生三，三生萬物」，「道」乃「夫莫之命（命令）而常自然」，因而「人法地，地法天，天法道，道法自然」。「道」為客觀自然規律，同時又具有「獨立不改，周行而不殆」的永恆意義。

今天在老子的家鄉河南省鹿邑縣城內的東北角上還有一處高約13米的高臺，叫「老君台」，又叫「升仙臺」，臺上有座老子廟。廟前埋有一根碗口粗的鐵柱子，稱為「趕山鞭」。相傳老子50多歲時曾在這裡講學，此地離自己家有好多路，來來往往都要經過一座山叫「隱陽山」。這座山很高，遮天蔽日，山北見不到太陽，冰天雪地，寸草不生。山南又烈日當空，莊稼枯死，老百姓受盡了苦難。老子目睹這一切，雖想解救百姓，但心有餘而力不足。如今騎青牛飛過了函谷關，知道自己已經成仙，青牛也會說人話了，於是又要青牛一起飛回家鄉去治理那座山。到了家鄉，老子揮鞭打山，山頂削去了，並且飛到了山東，成了泰山。再一鞭子打去，把山腰打到了河南，成了平頂山。這時鞭梢甩斷，甩斷的鞭子飛到了山西。老子一看手中的鞭子只剩下一個杆子，就順手插在地上，這就是這個鐵拄子的來歷。老子又乘青牛飛走了，而那鞭子杆就永遠留在了那兒。百姓感謝老子前來趕走山，因為從這以後老子家鄉就過起了風調雨順的好日子了。百姓就把老子揮鞭趕走山時站立的土台叫「升仙臺」，將地上的鐵柱子稱「趕山鞭」。唐高祖李淵尊老子為「太上老君」，又把這個台稱為「老君臺」，還修了廟，進行祭祀。這故事充滿魔幻現實的風格，一如令後世撲朔迷離的老子傳說。

注意部首字詞

「方」字現在多作方正、剛剛的意思，詞意言簡意賅，但是由「方」所組成的詞，多所歧義，要小心分辨。

「方人」，並非指哪一種類型的人，這個詞出自〈論語・子貢〉：「子貢方人。」這是指評論他人的長短，一說言人之過失。

「方寸」，有兩解，⑴一寸見方，表示很小。⑵指心，如〈三國志・蜀・諸葛亮傳〉：「今已失老母，方寸亂矣。」

「方舟」，不能解為方形的船舟，這是指兩船相並的意思，如〈莊子・山木〉：「方舟而濟於河。」這是說，並舟而渡河。

「於」，是個多音多義字，讀作ㄩˊ，象形字，「於」與「烏」是同一個字的不同變體，都是烏鴉的形象，金文 象鳴叫中的烏鴉，本義是烏鴉，喙直而大，全身羽毛黑色，多群居在林野中，傳說烏鴉有反哺之心，被稱為孝鳥、慈鳥。借作嘆詞時，用來表示讚嘆，如〈尚書・堯典〉：佥僉曰：『於，鯀哉！』」大意是，人們都說：啊！鯀吧。後引申指在、在於的意思，如〈論語・里仁〉：「君子無終食之間違仁，造次必於是，顛沛必於是。」（造次：倉促匆忙。是：此。顛沛：窮困，受挫折。）這是說，君子時時刻刻不會違反仁道，緊急時如此，窮困挫折時也如此。「於」，除了在、在於的意思之外，一般都作介詞使用。「於」，讀作ㄨ時，同「烏」，就是烏鴉。

「於」與「于」，這兩字作為介詞使用時，基本上是通用的。只不過「于」多出現於較早的文獻，如《尚書》、《詩經》，《左傳》中則「於」與「于」並用，但「于」多用在地名前。另外，「于」作為詞頭時不能換成「於」，而「於」讀為ㄨ的兩個意義，是「于」所沒有的。

從部首「方」所組成的字中，有許多字是從「方巾」引伸出旗子的意思。

「旒」139，ㄌㄧㄡˊ，形聲兼會意字，篆文本從玉流聲，㐬 也兼表流動之意，隸變後從㫃（ㄧㄢˇ）㐬聲，本義為古代綴於旌旗正幅下沿的垂飾物。引申指旗幟。後指古代帝王禮帽上前後垂飾的玉串，旒從冠前垂下，正好在人眼前晃動，意在提醒人們留目，即非禮勿視之意。

「旆」，ㄆㄟˋ，形聲兼會意字，篆文從㫃（旗幟）巿聲，巿也兼表巾帛之意，本義為古代的一種旗，末端裝有燕尾狀的垂飾，形制像燕尾。

「旄」，ㄇㄠˊ，會意兼形聲字，篆文從㫃（旗幟）從毛，毛亦兼表聲，會竿頭裝飾有旄牛尾的旗幟之意，本義即旄牛尾作竿飾的旗子。讀作ㄇㄠˋ時，通「耄」，是指老人。

「旂」，ㄑㄧˊ，會意兼形聲字，金文從㫃從斤（斧子，象徵征伐），表示是軍旗，斤也兼表聲。本義為古代的一種軍旗，上有熊虎圖像，用各種顏色的布帛做成，是軍隊或指揮行動的旗幟。

「旃」，ㄓㄢ，形聲兼會意字，金文從㫃亶聲，篆文改為丹聲，丹也兼表赤色之意。本義為古代用純赤色的帛做成的一種曲柄旗。後泛指旗幟。

「旐」，ㄓㄠˋ，形聲兼會意字，從㫃兆聲，兆也兼表卜龜之意。本義是畫有龜蛇的旗。

「旟」，ㄩˊ，形聲字，從㫃與聲，本義為畫有鳥隼圖像的旗。

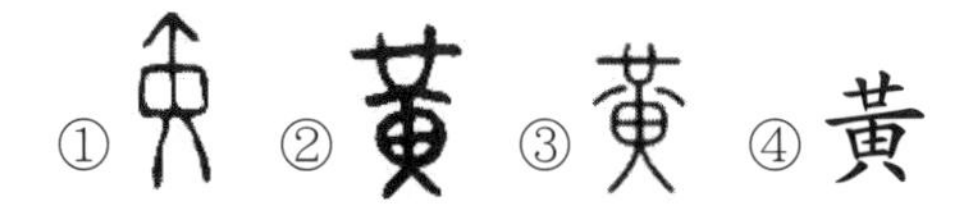

看圖說故事

〈詩經・邶風・綠衣〉：「綠兮衣兮，綠衣黃裡。」（兮：上「兮」為襯字，即綠衣兮。裡：衣服之襯裡。）大意是，綠色的上衣啊，綠的面子黃的襯裡。詩句裡的「黃」字，①甲骨文其實是一個嬰兒順利生產的樣子，亽表示臍帶出降，加上口型或O型，強調胎兒的順利生產。②金文發生了字形的繁化，在 亽 上加了一個代表女性生殖器的「▽」形，強調生育的意思。③小篆的「▽」形訛化為「廿」，後人看來就不知所云了。④楷書寫成了「黃」。

「黃」，ㄏㄨㄤˊ，十二劃，會意字，作為部首的稱呼是黃字部。

書寫「黃」字時，要注意中間的「田」不可出頭寫成了「由」。

｜語文點心｜會意

「會意」是東漢．許慎著《說文解字》，說明造字六書140之一。其中，象形、會意、指事、形聲四種是造字的方法，轉注與假借兩種是用字的方法。

《說文解字》敘說：「會意者，比類合誼，以見指撝，武信是也。」所謂「比類合誼」，是說合併兩個或兩個以上的字，而形成一個新的字義。「以見指撝」，是說一個會意字形成之後，讓人知道它所指稱的意義所在。

例如：「武」是由「止」和「戈」組成，表示征伐示威的意思。「信」141是由「人」和「言」組成，表示一個人說的話要誠實可靠。

將兩個或幾個已有的獨體字組合在一起，形成一個新的意思，作為會意字，其表意性也顯見突出。

139. 旒：在形聲字是屬於〝聲在一角〞結構失衡的字，這類的字，聲旁偏居一隅，列舉於後：旒—從㫃㐬聲，旗—從㫃其聲，旄—從㫃毛聲，徒—從辵土聲，從—從辵㫃聲。

140. 〝六書〞：〝六書〞一詞，最早出現於《周禮》，到了西漢，劉歆在《七略》中關於六書的解釋後來被班固在〈漢書．藝文志〉中採錄，到了東漢，鄭衆在注〈周禮．地官．保氏〉中對六書的稱名有所不同。也就是說，東漢．許慎是分析了前人留下的漢字，從中總結概括了〝六書〞（漢字構造的六種條例）。

141. 信：這應是從言人聲的形聲字，非「人言為信」的會意字。武，在古文字裡指的是「荷戈出征」之意，是「用武」、「動武」的意思，「止」在甲骨文中象人足，當時還沒有產生「停止」義。

會意字142可分兩大類形，一種是意符通過字形來表意，稱「以形會意」；一種是意符通過字義來表意，稱「以義會意」。論造字數量，會意字的主體還是「以形會意」。

部首要說話

「黃」，甲骨文字形的解釋分歧，一般象佩璜形，以上為系、下為垂穗，中為雙璜並聯狀。鄒曉麗釋為堇下去火，在雙手縛處加一橫（繩索），指被火烤的枯乾焦黃之色。唐漢則認為「黃」字的構造源自於生育孩子，本義是嬰兒的黃疸膚色。上古先民，以人的出生對比各種動物的生育，發現只有人出生時是無毛光體，這正好是黃種人皮膚的本色——黃色，而且嬰兒生下後大約十多天，身上的黃疸才會褪掉。隋代，男女三歲以下為「黃」，唐制民生始為「黃」。到現在，我們都還用「黃口小兒」來表示小孩子。拙文採唐漢說法為是。

「黃」由本義引申當黃顏色講，後也代指金玉等黃色之物，如〈詩經．齊風．著〉：「俟我於堂乎而，充耳以黃乎而。」（著ㄓㄨˋ：通「宁」，大門與屏風之間。乎而：語助詞。充耳：古代貴族冠冕兩旁懸掛的用來塞耳的玉。）詩意是，他等我在堂前喲，懸掛充耳的是黃絲線喲！

不論是黃玉或是後來的黃金，都是飾物裡珍貴而美好者，後引申為美好的意思，如〈詩經．大雅．生民〉：「茀厥豐草，種之黃茂。」（茀ㄈㄨˊ：拔除。）詩的意思是，拔除那茂密的野草，栽種的莊稼美好繁茂。

黃河是因為多黃土泥沙，黃河氾濫之後一切皆空，而植物葉片轉黃而後脫落，更感到空虛，所以「黃」也指草木枯黃，如〈呂氏春秋．季秋〉：「是月也，草木黃落，乃伐薪為炭。」（伐薪：砍伐小樹。）大意是說，即到了九月秋天時節，草木開始枯黃落盡，也只是把小樹砍伐下來燒成木炭。古人認為，伐木必因殺氣，因而砍伐大樹必因有大殺氣。有了這樣的認識，也說明古人對森林保育的重視。〈詩經・小雅・何草不黃〉：「何草不黃？何日不行？」大意是，哪一種草不枯黃？哪一天不奔忙？

天地轉為枯黃的景象，令人感到空虛，所以又引申為「落空」的意思，如：「買賣黃了」，就是沒得買賣了。說一個人「黃牛」，就表示這個人說話不算話，都有落空的意思。

「黃」由落空的意義引申為象徵色情，如，掃黃、黃色書籍。

古人喜歡佩帶玉石，有一種半環狀佩玉，多屬黃色，也用「黃」來表示，後來「黃」為引申義（黃色）所專用，佩璜意義的「黃」就加上義符「玉」成了「璜」來表示。

當然，「黃」也指黃河，「黃」也是中國姓氏之一，《廣韻・唐韻》就寫著：「黃，姓。出江夏。陸終之後，受封於黃，後為楚所滅，因以為氏。漢末有黃霸。」

「黃」可單用，亦作偏旁使用。從黃取義的字，皆與黃玉、黃色等義有關。

｜注意部首字詞｜

「黃口」，⑴指幼兒，〈淮南子・氾論訓〉：「古之伐國不殺黃口，不獲二毛。」（二毛：頭髮稀少，指老人。）這是說，古代討伐敵國時是不殺幼兒，不抓頭髮稀白的老人。在古時，這稱為戰爭的義舉。⑵指雛鳥，〈淮南子・天文〉：「鷙鳥不搏黃口。」（鷙ㄓ丶鳥：凶猛的鳥。）這是說，凶猛的鷙是不會撲殺雛鳥的。

---

142. 會意字：會意字的產生雖以象形字為基礎，但會意字之所以產生，又是因為象形字、指事字本身功能的受限，無法滿足人們的需要。例如怎樣表現〝休息〞的意思呢？一個單獨的象形符號很難勝任，於是就用到了〝人在木下〞這種複合形式而創造了〝休〞字。

「黃耇ㄍㄡˇ」，〈詩經・小雅・南山有臺〉：「樂只君子，遐不黃耇。」詩意是，快樂啊君子，怎能不高壽呢！「黃耇」，就是長壽的老人。

「黃帝」，為中國華夏民族的始祖，傳說蠶桑、醫藥、舟車、宮室、文字等之制，皆由黃帝始。到了秦始皇，自己創造了一個新字，自王為「皇」，其後才有「皇帝」之稱。「黃帝」與「皇帝」要區別清楚。

起初「帝」指「天神」，「王」指最高統治者，殷商後期，最高統制者也稱「帝」。在詩經中，「帝」（上帝）、「王」（天子）區分得很清楚，「帝」和「王」基本上是神與人的分別。戰國時代，諸侯也可以稱「帝」，秦以後天子稱「帝」，於是臣子、貴戚就可以封為「王」了，「帝」與「王」成了君與臣的分別了。秦始皇始以皇帝自稱之後，「皇」雖單用來指稱天子，但也僅見於「高皇」、「太上皇」、「上皇」等語詞中，一般都是「皇帝」並稱。

「黃泉」，稱人死後所居住的地方。古代認為天地玄黃，而泉在地下，所以稱為「黃泉」。

從部首「黃」所組成的字並不多，大多與顏色有關。〈班固・武陽侯樊噲銘〉：「黋黋將軍，威蓋不當。」這是形容武勇的樣子。

「黈」，ㄊㄡˇ，黃色。有「黈纊ㄎㄨㄤˋ」一詞，語出〈淮南子・主術〉：「黈纊塞耳，所以掩聰。」大意是，（古代的君王）拿黈纊塞住耳朵是為了掩蔽聽覺。這個「黈纊」是指掛在冕上，垂至耳旁的黃綿。

「黌」，ㄏㄨㄥˊ，形聲字，從學省黃聲，這是古代的學校名，〈後漢書・仇ㄑㄧㄡˊ覽傳〉：「農事既畢，乃令子弟群居，還就黌學。」

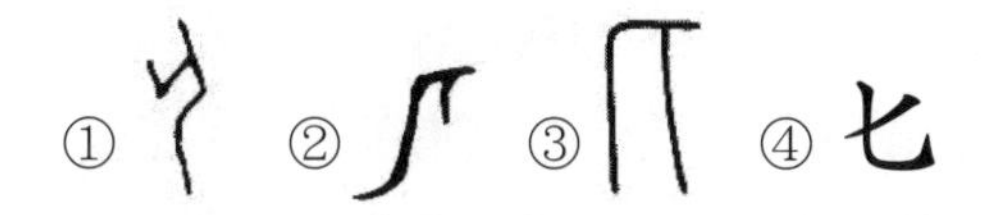

｜看圖說故事｜

〈聊齋誌異．小謝〉：「俄頃，粥熟，爭以匕、箸、陶碗置几上。」這個「匕」字，①甲骨文的形象與「𠚣（刀）」字的形構很像，兩者的用途也有共通性。②金文將它倒轉，容易被誤為是一個上身向下的人。③小篆延續金文的寫法。④楷書寫成「匕」。

「匕」，ㄅㄧˇ，二劃，象形字，作為部首稱為匕部。

書寫「匕」字時，幾個細節要注意。「匕」字作一短橫（不作一撇）、一豎曲鉤，如：化、牝、老等字。作上偏旁時，不鉤，如：旨、疑、穎等字。作左偏旁時，豎曲鉤改豎挑，如：比、頃、鬱等字。重疊時，上「匕」不鉤，下「匕」要鉤，如：能、罷等字。

｜部首要說話｜

「匕」，金文象跪拜的人，是柔順婦女的形象。當是「比」、「妣」的初文。本義為匹偶的婦女。甲骨文原不拘方向的反正，「𠤎」（ㄏㄨㄚˋ，化本字）、「匕」在甲骨文中本為一字，後來才分化，反向為匕，正向為𠤎。反向的匕在古時至少有三個含義，一是指人側立向內裹，與左向的人（貴族）相反而面向右。匕，在卜辭中代表以是的祖母及祖母以上的女性，後來就把匕寫作妣來表示。又，「匕」加「牛」則成「牝」（雌性的動物），加「十」則成「𠦒」（後寫作鴇，雌鳥），故知「匕」為女性是其本義。二是向裡則有反人之道義，如「比周」的「比」。三是「匕」當飯匙講。

所以《說文解字》解釋為：「匕，亦所以用匕取飯。」就是說，這是吃飯時的用具，什麼用具呢？其實就是飯匙或羹匙。「匕」當飯匙或羹匙，為後來之義。〈詩經．小雅．大東〉：「有饛簋飧，有捄棘匕。」（有饛ㄇㄥˊ：盛器滿的樣子。簋ㄍㄨㄟˇ：食器名。）詩的意思是，盤中的米飯堆得滿滿，棗木勺兒又長又彎。

「匕」，還有另外一個意思，就是指「匕首」，就是一種用來刺殺人的短劍。古時荊軻要刺殺秦王時，將匕首藏在上獻的地圖之中，緩緩攤開地圖時，不就是「圖窮匕首見」，「匕首」就是短劍。這是用來當作近身防護與刺擊的兵器，是從匕匙演變而來的。

匕首是一種兵器，於是又引申當作「箭簇」的意思，這個意義出現在古籍中，如〈左傳．昭公二十六年〉：「射之，中楯瓦……匕入者三寸。」（楯ㄕㄨㄣˇ瓦：盾牌中間的凸起部位。）意思是，用箭射他（泄聲子），射中盾脊……箭頭射進盾脊三寸。

要注意的是，由於《說文解字》將匹偶的「匕」與匕匙的「匕」混而為一，所以匹偶之義就用「妣」來表示；匕匙的意義則另加上聲符寫作「匙」來表示。匕，就專用作匕首。

現在來看，「匕」既可單用，也可作偏旁使用。凡從匕取義的字，大都與人、雌性、比併、食器等義有關。

注意部首字詞

從部首「匕」所組成的字很少，一般僅收「化」「北」「匙」三字。

「化」，ㄏㄨㄚˋ，會意字，甲骨文作𠤎，像人一正一倒，取其翻轉變化之意。⑴本義即改變、變化。〈呂氏春秋．察今〉：「變法者因時而化。」這是說，變法的人要隨著時代的變化而改變。從本義引申為生長、化育。⑵教化、感化的意思，也當習俗、風化來講。⑶大自然的變化與規律也稱作「化」。⑷當死亡講，〈孟子．公孫丑下〉：「且比化者無使土膚親。」這是說，況且，為了不使死者的屍體沾上泥土。⑸消除的意思，〈韓非子・五蠹〉：「鑽燧取火以化腥臊。」大意是，發明鑽木取火的方法燒烤食物，除掉腥臊臭味。

「化」，又讀ㄏㄨㄚ，「化子」，就是乞丐的俗稱。

「北」，也是個多音多義字。「北」是個會意字，甲骨文作 𠤕，表示二人背對背。讀作ㄅㄟˋ，也是「背」的古字，本義是相背，引申為違背。〈戰國策・齊策六〉：「食人炊骨，士無反北之心。」這是說，燒人的骨頭當材燒，士兵卻沒有叛離之心。

「北」，讀作ㄅㄟˇ，是當方位名，與「南」相對。也作敗，敗逃講，〈韓非子・五蠹〉：「魯人從軍戰，三戰三北。」這是說，魯國有個人跟隨君土去打仗，屢戰屢逃。後來也指敗逃者，〈呂氏春秋・權勛〉：「燕人逐北入國。」（國：國都。）這是說，燕君追擊齊軍一直進入到國都臨淄。

「北面」，是古時君面臣，或尊長見卑幼，南面而坐，故以「北面」表示向人稱臣的意思。

「北轅適楚」，這是說，楚地在南方，卻駕著車往北走，比喻適得其反。

「匙」，ㄔˊ，形聲字，篆文 𣅀 從匕是聲，本義是舀取液體或粉末狀東西的小勺，就是舀取食物的勺，《說文解字》：「匙，匕也。」另外，「匙」，讀作ㄕ・，是指開鎖的工具，鑰匙。

文學叢書 373

INK PUBLISHING

字頭子（上）

作　　者　瓦歷斯・諾幹
總 編 輯　初安民
責任編輯　孫家琦　施淑清
美術編輯　林麗華
校　　對　孫家琦　瓦歷斯・諾幹

發 行 人　張書銘
出　　版　**INK**印刻文學生活雜誌出版有限公司
新北市中和區中正路800號13樓之3
電話：02-22281626
傳眞：02-22281598
e-mail：ink.book@msa.hinet.net
網　　址　舒讀網http：//www.sudu.cc

法律顧問　漢廷法律事務所
劉大正律師
總 代 理　成陽出版股份有限公司
電話：03-3589000（代表號）
傳眞：03-3556521
郵政劃撥　19000691 成陽出版股份有限公司
印　　刷　海王印刷事業股份有限公司

港澳總經銷　泛華發行代理有限公司
地　　址　香港筲箕灣東旺道3號星島新聞集團大廈3樓
電　　話　(852) 2798 2220
傳　　眞　(852) 2796 5471
網　　址　www.gccd.com.hk

出版日期　2013年10月　初版
ISBN　(上冊) 978-986-5823-44-3
(套書) 978-986-5823-40-5

定　　價　430元
套書定價　860元

國家圖書館出版品預行編目資料

字頭子（上）/ 瓦歷斯・諾幹著；
--初版，--新北市中和區：INK印刻文學，
2013.10　面；　公分（文學叢書；373）
ISBN（上冊）978-986-5823-44-3
（套書）978-986-5823-40-5
1. 中國文字
802.2　　102018655